Thom Lemmons
Daniel – der Mann, der die Zukunft sah

Thom Lemmons

Daniel – der Mann, der die Zukunft sah

*Ins Deutsche übertragen
von Martin Knoch*

ONE WAY VERLAG WUPPERTAL UND LUTHERSTADT WITTENBERG

Die Deutsche Bibliothek – CIP-Einheitsaufnahme
Lemmons, Thom: Daniel – der Mann, der die Zukunft sah /
Thom Lemmons.
[Übers. aus dem Amerikan. von Martin Knoch]. –
Wuppertal; Lutherstadt Wittenberg: One-Way-Verl., 1997.
(Reihe: One-Way-Roman; 2007)
ISBN 3-931822-08-7

Titel der Originalausgabe:
Daniel: The man who saw tomorrow
© 1991 by Thom Lemmons
Published by Questar Publishers, Inc.
Sisters, Oregon
All rights reserved.

© 1997 der deutschsprachigen Ausgabe:
One Way Verlag GmbH, Wuppertal und Lutherstadt Wittenberg

Übersetzt aus dem Amerikanischen von Martin Knoch
Umschlaggestaltung: Ulrike Stute, Wuppertal
Satz: Typo Schröder, Dernbach
Gesamtherstellung: Gutenberg Press Ltd, Tarxien, Malta
Reihe: One Way Roman 2007

Printed in Malta

ISBN 3-931822-08-7

Dieses Buch wurde auf chlor- und säurefreiem Papier gedruckt.
Das Werk ist in allen seinen Teilen urheberrechtlich geschützt. Jede Verwertung ist ohne Zustimmung des Verlags unzulässig. Das gilt insbesondere für Vervielfältigungen, Übersetzungen, Mikroverfilmungen und die Einspeicherung in und Verarbeitung durch elektronische Systeme.

*Ich widme dieses Buch Bo Whitaker,
die mir, ohne es zu wissen,
geholfen hat, es zu schreiben.*

DANK

Ich muss zunächst dankbar die Hilfsmittel erwähnen, die mir bei der Vorbereitung dieses Manuskripts sehr geholfen haben:

„Daniel", International Standard Bible Encyclopedia (völlig neu überarbeitete Fassung)

Keller, Werner: The Bible as History

Lamb, Harold: Cyrus the Great

Oates, Joan: Babylon

Pfieffer, Charles (Herausgeber): Baker's Bible Atlas

Saggs, H.W.F.: Everyday Life in Babylonia and Assyria

Shea, William: „Daniel as Governor", „Darius", „Dura", „Nabonidus", „Prince of Persis", und andere verwandte Artikel, die in Andrews University Seminary Studies, 1982–1986 veröffentlicht wurden.

Wiseman, D.J.: Nebuchadrezzar and Babylon

Young, Robert: Analytical Concordance to the Bible

Den Autoren dieser hervorragenden Arbeiten bin ich für ihre tiefgehende Forschung und die Einsichten, die sie mir gewährt haben, zu enormen Dank verpflichtet.

Wie ich das vor jedem Projekt zu tun pflege, das sich mit dem Alten Testament beschäftigt, habe ich auch diesmal Zeit zu den Füßen von Dr. John Willis, Professor für Altes Testament an der Abilene Christian University, zugebracht. Ich danke ihm für seine Freundlichkeit, seine Gelehrsamkeit und Hilfsbereitschaft.

Auch meiner Frau Cheryl bin ich zu Lob und Dank für ihre Unterstützung und Geduld verpflichtet – obwohl ich oft nur schrittweise vorankam, murrte und mir die Haare raufte. Das scheint mit meiner schöpferischen Arbeit untrennbar verbunden zu sein. Meine größte Liebe auf Erden, wie kann ich je dankbar genug sein?

Thom Lemmons
Abilene, Texas

ANMERKUNGEN DES AUTORS

Über verschiedene Namensformen

Einer der interessantesten Aspekte des Geschichtsabschnitts, der in den Ereignissen dieses Romans dargestellt wird, ist das vielfältige Zusammenspiel unterschiedlicher Kulturen. Ich habe versucht, etwas von dieser Atmosphäre zu erhalten, indem ich einige verschiedenartige Aussprachen von Personen- und Ortsnamen benutzt habe: So zum Beispiel bei den Namen persischer Herrscher, die uns in ihren hellenisierten Formen überliefert sind. So ist beispielsweise „Kurasch" heutzutage bei uns als „Kyrus" bekannt, „Uvakhschatra" als „Cyaxeres", und „Kanbujiya" als „Cambyses". Dasselbe geschah, als chaldäische Namen wie Abed-Nabu und Nabu-Naid ins Hebräische übersetzt und dadurch zu „Abednego" beziehungsweise (nach der Latinisierung) zu „Nabonidus" wurden.

Ich vertraue darauf, dass der Gebrauch verschiedener Wiedergaben desselben Namens für den Leser nicht verwirrend sein wird, obwohl Eltern in biblischen Zeiten Namen ganz offensichtlich nicht danach ausgesucht haben, ob sie für westliche Zungen leicht auszusprechen sind. Meine Absicht ist es, etwas von dem damaligen Zeitgeist für den Leser einzufangen – mehr noch, so hoffe ich, die Phantasie des Lesers in Bilder heidnischer Größe hineinzuführen, die ich zu porträtieren versucht habe.

Über Darius, den Meder

Eine große Zahl der hervorragendsten Gelehrten, deren Werke ich zu Rate gezogen habe, weichen in der Frage, wer jener Darius ist, der in Daniel 6:1 und in späteren Passagen des Bibelbuchs genannt wird, sehr stark voneinander ab. Dieser Mangel an Übereinstimmung hat zwei primäre Ursachen.

Erstens ist Kyrus von Persien der einzige Eroberer Babylons, der noch an anderer Stelle in der Bibel (wie auch in außerbiblischen Quellen, die bis heute entdeckt wurden) erwähnt wird. Der Darius, der in Esra, Haggai und Sacharja genannt wird, ist ein späterer persischer Herrscher, der sich den Thron widerrechtlich von Kyrus' Sohn, Cambyses II., aneignete. Kyrus jedoch wird im Zusammenhang mit Babylon in Esra, 2. Chronik und sehr beeindruckend in den prophetischen Passagen Jesajas erwähnt, die lange vor Kyrus' Geburt geschrieben wurden.

Zweitens wird der Darius, von dem im Buch Daniel die Rede ist, als Meder dargestellt, wohingegen die Eroberung Babylons erst nach der Unterwerfung des Medischen Reichs durch Kyrus, den Perser, erfolgte. Es stimmt natürlich, dass die Meder und Perser verwandte Völker von gleicher Abstammung waren. Aber es scheint sowohl aufgrund biblischer Anhaltspunkte als auch außerbiblischer Quellen, die in jüngster Zeit ausgegraben wurden, klar zu sein, dass die Perser und Meder sich als ziemlich verschiedene ethnische Gruppen betrachtet haben. Ein Geschichtsschreiber, der die in diesem Roman beschriebenen Ereignisse erlebt hätte, würde sicherlich den Unterschied zwischen Medern und Persern gekannt haben.

Historiker haben versucht, diese Schwierigkeiten auf vielfältige Weise zu lösen. Einige haben es unternommen, die Identität des Darius in verschiedenen Personen zu finden, von denen man weiß, dass sie eine Rolle in den hier berichteten Ereignissen gespielt haben. Eine andere Ansicht, die ich für vernünftig halte und der ich in diesem Text gefolgt bin, ist, dass Darius ein Name war, den Kyrus bei der Thronbesteigung angenommen hat. Diese Theorie wird durch bestimmte Übersetzungen von Daniel 6:29 unterstützt, die die Regierung von Darius und Kyrus gleichsetzen: „Daniel war erfolgreich während der Herrschaft des Darius beziehungsweise der des Kyrus, des Persers."

Vielleicht könnte die Archäologie unserer derzeitigen Unsicherheit über die Identität von Darius Abhilfe schaffen. So dachte man beispielsweise noch vor fünfzig Jahren, Belsazar (der im fünften Kapitel des Buches Daniel erwähnt wird) sei der Phantasie des Schreibers des Buches Daniel entsprungen, weil man außerhalb der Bibel keine Hinweise auf eine derartige Persönlichkeit fand. Jüngere Ausgrabungen und Übersetzungsarbeiten an Keilschriftzylindern, die man in den Ruinen Babylons fand, haben jedoch mehrere Hinweise auf Belsazar, den Sohn und (wahrscheinlich) Prinzregenten von Nabonidus, dem letzten chaldäischen König von Babylon, aufgedeckt. Die Exaktheit der Schrift wird auf diese Weise im Falle Belsazars bestätigt. Es ist durchaus möglich, dass eine solche Hilfestellung im Falle Darius', des Meders, noch eintreffen wird.

Aber ich habe mich entschieden, einen Roman statt einer lehrmäßigen Abhandlung zu schreiben – glücklicherweise, denn ich bin nicht qualifiziert genug, das Letztere zu versuchen. Und um der erzählerischen Klarheit willen habe ich mich entschieden, Darius den Meder, mit dem Eroberer Babylons, Kyrus dem Perser, gleichzusetzen.

Ich hoffe, der Leser wird angesichts der schwierigen Zusammenhänge, die ich oben erwähnte, keine Schwierigkeit damit haben, wie ich die faszinierenden Ereignisse rund um die Eroberung Babylons darstelle. Und ich hoffe, dass das alles überschattende Thema, Gottes absolute Souveränität, sehr schnell alle momentane Verwirrung, die vielleicht vorhanden ist, beseitigen wird.

PERSONENREGISTER

Könige von Babylon

Nebukadnezzar – Babylons größter Herrscher

Awil-Marduk – Sohn und Nachfolger Nebukadnezzars; ermordet von Nergal-Scharezer

Nergal-Scharezer – Schwiegersohn Nebukadnezzars; bemächtigte sich mit Gewalt des Throns von Awil-Marduk

Labaschi-Marduk – Sohn des Nergal-Scharezer; abgesetzt von Nabu-Naid

Nabu-Naid (Nabonidus) – Ursprünglich oberster Minister unter Nebukadnezzar und seinen Nachfolgern; später der letzte König des Babylonischen Reichs

Hebräer in Babylon

Daniel (Beltschazar) – Weiser Mann am babylonischen und persischen Hof

Mischael (Meschach) – Freund Daniels, Sänger am babylonischen Hof

Hananja (Schadrach) – Freund Daniels, Musiker in Babylon

Asarja (Abed-Nabu) – Freund Daniels (in der Bibel Abednego genannt) und Gehilfe von Nabu-Naid, dem obersten Minister

Ephrata – Frau des Asarja

Kaleb – Diener im Haushalt Daniels und Asarjas

Hesekiel – Hebräischer Priester und Prophet; von Nebukadnezzar nach Babylon gebracht

Esra – Hebräischer Priester, der von Babylon nach Jerusalem heimkehrte

Jekonja (Konja) – abgesetzter König Judas, in Babylon inhaftiert

Jozadak – ein hebräischer Priester, der von dem Geschäftsmann Egibi angestellt wurde; später kehrte er nach Jerusalem zurück

Königliche Beamte in Babylon

Adad-ibni – oberster Magier (Seher) Babylons

Nabu-Naid (Nabonidus) – gebürtiger Sumerer; oberster Minister unter Nebukadnezzar; wurde später König

Belsazar – Sohn des Nabu-Naid; Prinzregent Babylons

Lamech – Ratgeber am babylonischen Hof und Lehrer Daniels

Uruk (Arioch) – Befehlshaber der Palastwache

Nebusaradan – Befehlshaber und Feldherr über Nebukadnezzars Armee

Die persischen Eroberer

Kurasch (Kurus oder Kyrus) – erster König des Persischen Reichs

Gobhruz – gebürtiger Meder, Leibwächter, Lehrer und General des Kyrus

Kanbujiya (Cambyses) – Herrscher der Parsen und Vater des Kyrus

Hakhamanisch (Achäemenes) – Begründer einer königlichen persischen Dynastie; Urgroßvater des Kyrus

Andere

Egibi – Händler und Geschäftsmann in Babylon, stammte ursprünglich aus Samaria (Israel)

Uvakhschatra (Cyaxeres) – Begründer des Medischen Königreichs und Verbündeter Nebukadnezzars

Asturagasch (Astyages) – König Mediens und Sohn des großen Cyaxeres (Uvakhschatra)

Indravasch – militärischer Befehlshaber des medischen Königs Asturagasch

Gaudatra – Herrscher Elams unter Asturagasch und Kyrus

Krösus – König Lydiens; von Kyrus besiegt

Lysidias – Kyrus' erster Satrap Lydiens

Gefangen in dem Land,
ein Fremder, Jüngling noch,
er hört des Königs Wort,
die Wahrheit er erkannt.
Die Lampen strahlten hell,
die Zukunft stand geschrieben;
er las es jene Nacht –
der Morgen ließ es werden ...

aus Vision Belsazars
George Gordon, Lord Byron

Teil 1

Träume

1

Schweißgebadet, die Augen weit aufgerissen, erwachte der König, während das letzte Echo seines Rufs im Traum noch in seinen Ohren gellte. Er saß kerzengerade auf seinem Lager, keuchend vor Schreck über die nächtliche Vision, die sich in Luft auflöste, obwohl er sich darum bemühte, die fremdartigen Bilder, die ihn so in Furcht versetzt hatten, wieder in sein Gedächtnis zurückzurufen.

Die Konkubine, fähig, mit solchen Dingen umzugehen, drehte sich zu ihm um und versuchte, das Unbehagen des Königs zu lindern, indem sie sanft seine Brust streichelte. Nebukadnezzar schob ihre Hand unwillig beiseite. „Geh!", knurrte er. Er drehte sich nicht um, als sie das Lager verließ und stumm zum Harem zurückschlich.

Wieder derselbe Traum, grübelte er. Als sein Atem langsam zur Ruhe kam, setzte er die verschwommenen Bruchstücke dieser merkwürdig erschreckenden Vision zusammen, die ihn Nacht für Nacht zum Narren hielt, ohne dass er ihren Sinn ergründen konnte.

Er stand auf einer weiten, offenen Ebene – sehr ähnlich der Landschaft rund um Babylon – und die Luft war still. Der Himmel besaß weder das strahlende Azurblau eines heißen Sommertags noch war er wolkenbedeckt und schwer vom drohenden Regen. Er war vielmehr eigenartig neutral – ohne bestimmte Farbe oder Beschaffenheit – als ob der Ort, an dem er stand, nicht wirklich die Erde wäre, die er kannte, sondern eine Gegend irgendwo zwischen dem Reich der Götter und der niederen Welt der Dämonen. Es schien eine riesige stille Halle zu sein, deren Decke außerhalb der Reichweite seiner Vision lag, und deren Wände so weit entlegen waren, dass der

Horizont sie dem Blick entzog. Ein Warteraum. Und dieses ungeheure Gefühl des Wartens erfüllte ihn mit namenloser Furcht.

Er wandte sich um und sah ein gewaltiges Bild. Wie die Ewigkeit selbst thronte es über der Ebene, und er fühlte, wie Freude und Stolz seine Brust durchströmten, als seine Augen daraussfielen. Das Haupt des Bildes, mit grimmig dreinschauenden Augen und ausgeprägtem Kinn, war aus reinstem Gold gegossen. Er betrachtete das Gesicht, das unerschrocken über die Ebene blickte, und wusste, dass dies seine eigenen Gesichtszüge waren. Auf dem Kopf der Statue befand sich eine Krone; es war die Krone eines Herrschers. Das Bild strahlte große Würde aus, und er erhob seine Hand in glühender Bewunderung zu diesem Abbild seiner eigenen Majestät. Vergessen war die ängstliche Spannung kurz zuvor, denn jetzt waren seine Augen nicht von der weiten demütigenden Fläche erfüllt, sondern von dem edlen Monument seiner selbst.

Er bewunderte den Rest der Statue. Fürwahr, ein Meister seines Fachs hatte ein brillantes Kunstwerk geschaffen! Die Brust und die Arme des Standbilds waren aus glänzendem Silber, und die rechte Hand ergriff ein machtvolles, schimmerndes Zepter. Der Körper und die Schenkel waren aus polierter Bronze gefertigt, die darunterliegenden Beine aus Eisen. Als er seinen Blick auf die Füße und den Sockel der Statue fallen ließ, stellte er verärgert fest, dass der Handwerker offensichtlich unzureichend geplant hatte, denn die allerunterstens Teile des Bildes waren aus Eisen gegossen, das mit Ton vermischt war. Aber dann richtete er seine Augen wieder nach oben auf das heroische Gesicht und vergaß bald sein augenblickliches Missfallen.

Als Nebukadnezzar sich an den Rest des Traums erinnerte, merkte er, dass seine Hände zu zittern begannen. Von neuem brach ihm der Schweiß auf der Stirn aus. Er erhob sich von seinem Lager und schritt nervös an das Fenster seiner Kammer. Obwohl er den letzten, so bedrohlichen Abschnitt seiner Vision nicht noch einmal erleben wollte, war er doch unfähig, seiner hypnotischen Kraft zu widerstehen und wurde in seinen Gedanken fortgerissen.

Während er lächelnd zu der Statue hinaufschaute, hörte er hinter sich ein grollendes Geräusch wie Donner aus fernen vergessenen Zeiten. Irgendwie beunruhigt drehte er sich um – und sein Atem stockte.

Ein blendend schimmernder Fels von der Größe einer Festung rollte über die weite Ebene auf ihn zu. Keinerlei Staubwolke begleitete seinen Weg – in seiner Reinheit wühlte er nicht einmal so viel Staub auf wie ein Sandkorn, während er sich mit unerbittlicher Entschlossenheit dorthin bewegte, wo er stand. Nichts verdeckte seinen Blick auf dieses Ungetüm. Und er fühlte, es kam ... seinetwegen.

„Nein!", hörte er sich selbst schreien. „Nicht mich!" Er begann davonzulaufen. „Nicht mich! Nimm das", rief er und zeigte auf die Statue. „Nimm das als Opfer, aber verschone mich. Ich flehe dich an!" Er versuchte, Marduk, Nabu und alle anderen Götter und Dämonen anzurufen, aber die Namen blieben ihm angesichts des unaufhaltsamen Angriffs dieses rollenden Vorboten des Schicksals im Halse stecken.

Der schimmernde Fels traf die Statue mit der Kraft von hundert Donnerschlägen. Vor seinen erschrockenen, vor Angst zusammengekniffenen Augen brach das mächtige Standbild, das stolze königliche Monument, zusammen und zerfiel. Er fühlte einen stechenden Schmerz in seiner Brust, als wenn sein Herz mit Gewalt aus dem Brustkorb herausgerissen würde. Feine Teilchen des einst so triumphalen Bildnisses regneten wie Staub herab. Der durch den Felsbrocken verursachte Wind blies die Bruchstücke wie Spreu davon.

Schluchzend brach er zusammen. Elendig lag er auf dem Boden und warf zwischen seinen Fingern hindurch einen verstohlenen Blick auf den Felsen. Er wurde größer – oder schrumpfte er selbst nur vor ihm? Jetzt schien er ihm so riesig wie die schneebedeckten Berge des nördlichen Libanon, so gewaltig wie die glühenden Dünen der Arabischen Wüste. Die Größe seiner Gegenwart, seine Ausstrahlung, die eine Welt hätte füllen können, gab ihm das Gefühl, so unbedeutend zu sein wie ein Staubkorn. Er duckte sich. Er schrie ...

Nebukadnezzar, König von Babylon, Herrscher der Länder, Beherrscher der beiden Flüsse, kauerte in einer Ecke seiner Kammer und hechelte wie ein gefangener Vogel. Er verbarg sein Gesicht in den Händen, aber der Schrecken des Traums explodierte mit unerbittlicher Gewalt in seinen Gedanken. In jener Nacht schlief er nicht mehr.

Adad-ibni fühlte, wie die Sorge sich wie ein Druck auf seine Magengegend legte. Uruk, der Befehlshaber der Palastwache, stand in der äußeren Kammer und brachte eine Botschaft vom König. Normalerweise hätte ihm diese Nachricht keinen besonderen Kummer bereitet, in diesen Tagen jedoch war es ein Grund, besorgt zu sein.

Als wichtigster Zeichendeuter besaß Adad-ibni das Vorrecht, sich sehr oft in der Gegenwart des Königs aufhalten zu können. Er war dafür verantwortlich, den Herrscher über den Stand der Zeichen und Omen am Himmel, auf der Erde und unter der Erde in Kenntnis zu setzen. Die Verantwortung lag schwer auf ihm, denn Nebukadnezzars Entscheidungen hatten Auswirkungen auf die ganze Welt, und Adad-ibnis Rat beeinflusste die Entscheidungen Nebukadnezzars. Es gab kaum ein Ereignis in Babylon, das von seinen Gesandten übersehen oder bei seinen Berechnungen ausgelassen wurde – angefangen vom Lesen der Eingeweide eines geopferten Ochsen bis zur Geburt eines missgebildeten Kindes, von der Kontrolle der Ernten bis zur Formation der Zugvögel. Sogar die Sterndeuter im Tempel, die sich ihre Stellen oben auf der Etemenanki-Zikkurat und den kleineren Tempeltürmen eingerichtet hatten, gaben ihre sorgfältig aufgezeichneten Beobachtungen pflichtbewusst an ihn weiter und fügten sich seinen Auslegungen. Sein Posten war das Herzstück für alle Planungen und die gesamte Verwaltung des Reichs, und niemand besaß größeres Ansehen beim König als er selbst.

So jedenfalls war es bis vor wenigen Monaten gewesen. Doch es war zunehmend schwieriger geworden, mit ihm umzugehen. Nach dem erfolgreichen Abschluss seines Feldzugs am Großen Meer wirkte er zurückgezogen und zerstreut. Manchmal, wenn Adad-ibni mit ihm unter vier Augen sprach, machte Nebukadnezzar den Eindruck, dass er überhaupt nicht zuhörte – oder vielmehr irgendeiner anderen Stimme als Adad-ibnis zuhörte. Während der letzten paar Monate waren seine Treffen mit dem König durch Ungeduld und Kurzangebundenheit Nebukadnezzars sowie wachsende Unzufriedenheit von seiten seines obersten Zeichendeuters gekennzeichnet. Adad-ibni wusste nur zu gut, wozu der Herrscher fähig war, wenn sein Zorn erregt wurde, aber er fühlte sich hilflos, die Quelle des Unbehagens Nebukadnezzars auszuschalten oder auch nur zu verstehen. Der König war kein Mann, der leichten Zugang zu seinen innersten Gedanken erlaubt hätte – nicht einmal einem Seher.

Ein letztes Mal blickte er auf die Aufzeichnungen, die er sich von den Berichten gemacht hatte, die ihm seit dem letzten Treffen mit dem König überbracht worden waren. Er empfand ein ungutes Gefühl aufgrund dieser unerwarteten Botschaft aus den königlichen Gemächern. Aber nicht zu antworten wäre ein sicheres Todesurteil, besonders zu diesem Zeitpunkt. Tief seufzend straffte er seine Schultern, ordnete seine Kleider und ging langsam in die äußere Kammer.

Uruk beobachtete den obersten Seher, sorgfältig bemüht, keine Regung zu zeigen, als dieser auf ihn zu schlenderte. Er schauderte innerlich. Immer wenn er Adad-ibnis Gesicht anschaute, dachte er an eine Eidechse im Sand oder eine Schlange. Der Kopf des Sehers war nach der Sitte der Magier und Zeichendeuter glattrasiert, und sein Gesicht sah aus, als ob es niemals eine menschliche Regung gezeigt hätte. Seine Augen waren fortwährend halb geschlossen, und seine Wimpern so dünn, dass sie kaum zu sehen waren. Wie bei einem Reptil änderte sich sein Gesichtsausdruck nie. Das glatte, kühle Äußere ließ keinerlei Rückschlüsse darauf zu, ob er nervös, ärgerlich oder begeistert war.

Obwohl der oberste Seher sich in den höchsten Kreisen der Macht bewegte, war er ein relativ junger Mann – beunruhigend jung nach Meinung des Befehlshabers. Seine Fähigkeiten mussten in der Tat sehr groß sein, wenn er in so jungem Alter solchen Einfluss erlangt hatte. Doch der Soldat fragte sich insgeheim, ob der Erfolg des Magiers bei Hofe nicht doch mehr darauf beruhte, dass er die Absichten des Königs, die sich ständig änderten, mehr erahnte, als dass er die Sterne deutete. Uruk selbst vertraute Adad-ibni nicht. Anders als er selbst, ein Mann der Tat, der immer in Bewegung war, schien sich der oberste Seher ausschließlich im Bereich der Gedanken und Ideen, gemurmelter Zaubersprüche und geheimen Wissens zu bewegen. Der Kahlgeschorene wusste eher mit Worten umzugehen als mit dem Schwert.

„Guten Morgen, Herr Uruk", intonierte der oberste Seher ruhig. „Ich hoffe, Ihr habt gut geschlafen."

Uruk dachte bei sich, dass der Magier die Antwort eigentlich schon wissen könnte, und antwortete: „Ja, vielen Dank. Und Euch auch einen guten Morgen, Herr Adad-ibni. Ich hoffe, es geht Euch gut und Ihr seid wohlauf."

Adad-ibni nickte gelassen. Einen Moment lang war es still, bis die beiden mächtigen Höflinge den vornehmen Schlagabtausch wieder aufnahmen, den endlosen höflichen Zermürbungskrieg, der von den Großen und den weniger Großen am königlichen Hof Babylons ausgefochten wurde.

Uruk räusperte sich: „Seine Majestät wünscht Euch unverzüglich zu sehen."

Adad-ibnis Magen krampfte sich ein wenig mehr zusammen, doch sein Gesicht zuckte nicht einmal.

„Er hat in letzter Zeit nicht gut geruht – seine Träume bereiten ihm Sorge", fuhr Uruk fort.

Adad-ibnis Gedanken begannen zu rasen. So – das war also das Problem. Das könnte erklären, warum der König in den letzten Monaten nicht ganz auf der Höhe war. Man sollte die Ärzte um Rat bitten. Vielleicht ein Trank ...

„Welcher Art sind die Träume des Herrschers?", erkundigte sich der oberste Seher. „Was hat er gesehen – vielleicht fliegende Drachen oder Drachen, die sich ausruhen?"

Uruk breitete seine Hände aus und schüttelte den Kopf. „Adad-ibni, davon verstehe ich nichts. Der König hat mir nur so viel mitgeteilt, wie ich Euch gesagt habe. Was er gesehen oder nicht gesehen hat, müsst Ihr selber feststellen."

Adad-ibni strich sich über sein Kinn und starrte nachdenklich in die Ferne. Das war wichtig. Er spürte, dass dieser Traum Nebukadnezzars weitreichende Auswirkungen haben würde. Sicherlich gab es einen Weg, diesen Umstand zu seinem Vorteil zu nutzen.

Kurz darauf schaute er auf. „Sehr gut, Herr Uruk. Begleitet mich zum König."

Asarja legte die Tafel auf den Zedernholztisch vor seinen Vorgesetzten und verbeugte sich respektvoll.

Der ältere Mann warf einen Blick auf die Keilschriftzeichen und fragte: „Was sind das für Berichte, Abed-Nabu?" Wie immer benutzte er Asarjas babylonischen Namen.

„Sie sind aus dem westlichen Gebiet, mein Herr", antwortete Asarja. „Sie betreffen die Städte und Ländereien der Ebene der Philister, Syrien und ..." – seine Stimme zögerte unmerklich – „Juda."

Sein Herr brummte etwas und verzog seinen Mund, während er die Tafel mit der Zusammenfassung durchlas, die Asarja vorbereitet hatte. Als sein Sekretär war es Asarjas Aufgabe, die Informationen zusammenzufassen, die in den Berichten der Gesandten des Königs enthalten waren. Diese waren weitverstreut, bis in die abgelegensten Gebiete des Reichs, vom Beginn der Ebene von Elam bis zur Küste des Großen Meers. Mit Hilfe dieser Berichte pflegte Nabu-Naid als oberster Verwalter Pläne und Strategien zu entwerfen, die dann die Zustimmung oder Ablehnung des Herrschers fanden.

Asarja spielte deswegen eine wichtige Rolle, weil Nabu-Naid die Neigung besaß, seinem ihm eigenen Zeitvertreib nachzugehen. Er stammte aus einer langen Linie von halb-königlichen Priestern und Gelehrten, und es schien, als ob er das Grübeln über modrige Scherben der Sorge um die Staatsangelegenheiten vorziehe. Wenn Asarja einen Bericht abzugeben hatte, war Nabu-Naid meistens dort zu finden, wo er heute war: Eingeschlossen in seinem Studierzimmer, umgeben von Zeugnissen der Vergangenheit, die aus den Abfallhaufen und den verfallenden Hügeln längst vergangener Städte ausgegraben worden waren. So kam es, dass der oberste Minister Asarja beträchtliche Freiheit einräumte, weil er nicht wollte, dass seine Grübeleien über die Vergangenheit allzu oft von den Belästigungen der Gegenwart unterbrochen wurden.

Doch trotz allem beging niemand den Fehler, zu denken, Nabu-Naid nehme die Realitäten am Hof nicht wahr. Seine Familie war alteingesessen, und er besaß weitreichende Beziehungen. Obwohl nach außen hin ein kurioser Sonderling, war mit ihm nicht zu spaßen.

Er richtete nun seine rabenschwarzen Augen auf seinen Gehilfen. „Die Berichte aus Juda sind nicht gut, nicht wahr?"

Asarja zuckte mit keiner Wimper. „Anscheinend nicht, mein Herr."

Einige Atemzüge lang ließ Nabu-Naid seinen durchdringenden Blick auf dem stoischen Gesicht seines Gehilfen ruhen. „Das ist dein Volk, nicht wahr, Abed-Nabu? Machst du dir keine Sorgen darüber, was ihm zustoßen könnte, wenn sich diese Information als richtig erweist?"

Asarjas Augen glitten kurz zu Boden. Er warf einen schnellen Blick auf den Vornehmen und wandte sich dann wieder dem gelassenen Studium der Luft über Nabu-Naids Kopf zu. „Ich diene dem König und meinem Herrn Nabu-Naid. Meine Pflicht ist es, die Information weiterzugeben, die ich empfangen habe." Asarja hielt einen Augenblick inne. „Ein Prophet unseres Volkes hat gesagt, wir sollen das Wohl dieses Landes suchen, in dem wir leben. Das habe ich getan und werde es auch weiterhin tun."

Ein Mundwinkel des Vornehmen verzog sich ein wenig, und seine Augen flackerten mit der leisen Andeutung eines Lächelns. „Gut gesagt, Abed-Nabu. Gut gesagt." Er schaute wieder auf den Bericht, wobei er schnell das Wesentliche seines Inhalts erfasste.

„Hier scheint alles in Ordnung zu sein", verkündete er schließlich. „Du kannst gehen."

Asarja drehte sich auf dem Absatz um, verließ das Gemach und zog die Tür hinter sich zu.

Nabu-Naid verschloss die Tür hinter seinem Helfer und wandte sich schnell seinem Tisch zu. Ungeduldig schob er die Tonscherben auf eine Seite und ließ seine Augen gierig über den zusammengefassten Bericht gleiten, während sein Verstand schnell reihenweise politische Fakten und Annahmen hinzufügte und wieder verwarf. Er überdachte die Angelegenheit und schaute angestrengt nach oben.

Die westlichen Gebiete hatte er also doch nicht so gut im Griff, wie der König gehofft hatte. Konnte dies nur ein Anfang sein? Wahrscheinlich nicht – sie waren zu schwach, um irgendeinen merklichen Riss im Muster der Wahrscheinlichkeit zu verursachen. *Aber es ist ein weiteres Stück, das dem Rätsel hinzugefügt werden muss*, dachte der oberste Minister, während er müßig die Bruchstücke alter Töpferwaren sichtete, die er so demonstrativ untersucht hatte, als Abed-Nabu eintrat. *Ein weiteres Stück für das Rätsel.*

Er war ein Mann, der jene höchst gefährliche Kombination von Eigenschaften besaß: Geduld und Klugheit. Er hatte eine Menge Zeit zur Verfügung, das wusste er. Und eines Tages, wenn die richtige Zeit gekommen war ...

Nebukadnezzar saß schwermütig in seinem Privatgemach und starrte mit finsterem Blick auf einen Wandbehang der gegenüberliegenden Seite. Es war ein Bild des Gottes Marduk in der Gestalt eines Drachen, der einen geflügelten Stier niederstreckte. Der Teppich war angefertigt worden, um den Sieg Nebukadnezzars über die Assyrer zu feiern, ein Sieg, der das Babylonische Reich in eine neue Ära geführt hatte. Sie erlangten ihn durch ein Bündnis, das sie mit den Medern unter König Cyaxeres – in der Sprache jenes Volkes hieß er Uvakhschatra – geschmiedet hatten. Er erinnerte sich an die Lanzenreiter der Meder, an die Art und Weise, wie sie lachend auf ihren majestätischen Rossen, den nisäischen Pferden der östlichen Hochebene, in den Kampf zogen. Er erinnerte sich auch an die mit den Medern verwandten Stämme. Parsen nannten sie sich selbst. Diese rastlosen Perser schienen langsam unter der Oberherrschaft des Cyaxeres nervös zu werden.

Den Blick auf den Wandteppich geheftet, erinnerte sich der Herrscher an die Tage seiner Triumphe, während er im Geiste die Städte und Länder aufzählte, die er tributpflichtig gemacht hatte: Assyrien und der Reichtum Ninives, die reichen Stadtstaaten Tyrus und Sidon, die an der See lagen, Philistäa und die Ebene an der Küste nahe dem Großen Meer, Jerusalem ...

Und dann der Traum. Was nutzte ein solches Imperium, das sich vom Golf im Süden bis zum Großen Meer erstreckte, wenn er den rastlosen nächtlichen Wirren seines Verstandes wie ein Knecht ausgeliefert war? Nebukadnezzar erinnerte sich, wie er sich in seinem Schlafgemach zusammengekauert hatte, zitternd wie ein Sklave vor der Tyrannei der schrecklichen Vision. Darüber hinaus hasste er Schwachheit, bei sich selbst genauso wie bei anderen. Doch dieser Traum hatte ihn mit der Furcht seiner eigenen Seele direkt konfrontiert. Und wegen dieser Furcht, dieser zitternden Schwäche verachtete er sich.

So sehr er sich auch bemühte, er konnte den Traum nicht als eine Erscheinung des Zufalls abtun. Die Vision war zu ehrfürchtig und bedeutungsvoll und doch so unzugänglich. Über den Schlaf hinaus drängte sie sich ihm, während er wach war, mit der Kraft eines Wesens auf, das um alles wusste. Sie besaß eine Aura wie etwas, das von den Göttern gesandt ist, doch seine Gebete – zu Marduk und seinem Sohn Nabu, zu Ischtar, ja sogar zu Sin, dem Überbringer der Träume – brachten ihm keinen Trost. Seine Heere, sein Reichtum, seine absolute Autorität, nichts und niemand konnte ihn von seinem Leiden befreien. Nicht einmal der König von Babylon konnte einem Traum gebieten, zu verstummen.

Er hörte das Geräusch von rauschender Seide und schaute auf, um zu sehen, wie Adad-ibni sich vor ihm niederwarf. Kurz betrachtete er die vornübergeneigte Gestalt seines obersten

Sehers. Das war der Mann, der Nebukadnezzars Aufstieg zur Weltherrschaft vorausgesagt hatte. Er erinnerte sich an die unzähligen schönen Worte, mit denen der Seher ihn überzeugt hatte, dass sein Sieg, seine Dynastie gesichert sei. Und Adad-ibni hatte aus seinem Weitblick reichlich Nutzen gezogen. Aber Nebukadnezzar hatte sich zu fragen begonnen: Besaß das Vorherwissen des Sehers den Beigeschmack von Opportunismus?

Hatten die Magier und Astrologen jemals eine Überschwemmung abgewendet? Hatte ihr Rat ihn vor den rebellischen Befehlshabern gewarnt, deren Aufstand er vor einiger Zeit gezwungenermaßen so gewaltsam hatte niederschlagen müssen? War ihm Adad-ibni jemals wirklich nützlich gewesen, außer als schmeichlerische Stimme, die die Lobpreisungen und Hoffnungen der Massen wiedergab?

Manchmal schien es dem Herrscher, dass die Magier die Himmel nur anriefen, um den Plänen zuzustimmen, die Könige und Fürsten gemacht hatten. Die Sternforscher und Zeichendeuter nahmen für sich in Anspruch, mit den Göttern Verbindung zu haben, doch die Visionen, die sie von sich gaben, waren nicht wahrhaftiger als die Lobeshymnen, die von einem bezahlten Hofsänger gesungen wurden. Wie oft hatte ein Magier aufgrund seines angeblichen Wissens von den Göttern ein Unternehmen des Königs widerrufen? Nebukadnezzar konnte sich an keine Zeit erinnern, in der Adad-ibnis Deutung der Zeichen nicht die Pläne unterstützt hätte, deren Ausführung er sich bereits vorgenommen hatte. War die Autorität und der Weitblick der Magier überhaupt in irgendeiner Weise größer als sein eigener? Ein nagender Zweifel, der an ihm seit einiger Zeit gezehrt hatte, fand Ausdruck in seinen Gedanken: Hatten die Götter wirklich die Menschen geschaffen, oder war es umgekehrt? Abrupt verschloss er seine Gedanken weiteren Spekulationen – so zu denken war wahnsinnig.

„Erhebe dich", befahl er, und der oberste Seher erhob sich dankbar.

2

„*H*at Herr Uruk dich informiert, warum du hier bist?", fragte Nebukadnezzar.

Adad-ibni nickte, während ein glückseliges Lächeln über sein Gesicht glitt. Nebukadnezzar fühlte, wie sich seine Mundwinkel nach unten zogen.

„Mein Herr", hob der Seher in salbungsvollem Ton an, „die Auslegung von Träumen ist ein Studium, dem ich mich, wie mein Herr weiß, mit beträchtlichem Zeitaufwand gewidmet habe. Häufig können uns Träume viel darüber sagen, wie die Götter uns geneigt sind, und was geschehen wird. Und in den Träumen des Herrschers ..." – der Magier machte eine leichte Verbeugung – „kann man Botschaften lesen, die die Zukunft sehr stark verändern werden." Wieder kam dieses honigsüße Lächeln, das ehrerbietige Nicken. „Und nun, wenn Eure Majestät so höflich wären, den Traum zu beschreiben", fuhr der Magier fort, „werde ich Euch beruhigen können, so gut ich es vermag." Adad-ibni wartete begierig darauf, dass der Herrscher beginnen würde.

Nebukadnezzar fühlte, wie Empörung in seinem Innersten aufstieg. Dieser alberne, lächerlich herausgeputzte Blutegel versuchte, ihn mit geschwollenen Phrasen und gelehrtem Tonfall zu beschwichtigen! Hatte Adad-ibni, während er dort kauerte, in das Unbekannte hineingeschaut? Hatte er gemerkt, wie seine Identität dahinschwand wie Wüstensand zwischen den Fingern eines Skeletts? Nun versuchte dieser geckenhafte Bücherwurm zwischen den für Nebukadnezzar so schreckerregenden Bildern herumzustochern, sie durchzusehen wie ein Sammler und dabei wählerisch die Elemente herauszunehmen, die in die Geschichte passen könnten, die er gern ausbrüten wollte! Der Gedanke daran ließ ihm vor Ärger die Galle hochkommen. Eine solch habgierige lässige Selbstgefälligkeit im

Umgang mit seiner Seelenangst würde er nicht freiwillig durchgehen lassen.

„Sehr gut, Magier", höhnte Nebukadnezzar. „Da du solch ein Experte bist, sage mir dies: Was – genau – war mein Traum? Welche Bilder kamen darin vor, und was war ihre Bedeutung? Sage es mir, oberster Seher, damit ich beruhigt werde, und du wirst reichlich belohnt werden." Nebukadnezzar verschränkte seine Arme vor der Brust und wartete, seine Lippen zu einem Lächeln geformt, das mehr einem Knurren ähnelte als einem Lachen.

Adad-ibnis so trostreiches Strahlen verschwand und entwickelte sich mit weit geöffneten Augen langsam zu einem Ausdruck von Panik. „Mein ... mein Herr, Ihr beliebt zu scherzen. Bitte ... erzählt Eurem Diener den Traum, und eine wahre Auslegung wird folgen." Schweiß bildete sich auf der Stirn des Magiers, obwohl es noch früh am Tag war und die Sommerhitze die massiven Ziegelsteinwände des Palasts noch nicht durchdrungen hatte. Die steigende Furcht Adad-ibnis erfüllte den Raum.

„Vielleicht hat der oberste Seher nicht begriffen, was ich meinte", knirschte Nebukadnezzar mit kaum verhülltem Spott. „Ich wünsche, dass du mir den Traum beschreibst – was es war, was passierte, was ich gesehen habe – und dann gib mir die Auslegung. Auf diese Weise werde ich wirklich die wahren Ausmaße deiner Fähigkeiten und deiner Auffassungsgabe erkennen und schätzen lernen."

Mittlerweile atmete Adad-ibni schnell ein und aus, seine Fingerspitzen zitterten, während er seine Hände aneinanderrieb. Nebukadnezzar sah seine Augen zucken, während die Gedanken wild hinter der kahlen Stirn des obersten Sehers hin und her schossen.

„Mein Herr und König", stotterte Adad-ibni endlich, „was Ihr von Eurem demütigen Diener fordert, ist noch nie dagewesen. Meine Studien belegen, dass solch eine Meisterleistung noch niemals vorher vollbracht worden ist –"

„Ah, aber mein Herr Magier", unterbrach ihn der Herrscher,

der langsam eine boshalfte Freude an dem Unbehagen des Zauberers bekam, „du selbst hast mir mitgeteilt, dass mein Königreich, meine Dynastie, ohne Beispiel sein werde: ‚Wie kein anderer König vor dir – so steht es in den Sternen geschrieben.' Waren das nicht deine Worte?" Nebukadnezzar machte eine bedeutsame Pause, was dem jämmerlichen Seher die Möglichkeit gab, schwach mit dem Kopf zu nicken. „Folgt daraus nicht", drängte Nebukadnezzar weiter, „dass die Fähigkeiten meines obersten Sehers auch beispiellos sein sollten, so, wie nie ein Seher vorher oder danach?"

Adad-ibni sah mit erschreckender Klarheit die Falle, die Nebukadnezzar für ihn mit seinen eigenen Aussprüchen gestellt hatte. Es musste einen Ausweg geben. Doch sein Gehirn war wie benebelt von der absurden Forderung, die ihm auferlegt worden war, und von dem eisigen Wind des Zorns Nebukadnezzars. In die Gedanken eines Menschen, nein, eines Königs einzudringen! Wer könnte sich so etwas vorstellen?

„Mein ... mein Herr und König", stotterte er, „das ... das wird sehr schwierig sein. Ich werde viel mehr Vorbereitung für solch einen Versuch benötigen, als wenn ich nur etwas nachlesen müßte. Werden Eure Majestät ihrem demütigen Diener erlauben, sich drei Tage lang zurückzuziehen, um sich für diese ... diese Reise in die ... in die jenseitige Welt vorzubereiten und zu stärken?" Adad-ibni kreuzte seine Arme vor seiner Brust und beugte seinen Kopf, während er in schwindelnder Panik auf die Worte wartete, die sein Schicksal entweder sofort besiegeln würden oder ihm noch Zeit gäben, sich einen Weg aus diesem Tunnel ins Nirgendwo zu überlegen.

Nebukadnezzar lachte innerlich. Vielleicht dachte dieser heulende Trabant, er, der König, glaube tatsächlich, dass diese Leistung vollbracht werden könne! Er würde Zeit zugestehen, damit diese Torheit reifen konnte, und dann würde Adad-ibni den Zorn des Herrschers für solche Winkelzüge schmecken. „Du bekommst deine drei Tage, Seher", knurrte der König. „Geh und bereite dich vor ..."

Adad-ibni verbeugte sich und verließ eilends den Raum.

„... um zu sterben", beendete Nebukadnezzar murmelnd den Satz, als sich die Tür schloss.

Daniel legte die Tontafel beiseite und schaute aus dem Fenster, während er müde seinen steifen Nacken massierte. Er war an diesem Morgen früh aufgestanden, um die Arbeit an den Berichten über die Dattelernte in den nördlichen Provinzen wieder aufzunehmen – Lamech, sein Aufseher, wollte seinen Bericht in zwei Tagen –, aber die Spalten mit der Keilschrift begannen wie die Spuren von Vogelkrallen auszusehen. Er rieb sich die Augen mit seinen Fingerspitzen und schaute erneut aus dem Fenster.

Von seiner Nische in der Zitadelle aus fiel sein Blick auf den braunen trägen Euphrat und die löchrigen Straßen der neuen Stadt, die über sein westliches Ufer wucherten. Dort lebte er, in einem der unzähligen hellbraunen Häuser aus sonnengebrannten Ziegeln, die sich dort im grellen Sonnenlicht der chaldäischen Ebene duckten. Aber an diesem Morgen wanderten seine Augen an den Straßen und Kanälen Babylons vorbei, vorbei an der westlichen Mauer der Neustadt und weit über die karge Landschaft bis zum Horizont und weiter.

Dort draußen, dachte er, *dort draußen, leise rufend mit der Eindringlichkeit einer suchenden Mutter, mit der Beständigkeit eines Vaters, dessen Sohn verloren ist, liegt Juda.* Sogar jetzt – nach zehn Jahren in dieser geschäftigen Stadt, diesem pulsierenden Zentrum des Reichs – rief Juda ihn noch mit der Stimme seines eigenen Herzens.

Daniel erinnerte sich an eine Nacht in Syrien und ein Lagerfeuer. Erneut hörte er die Stimme eines Propheten, der die Geschichten seines Volkes nacherzählte. Noch einmal fühlte er in seiner Brust das heftige Schluchzen eines Jungen, dessen Herz vor Heimweh schmerzt, noch einmal hörte er die Frage: *Wie lange Jeremia? Wie lange werden wir im Land des fremden Königs bleiben?*

Ein Diener schlurfte in den Raum und wartete still darauf, dass Daniel Notiz von ihm nahm. Nur mühsam wandte Daniel seine Augen von der verschwommenen Linie des Horizonts ab und drehte sich auf seinem Sitz um. „Ja, was gibt's?"

„Geehrter Beltschazar", begann der Diener, „ich bin von Ratgeber Lamech gesandt worden. Er wünscht –"

„Ich bin gerade mit den Zahlen beschäftigt", unterbrach ihn Daniel etwas irritiert. „Bitte teil dem verehrten Ratgeber mit, dass ich ihm den Bericht wie vereinbart bringen werde."

Nervös beugte der Diener seinen Kopf und scharrte mit den Füßen. „Es geht Herrn Lamech nicht um den Bericht. Ich soll Euch zu ihm bringen. So bald wie möglich."

Verblüfft starrte Daniel einige Herzschläge lang auf den gebeugten Kopf des Boten. „Danke", sagte er schließlich. „Du kannst dem verehrten Ratgeber sagen, dass ich zu ihm kommen werde, bevor der Tag seinem Ende entgegengeht."

Doch der Diener machte immer noch keine Anstalten aufzubrechen. „Geehrter Beltschazar, vergebt Eurem demütigen Sklaven", begann er, und es fiel ihm schwerer als je zuvor, „aber Ratgeber Lamech wünscht, dass Ihr mit mir zurückkehrt – sofort."

Daniel fühlte, wie sich sein Puls beschleunigte, als er bemerkte, dass der Bote ihn nicht in Lamechs Amtsräume führte, unten in den niederen Bereich der Zitadelle, in der Nähe der großen Lagerhäuser, sondern vielmehr in die private Wohnung des obersten Ratgebers. Lamech, der schon zu den höchsten Kreisen der Ratgeber des Königs gehörte, bevor Daniel nach Babylon gekommen war, lebte im reichsten Viertel auf der oberen Ebene der Zitadelle, von wo aus er das Ischtar-Tor überblicken konnte. Es zeugte von Bevorzugung, dass der Herrscher ihm erlaubte, innerhalb der Mauern der Zitadelle zu residieren.

Sie erreichten den Eingang. Der Bote verbeugte sich und blieb zurück, während Daniel weiter in die seidenbehangenen, nach Myrrhe duftenden Räume seines Aufsehers eintrat.

Lamech hatte Daniel seinen Rücken zugewandt und starrte, die Hände auf dem Rücken verschränkt, aus dem Fenster. Als er das Geräusch der Sandalen an Daniels Füßen hörte, drehte er sich um. „Ah, da bist du ja, Beltschazar! Bitte setz dich!" Mit einer hastigen Bewegung wies Lamech auf ein paar Kissen.

„Möchtest du etwas essen?" Lamech wandte sich einer Schale aus Alabaster zu, die mit verschiedenen Leckereien gefüllt war. Daniel schüttelte den Kopf. „Auch gut", sagte Lamech, während er seinen jüngeren Assistenten forschend anblickte.

„Beltschazar, eine Situation von großer Bedeutung ist entstanden. Unglücklicherweise ist sie auch völlig unbekannt für uns. Mit anderen Worten, wir haben keine Ahnung, wie wir vorgehen sollen. Das ist der Grund, warum ich deine Hilfe benötige."

Daniel fühlte sich eigenartig beängstigt, trotz der Lobeshymne, die er gerade empfangen hatte. Er runzelte die Stirn als Lamech weitersprach.

„Ich glaube, du kennst den obersten Seher." Er bewegte sich auf eine Ecke des Raums zu, und dort stand Adad-ibni, etwas verdeckt durch einen seidenen Vorhang. Daniel erstarrte unwillkürlich.

„Herr Adad-ibni hatte ein furchteinflößendes Gespräch mit dem König. Es sieht so aus, als ob Seine Majestät einen Traum gehabt hat, der ihn zutiefst beunruhigte."

Daniel fühlte, wie etwas sehr tief in seinem Innern angeregt wurde: Eine Stimme, die zu schwach war, um sie deutlich zu vernehmen. Dann war es verschwunden. Adad-ibni sprach. Die Stirn des obersten Sehers glänzte vor Schweiß. Für den normalerweise sehr gefassten Magier war das ein ungewöhnliches Anzeichen seiner Gemütsverfassung.

„Beltschazar, der verehrte Ratgeber Lamech teilte mir mit, dass du einer der besten und klügsten seiner jungen Männer bist. Er sagt, dass du oft da Erfolg hattest, wo andere versagt haben. Du musst alle deine Kontakte in den Palast und die Stadt nutzen – zu jedem, der die Information haben könnte, die wir benötigen."

„Mein Herr", fragte Daniel ruhig, „was für eine Art von Information sucht Ihr?"

Zweihundert Wegstunden gen Osten, im Land der Parsen, lachte Kurasch, der Kronprinz von Parsagard, vor Freude, während er auf den Rücken seines schnaubenden Rosses sprang. Der Morgen war noch nicht einmal zur Hälfte im Tal von Anschan vorüber, aber die Luft hatte schon die Kühle der Nacht verloren. Lange vor Mittag würde die Hitze in durchsichtigen Schichten auf den zerklüfteten Berguntergrund der Heimat der Parsen schimmern.

Das Kind wies den Begleiter zurück, der mit einem Sattel herbeieilte und nahm das ungesattelte nisäische Ross zwischen seine Schenkel, während es sich nach vorn auf seinen Hals lehnte und mit der Zunge schnalzte. Die hochgezüchtete Stute sprang im Galopp davon, und Prinz Kurasch ließ dem Pferd die Zügel schießen, während sie blindlings die lange Lichtung hinunter auf einen kleinen Fluss in der Nähe der Stallungen zurasten.

Gobhruz, die medische Leibwache des Prinzen, stand mit dem Stallburschen wie angewurzelt und starrte dem davongaloppierenden Pferd und seinem Reiter nach. Er schüttelte den Kopf, während er wegen des strahlenden Sonnenlichts die Hand vor die Augen hielt. „Dieser Junge wird nicht leben, um König von Anschan zu werden", sagte er mürrisch. „Er wird die Lanzen seiner Feinde täuschen, aber nur dadurch, dass er selber zu Tode getrampelt wird."

„König Kanbujiya sollte die Erziehung seines Sohnes selbst in die Hand nehmen", bemerkte der Stallbursche.

Gobhruz schnaubte. „Dieser Junge da war von klein auf ein Strolch." Widerwillig lächelnd betrachtete er die dünnen Staubwolken, die sich am entfernten Ende der Lichtung erhoben, das jetzt einzig Sichtbare vom Fortschritt des Prinzen Kurasch. „Vielleicht ist er dazu bestimmt, die Dinge in die Hand zu nehmen, als selbst in die Hand genommen zu werden. Vielleicht verschmäht er das Halfter, das die Welt ihm gerne um den Hals legen würde."

Der Diener schaute Gobhruz mit berechnendem Blick an. „Wenn das so ist", bemerkte er zu der Leibwache, „dann mögen die Götter Erbarmen mit der Welt haben."

Daniel ging schnell die überfüllte Durchgangsstraße von Schamasch entlang. Es war Mittag, und die chaldäische Sonne brannte mit gnadenlosem Feuer herab. Jede Spur von Schatten an der Straße war bereits belegt, entweder von Bettlern, von Straßenverkäufern, die ihre Ware anpriesen, oder von Tempelprostituierten, die deutlich sichtbar die Tätowierung der Gottheit zeigten, der sie verpflichtet waren. Selbst in der brutalen Sommerhitze ging der Handel in Babylon ohne Unterbrechung weiter. Obwohl die reichen Händler in ihren Häusern waren und dort den heißesten Teil des Tages über ein Schläfchen hielten, gab es doch noch genügend Geschäfte, die zu erledigen waren, und die Bewohner auf den Straßen der majestätischen Stadt ließen keine Gelegenheit aus, um ihren Anteil zu bekommen.

Daniel überquerte die Brücke des nördlichen Kanals und wandte sich nach rechts, die Straße Adads entlang. Er eilte die Stufen zu seiner Tür hinunter, als er eine klare hohe Stimme eine vertraute Melodie singen hörte. Die Worte eines alten hebräischen Lobliedes hallten unerschrocken von den Wänden des inneren Hofs wider. *Gut*, dachte er. *Mischael hat seine Aufforderung erhalten und ist schon da.*

Als er durch den gewölbten Eingang schritt, nickte er dem Türhüter zu und ging schnell in den sonnenbeschienenen Hof. Mischael unterbrach seinen Gesang bei Daniels Eintritt. Er wandte sich um und begrüßte seinen Freund, indem er seine Unterarme ergriff.

„Wem hast du ein Ständchen gebracht?", fragte Daniel ihn lächelnd und schaute fragend umher. „Ich sehe sonst niemand hier."

Mischael lachte. „Ich muss heute Abend bei Hofe singen. Ich habe geübt."

„Du wirst ihnen also ein Lied von David singen?"

„Ich singe für einen König. Warum also sollte ich nicht ein Lied zum Besten geben, das von einem König geschrieben wurde?"

Daniel nickte zustimmend. Die vier jungen Männer, die seit ihrer Kindheit miteinander befreundet waren, lebten zusammen in diesem Haus. In ihren eigenen Gedanken, und wenn sie zusammen zu Hause waren, hielten sie sich hartnäckig an ihre judäischen Namen und ihre Kultur. Dann waren sie Daniel, Hananja, Mischael und Asarja und nicht Beltschazar, Schadrach, Meschach und Abed-Nabu. Sie mochten zwar in Babylon leben, aber ihre Herzen blieben hebräisch.

„Sind Hananja und Asarja schon hier?", fragte Daniel.

„Nein. Ich habe deine Botschaft empfangen und kam vom Hof zurück, so bald ich konnte. Ich habe keinen von beiden auf meinem Weg hierher gesehen."

Ein alter Mann schlenderte o-beinig aus der Küche. „Wünschen die jungen Herren zu speisen?", fragte er mit zitternder Stimme.

„Ja, Vater Kaleb, bitte bring mir einige Datteln", sagte Daniel. „Und hör auf, mich ‚junger Herr' zu nennen. Ich habe dir schon so oft gesagt, dass du kein Sklave in diesem Haus bist!"

Der alte Mann hielt einen Moment inne und nickte nachdenklich. „Sehr gut, junger Herr", meinte er, als er sich zum Eingang umdrehte. „Wenn du zu warten wünschst, werde ich das Essen bringen, sobald du darum bittest." Er schlurfte den Weg zurück, den er gekommen war.

„Kaleb, ich habe nicht gesagt ‚warte'! Ich habe gesagt ..."

Der alte Mann verschwand um die Ecke.

Daniel warf Mischael einen verzweifelten Blick zu. Mischael schüttelte nur den Kopf. „Taub wie ein Stein, kann ich nur sagen."

Daniels Gesicht verzog sich zu einem trockenen Lachen. „Nun, wenn Kaleb sich entschieden hat, uns das Essen vorzuenthalten, haben wir wenigstens noch eine Menge Wasser." Er ging hinüber zu einem großen Tonkrug, der im Schatten an der Wand stand. Nachdem er eine Schale von einem Haken genommen hatte, tauchte er sie ins Wasser, goss sich das kühle Nass zunächst über Kopf und Nacken und tat dann selbst einen langen tiefen Zug. Als er die leere Schale Mischael zum Gebrauch anbot, kamen Asarja und Hananja zur Tür herein.

„Warum ist das Essen nicht fertig?", brüllte Asarja, nachdem er die anderen begrüßt hatte. „Wenn ich den Palast kurz vor dem Mittagsmahl verlassen muss, warum darf ich nicht in meinem eigenen Haus essen?"

Daniel und Mischael schauten einander an und zuckten mit den Schultern. Asarja schnaubte und machte sich mit großen Schritten auf zur Küche. „Kaleb!", rief er. „Du alter Köter! Hast du alles selbst gegessen?"

Minuten später, als sie in der angenehmen Kühle des Hauptraums um einen niedrigen Tisch und eine große Schale mit Datteln und Mandeln saßen, hörten die drei anderen Freunde Daniel zu, der kurz von dem Treffen in Lamechs Wohnung berichtete.

„Niemand hat irgendeine Idee vom Traum des Königs?", fragte Hananja.

Daniel schüttelte ernsthaft den Kopf.

„Sogar Adad-ibni hat Angst?", fragte Mischael.

„Es sieht so aus", stimmte Daniel zu. „Jedenfalls, soweit man seine Gedanken aus seinen Worten erkennen kann."

„Das sag ich euch, meine Freunde", nuschelte Asarja mit vollem Mund, „es sind wirklich unsichere Zeiten. In einigen Berichten, die wir in unserer Abteilung empfangen, werden schlimme Dinge aus unserer Heimat berichtet."

Die anderen schauten ihn an, während er schluckte und dann fortfuhr: „Nebukadnezzars Gesandte haben Hinweise bekommen, dass Zedekia sich wieder Ägypten anschließen will."

„Dieser Dummkopf!", zischte Daniel. „Wird er es nie lernen?"

„Er wird – entweder so oder so", verkündete Asarja mit unheilvollem Ton. „Wer in Juda zurückgelassen wurde, hat nicht gesehen, was wir hier gesehen haben. Sie verstehen immer noch nicht die Macht des Königs und seine Entschlossenheit ..."

Die vier Freunde verstummten, während sie traurig das Schicksal ihres ersehnten Geburtslands abwägten.

„Was können wir hinsichtlich des auf das unmittelbaren Problems unternehmen, Daniel?", fragte Hananja, indem er ihre Gedanken wieder in die Gegenwart zurückholte.

„Haltet eure Augen und Ohren offen", antwortete Daniel schnell. „Beobachtet die Leute am Hof, die Wachen und besonders die Diener und ...", er schaute Mischael an, während er fortfuhr, „den Harem."

Als Eunuch wurde Mischael häufig in das abgeschiedene, streng bewachte Quartier der Frauen gerufen, um für die Frauen und Nebenfrauen zu singen. Er nickte verständig.

„Warum sollen wir Adad-ibni beistehen?", fragte Asarja. „Was haben wir zu gewinnen oder zu verlieren, wenn der König Alpträume hat?"

Daniel erinnerte sich an das leichte Ziehen, das er empfunden hatte, als er das Dilemma des obersten Sehers erkannte. Seine Stirn legte sich in Falten, und er saß so lange schweigend da, dass die anderen einander bedenklich anschauten.

„Ich ... ich bin nicht sicher, Asarja", antwortete er schließlich. „Aber ich kann mich dem Gedanken nicht entziehen, dass diese Aufforderung aus den höchsten Kreisen des Hofs eine ... eine Bedeutung hat.

Und wer weiß?", beendete Daniel strahlend den Satz, „vielleicht werden wir Zeugen wunderbarer Dinge sein. Wer kann sagen, was Gott sich vorgenommen hat?"

Die vier Freunde verfielen in Schweigen und dachten über die Dinge nach, die sie gehört hatten. Asarja griff in die Schale, um sich eine letzte Handvoll Datteln zu nehmen.

3

Die hohen Fenster des königlichen Thronsaals umrahmten strahlend blaue Vierecke des chaldäischen Sommerhimmels, und Sonnenlicht glänzte auf den glasierten Ziegeln der Fassade hinter dem Podium. In die Ziegel waren in leuchtendem Gelb aufgerichtete Löwen eingearbeitet, die scheinbar tänzelten und mit ihrem Schwanz um sich schlugen, sowie stilisierte Palmbäume, die sich im schillernden Licht wiegten.

Uruk, der Befehlshaber der Palastwache, stand auf der niedrigsten Stufe des Podiums und wartete auf das Auftreten des Herrschers. Ein leichtes Lächeln umspielte seine Lippen in Erwartung dessen, was geschehen könnte, wenn Nebukadnezzar den Hof einberief.

Die Magier mussten, in ihrem eigenen Spiel geschlagen, um Erbarmen flehen. So hatten ihn seine Quellen informiert, und er hatte wenig Grund dafür, an der Wahrheit der Geschichte zu zweifeln. Drei Tage lang hatten die höchsten Ränge der Magier und Astrologen nun hinter verschlossenen Türen ihre Dringlichkeitssitzung abgehalten. Niemand hatte mehr als nur einen flüchtigen Blick von irgendeinem der Kahlköpfe seit Adad-ibnis verhängnisvollem Gespräch mit dem König gesehen. Während die Stunden vorübergingen und ihre angstvollen Gesänge und Gebete sich als nutzlos erwiesen, waren ihre Gesichter länger und länger geworden. So jedenfalls sagten die wenigen, die einen Blick auf sie hatten werfen können. Heute, da war sich Uruk sicher, würden sie vor dem Herrscher kriechen und ihre Unfähigkeit zu seinen Forderungen eingestehen.

Uruk war Sumerer. Seine Vorfahren hatten in den Sumpfgebieten zwischen den beiden Flüssen und entlang des Golfs im Süden gelebt. Er gehörte zu dem Volk, das die alten Städte des ersten Königreichs aufgebaut hatte: Eridu, Ur, Lasar, und den alten Platz, der ihm seinen Namen gegeben hatte: Uruk. Beinah instinktiv misstraute Uruk den Chaldäern, einem Volk, das sich im Norden des sumerischen Gebiets niedergelassen und Schritt für Schritt die Kontrolle über die ganze Region an sich gerissen hatte, sogar die Städte, die sein eigenes Volk gebaut hatte. Trotz seines Argwohns gegen sie, war es doch das Zeitalter der Chaldäer. War nicht Nebukadnezzar selbst ein Chaldäer?

Aber die Magier besaßen nach Uruks Gedanken nicht halb so viel Format wie der König. Der König sagte ein Wort, und es war so. Er sagte etwas, und dann führte er es aus. Wie Uruk war der Herrscher ein Mann, der mit nichts hinter dem Berg hielt; er war wie das Tageslicht.

Bei den Magiern war das anders. Für Uruk stellte ihr Einfluss das größte Übel der chaldäischen Gesellschaft dar. Ihre Macht lag in der verschleiernden Dunkelheit der Unterwelt, in den okkulten Praktiken ihrer mitternächtlichen Künste. Ihre Sterndeuterei und das Gemurmel über alten staubigen Texten, ihre Gesänge, die Atmosphäre ihrer mysteriösen Einbildung – Uruk fand das alles zutiefst suspekt. Und mit Hilfe der Tempel hielten sie die Wirtschaft des Reichs im Würgegriff. Es war kein Zufall, dass die Häuser der Götter durch ihre Leihgeschäfte den Löwenanteil der Sklaven, des Landes und des Handels von Babylon sowie den tributpflichtigen Staaten kontrollierten. Adad-ibni mochte wohl ermutigende Orakelsprüche in die Ohren des Königs flüstern, aber Uruk war davon überzeugt, dass das günstige Schicksal, um das es dem obersten Seher hauptsächlich ging, eigentlich sein eigenes Schicksal war. Uruk wollte sehen, wie dieses kahlgeschorene Reptil seine Quittung bekam.

Er schaute einen Verbindungsgang entlang und sah, wie sich der Sondertrupp der Leibwache in Formation vor der Tür zum Privatgemach des Königs aufstellte. Uruk kniete sich mit dem Gesicht zum Boden nieder – das Signal für alle Höflinge, die im Thronsaal umherliefen, ihre Ehrerbietung zu bezeugen.

Ringsum von Leibwachen umgeben, schritt der Herrscher langsam den Korridor entlang. Als er den riesigen Raum betrat, ging er gemächlich zum Podium und setzte sich auf den Thron.

Der Zeremoniensitz bestand aus mit Gold überzogenem Zedernholz. Seine Seiten bildeten geschnitzte Drachen, das Wahrzeichen des Gottes Marduk. Die Tiere waren so geformt, dass die Hände des Königs auf ihren Köpfen ruhten, und die mit Juwelen besetzten Facetten ihrer Augen starrten zwischen seinen Fingern hindurch. Ihre darunterliegenden Mäuler waren zu einem ständigen Fauchen aufgerissen. Durch diesen Thron wurde Nebukadnezzar als Sohn Marduks zur Schau gestellt, als irdischer Abgesandter des Gottes, sein Herrscher, der mit seinem Segen und seiner Hilfe regierte.

Erst als der König seinen Platz eingenommen hatte, verkündete Uruk als Befehlshaber der Wache der auf dem Bauch liegenden Versammlung: „Der König Nebukadnezzar, Herrscher der Länder, Beherrscher der beiden Flüsse und aller Länder bis zum Großen Meer, Geliebter von Marduk, dem König der Götter.

Wer Gerechtigkeit wünscht, möge herzutreten", fuhr Uruk fort. „Mögen die Unschuldigen auf die Weisheit des Herrschers vertrauen und die Schuldigen vor seinem Angesicht zittern."

Als der Befehlshaber die formelhafte Anrufung beendet hatte, rief Nebukadnezzar mit schallender Stimme: „Tritt vor, oberster Seher!"

Adad-ibni und drei andere kahlköpfige schwitzende Männer erhoben sich langsam vom Boden und näherten sich dem Thron, ihre Gesichter unterwürfig gebeugt. Uruk bedeckte seinen grinsenden Mund mit einer Hand – Adad-ibnis Gewand lag eng an seinem schweißgebadeten Körper. Der Befehlshaber ließ seinen Blick rasch vom König zu den vier Gestalten gleiten. Nebukadnezzar hatte ein steinernes Gesicht, es war unmöglich, etwas darin zu erkennen. Dann sprach der oberste Seher: „O höchst gnädiger und erbarmumgsvoller Nebukadnezzar, eine Abordnung deiner demütigen Diener kommt vor dein Angesicht und bettelt um deine Gnade – "

„Wirst du nun, vor diesem erhabenen Hof, den Traum enthüllen und deuten, den wir dir auferlegt haben, in Übereinstimmung mit unserem Befehl und deinen Bedingungen, so wie es in den vergangenen drei Tagen dargelegt wurde?" Nebukadnezzars

Stimme peitschte wie eine glühende Geißel über die schmeichlerische Stimme des obersten Sehers. Sein Gesicht zeigte jedoch immer noch keinerlei Gemütsregung.

Uruk schauderte, obwohl er Adad-ibni nicht leiden konnte. Der König brannte geradezu vor Autorität, als ob Marduk seine Herrlichkeit wahrhaftig vom Antlitz Nebukadnezzars scheinen ließ. Die goldene Krone auf seinem Haupt strahlte wie die Sonne vor den dunkelblauen Ziegeln der Fassade. Selbst wer an die herrschaftliche Gegenwart gewöhnt war, hatte eine Vorahnung, die ihn atemlos machte.

Adad-ibnis Mund bewegte sich, aber man konnte nichts hören. Seine drei Gehilfen waren bereits vor Furcht auf ihre Knie gesunken, unfähig, das Zittern ihrer Beine zu kontrollieren. Schließlich gelang es dem obersten Seher, eine jämmerliche Antwort auf die Frage des Herrschers herauszukrächzen.

„Eure Majestät, die Götter haben ... haben Euren demütigen Dienern das Geheimnis der Leiden des Königs nicht offenbart. Der Traum bleibt uns verborgen."

Stille erfüllte die Halle wie eine riesige Wolke. Uruk konnte beinah die Schweißtropfen hören, die den Nacken der elenden Magier, die vor dem Thron kauerten, herabliefen. Das einzig sichtbare Zeichen des Herrschers war ein Hervortreten der Fingerknöchel, als er die Armlehne des Throns umfasste. Die Augen der Drachen schienen vor Ärger gegen die vier armen Teufel anzuschwellen, während sie auf die ihr Schicksal besiegelnde Stimme warteten.

Zuletzt konnte Adad-ibni es nicht länger aushalten. Er fiel der Länge nach zu den Füßen Nebukadnezzars und stieß hervor: „Mein Herr! Hab Erbarmen mit deinen untertänigen Dienern! Kein Mensch war in der Lage, das zu tun, was mein Herr, der König, befiehlt! Niemand als die Götter kann das Gewebe der Träume erkennen, und sie wandeln nicht auf dieser Erde! Um der Jahre meiner Treue willen, töte mich nicht!" Der letzte Satz der Bitte Adad-ibnis verschwand in einem heulenden Ansturm von Küssen, der sich rührselig über die Füße des Herrschers ergoss.

Nebukadnezzar erlaubte die Fortdauer dieses Spektakels ungefähr zwanzig Herzschläge lang. Dann wandte er sein Gesicht ein wenig zu Uruk. Der Befehlshaber der Wache sah den leicht erhobenen Finger des Königs und trat ein paar Schritte vor, die Lippen verächtlich verzogen. Er fasste das Gewand des Sehers, riss ihn hart nach hinten und warf ihn wie ein Häufchen Elend neben seine drei Gehilfen.

„Wir sind verärgert über Euch, oberster Seher", donnerte Nebukadnezzar. „Ihr habt darin versagt, den Dienst auszuführen, den wir fordern, und jetzt kommt Ihr auch noch vor den Hof in dem ungebührlichen Versuch, um mehr Zeit zu betteln, Euren Misserfolg zu vervollständigen. Wir sind nicht gewillt, nachsichtig zu sein."

Wieder schauderte Uruk innerlich. Nebukadnezzars Gesicht war so kalt wie eine Speerspitze.

„Es ist unser Wunsch", fuhr der König mit unheimlicher und tiefer Stimme fort, „dass alle Magier und Seher in dieser Stadt erschlagen und ihre Leichen von wilden Hunden zerrissen werden. Sie sind nicht nützlich für uns, und wir sehen keinen Grund, dass Menschen, die zu nichts nutze sind, unterstützt oder toleriert werden."

Den Zuhörern stockte der Atem in hilflosem Mitleid für das Schicksal der Magier.

„Außerdem sollen alle ihre Häuser niedergerissen und ihre Frauen und Kinder als Sklaven verkauft werden. „Befehlshaber", sagte der Herrscher, ohne seinen Blick von den erbärmlichen Gestalten der vier verurteilten Männer abzuwenden, „Eure Wachen werden für die Durchführung des erlassenen Urteils an diesem Tag verantwortlich sein. So soll es geschehen."

Uruk verbeugte sich, wenn er auch die blutige Last nur widerwillig akzeptierte. Der Herrscher erhob sich, um die Halle zu verlassen, und sogleich formierte sich die Leibwache um ihn. Unterwürfig warfen sich die Höflinge auf den Boden, als würde jeder von ihnen gern mit den Steinplatten des Thronsaals verschmelzen, vor Furcht, in das Netz des Schicksals gespült zu werden, das sich gerade um die Magier geschlungen hatte.

*Und so von den Fravaschi geleitet,
den wohlwollenden Geisterdienern,
kam der gute König Hakhamanisch hierher –
hier in das Land der Parsen;
hier zu den leuchtenden Bergen,
zu den Tälern frischen süßen Wassers.*

*Er erhob seine Stimme,
um Ahura Mazda zu preisen –
den Namen des weisen Herrn zu loben,
der ihn auf seiner Reise leitete;
der ihn durch die Gefahren führte
und uns das Land gab auf ewig.*

Der letzte Refrain des Geschichtensängers – der alles über Hakhamanisch, oder Achaemenes, den Gründer der königlich persischen Dynastie enthielt – erstarb beim verglimmenden Feuerschein in der großen Halle des Königs Kanbujiya. Die meisten alten Männer schnarchten sanft in ihre Bärte, während ihnen ihre Bierkrüge aus den schläfrigen Fingern glitten. Aber Prinz Kurasch, der gespannt zu den Füßen des Sängers saß, starrte in die Dunkelheit über dem Kopf des alten Mannes, als würde er dort eine lebenswichtige Nachricht lesen, als flüsterten die flackernden Schatten eine Botschaft, die außerhalb seines Gehörs lag.

„Arvania", fragte der Junge, „von wo kamen die Leute von Hakhamanisch, um an diesen Ort zu gelangen?"

„Die Lieder verraten das nicht, mein Prinz", entgegnete der ergraute Sänger. Er dachte einen Moment nach und fügte dann hinzu: „Einige der Alten sagen, unser Volk kam von den großen Graslündern des weit entfernten Nordens. Und mit Sicherheit waren die nisäischen Pferde, der große Schatz unseres Volkes, eine Züchtung für die endlosen Weiten der Steppen, damit ihre Beine sich ausstrecken und die Entfernungen nur so verschlingen konnten. Aber ich kann das nicht mit Sicherheit sagen, junger Herr. Das liegt jenseits meines Wissens."

Kuraschs Augen funkelten für einen Moment, als die Pferde

erwähnt wurden – sie waren immer seine erste Liebe. Dann wurde sein Gesicht wieder nachdenklich. „Arvania, haben unsere Verwandten, die Meder, die Reise zur selben Zeit gemacht wie unser Vater Hakhamanisch?"

Der alte Sänger lachte tief in sich hinein. „So viele Fragen, junger Herr! Wird dein Kopf niemals müde, sich Rätsel für einen alten Geschichtensänger auszudenken?"

Der Prinz grinste, während er seinen Kopf schüttelte.

„Na gut", seufzte Arvania, „ich nehme an, wenn du nicht fragst, wirst du es auch nicht erfahren." Er kratzte sich am Kopf und schaute hinauf in die Dunkelheit zum Hauptbalken der Giebelhalle. „Vor langer Zeit, vor so langer Zeit, dass die Lieder es beinah vergessen haben, waren die Meder und die Parsen ein Volk – die Arier. Und ich nehme an, sie zogen wahrscheinlich etwa zur selben Zeit in das Land östlich der beiden Flüsse. Aber Hunderte von Jahren haben sich die Meder zu den Ebenen von Elam gehalten, nördlich unserer Bergtäler. Obwohl sie sich immer noch Arier nennen – so wie wir auch – ist das nahezu alles, was unsere Völker gemeinsam haben. In den darauffolgenden Generationen haben wir uns auseinanderentwickelt. Eine bessere Antwort kann ich nicht geben."

Ein Schatten legte sich auf das Gesicht des Prinzen. „Und wie lange haben unsere Verwandten uns schon herumkommandiert, indem sie ihren jährlichen Tribut an nisäischen Rossen und Reitern fordern?"

„Genug jetzt, Junge", rief der König von seinem erhöhten Sitz am Kopfende der Halle. „Du hast eine Menge Fragen für eine Nacht gestellt. Lass Arvania zu Bett gehen. Er hat es wohlverdient." Kanbujiya erhob sich ein wenig von seinem Thron und gab seinem Sohn ein Zeichen. Dieser hatte sein verdrießliches Gesicht abgewendet, damit sein Vater nicht sehen konnte, was für eine Miene er machte. Widerwillig stand Kurasch von seinem Platz auf und überreichte dem alten Sänger drei Silberstücke.

„Danke sehr, junger Herr." Der Sänger nickte dankbar. „Und mögen die Fravaschi deinen Schlaf behüten.

Der Sänger erhob sich, verbeugte sich vor dem König und

dann vor dem Prinzen, und humpelte in Richtung seines Hauses davon. Prinz Kurasch wandte sich an seinen Vater.

„Warum müssen wir Asturagasch Tribut zahlen?", fragte er ungeduldig. „Warum müssen wir die besten von unseren Pferden und Männern in die heiße Ebene von Susa bringen? Wir sind so gut wie sie, oder nicht? Warum sollten wir Dummköpfe für sie spielen und ihnen unterwürfig geben, was uns gehört?"

Mehrere Graubärte waren von der beharrlichen Stimme des jungen Prinzen aus ihrem Schlummer aufgewacht. Klugerweise gaben sie jedoch keinen Laut von sich. Stattdessen warteten sie vorsichtig darauf, dass der König die harten Fragen seines Sohnes beantwortete.

„Mein Sohn", begann Kanbujiya langsam, „ich habe dir das schon einmal gesagt. Du solltest solche Dinge mir und meinen Beratern überlassen. Du bist zu jung, um dir den Kopf zu zerbrechen über –"

„Aber ich habe mir schon den Kopf darüber zerbrochen!", rief Kurasch dazwischen. „Ich war mit dem jährlichen Tribut in Ekbatana! Ich habe gesehen, wie sie uns anschauen! Sogar die Fußsoldaten auf den Mauern der Hauptstadt freuen sich hämisch über uns! ‚Da sind sie', sagen sie zueinander, ‚unsere strohdummen Verwandten, die weder lesen noch schreiben können! Sie sollen uns unsere Reittiere bringen, und wir werden ihre Dummheit für ein weiteres Jahr übersehen.'" Der junge Prinz biss die Zähne zusammen, seine Nasenlöcher weiteten sich vor Entrüstung, wenn er an die bitteren Erinnerungen dachte. „Sie alle zusammen sind nicht eine einzige Abteilung nisäischer Reiter wert. Sie sind nicht einmal wert, den Mist unserer Herden aufzuheben!"

„Kurasch, ich habe dir gesagt", erhob der König warnend seine Stimme, „auch wenn du ein Prinz bist, du hast nicht das Alter, solche Dinge zu –"

„War nicht Mandane, meine Mutter, eine Tochter Asturagaschs? Dachtest du, dass ich das nicht von ihr wissen würde, nur weil sie bei meiner Geburt starb?", rief der Prinz, während er mit seinem Fuß aufstampfte. „Ich bin der Sohn eines Königs.

Ich habe königliches Blut geerbt, vom Vater und von der Mutter! Warum muss ich dann wie ein Fohlen behandelt werden, das zu jung ist, sein eigenes Gras zu fressen?"

„Kurasch!", rief der König und sprang auf seine Füße. „Ich wünsche an diesem Abend keine weiteren Spottreden von dir zu hören! Geh jetzt zu Bett!"

Zehn Atemzüge lang starrten sich Vater und Sohn zornig an. Zuletzt stapfte Kurasch mit einem entrüsteten Schnauben aus der Halle.

„Mein König", wagte sich nun einer der alten Männer in ruhigem Ton zu äußern, nachdem Kurasch gegangen war, „für jemand, der so jung ist, laufen merkwürdige Gedanken im Kopf deines Sohnes herum. Ich fürchte ..." Der Höfling legte eine Pause ein, während er nach Worten suchte.

„Heraus damit", brummte Kanbujiya. „Sehr wahrscheinlich habe ich selbst das auch schon gedacht – äußere dich."

Der Graubärtige schaute den König an und wandte seinen Blick dann ab. „Mein Herr ... dieser Junge ist ein Problem." Der alte Mann wartete, den Kopf nach unten gebeugt, auf die Antwort des Königs.

„Allerdings", stimmte der König zu, der auf die dunkle Stelle starrte, wo vorher sein Sohn gewesen war. „Aber ... für wen?"

4

Daniel, noch immer schockiert von den Ereignissen am Hof an jenem Morgen, deren Zeuge er geworden war, ging mit Lamech die Aibur Schabu entlang, die Straße der Prozessionen. Im Abstand von fünfzig Schritten brannten flackernde Öllampen, die an zehn Ellen langen Pfählen befestigt waren. Vor einigen Monaten hatte der Herrscher angeordnet, dass der breite Weg vom Ischtar-Tor zum Esagila, dem Tempel Marduks, nachts erleuchtet werden solle – aus Ehrfucht vor Marduk, dem Herrn der Sonne. Man konnte das einfache Volk häufig über die Kosten murren hören, die aufgebracht werden mussten, um eine solche Zahl von Öllampen zu unterhalten. In letzter Zeit schien der Preis für Öl täglich zu steigen, zum Verdruss aller, bis auf die Tempel, die großen Landbesitz mit Olivenhainen und Herden besaßen, um den Bedarf zu befriedigen. Natürlich beschwerte sich niemand beim König.

„Mein Herr, es ist falsch vom König, so eine blutige Tat anzuordnen!" Daniel bestand darauf. „Die Magier und Seher sind in der Tat ein eingebildeter und hochnäsiger Haufen, aber sie haben nichts getan, was solch eine Strafe verdient!"

Lamech, der daran gewöhnt war, seinem jungen Schützling zu erlauben, sich frei zu äußern, zuckte mit den Schultern, während sie an einer rauchenden Lampe vorbeigingen. Er schaute stur auf seine Füße, wo das flackernde Licht von den tiefblau glasierten Ziegeln auf beiden Seiten der Straße reflektiert wurde. „Er ist der Herrscher, Beltschazar", meinte Lamech. Sie schlenderten langsam an einem der eingearbeiteten gelben Löwen vorbei, die etwa alle hundert Schritte an der Wand entlang nachgebildet waren. „Es ist so angeordnet und es gibt nichts, was wir machen, keine höhere Autorität, an die wir uns wenden können. Und nebenbei, diese Angelegenheit betrifft uns nicht."

„Aber seht Ihr das denn nicht?", drängte Daniel. „Es betrifft uns! Nehmt an, die Getreidelieferungen fallen unerklärlicherweise aus. Oder was ist, wenn die Abgaben, die aus einer Provinz empfangen werden, nicht mit dem Eintrag auf den Tafeln übereinstimmen, die von den Gesandten der Satrapen vorbereitet worden sind? Wird der Herrscher mit uns nicht dasselbe machen wie mit den Magiern? Werden wir nicht ebenso die Schärfe des Schwerts zu spüren bekommen, wenn wir es nicht schaffen, alles zur Zufriedenheit zu erfüllen?"

Während sie weitergingen, hob Lamech die Hand, um seinen Nacken zu reiben, und dachte mit Unbehagen über Daniels Worte nach. „Beltschazar, es ist Sache der Magier und Seher, sich um die verborgenen Dinge zu kümmern", knüpfte er wieder an das Gespräch an. „Was für ein Recht haben wir, uns in solche Angelegenheiten zu mischen?"

Daniel prustete. „Die Magier und Seher haben meiner Meinung nach immer weitaus weniger gewusst, als sie den Anschein geben wollen."

Lamech betrachtete ihn scharf. „Unsere Astrologen gehören zu den respektiertesten Leuten in der Welt! Weise sind aus Ägypten und sogar von den Inseln der Griechen gekommen, um zu ihren Füßen zu studieren! Wie kannst du sie des Betrugs bezichtigen?"

Daniel sah seinem Lehrer vorsichtig in die Augen und schaute dann in die Ferne. Sie gingen ein paar Schritte weiter, bis der junge Mann erklärte: „Mein Herr, es gibt einen Gott, der Visionen schenkt, der Menschen Träume eingibt. Er ist derselbe Gott, der Könige zu Ehren bringt und sie erniedrigt. Und er ist es, der wahre Visionen gibt – nicht die Sterne, die er selbst gemacht hat, und auch nicht die Geister, die ihm unterworfen sind."

„Schon wieder diese merkwürdigen hebräischen Dinge", murmelte Lamech.

Daniel lächelte. „Ja, ich nehme an, das klingt seltsam, mein Herr. Aber ich habe Dinge gehört und gesehen ..." Seine Stimme verstummte, als sich ein alter blinder Bettler näherte. Lamech wandte sich um und beobachtete, wie sich der alte Bettler, mit seinem Stock vor sich auf den Boden klopfend, in trippelnden Schritten aus der Dunkelheit außerhalb des Lampenlichts auf sie zubewegte. Fünf Schritte entfernt, dann vier ... drei. Er hielt an.

Der Bettler schaute direkt auf Daniel – so jedenfalls kam es Daniel vor. Er fühlte die blinden Augenhöhlen auf seinem Gesicht, als würde sein Innerstes nach außen gekehrt. Und wieder fühlte er dieses merkwürdig vertraute Ziehen in seiner Brust; wieder diese entfernte Stimme ... dann Stille. Der alte Mann nickte vor sich hin, dann schritt er vorsichtig an ihnen vorbei, ohne zu sprechen, ohne um Almosen zu bitten. Daniel hatte das eigenartige Gefühl, dass dieser alte Mann, anstatt zu betteln, ihm etwas gegeben hatte ... aber was?

„Stimmt etwas nicht?", fragte Lamech, als Daniel wie angewurzelt auf den entschwindenden zerlumpten Rücken des alten Mannes starrte.

„Ich ... es ist ... nichts", sagte Daniel langsam. Dann schaute er zu Lamech. „Ich muss zum König gehen. Ich muss ihn dazu bringen, die Sache, die er angeordnet hat, noch einmal zu überdenken."

„Daniel! Du bist von Sinnen!", zischte der oberste Ratgeber. Ein vorbeigehender Fußsoldat warf einen kurzen sonderbaren Blick auf sie, ging dann aber weiter. „Wenn du dich selbst zwischen den Zorn des Herrschers und seine Zielscheibe stellst, warum glaubst du dann, mit deinem Leben davonkommen zu können? Mach nicht so etwas Verrücktes! Lass die Finger davon!"

Daniel schaute weg und hinauf – in den dunklen Raum zwischen den Sternen, hinaus und über die Mauern, nach Westen. Dann drehte er sein Gesicht zu Lamech. „Mein Herr, das ist etwas, das ich tun muss. Ich kann es nicht erklären." Er drehte sich um und ging mit schnellen Schritten zurück zur Zitadelle. Lamech stand still und starrte ihm nach.

„Beltschazar", murmelte er. „Wenn dieser Mann es je nötig hatte, dass sein Name wahr ist, dann jetzt. Bal-atsu-usur", flüsterte Lamech auf Chaldäisch. „Gott Bel beschütze sein Leben."

Hananja ließ die letzten Töne der Harfe in der Kammer nachklingen, bevor er die schwingenden Saiten mit seinen Fingerspitzen abdämpfte. Er schloss kurz die Augen, dann schaute er Mischael an. Ein stilles Lächeln ging zwischen ihnen hin und her.

Die Musik war verklungen. Lied, Sänger und Spieler waren zu einer Einheit verschmolzen, emporgehoben, um sich in der unterschiedlichen Einheit von Melodie und Wort zu verlieren. Das Lächeln zeigte ihre Verbundenheit, ihre Wertschätzung der selbstlosen Übereinstimmung der Musik. Sie wussten, wie selten die Augenblicke sind, wenn der Künstler das Vorrecht hat, sich selbst als Kanal der Schöpfung wahrer Schönheit zu fühlen. Eine kurze Zeit während ihrer Aufführung hatte Schönheit Leben empfangen, schimmernd und doch vergänglich, in der Kammer Nebukadnezzars.

Sogar der König, der solche nächtlichen Konzerte gewöhnt war, wurde von der schlichten Eleganz des altehrwürdigen Lieds bewegt. Er riss sich von seiner Bewunderung los, um zu fragen: „Was war das für eine Melodie, die ihr gerade gespielt habt?"

Mischael neigte sein Haupt in Ehrfurcht. „Mein Herr, das war ein altes Lied unseres Volkes. Die Melodie heißt: ‚Der Tod des Sohnes'."

„Hast du diese Melodie komponiert?"

„O nein, mein Herr!" Mit gesenktem Blick lächelte Mischael ein wenig. „Ich könnte niemals etwas komponieren, das so gut klingt. Diese Weise wurde vor vielen vielen Generationen vom ersten großen König meines Volkes empfangen, von David, dem Gesalbten des Herrn."

Nebukadnezzar warf einen näheren Blick auf die Musiker, während seine Finger auf seinem Oberschenkel trommelten. „Ach ja! Ihr gehört zu den Hebräern!"

Mischael und Hananja beugten bestätigend ihre Köpfe.

Nebukadnezzar bewegte sich ein wenig auf seinem Polster, um Nebusaradan anzuschauen, den Feldherrn der Armeen Babylons, der hinter seiner rechten Schulter Platz genommen hatte. „Erinnerst du dich an diese Leute, Saradan? Sie müssen zur selben Zeit hierhergekommen sein, als du diesen Jungen gebracht hast – wie war doch gleich sein Name? Der Sohn von diesem Narr Jojakim."

„Jekonja, mein Herr", antwortete der Befehlshaber.

„Ja, das ist er." Der König schaute unter seinen Augenbrauen hervor auf die beiden Musiker, die darauf warteten, dass ihnen befohlen würde zu gehen oder ein weiteres Lied zu spielen. „Du!", stieß Nebukadnezzar hervor und schaute Hananja an. „Wie heißt du?"

Der Harfenspieler rutschte unsicher auf seinem Platz hin und her. Er war nicht halb so wortgewandt wie Mischael. Er zog es vor, mit seinen Fingern auf den Saiten zu sprechen. Schließlich murmelte er scheu: „Schadrach, mein Herr."

„Sag mir eins, Schadrach: Jener ängstliche Knabenkönig deines Volkes, der in meinem Kerker sitzt, war er von diesem eurem stummen Gott gesalbt? Was ist mit Zedekia, seinem undankbaren Onkel, der jetzt so tut, als säße er auf dem Thron deines winzigen Heimatlands? Hat dieser euer Gott ihn ebenfalls erwählt?"

Hananja wurde rot vor Bestürzung, sein Gesicht tief gesenkt, während er innerlich nach einer Antwort suchte, die zugleich wahr und doch harmlos war. Aber der Herrscher wartete nicht auf seine Antwort.

„Und was bringt ihnen das schon – diese Salbung? Wird es sie etwa vor meinem Ärger bewahren? Tut dieser Gott irgendetwas, um seine geliebten ‚Gesalbten' zu bewahren?"

Nebusaradan rückte unruhig auf seinem Kissen herum. Der König brachte sich wieder in eine Stimmung, die oft blutig ausgehen konnte. Es war furchterregend, anwesend zu sein, wenn er so war und wirklich weitaus sicherer, sich auf dem Schlachtfeld zu befinden.

„Nun, Schadrach?", fragte der Herrscher fordernd in die peinliche Stille hinein. „Was ist das für ein Gott, der Schwachsinnige und Verräter auf den Thron seines kleinen Königreichs setzt?"

Hananjas Herz hämmerte vor Furcht, und Mischaels Augen waren rund und weiß vor Schreck. Als ob sie einen eigenen Willen besäßen, griffen seine Finger zur Harfe und brachten die ersten paar Noten einer Melodie hervor. Hilflos baten seine Augen

Mischael einzustimmen. Sein Teil war die Musik, die Melodie, aber nicht die Worte. Er benötigte verzweifelt seinen Freund, ihm beizustehen, um die Botschaft zu vervollständigen, die die einzige Antwort war, die er in diesem Moment von Todesfurcht geben konnte.

Zögernd, zwischen dem Gesicht des Königs und dem seines Freundes hin und her schauend, begann Mischael zu singen. Es war ein weiterer Psalm Davids:

Höre mein Gebet, o Gott,
verbirg dich nicht vor meinem Flehen;
höre mich und antworte mir.
Meine Gedanken bedrücken mich und ich bin verzweifelt
vor der Stimme des Feindes,
vor den Blicken der Gottlosen;
denn sie bringen Leiden über mich
und schmähen mich in ihrem Zorn.

Mein Herz ist bedrückt in mir;
die Schrecken des Todes greifen mich an,
Furcht und Zittern haben mich befallen;
Schauder hat mich überwältigt –

Ruckartig unterbrachen sie ihre Musik, nachdem Nebukadnezzar auf seine Füße gesprungen war, sein Gesicht weiß vor Furcht. Er bedeckte sein Gesicht mit beiden Händen und wandte sich von den erschrockenen Musikern und den anderen verwirrten Anwesenden ab.

Wie hatten sie das wissen können?, fragte sich der König. *Wie konnte dieser Harfenspieler auf seinem Instrument genau den Kern meines schrecklichen Alptraums zupfen? Wie konnte dieser fremde Eunuch genau die Worte sprechen, die das bebende Zentrum meiner namenlosen Bedrohung sind?*

Dieses Lied, komponiert von einem längst verstorbenen König eines unbedeutenden Volkes, hatte sein Herz erfasst wie eine gepanzerte Faust. Wie war das möglich?

Daniel stieg vorsichtig die Stufen hinab, die zum Kerker führten. Am Boden, auf einer Strohmatte im schaudernden Lichtkreis einer Fackel, saß Uruk. Der sumerische Befehlshaber schaute nach oben, als er die Schritte auf sich zukommen hörte.

„Beltschazar!", grüßte er Daniel. „Welcher Auftrag bringt dich an diesen düsteren Ort?"

„Herr Uruk", begann Daniel, nachdem er ein paarmal geschluckt hatte, „ich muss mit Euch über die Anordnung des Königs sprechen."

„Welche Anordnung?"

„Die über ...", er holte noch einmal tief Luft, „über die Magier und Seher. Der Kommandierende deiner Wachmannschaft sagte mir, ich würde Euch hier finden."

Uruk schaute kurz auf Daniel, dann blickte er in Richtung der massiven Türen, hinter denen die höchsten Magier und Seher eingesperrt waren. „Und was hast du mit diesen Scharlatanen zu tun?", fragte der Befehlshaber der Palastwache.

Wieder legte Daniel ein Pause ein, bevor er antwortete. „Der König wird eine große Sünde begehen, wenn er diese Anordnung durchführt. Das muss ich ihm sagen. Wo ist er?"

Uruk starrte Daniel an, als hätte er gerade großen Unsinn von sich gegeben. „Du ... du warst immer sehr besonnen und überlegt, Beltschazar. Du bist kein Dummkopf, fang jetzt nicht an, wie ein solcher zu handeln. Der König ist Regent von Marduk. Ihr Wille stimmt überein. Geh nicht zu Nebukadnezzar mit deinen hebräischen Vorstellungen von Falsch und Richtig – er ist nicht an sie gebunden."

Nervös trat Daniel von einem Fuß auf den andern, bevor er dem Befehlshaber der Wache in die Augen sah. „Mein Herr Uruk, ich muss zu ihm. Wenn es der Wille des Herrn ist, dass ich lebe, werde ich leben. Wenn nicht, werde ich sterben."

„Der Herr wird mit Sicherheit deinen Tod anordnen, wenn du so zu ihm redest, wie du mit mir gesprochen hast", erwiderte Uruk scharf.

„Ihr verstehst mich falsch, Herr Uruk. Im Hebräischen haben

wir ein Wort, Adonai Elohim. Es bedeutet ‚Herr der Götter'. Es ist der Wille dieses Herrn, der mein Leben bewahrt oder es fortnimmt. Der König ist nichts weiter als ein Diener, so wie wir alle es sind."

Uruks Hand griff nach seinem Schwert. Er sollte diesen jungen Hebräer auf der Stelle wegen dieser verräterischen Rede über den König töten. Aber als er den Griff seiner Waffe umfasste, hielt seine Hand inne. Er betrachtete das ernste, unbeirrbare Gesicht des Beraters zehn, vielleicht zwanzig Herzschläge lang ... dann schaute er weg.

„Der König ist in seiner Privatkammer", sagte er mit rauer Stimme. „Geh zu ihm, wenn du es wagst."

In der stillen Kammer lehnte sich Nebukadnezzar schwer in sein Kissen zurück. Argwöhnisch schaute er wieder Meschach und Schadrach an, die ihre Häupter still vor ihm gebeugt hatten. „Was für ein Volk seid ihr?", flüsterte er. „Was hat es mit euch auf sich?"

Seine Gedanken wanderten zehn Jahre zurück, in die Zeit, als sein Befehl die Besten und Klügsten von den gerade unterworfenen Hebräern nach Babylon beordert hatte. Kaum angekommen, hatten sie schon für Bestürzung im Palast gesorgt. Nebukadnezzar erinnerte sich an das nervöse Gesicht des alten Aschpenas, seines obersten Eunuchen, der nun bereits sei drei Jahren verstorben war. Der Mann war zitternd vor den König gekommen, weil er seine jungen hebräischen Schützlinge nicht überzeugen konnte, dieselbe Nahrungszuteilung zu sich zu nehmen, wie die anderen Jünglinge, die auf den königlichen Dienst vorbereitet wurden. Es war immer so etwas mit diesen Jungen. Sie besaßen Klugheit, waren interessiert und geschickt in fast jeder Aufgabe, die man ihnen gab – und ziemlich hartnäckig, was die eigenartigen moralischen Bedenken ihres namenlosen Gottes anbelangte. Man konnte sie bei einer Gelegenheit für ihre Widerspenstigkeit bestrafen und sich bei der nächsten Gelegenheit merkwürdig unrein fühlen, bestraft durch ihre stille Treue. Sie gehorchten zwar, aber immer auf eine Weise, die den Herrscher daran erinnerte, dass er, zumindest in ihren Augen, nicht das letzte Wort hatte.

Mischael sagte jetzt: „Mein Herr, wir haben keinerlei Bedeutung. Es ist unser Gott, der Herr des Himmels und der Erde, der die Herzen der Menschen formt, der zwischen den Schuldigen und den Unschuldigen richtet."

Nebukadnezzars Nasenflügel blähten sich, aber er sagte nichts, während Mischael fortfuhr: „Was Schadrach zu sagen versucht hat", sagte der Sänger, auf seinen Freund und dann zurück zum König schauend, „ist, dass unser Gott Menschen demütigt, die nicht seinen Willen ausführen – sogar ..." – Mischael holte tief Atem – „sogar Könige", beendete er leise den Satz.

Da betrat Daniel den Raum und warf sich am Eingang nieder.

Nebukadnezzar schaute auf. „Tritt ein, Beltschazar. Irgendwie bin ich nicht überrascht, dich zu sehen."

Daniel erhob sich und ein leichtes Lächeln zog schnell über sein Gesicht, als er seine Freunde erkannte, die vor dem König knieten. Dann nahm sein Äußeres den besorgten Ausdruck eines Mannes an, der mit einer bestimmten Absicht gekommen ist.

„Mein Herr", begann Daniel, „ich bin zu Euch gekommen, um Euch um das Leben der obersten Magier und Seher zu bitten."

Nebukadnezzar starrte seinen Berater ungläubig an.

5

Daniel lag, sich hin und her werfend, auf seinem Lager und beobachtete ruhelos die Sterne. Sie krochen langsam an den Spalten eines Lüftungsgitters vorbei, das sich direkt unter der holzgetäfelten Decke seines Schlafzimmers befand. Zum hundertsten Mal seit er sich hingelegt hatte, hauchte er ein Gebet: „Allmächtiger Herr, schenke mir die Vision, die den Zorn des Herrschers beseitigt."

Nebukadnezzar hatte ihm bis zum Schluss zugehört, ein wenig zu seinem eigenen Erstaunen. Wieder hörte Daniel sich selbst vor dem König um Zeit bitten, um den Herrn des Himmels anzuflehen, ihm den Traum zu offenbaren, der dem König solche Qual verursachte.

Mischael und Hananja war die Kinnlade heruntergefallen, so schockiert waren sie, als sie ihren Freund das Angebot machen hörten, den Traum des Königs zu ergründen. Sie hörten auch die furchtbare Entschlossenheit, die in Nebukadnezzars Stimme lag, als er antwortete.

„Beltschazar", hatte er gesagt, mit einer Feierlichkeit, die mehr Angst einflößte als offener Ärger, „du hast es gewagt, deinem Herrscher einen Vorwurf zu machen. Du hast dich erdreistet, die Aufhebung eines Befehls zu erbitten, den ich erlassen und mit meiner eigenen Hand besiegelt habe. Du bist zu mir gekommen und hast über das Missfallen von diesem deinem Gott gesprochen. Wenn du so eine respektlose Bitte am öffentlichen Hof gemacht hättest, wärst du bereits tot."

Während er auf seinem Bett lag, fühlte Daniel wieder, wie Furcht auf seinem Gesicht brannte, und er erinnerte sich: Die Kammer hatte sich um ihn gedreht, während er auf das seiner Meinung nach sichere sofortige Verhängnis wartete. Nachdenklich hatte Nebukadnezzar die gebeugten Häupter von Mischael und Hananja betrachtet. Daniel war sich sicher, dass das Schlagen seines Herzens in der ganzen Kammer hörbar gewesen war.

„Aber ich weiß von deinem Diensteifer für Lamech und von deiner Weisheit, einer Weisheit, die weit über deine Jahre hinausgeht", fuhr der Herrscher fort, mehr zu sich selbst sprechend als zu ihnen. Er hatte sich die drei angeschaut und dabei jedes bleich gewordene Gesicht genauestens studiert, als sähe er sie zum ersten Mal – oder zum tausendsten Mal.

Dann kehrten seine Augen zu Daniel zurück, und er verkündete die folgenden Worte mit feierlich schallender Stimme. „Wisse nun dies, Ratgeber Beltschazar: Ich gebe dir eine Nacht. Wenn du mir am folgenden Tag nicht die Lösung meines Problems bringen kannst, dann wirst du ... und du, und du", er zeigte auf Mischael und Hananja, „dasselbe Schicksal wie die Magier erleiden. Da du dich der Sache derer angenommen hast, die ich zur Bestrafung verurteilt habe, wirst du dieselbe Strafe teilen, wenn du versagst. So soll es geschehen."

Wie betäubt waren die drei nach Hause zurückgekehrt. Sobald sie Asarja erzählt hatten, was geschehen war, knieten die Freunde nieder, verbunden in glühendem Gebet für ihre Befreiung. Dann waren sie, jeder seine eigene persönliche Kette schicksalsschwerer Resignation hinter sich herschleifend, in ihre Betten gegangen.

Daniel stand nun von seinem Lager auf. Er ging auf seine Zimmertür zu und wieder zurück. *Warum?*, so fragte er sich selbst, *warum fühlte ich mich auf so seltsame Weise gedrängt, zum König zu gehen? Was war das für eine unerträgliche Stimme in mir, die so beharrlich rief, doch unmöglich mit Klarheit zu verstehen war?*

Er erinnerte sich an den blinden Bettler auf der Aibur Schabu und das beunruhigende Gefühl, dass die blicklosen Augen des alten Mannes ihn tatsächlich in einer Weise sahen, in der er sich nicht sehen konnte. Eine Vorahnung von Erwählung war von der schäbigen Gegenwart des Bettlers ausgegangen; als der ungepflegte alte Mann mit dem Kopf nickte, hatte Daniel das Gefühl gehabt, dass er irgendeine unbekannte unergründliche Musterung bestanden hatte. Es schien, als sage das Nicken des Greises, dass er für die Absicht geeignet sei. Aber welche Absicht? Wessen Erwählung? Und würde es morgen früh noch eine Rolle spielen?

Er warf sich wieder auf sein Lager und vergrub sein Gesicht in den Armen. „O Gott meines Volkes", schluchzte er, „ich bitte um Befreiung, um Erkenntnis – und um Ruhe."

Nach einer Zeit, die ihm wie eine Ewigkeit vorkam, fiel er in unruhigen Schlaf.

Er stand auf einem erhöhten Platz, obwohl seine Füße nicht auf irgendeiner Oberfläche ruhten, die er sehen konnte. Wie ein schwebender Vogel fühlte er sich über das Gelände emporgehoben, eine vertraute Landschaft, und doch so fremd wie der Boden des Großen Meers. Die Luft war still, gedämpft. Er wartete auf etwas Unbekanntes. Seltsamerweise fühlte er keine Furcht, sondern mehr ein Kribbeln in seiner Magengrube, eine nervöse Erwartung, wie die eines Kindes, das in der Menschenmenge am Rand einer weiten Straße auf den Beginn einer königlichen Prozession wartet.

Unter ihm war eine Statue, und ein Mann. Der Mann schaute die Statue an und lächelte, er bewunderte das Bildnis. Daniel schaute genauer hin und fühlte, wie sein Herz für einen Augenblick aussetzte. Der König! Er wollte laut schreien, um seinen Herrn vor dem, was ihn erwartete, zu warnen. Denn er wusste – wie, das war ihm nicht bewusst – dass das Kommende mit mächtiger und unwiderstehlicher Veränderung für den Mann und die Statue unten geschehen würde. Vollständige Zerstörung – oder Wiedergeburt.

Aber er war stumm. In der Szene, die sich unter ihm abspielte, sollte er nur ein Zeuge sein, kein Teilnehmer. Einen Moment lang kämpfte er gegen die Taubheit in seiner Kehle, bis er eine sanfte, unendlich starke Hand fühlte, die sich auf seine Lippen legte. Er hörte auf zu kämpfen und wartete in völliger Passivität, die sein Herz klopfen ließ, auf das, was als Nächstes geschehen würde.

Als er das Geräusch hörte, wusste er mit einer Kenntnis, die über das Sehen hinausging, was es war. Mit angstverzerrtem Gesicht schaute er nach oben und sah den glänzenden Stein, der auf die Figuren unter ihm zuraste. Er merkte, wie er selbst erkennend nickte, sogar als er zitternd sah, wie der unglaublich gewaltige, weißglühende Edelstein wie eine Keule seinen Weg auf die Stelle nahm.

Er hörte Schreie von der kleinen Gestalt des Herrschers, sah ihn in Panik fliehen, kriechend wie ein Straßenköter, als der Stein im Ziel einschlug.

„Daniel! Daniel!"

Ruckartig erwachte Daniel unter dem Andrang halb erstickter Schreie. Asarja stand über ihm, hatte seine Schultern ergriffen und starrte mit der Intensität und Sorge eines beunruhigten Bruders in sein Gesicht. Die rosa Farbtupfer der Morgendämmerung sammelten sich auf dem Gitter oberhalb seines Bettes und erleuchteten nur schwach die schattenhaften Umrisse des noch immer dunklen Raums.

„Du hast gerufen und um dich geschlagen", sagte Asarja als Antwort auf Daniels verwirrten fragenden Blick. „Du musst mit einem Dämon im Schlaf gekämpft haben."

Blitzartig wurde es ihm klar. Eine Welle erregter Freude erfüllte seine Brust, und er schaute seinen Freund mit breitem Lächeln an. „Ja, Asarja!", rief Daniel, während er sich kerzengerade aufrichtete. „Ich habe mit einem Dämon gekämpft – und gewonnen!"

Nachdenklich mit dem Elfenbeingriff seines Dolchs spielend saß Nebukadnezzar in seinem Privatgemach und wartete darauf, dass sich der Hof versammelte. Der Griff war aus dem Stoßzahn eines der fremdartigen gewaltigen Tiere geschnitzt, die jenseits der Katarakte des großen Flusses in Ägypten lebten. Die Form war die eines aufgerichteten Löwen – eine Widergabe des Emblems von der Fassade im Thronsaal – und die Augen des Tiers bestanden aus kleinen Smaragden. Das stumpfe Ende der Waffe war aus filigranem Silber gefertigt, die Klinge geätzt mit mystischen Figuren, die, so hatte ihm der Schmied versichert, seinen königlichen Träger schützen würden.

Er drückte die Spitze der Klinge in den Ballen seiner linken Hand, so dass ein kleiner Tropfen Blut heraustropfte. Tatsächlich, dachte er, der große Nebukadnezzar blutet wie jeder andere Mensch. Er grinste: *Was würde geschehen, wenn das öffentlich bekannt wurde?* Mit der flachen Seite der Klinge schmierte er das Blut über sein Daumengelenk, wischte den Dolch an seinem Ärmel ab und steckte ihn wieder in seine Scheide.

Er blutete – und träumte – wie alle gewöhnlichen Sterblichen. Die drei Hebräer, die in unerklärlicher, ungeplanter Übereinstimmung gehandelt hatten, erinnerten ihn daran. War es falsch von ihm gewesen, über ihnen das sichere Verhängnis auszusprechen? Sie hatten nicht beabsichtigt, ihn zu beleidigen – das wusste er tief in seinem Herzen. Letzte Nacht war er beinah zur Gnade bewegt worden, und beinah zum absoluten Glauben an Beltschazars verrücktes Versprechen. Sogar heute Morgen fühlte er in seinem Herzen einen winzigen Funken von Furcht: Vielleicht hatte der Hebräer Erfolg. Nebukadnezzar war sich nicht sicher, ob er das Orakel seines Traums wirklich verkündet haben wollte.

Beltschazar und die beiden anderen hatten seinem Gesicht ungewollt einen Spiegel seiner eigenen Sterblichkeit und Schwäche vorgehalten. Ohne es zu wissen, hatte jeder der drei ihn hart in die raue Wirklichkeit eines großen unerbittlichen Unbekannten gestoßen. Obwohl er bei den Hebräern nicht den eingebildeten, selbstgefälligen Beigeschmack der Magier wahrnahm, hatten sie ihn dennoch, wie jene verachteten Zauberer, dazu gezwungen, die unsichtbaren, unkontrollierbaren Gezeiten der Bestimmung und der Ewigkeit in Betracht zu ziehen. Wenn sie keine Antworten anzubieten hatten, verdienten sie dasselbe Schicksal, wie anständig ihre Worte und ihre Musik auch immer sein mochten.

Ein diskretes Klopfen an der Tür sagte ihm, dass die Vornehmen und Schreiber im Thronsaal versammelt waren. Er erhob sich, ordnete seine Gewänder aus purpurfarbenem Leinen und schritt zur Tür.

Spannung knisterte im Thronsaal Babylons, als der Herrscher sich setzte. Auf der einen Seite, zu seiner Linken, kauerten die bedeutendsten Magier und Seher, zerzaust und ungepflegt von ihrer schlaflosen Nacht im Gefängnis. Weiter hinten in der Halle waren die Edlen und das Gefolge des Hofs, von denen jeder mit starrem Gesicht voller Ungewissheit darauf wartete, zu sehen, in welche Richtung der Wind das Feuer des königlichen Zorns blasen würde. Vielleicht war ihre Befürchtung der Grund für den weiten leeren Raum vor dem Thron.

Auf der anderen Seite der Halle, in einer kleinen Gruppe, befanden sich Beltschazar und seine Freunde. Ihre Haltung strahlte eine erstaunliche Ruhe aus, wie Nebukadnezzar dachte, als er seinen Platz einnahm. Es war merkwürdig – sicherlich nichts anderes als ein Trick, um ihn zu täuschen –, aber ein Lichtstrahl von einem der Fenster fiel zufällig auf die Hebräer, als sie sich vor ihm niederwarfen.

Der Befehlshaber Uruk machte seinen üblichen Ausruf, und die Menschenmenge erhob sich langsam vom Boden.

„Hört das Wort des Königs", begann Nebukadnezzar. „Die Magier bleiben unter dem Todesurteil." Von der Gruppe zu seiner Linken konnte man ein gedämpftes Wimmern hören. „Dennoch, um Beltschazars willen, unseres Ratgebers, sind wir dazu übereingekommen, die Ausführung des Urteils bis zum heutigen Tag auszusetzen. Beltschazar, tritt vor!"

Lamech, der starr im hinteren Teil der Halle stand, fühlte, wie sein Herz mit bleiernem Schlag pochte, als Daniel nach vorne schritt, um vor dem König zu stehen. Ein Knoten schwellte in seiner Kehle: Dieser gute und ehrliche junge Mann verdiente nicht den Tod. Er murmelte ein inbrünstiges Gebet an Adad, seine Schutzgottheit.

„Beltschazar hat uns darum gebeten, vor diesem Hof gehört zu werden. Er hat gesagt, dass er den Traum für uns deuten will, den diese", Nebukadnezzar winkte mit seiner Hand missbilligend in Richtung auf die Magier, „nicht deuten konnten."

Im Hof erhob sich erstauntes Gemurmel über diese unerwartete Entwicklung.

„Also gut, Beltschazar", sprach der König weiter, und ließ seinen Blick schwer auf dem unbescholtenen, zuversichtlichen Gesicht des jungen Hebräers ruhen. „Bist du in der Lage, unseren Traum zu beschreiben und sein Geheimnis aufzuklären, so wie du es gesagt hast?"

Der Hof fiel in eine solche Stille, dass Lamech meinte, er könne einen Käfer hören, der gerade an einem Fenstersims hoch über ihren Köpfen entlangtrippelte.

Adad-ibni blickte verstohlen zwischen seinen Fingern hindurch und hielt den Atem an. Wer war dieser ungestüme Grünschnabel, und warum wollte er seinen Nacken zusammen mit den Magiern auf den Richtblock legen? Der oberste Seher ertappte sich selbst dabei, wie er betete, dass dieser Emporkömmling tatsächlich erfolgreich sein würde – dann wünschte er sich wieder, dass er es nicht sein würde; auch wenn das für ihn selbst den sicheren Tod bedeutete.

Die Augen Asarjas, Mischaels und Hananjas hingen fest an ihrem Freund. Daniel war immer, mehr als jeder andere, der von ihnen gewesen, auf den sie geschaut hatten, um Richtungsweisung zu bekommen. Jeder von ihnen fand sich, sogar als er Gott anflehte, bei der Frage wieder: War Daniel dabei, eine Klippe hinunterzuspringen und sie alle mit in die Tiefe zu ziehen?

Nabu-Naids schwarze Augen sprangen zu den Magiern und zurück zum König und zu seinem Gehilfen Asarja. Konnte er seinen Abed-Nabu von der Schuld befreien, mit diesem törichten Freund verbunden zu sein, mit diesem unverschämten Eindringling, der jetzt seinen Mund öffnete, um zu sprechen? Der oberste Minister verwünschte den Gedanken, einen so fähigen Mitarbeiter zu verlieren.

„Kein Mensch ist in der Lage, die Zeichen der Träume zu lesen, mein Herr", sagte Daniel mit klarer fester Stimme. Lamech fühlte, wie ihn aller Mut verließ. Er sah Uruks Hand den Griff seines Schwerts umfassen.

„Kein Magier, kein Astrologe oder Zauberer kann dem

Herrscher jenes Geheimnis erklären, das ihn so beunruhigt. Aber", sprach Daniel weiter und machte eine Pause, während er tief Atem holte und seine Schultern straffte, „es gibt einen Gott im Himmel, der Geheimnisse offenbaren kann."

Adad-ibni schaute seine Genossen an. Welchen Gott meinte dieser Junge? Welches Totem, welcher Altar war vernachlässigt worden, als sie in fiebernder Eile den Pantheon durchgegangen waren? Ein leises Schulterzucken ging durch die Reihen, bis sie sich wieder umwandten, um die nächsten Worte des Hebräers zu hören.

„Dein Traum, o großer Nebukadnezzar, betrifft die Dinge, die geschehen werden: Der Herr der Heerscharen hat den Vorhang der Zukunft ein wenig beiseite gezogen und dem König die Gunst geschenkt, einen Blick auf die Jahre zu werfen, die kommen werden. Als du auf deinem Lager lagst, mein Herr, sahst du ..."

Die Visionen flossen wie ein Sturzbach über Daniels Zunge, in einer leuchtenden und zugleich erschreckenden Kaskade von Glanz und Ehrfurcht. Jede Person am Hof stand verzückt still, als der junge Hebräer das Blitzen des Goldes, die schwerfällige Beharrlichkeit des Eisens und die trügerische Hinfälligkeit des Tons beschrieb. Wie ein Mann atmeten sie ein, hörten beinah das unerbittliche Donnern des Felsens, der herabstieß wie die Faust eines Gottes. Jeder fühlte seine Knie weich werden, als der Stein das Standbild zertrümmerte, jeder sehnte sich danach, sein Gesicht zu bedecken und sich vor der furchterregenden Größe des Steins zu verbergen, der die ganze Erde erfüllte.

Als Daniel die Beschreibung des Traums beendete, waren die Schatten auf dem glasierten Steinboden des Thronsaals um eine Armlänge weitergerückt. Doch während der Schilderung hatte sich nicht ein Muskel bewegt, nicht ein Auge sich vom Gesicht des jungen Hebräers abgewandt. Niemand musste beobachten, wie der Herrscher sich mit weißen Fingerknöcheln krampfhaft an seinem Drachenthron festhielt, oder wie er erstaunt und entnervt vor sich hinstarrte, um zu wissen, dass Daniel die Wahrheit mitteilte. Jeder von den Anwesenden fühlte die Wahrheit des Gesagten, seine Unausweichlichkeit in seiner Seele widerhallen.

„Und nun, o großer König, werde ich dir die Bedeutung dieser Dinge kundtun", sprach Daniel. Die Worte füllten seinen Verstand und drängten sich bereitwillig auf seine Lippen. Er fühlte sich selbst wie ein Trichter, wie ein Schleusentor für einen Strom, der direkt mit der Weisheit Gottes verbunden war. Er begann sich zu schütteln, zu taumeln in dem Versuch, das Kommen und Gehen der Zeiten – der Königreiche, Länder und Völker – auszudrücken, das in dem Traum des Königs dargestellt war. Es war wie der Versuch, das Ungestüm des Wüstenwinds in einem tönernen Krug zu fangen. Und als er von dem letzten Königreich sprach – jenem Bereich, der die ganze Welt umfassen würde, und sogar mehr als die Welt –, fühlte er wie sein Herz vor freudigem und ehrfurchtsvollem Erstaunen, das er gegen den Gott des Universum, El-Schaddai, empfand, beinah zerplatzte. Wer sonst außer ihm konnte solche Dinge geschehen lassen?

Daniel beendete seine Rede und wischte mit einer Hand müde über seine Augen. Er wankte vor Erschöpfung von dem Gesicht, und Asarja eilte nach vorn, um ihn zu stützen. Als er wieder zu Atem gekommen war, starrte er in die Augen des Herrschers, sein Gesicht strahlend von der Durchschlagskraft seiner Botschaft. „Der große Gott hat dem König gezeigt, was in Zukunft geschehen wird", erklärte er mit einer Stimme wie eine Kriegsfanfare. „Der Traum ist wahr, und die Auslegung ist glaubwürdig."

In der Gangart eines verkrüppelten alten Mannes erhob sich Nebukadnezzar von seinem Thron. Der Hof stand wie angewurzelt, als der König von Babylon langsam auf Daniel zuschritt. Seine Augen hafteten sich an Daniel wie ein Magnetstein. Zögernd, fast ängstlich, näherte sich Nebukadnezzar dem, der gerade das laut ausgesprochen hatte, was im Innersten seiner Seele vor sich ging. Als er eine Armlänge von Daniel entfernt war, blieb der Herrscher stehen und schaute Daniel mit einem Ausdruck an, der sich jeder Beschreibung entzog. Und ganz Babylon würde niemals vergessen, was als Nächstes geschah.

Der Herrscher huldigte seinem Diener. Nebukadnezzar, König der Länder, Herrscher der beiden Flüsse und der Küsten des Großen Meers, beugte sich vor Daniel-Beltschazar und erwies ihm die Ehre. Nacheinander beugte sich jedes Knie im Thronsaal in stummer Anerkennung der bloßen Kraft der Worte des jungen Hebräers.

Adad-ibni erhob seine Augen gerade soweit vom Boden, um die Füße Daniels zu sehen. Wie ein diebischer Hund, der die Schritte seines Herrn im Tor hört, war der oberste Seher ängstlich und ärgerlich.

Nabu-Naid für seinen Teil betrachtete verstohlen das Gesicht des hebräischen Jungen. Der oberste Minister schielte und verzog seinen Mund. *Ein weiteres Stück in dem Rätsel*, dachte er.

6

Die Geschichte von Daniels Meisterleistung nahm ihren Weg vom Palast durch die Stadt wie eine Million trippelnder Ameisen. In den Läden, in den Basaren, ja sogar in den Tempeln der unbedeutenderen Götter wurde der Name Beltschazars ehrfurchtsvoll geflüstert. Das Ansehen des jungen Beraters nahm die Aura eines Talismans an, eines Glücksbringers, den man beanspruchte, wenn man nicht wusste, was man sonst machen sollte.

Innerhalb der hebräischen Gemeinde wurde Daniels Tat zur Quelle von Stolz und vorsichtig stiller Prahlerei. Sein Name wurde sogar in einer Prophetie über das Schicksal Judas erwähnt, die von dem wild aussehenden Prophetenpriester Hesekiel ausgesprochen wurde. Über Nacht war Daniels Vorherwissen sprichwörtlich geworden.

Daniel selbst befand sich durch seine neugefundene Berühmtheit in einer eigentümlichen Lage. Lamech sah ihn nun mit Entsetzen an, mit einer von Vorsicht geprägten Mischung aus Unbehagen und Respekt. Er spürte, dass es nicht mehr derselbe junge Mann war, den er gern zu haben begonnen hatte, ja sogar wert zu achten. Eine neue und verunsichernde Dimension in Beltschazars Charakter war in einer Weise ans Licht gekommen, die es ihm unmöglich machte, seinen Schützling mit denselben Augen zu sehen wie vorher. Er merkte, dass er selbst unsicher geworden war, ob er Beltschazar wie vorher für diese oder jene Besorgung losschicken oder ob er sich vor ihm beugen und von solch einem Botschafter der Götter Befehle empfangen sollte.

Uruk war ebenso verwirrt. Der Befehlshaber der Palastwache hatte den jungen hebräischen Mann die Rolle eines Magiers übernehmen und Aufgaben nach der Gewohnheit der Magier erfüllen sehen, aber Daniel nahm nicht in Anspruch, ein Magier zu sein. Uruk fühlte, dass er diesem jungen Wunderkind ebenso mit Misstrauen begegnen sollte wie dem beschämten Adad-ibni und Leuten seines Schlages, aber etwas an Beltschazars Offenheit, seine fehlende Heuchelei, machte das unmöglich. Der Befehlshaber hörte sogar, dass der Junge es ablehnte, von denen konsultiert zu werden, die ihn nun eifrig bedrängten, um Rat in anderen Angelegenheiten zu bekommen. Es verging kaum ein Tag, an dem Beltschazar nicht von irgendeinem jungen Mann, der ein Amt bekleidete, angesprochen wurde, der den Rat des Hebräers wünschte, ob er diesen oder jenen Posten annehmen solle, oder von irgendeinem alternden ängstlichen Kaufmann, der die Bedeutung eines schlechten Traums oder eines eingebildeten Omens wissen wollte. Standfest weigerte sich Beltschazar, in solche Angelegenheiten hineingezogen zu werden, mit der Begründung, dass seine unheimlich genaue Vision vom Traum des Königs ein besonderes Geschenk seines Gottes war, nicht eine frisch angezapfte Quelle von Vorzeichen, die man an- und abstellen konnte wie den Hahn eines Bierfasses. Kein Weg in die höchsten Ebenen der chaldäischen Gesellschaft, wenn nicht sogar in die des königlichen Hofs, war so sicher wie der Weg, als neuer Seher anerkannt zu werden, aber Daniel ließ sich nicht dazu herab, ein solches Spiel mitzuspielen.

Es lag jenseits von Uruks Erfahrungen, dass jemand einen angebotenen Vorteil ablehnte. Am herrschaftlichen Hof Babylons missachtete man solche Gelegenheiten nicht. Man ergriff den Umhang des Einflusses, wann immer man ihn bekommen konnte, und riss ihn dazu auch von den Schultern eines anderen, wenn es nötig war.

Sogar unter seinen Freunden fühlte Daniel sich ausgestoßen wie auf einem Floß, dahintreibend in einem Meer von verstohlenen Blicken. Was auch immer Hananja, Mischael und Asarja über die jüngsten Ereignisse dachten, sie fühlten sich nicht frei, mit ihm darüber zu reden. Er hörte die leisen Unterhaltungen, die plötzlich aufhörten, wenn er den Raum betrat; er bemerkte nachdenkliche Blicke, wenn er fortging. Er sehnte sich danach, sich mit ihnen wie bisher zu unterhalten, ohne die unsichtbaren

Schranken der Einschüchterung, die sich unfreiwillig aufrichteten, wenn er sich näherte. Er begann sich über die schwere Gabe zu ärgern, die Gott auf seine Schultern gelegt hatte.

Eines Tages saß er allein im Hauptraum und stocherte halbherzig in einem Mahl aus gesalzenem Lamm und getrockneten Feigen. Die anderen drei Freunde wurden durch Pflichten abgehalten. Sein alter Diener Kaleb schlurfte mit einem Eimer Datteln zum Sortieren herein. Er hatte im Innenhof gearbeitet, aber die Mittagshitze vertrieb ihn an einen kühleren Ort.

Nachdenklich beobachtete Daniel, wie Kaleb sich langsam und geduldig abmühte, und betrachtete die faltigen und alten Hände des Dieners. Er hatte Daniel nicht gesehen, der in einem entlegenen Winkel des Raums saß und sich gegen eine innere Wand lehnte, um die noch verbleibende nächtliche Kühle in den zwei Ellen dicken Wänden zu genießen. Der alte Mann arbeitete ruhig, untersuchte jede Frucht einzeln, warf die verdorbenen Datteln beiseite und hielt die guten zurück, um sie für den späteren Gebrauch aufzubewahren. Daniel, ausgehungert nach einem menschlichen Gespräch, begann sanft mit dem tauben alten Mann zu sprechen.

„Als ich ein Junge war, hat mein Vater mir einmal die Geschichte von Josef erzählt", sagte Daniel grüblerisch. „Hast du diese Geschichte schon mal gehört, Kaleb? Nein, natürlich nicht. Du hast seit so langer Zeit überhaupt nichts gehört, und ich bezweifle auch, dass du dich überhaupt erinnern würdest. Auf jeden Fall, ich erinnere mich, dass mein Vater ... es war in unserer Heimat, Kaleb. In Juda. Erinnerst du dich überhaupt an Juda? Mein Vater hat mir oft erzählt, dass Jakobs jüngster Sohn Träume hatte. Und jene Träume brachten einen Keil zwischen Josef und seine Brüder ..."

Die alte Sehnsucht, die schmerzliche Sorge um Zion, fiel auf seine Schultern mit den abgetragenen vertrauten Falten schmerzlichen Verlusts. Er dachte an seinen Vater, mit den starken Händen und dem leichten Lachen, den er seit dem letzten Blick über seine Schulter, als der Zug mit den Geiseln Jerusalem verließ, nicht mehr gesehen hatte. Er erinnerte sich auch an seine Mutter, an ihre sanften Hände, und wie gern sie ihn auf ihren Schoß nahm. Und er erinnerte sich an ihr ungehemmtes Schreien, als er sie unter chaldäischer Bewachung verließ. Ihr Gesicht damals war eine offene Wunde, als würde ihr Leben durch ihre tränenden Augen verbluten.

Daniel beobachtete, wie Kalebs geduldige Hände sichteten und sortierten und den einen braunen runzligen Klumpen fortlegten und anderes in den Vorratskrug steckten. „Fühlst du dich auch manchmal so, Vater Kaleb? Spürst du manchmal, wie dich eine Kluft des Schweigens von der Welt trennt, durch die du dich so langsam und ruhig bewegst? Wünschst du dir manchmal, besser zu hören, Kaleb? Wünschst du dir, in der Lage zu sein, auch einmal auf etwas anderes reagieren zu können als auf Rufe und Gesten?" Daniel schaute noch einen Moment zu, wie Kaleb zufrieden die Guten von den Schlechten trennte. „Oder genießt du deine Einsamkeit, dein Abgesondertsein?"

Daniel seufzte und wandte seinen Kopf von dem Diener und seiner Aufgabe ab. „Ich wollte nie abgesondert sein, Vater Kaleb. Ich wollte nur den Willen Gottes tun. Doch es sieht so aus, als ob Abgesondertsein die Frucht solcher Arbeit ist." Daniel schloss seine Augen und hörte dem sanften Fallen der guten und schlechten Datteln zu.

Dann verstummte das Geräusch der Arbeit. Daniel öffnete seine Augen und schaute zu dem alten Mann hinüber. Kaleb erwiderte seinen Blick. Offensichtlich hatte er gerade bemerkt, dass er nicht allein im Raum war.

„Junger Herr!", krächzte er mit angegriffener Stimme. „Ich wusste nicht, dass du hier bist!"

Daniel schaute den gebrechlichen Mann lächelnd an. „Ich kam hier herein, um etwas zu essen", rief er laut. „Ich war gerade dabei zu essen, als du aus der Hitze hereinkamst." Er machte eine Bewegung in Richtung Innenhof.

Ein kurzer überlegender Ausdruck glitt über Kalebs Gesicht, und Daniel musste innerlich lachen. Er kannte dieses Anzeichen: Er stand kurz davor, eine von Kalebs unsinnigen Antworten auf die Frage zu bekommen, die er meinte, gehört zu haben. Kaleb nickte weise.

„Ja, junger Herr", meinte der alte Mann vorsichtig. „Vielleicht solltest du mit dem Lehrer sprechen. Hesekiel ist ein weiser Mann, abgesehen davon, dass er ein Prophet des Höchsten ist. Ja", schloß Kaleb sachlich, als wäre die Angelegenheit entschieden, „ich glaube es wäre eine gute Sache für dich, wenn du mit Hesekiel sprechen würdest."

Daniel begann leise zu lachen, dann fing er sich wieder. Hatte ihn nicht nach Rat verlangt, nach Führung durch den Sumpf der Verwirrung, in dem er sich befand? Wer würde es besser verstehen, ihm einen Rat zu geben, als jemand, der die Last des Herrn mindestens genauso stark gefühlt hatte? Daniel betrachtete Kaleb mit ganz neuen Augen. Der Diener saß genauso wie vorher da und ging emsig den Haufen Früchte durch. Die Guten hierhin, die Schlechten dorthin. Wer wusste wirklich, was unter den dünner werdenden weißen Haaren dieses alten Schädels vor sich ging? Kopfschüttelnd und selbstzufrieden lächelnd erhob sich Daniel, um sein Geschirr in die Küche zu bringen. Kaleb schaute auf, als er vorüberging, und lachte ihn kurz an, bevor er sich wieder seiner Arbeit zuwandte.

„Und hör auf, mich ‚junger Herr' zu nennen", brummte Daniel, als er in den grellen Schein des Innenhofs trat.

Am Eingang des Kontors stand Jakob bar-Uria oder Egibi, wie man ihn im aramäischen Dialekt des Reichs nannte. Wie es seine Gewohnheit war, beobachtete er die Gesichter der Babylonier, die auf der Straße vorübergingen. Er und sein Sohn leiteten ein ziemlich gut gehendes Handels– und Verleihgeschäft. Ihr Kontor befand sich ganz in der Nähe der Aibur Schabu im Finanzviertel, das sich rund um den Esagila-Tempelkomplex zog.

Egibi hatte, anders als die Nachzügler, die den Weg von Juda mit Daniel und seinesgleichen gekommen waren, schon vierzig Jahre lang in Babylon gelebt. Seine Familie verfolgte ihre Wurzeln zurück nach Schechem in Israel, nicht weit von Samaria, der Hauptstadt des zumeist vergessenen nördlichen

Königreichs Israel. Seit der Eroberung durch Sargon, den Assyrer, vor beinah drei Generationen hatte Egibis Familie aus Babyloniern bestanden, zunächst als Untertanen des Königs von Ninive, dann als Bürger des Reichs von Nabopolassar und seinem Sohn, dem großen Nebukadnezzar. In seiner Jugend war Egibi ein reisender Kaufmann, der die Handelswege von den Ländern der Arabah, die Gewürze anbauten, bis zu den geschäftigen Seehäfen Phöniziens bereiste. Schließlich war er zu alt für solche Wanderungen geworden und hatte sich hier in dieser blühenden Metropole an den Ufern des Euphrat niedergelassen. Wie vorher sein Vater, hatte er sich entschieden, dass Babylon der Ort war, an den er gehörte. Er nahm ein chaldäisches Mädchen zur Frau und als seine Geschäfte sich ausweiteten, nahm er noch zwei weitere Frauen. Um die Wahrheit zu sagen, dachte er kaum noch an sich selbst als Jakob bar-Uria, Sohn Israels. Seit vielen Jahren nun kannte er sich selbst zumeist als Egibi, Kaufmann und Geldverleiher Babylons.

Die Tempel besaßen den Hauptanteil am Geldwechselgeschäft, aber Egibi und seine Söhne verstanden es, dank einer besonderen Marktlücke, ein mehr als ausreichendes Leben zu führen, indem sie an diejenigen ausliehen, die entweder nicht willens oder nicht fähig waren, an die Vertreter der Tempel heranzutreten. Vielleicht waren solche, die etwas leihen wollten, bereits mit einer Schuld an die Gotteshäuser säumig, oder sie wollten sich vielleicht, wie die Frommen unter den Hebräern, ungern zu einer Übereinkunft mit einer der Gottheiten aus der königlichen Stadt verpflichten. Obwohl die Götter einer Unzahl von Ländern in Babylon ein Zuhause gefunden hatten, kamen sich einige Leute hinsichtlich ihrer Erziehung oder ihren Gebräuchen untreu vor, wenn sie sich selbst buchstäblich oder im übertragenen Sinn den Göttern Babylons verpflichteten. Für Egibi war das alles ein und dasselbe – Geschäft war Geschäft.

Er besaß einen scharfen Blick für die menschliche Natur. Normalerweise konnte er durch Beobachtung sagen, ob ein zukünftiger Entleiher beim Eintreiben der Schulden möglicherweise Probleme bereiten würde. Wo ein anderer Geldverleiher vielleicht durch edle Kleidung, das Blitzen von Juwelen und eine selbstsichere Fassade in die Irre geführt wurde, konnte Egibi solch einen Bewerber genau einschätzen und entscheiden, dass er kein Silber aus seinem Kontor ohne ein bedeutendes Sicherheitspfand, einen Sklaven vielleicht oder ein Joch Ochsen, abhängig von der Höhe des gewünschten Darlehens herausgeben würde. Egibi war kaum einmal auf einer Schuld hängen geblieben, die er nicht in Profit hatte umwandeln können, indem er in Besitz genommenes Eigentum wieder verkaufte.

Während Egibi die Straße beobachtete, berührte ihn einer seiner Schreiber leicht an der Schulter und reichte ihm einen Tonzylinder. Der Händler drehte sich um, damit er den ockerfarbenen sonnengebrannten Gegenstand in Empfang nehmen konnte. Er passte leicht in seine Handfläche, denn er hatte ungefähr die gleiche Länge wie die Spanne von den Fingerspitzen bis zum Ansatz seiner Hand. Er drehte ihn um und studierte die Zahlen, die auf die Außenseite des Zylinders eingeritzt waren. „Wessen Darlehen ist das?", fragte er, indem er einen kurzen Blick auf die Keilschriftzeichen warf, die um das ganze Dokument herum gekritzelt waren und wie Krähenfüße aussahen. „Entweder wird deine Handschrift schlechter, Schatak, oder meine Augen."

Der chaldäische Schreiber lächelte. „Es ist das Darlehen von Sin-malik, dem Weber, und seit zwei Mondumläufen fällig."

Egibi verzog sein Gesicht. Er mochte den Weber aufrichtig. Dieses Darlehen war eines der wenigen, das er sich trotz Verletzung seines Instinkts zu geben erlaubt hatte. Der Händler hatte bei mehreren Tempeln bis zur Grenze ausgeliehen und sogar Eigentum an das Haus Sins, seiner namensgebenden Gottheit, verpfändet. Aber dann war er an Egibi mit einem Vorschlag herangetreten. Er hatte eine Übereinkunft getroffen, einen Kaufmann aus Tyrus, der mit Leinen handelte, mit einer großen Menge fein gewebten Tuchs zu versorgen. Der Partner sollte dann das Tuch mit dem begehrten phönizischen Purpur färben und zum Wiederverkauf zurückschiffen. Der Ertrag, so nahm man an, würde ausreichend sein, Sin-malik die Kosten des Materials zu erstatten und ihm selbst sowie dem Partner in Tyrus einen großzügigen Gewinn einzubringen.

Alas, der tyrische Kaufmann, hatte sich jedoch als nicht sehr vertrauenswürdig erwiesen. Ursprünglich war er damit einverstanden, eine beträchtliche Anzahlung für den Stoff zu leisten, die es Sin-malik ermöglicht hätte, größere Webstühle bauen zu lassen, um Platz für das angestiegene Produktionsmaß zu haben, zu dem er sich verpflichtet hatte. Dann waren die Dinge auf einmal schief gegangen. Sin-malik hatte schon den Auftrag erteilt und die Konstruktion der Webstühle begonnen, als die Nachricht aus Tyrus eintraf, dass der Partner nicht in der Lage war, die wichtige Anfangszahlung zu leisten. Er überredete Sin-malik dazu, mit immer kleineren und kleineren Transporten einverstanden zu sein. Es schien, als wäre der Markt für Purpurleinen in den Städten des Nordens viel stärker, und der Partner versicherte ihm, dass sie beide einen ansehnlicheren Gewinn machen würden.

Das letzte Ergebnis war, dass Sin-malik voller Verzweiflung wegen zehn Mana Silber zu Egibi gekommen war, damit er die Handwerker bezahlen konnte, die die Webstühle gefertigt hatten. Die Männer wurden gefährlich unruhig wegen ihres Geldes. Aus persönlicher Rücksichtnahme für den fleißigen Sin-malik, und wohl auch, weil er Sin-malik vertraute, hatte Egibi dem Darlehen zugestimmt.

„Brich es auf", sagte Egibi nun zu dem Schreiber, der ihm den Tonzylinder reichte.

In Babylon wurden Geschäftsverträge und fast auch alles andere auf Täfelchen aus feuchtem Ton geschrieben. Die keilförmigen Schriftzeichen wurden mit angespitzten Stäbchen darauf eingeritzt. Beide Parteien des Vertrags versahen das pfannkuchenförmige Täfelchen mit einem Namen oder Totem. Dann wurde es vorsichtig, während es noch feucht war, in einen Zylinder gerollt. Dieser wurde in der Sonne gebrannt und daraufhin in ein anderes Tontäfelchen eingehüllt, auf das identifizierbare und beschreibende Angaben geritzt wurden. Diese zweite äußere Schicht wurde ebenfalls gebrannt, so dass sie den eigentlichen

Vertrag einschloss. Die Methode verhinderte, dass jemand das ursprüngliche Dokument verfälschen konnte.

Egibi beobachtete, wie der Schreiber vorsichtig die Tonhülle öffnete, die den Darlehensvertrag umgab. Nachdem der Schreiber dessen Unversehrtheit überprüft hatte, reichte er sie ohne Kommentar seinem Arbeitgeber.

Egibi überflog den Zylinder, schaute dann zur Seite, schnalzte mit der Zunge und kratzte sich sorgenvoll den Bart. Es war genauso, wie er es im Kopf gehabt hatte. Er hatte Sin-malik das Silber ohne eine Sicherheit gegeben, außer dem feierlichen Versprechen des Webers, zurückzuzahlen. Solche Fälle konnten unangenehm werden. Gewöhnlich hatte es einen Prozess vor einer von beiden Seiten anerkannten Autorität zur Folge. In diesem Fall wurde die Situation durch Egibis Widerwillen kompliziert, Sin-malik vor das Gesetz zu bringen. Er fragte sich, was er lieber haben wollte: Die fortgesetzte Freundschaft Sin-maliks oder die Rückgabe der zehn Mana mit zusätzlichen zwei Mana Zinsen, die ihm der Weber schuldete. Es würde schwierig werden, beides zu haben.

Egibi wurde aus seinem Dilemma durch den Hufschlag eines sich nähernden Reitertrupps herausgerissen. Er schaute auf und sah sechs Meder auf sich zukommen, die Zügel lose vom Hals ihrer bildschönen Rosse baumelnd. Die Pferde bewegten sich in gelassener Anmut, ihre Ohren zuckten eifrig bald hierhin bald dorthin. Nach dem orangegefärbten Staub auf ihren Rücken und den Krusten von getrocknetem Schweiß auf den Flanken und den Widerristen der Pferde mussten die Reiter, so vermutete Egibi, hart geritten sein, vielleicht Tag und Nacht mehr als einhundert Wegstunden von der medischen Hauptstadt Ekbatana nach Norden und Osten.

Möglicherweise war es ihre Müdigkeit, die es den Reitern erlaubte, die unbehaglichen Blicke der Vorübergehenden nicht zu beachten. Asturagasch, Nachkomme des Cyaxeres und jetziger König der Meder, war zumindest dem Namen nach genauso ein Verbündeter Nebukadnezzars wie sein Vater. Aber das medische Herrschaftsgebiet zog sich weit um die östliche Grenze des chaldäischen Landes und noch weiter nach Norden. Wie eine fette Schlange lag es an den Grenzgebieten von Akkad und den alten Territorien Assyriens und reichte bis zum Rand des lydischen Herrschaftsgebiets des Königs Krösus. Man sagte, dass Ekbatana unvorstellbar weite Gebiete in östlicher Richtung kontrollierte, die sich über endlose Weiten rauer trostloser Berge erstreckten. Die erst kürzlich vollendeten Festungen entlang des Tigris zwischen Opis und Sippar sollten nach der erklärten Absicht des Herrschers der Verteidigung gegen die in der Wüste wohnenden Nomaden dienen, die immer wieder in die reichen Städte der fruchtbaren Ebene einfielen. Aber nur wenige machten sich irgendwelche Illusionen, worin die eigentliche Bedrohung bestand. Zweifellos fühlte Nebukadnezzar das bedrohliche Gewicht des angeblichen Verbündeten, der sich gegen seine östliche Flanke lehnte.

Der Anführer stieg vom Pferd und verzog sein Gesicht, weil er die Strapaze in seinen Knochen spürte. Er wandte sich an den Kaufmann. „Friede sei mit dir, Egibi", sagte er auf Aramäisch mit östlichem Akzent, sich leicht zum Gruß verbeugend.

Egibi erwiderte den Gruß. „Und Friede mit dir, werter Indravasch. Ich hoffe, die Reise war angenehm?"

„Nicht so angenehm, dass ein Krug Wein mir nicht willkommen wäre", antwortete der Meder.

„Natürlich!" Egibi winkte einem Sklaven, der gerade im Eingang aufgetaucht war. Der Junge drehte sich um und stürzte los, um seinen Auftrag auszuführen. „Bitte, kommt herein", fuhr Egibi eifrig fort, während er auf das Innere des Kontors zeigte. „Es ist weitaus kühler dort. Ein Diener wird sich um Eure Reittiere kümmern."

„Nein", erklärte der Meder entschieden. Er wandte sich an einen seiner Gefolgsleute. „Kurasch", rief er, „du wirst bei den Pferden bleiben. Sieh zu, dass sie Wasser und Futter bekommen."

Ein Reiter, der in Egibis Augen erstaunlich jung zu sein schien, schwang sich eilig vom Rücken seines Pferdes. Egibi meinte, ein kurzes Aufblitzen von Widerwillen im Verhalten des Jungen entdeckt zu haben, während er die Zügel sammelte, die ihm von den anderen Reitern zugeworfen wurden. Das erschien ihm seltsam. Man sah so etwas selten, wenn überhaupt, bei den streng disziplinierten Truppen der Meder ... Als Indravasch zu sprechen begann, wandte sich Egibis Aufmerksamkeit von dem Jungen mit den glühenden Augen ab.

„Ich komme im Auftrag meines Herrn Asturagasch", bemerkte der Hauptmann, als sie durch den Eingangshof im Haus des Geldverleihers schritten. Er suchte Egibis Blick. „Ich kann mich, wie immer, auf deine Diskretion verlassen?"

Egibi zuckte lässig mit den Schultern. „Natürlich." Ein Diener drückte Indravasch einen Tonkrug mit Bier in die Hand, der aus den kühlen Vorratsräumen unter der Erde geholt war. Der Meder nahm drei tiefe, lange Züge und schluckte laut. „Ahh ...", seufzte er dankbar. „Viel besser. Führe uns, Egibi." Seinen Mund mit dem Rücken seiner Hand abwischend folgte er dem Geldverleiher in sein Privatgemach.

Egibi bedeutete einem Diener: „Sieh zu, dass wir nicht gestört werden." Der Junge nickte und stellte sich entschlossen draußen vor die Tür.

Der Meder fragte: „Wie viel kannst du dem König dafür geben?" Das Rascheln von Pergament war zu hören. Dann schloss sich die Tür und schnitt alle Geräusche von innen ab.

7

Daniel klopfte nervös an die Tür, in der schwachen Hoffnung, dass niemand zu Hause sei. Er schaute sich um: Das träge Wasser des Zababa-Kanals floss langsam vorbei, übelriechend von der Hitze und der Trockenheit des Hochsommers. Hesekiels Haus war ein heruntergekommenes, zusammengeflicktes Ding, in einer nicht gerade schönen Gegend der Altstadt gelegen. Nicht viele der judäischen Einwanderer besaßen wirtschaftlichen Erfolg. Hesekiels heruntergekommene Verhältnisse waren ein Beleg dafür. Als Priester eines unbeliebten Volkes konnte er wohl kaum den Respekt und den Zehnten verlangen, die er zu einer anderen Zeit an einem anderen Ort hätte erhalten können.

Er war dem erzwungenen Marsch von Juda aus gefolgt und hatte sich ursprünglich in Nippur niedergelassen, viele Wegstunden südlich von Babylon in der flachen Ebene zwischen den Flüssen. Nach dem Tod seiner Frau war der Prophet jedoch in die Hauptstadt gezogen, in der einige seiner Anhänger lebten.

Die Tür knarrte, und Daniel drehte sich erschrocken um. In der offenen Eingangstür stand Hesekiel.

Das Gesicht des Priesters und Propheten war verhärmt, seine Augen lagen in dunklen Höhlen von unerträglicher Enge. Sein Bart zeigte, obwohl er noch dunkel war, an seinen Rändern den frühen Raureif des bevorstehenden Herbstes. Er trug einen schmutzigen abgewetzten Umhang aus grob gewebter Wolle, vielfach ausgebessert, allerdings nie besonders geschickt. Er machte einen so müden und äußerst erschöpften Eindruck, dass nur die unnachgiebige Dringlichkeit seiner inneren Vision ihn aufrechtzuerhalten schien. Von Hesekiels ausgezehrtem entschlossenem Auftreten gewann Daniel den Eindruck eines Mannes, der abgeschliffen worden war wie eine Pflugschar, die durch den Kampf gegen steinige Erde über zu viele Jahre hinweg abgeschürft und stumpf würde.

Nur seine Augen zeigten Leben, und sie brannten so durchdringend, dass es umso verwirrender wirkte, wenn man die Müdigkeit in seinen übrigen Zügen daneben hielt. Es schien, dass etwas in ihm zu heiß brannte, um gelöscht zu werden, unbeeinträchtigt von der Hülle verbrauchten Fleisches, in der es untergebracht war.

Die Stimme des Propheten glühte genauso heiß wie seine Augen. „Du bist Daniel, der, den sie Beltschazar rufen."

Das war keine Frage. Daniel schauderte. „Ja, Rabbi. Ich bin gekommen –"

„Ich weiß, warum du hier bist", warf Hesekiel dazwischen. Seine Worte drangen in einem Tonfall von strahlendem Licht und scharfen Kanten hervor; man konnte sie ebenso wenig missachten wie den Schrei eines Raubvogels.

Hesekiel drehte sich um und ging ins Innere, während er die Tür angelehnt ließ. Daniel war unsicher, ob er abgewiesen worden war oder ob er eintreten durfte. Nach mehreren unangenehmen Augenblicken betrat er zögernd das Haus des Propheten.

Das Innere war dunkel und nicht viel kühler als die nachmittägliche Straße. Das Haus entbehrte die Feinheiten einer Konstruktion, die die Hitze abwehrte, stattdessen bot es Schutz – aber auch nicht mehr. Es gab keine Eingangshalle, die das Innere gegen die eindringende Hitze der Sonne beschattete. Die Tür öffnete sich nach Westen, was zu noch größerem Unbehagen führte, weil die Sonnenstrahlen am Nachmittag immer direkter wurden. Die Wohnung war aus Schlammziegeln gebaut, dem Material, das in der Flussebene am reichlichsten vorhanden und am billigsten war, aber Daniel bemerkte, dass Licht und Hitze durch Risse im Flechtwerk des Daches eindrangen.

Wenn Hesekiel die Unordentlichkeit seines Hauses wahrnahm, so ließ er sich das jedoch nicht anmerken. In der Tat passte die baufällige Hütte des Propheten gut zu seiner äußeren Erscheinung und zu seinem Wesen. Daniel spürte, dass die Dinge des täglichen Lebens bei Hesekiel nur ein müdes Desinteresse auslösten, als wäre er lieber in einer anderen Welt, in der man keine Häuser mehr benötigte. Vielleicht war die Dunkelheit und Nichtigkeit des Scheols für den von Sorge gezeichneten Geschmack des Rabbis passender.

Daniel erinnerte sich, was er von Hesekiel gehört hatte: Seine exotisch mystischen Visionen von feurigen Rädern und furchterregenden Wesen in der Luft, und wie er den Tod seiner Frau ohne jede Trauer ertragen hatte, als sei sie eine Fremde für ihn gewesen. Bei jener Gelegenheit hatte er tatsächlich eine Prophetie über sein bizarres Verhalten ausgesprochen. Auf dieselbe Art und Weise, verkündete er, werde der Herr von Israel die Freude ihrer Augen und die Freude ihres Herzens wegnehmen. Daniel dachte daran und an Asarjas Nachrichten aus Juda und schauderte.

Er erinnerte sich auch an einen anderen Propheten und an eine andere Botschaft. Auch Jeremia schien immer müde gewesen zu sein; die Bürde seiner Last hatte an seinen Augenwinkeln gezerrt, hatte seine Schritte mit der Schwere eines Trauernden verlangsamt. Doch konnte man auch eine Zartheit bei ihm beobachten. Jeremia hatte Stärke aufbieten können, um einer Gruppe ängstlicher Jungen Geschichten zu erzählen.

Hesekiel schien zu solchem Trost nicht mehr fähig zu sein. Er saß nun da und starrte Daniel herausfordernd an. Oder waren seine Augen vielleicht die eines Mannes, der sich, weil er zu viel gesehen hatte, nur nach Ruhe sehnte und sich über diejenigen ärgerte, die in seine Einsamkeit eindrangen? Er durchbrach seine eigene Stille mit einer Feststellung.

„Du hast gesehen, Daniel, Sohn des Kemuel."

Daniel hielt den Atem an. Er hatte in dem Jahrzehnt hier in Babylon nicht gehört, dass der Name seines Vaters laut ausgesprochen wurde.

„Du hast gesehen", fuhr Hesekiel mit seiner krächzenden Stimme fort, „und nun kannst du nicht zurückgehen, kannst nicht leben, als ob du nichts wüsstest."

Zwanzig Atemzüge schaute Hesekiel in Daniels Seele, während er leicht zu dem nickte, was er sah. „Du hast gesehen", sprach er grüblerisch mit sanfterer Stimme, „aber du hast nicht die Last eines Propheten."

Daniel schaute den älteren Mann fragend an. Mit derselben Art von Sicherheit, mit der Hesekiel wahrhaftig in seine Seele schaute, wusste er, dass er selbst gesehen hatte. Adonai hatte ihm, wenn auch nur für einen Moment, die ungeheuren verwirrenden Schatten gezeigt, die hinter den Wogen der Gezeiten zukünftiger Tage verborgen waren. Was hatte er an jenem Tag bei Hofe getan, wenn es keine Prophetie gewesen war? „Was ist der Unterschied, Rabbi Hesekiel?", fragte er.

Ein freudloses Lachen entwich widerwillig Hesekiels Lippen. Er schaute fort. „Der Unterschied? Was ist der Unterschied?" Seine Augen durchbohrten Daniel und gaben im das unangenehme Gefühl, dass er ihn irgendwie unabsichtlich beleidigt hatte.

„Auf dem Amboss der Absichten Gottes geschmiedet zu werden, zugleich sein Hammer, seine Zange und sein geschmolzenes Eisen zu sein; Worte zu hören, die das Herz zerreißen, Visionen zu sehen, die die Brust durchbohren; wie eine Urne geleert zu werden, wieder und wieder und wieder bis man nur noch Ruhe wünscht, nur noch ein Ende des Wiederauffüllens und zu wissen, dass man nicht ohne das Wiederauffüllen leben kann. Worte zu empfangen, die man nicht auszusprechen wagt, und zu fühlen, wie diese Worte im Bauch wirbeln und kochen, bis man sie laut aussprechen oder sterben muss. Verachtet zu werden, früher oder später von jedem außer Adonai, und es so zu wünschen, während man es hasst. Das heißt es, ein Prophet zu sein." Hesekiels Augen trübten sich. Er zog sich von Daniel, von der Gegenwart, zurück. Einige Momente nahm ihn die Vergangenheit in Anspruch – oder die Zukunft.

Dann sprang sein fiebrig glänzender Blick wieder zurück zu dem jungen Mann, der in seinem Haus saß. „Als dir deine Vision geschenkt wurde, empfingst du da einen Ruf, eine Sendung?"

Daniels Gesicht neigte sich erneut vor Unsicherheit. „Einen Ruf ...?"

„Nein, ich dachte es mir schon", entgegnete ihm Hesekiel.

„Wenn Gott einen Propheten ruft, wird der Prophet immer beauftragt, berufen für eine Aufgabe und für bestimmte Menschen. Und die Menschen, so scheint es, sind von vornherein dazu verurteilt, rücksichtslos zu sein."

Wieder glitt dieser versonnene Ausdruck über das Gesicht des Propheten. Daniel fühlte, dass sich tiefes Mitleid wegen der unsagbaren Traurigkeit, die Hesekiel einhüllte, in ihm regte. Er suchte nach Worten, um Trost zu spenden, um Mitgefühl zu zeigen.

„Rabbi, ich ... ich kann nicht glauben, dass die Hebräer an diesem Ort ganz und gar undankbar gewesen sind für dein –"

„Du glaubst es nicht?", entgegnete Hesekiel ihm schroff. „Du denkst, sie hören, sie erkennen wirklich, was der Herr sagt?" Er starrte Daniel einen Moment länger an, dann schnaubte er vor Empörung. „Deine leichthin gesprochenen Worte trösten mich nicht, Junge. Ich habe zu viel gesehen, habe zu viel vom Zorn Gottes gegen diese treulosen Betrüger gespürt. Nein", er schüttelte seinen Kopf in müder Resignation, „sie sind lediglich anwesend. Sie sammeln sich in ihren kleinen Gruppen am Tag des Sabbats und hören sich höflich an, wie aus dem Gesetz gelesen wird, nur weil sie sich nach den äußeren Umständen einfacherer Zeiten zurücksehnen. Sie sind nicht mit dem Herzen dabei. Solange der Tempel noch in Zion steht, werden sie nicht mit den Ohren ihrer Herzen hören. Solange sie sich etwas vormachen können, indem sie denken, der Bund bleibe ungebrochen ..."

Der Prophet starrte mit leerem Blick an Daniel vorbei in einen Winkel, der noch dunkler war als der Rest des unordentlichen Raums. Er war so lange still, dass Daniel sich innerlich bereitmachte, zu gehen und Hesekiel in seinem tiefen Schmerz allein zurückzulassen. Dann sprach der Prophet noch einmal, mit einer Stimme, die vor Trauer ganz weich geworden war.

„Eine Zeit der Heilung wird kommen, Sohn des Kemuel. Es wird zu spät sein für mich, aber sie wird kommen. Auch das habe ich gesehen. Die toten Knochen werden wieder mit Fleisch überzogen werden; die Stadt wird wieder aufgebaut werden." Er schaute vorsichtig auf Daniel. „Und ich glaube, es könnte deine

Bestimmung sein, ein Mittler dieser Erneuerung für Israel zu sein. Vielleicht hat Gott dich deswegen hierher gestellt, für diesen Augenblick in der Geschichte."

Daniel bewegte diese Worte langsam in seinen Gedanken. „Aber, Rabbi, wenn ich kein Prophet sein soll –?"

„Nicht nur Propheten werden Visionen gewährt", sagte Hesekiel, „und nicht nur Könige können Eroberungen machen. Adonai ist aller Herr, und seine Vorsehung darf man nicht verleugnen. Sein Sieg ist sicher."

Daniel fühlte, wie es in seiner Brust davon hämmerte, was Hesekiel gesagt hatte. Er wusste nicht, ob er mehr hören wollte, aber der Prophet war noch nicht zu Ende.

„Er formt dich zu seinem Werkzeug, Daniel-Beltschazar. Er bereitet dich für sein Werk zu. Aber hüte dich! Stolpersteine liegen vor dir und viele Prüfungen, die sich wie Schlingen um deine Füße legen wollen."

Die dunklen glühenden Augen des Propheten durchdrangen ihn; er fühlte, wie die Kraft ihres Einflusses ihn an seinem Platz festnagelten. Es war zu viel. Er sprang auf seine Füße, weil er Angst davor hatte, auch nur einen Moment länger bleiben zu müssen. Hier in Hesekiels Hütte hatte er das Gefühl, dass die Seile, die ihn an die Erde banden, immer weiter gedehnt wurden, bis zum Zerreißen. Er hatte die verrückte Vorstellung, dass er jederzeit losgeschleudert und in eine andere Realität katapultiert werden könnte, eine Realität, für die er, wie er wusste, nicht vorbereitet war – noch nicht.

Während Daniel sich in Richtung Tür zurückzog, erhob Hesekiel seine Hand. „Warte! Es gibt da etwas, das du benötigen wirst!"

Ohne es zu wollen, erstarrte Daniel, die Hand auf dem Türriegel. Der Prophet kroch in eine Ecke, indem er sich durch Haufen von schmutzigem Pergament und Schreibutensilien den Weg bahnte, bis er fand, was er suchte. Er schritt auf Daniel zu, der mit klopfendem Herzen am Eingang wartete. „Hier. Nimm sie."

Daniel schaute nach unten. Er sah zwei Schriftrollen in Hesekiels Hand, die von einer Hülle aus Lammfell bedeckt waren.

Langsam, zögernd, streckte er seine Hand aus und nahm sie an sich. „Rabbi – was ist das?"

„Das Buch des Propheten Jesaja", antwortete Hesekiel, während seine Augen liebevoll über die Schriftrollen glitten, „und die Briefe des Propheten Jeremia." Seine glänzenden Augen suchten die Augen Daniels. „Lies sie. Sorgfältig. In ihnen liegt der Schlüssel deiner Bestimmung."

Trotz seines Verlangens, die Tür ruckartig aufzureißen und von den Augen des Propheten, die aus einer anderen Welt zu sein schienen, davonzulaufen, verweilte Daniel noch einen Moment. Auf die Schriftrollen starrend formte sich in seinen Gedanken eine ängstliche Frage. „Rabbi Hesekiel", stotterte er. Der Prophet, der sich schon halb abgewandt hatte, hielt inne, seinen Kopf auf die Seite gelegt, um besser hören zu können. Daniel klebte die Zunge am Gaumen, als er fortfuhr: „Rabbi ... wenn du bitte ... Wo ist die Schriftrolle mit deinen Worten? Würdest du mir auch deine Lehre überlassen?"

Hesekiel schien ganz in seinen Gedanken verloren zu sein und schwankte auf seinen Füßen. Einmal dachte Daniel, er würde umfallen. Dann drehte sich der Prophet vollständig um und ließ seine Falkenaugen wieder in Daniels Seele schauen. Etwas, dass wie ein Lächeln aussah, flackerte andeutungsweise über seine Lippen. „Jene Rolle ist noch nicht fertig für dich, Daniel-Beltschazar", flüsterte Hesekiel. „Wenn die Zeit gekommen ist, sollst du sie haben."

Er drehte sich um und ging an seinen Platz zurück. Mit einem Wink seiner Hand ließ er Daniel gehen.

Daniel riss die Tür auf und sog dankbar die tröstende Wirklichkeit der Welt, die dort draußen lag, trotz ihres heißen Schwalls von gelbem Sonnenlicht ein. Schnell ließ er das Haus des Propheten Hesekiel hinter sich.

Kurasch strich über den Hals des Pferdes, in seinem Ärger durch die vertrauten Kaugeräusche der Tiere und den schweren salzigen Duft im Unterstand des Wallachs etwas getröstet. Nicht zum ersten Mal klagte er der Leibwache sein Leid. „Sie haben kein

Recht dazu, Gobhruz. Kein Recht, einen Königssohn so zu behandeln. Ich bin weder ihr Kammerdiener noch ihr Stallbursche."

Gobhruz, der hinter seinem jungen Schützling Platz genommen hatte, räusperte sich sorgsam. „Mein Prinz, dein Vater hat dich gewarnt: ‚Erwarte keine Sonderbehandlung von dem Hauptmann des Streiftrupps.' Bestimmt wusstest du, wie es werden könnte."

Kurasch drehte sich zu Gobhruz um. „In Anschan bin ich ein Prinz! Ist mein Vater etwa kein König mehr, wenn wir über die Landesgrenze hinausreiten? Sogar außerhalb der Niederung der Vasallen meines Vaters wissen die Stämme der Parsen, wie man eine Person von königlicher Geburt behandelt! Und meine Mutter war eine Tochter des Hauses ihres verfluchten Königs!" Sein jugendlicher Zorn erstickte ihn fast, und er wandte sich wieder dem Pferd zu. Er verbarg seine tränennassen Augen vor seiner Leibwache und streckte seine Hand aus, um seine Finger in das grobe Haar der Pferdemähne zu schlingen. „Ich sage dir, Gobhruz, Indravasch macht sich lustig über mich! Er kichert jedes Mal hinter vorgehaltener Hand, wenn er mir befiehlt, etwas für ihn zu holen oder zu tragen, weil er weiß, dass ich so weit von meinen eigenen Leuten hilflos bin. Wenn wir auch nur einen Tagesritt weit von Anschan entfernt wären ..." Kurasch ließ den Rest seiner Drohung ungesagt, aber Gobhruz, der mit dem Temperament des Prinzen vertraut war, hatte keinerlei Zweifel über den Unterton und die Absicht des Gesagten.

„Mein Prinz", sagte der ältere Mann, indem er versuchte, den Jungen zu besänftigen, „du darfst deiner Ungeduld mit dem Leiter dieser Mission nicht erlauben –"

Kurasch machte ein Geräusch wie das Schnauben eines Pferdes.

„– nicht erlauben, dich blind zu machen für die Gelegenheit, etwas zu lernen. Schau dich um!" Gobhruz machte eine weite Armbewegung. „Wir sind in Babylon, einer der ältesten Städte der Welt! Als deine Vorfahren noch über die Grasländer des Nordens zogen, haben Menschen schon große Standbilder für die Götter dieses Ortes errichtet. Babylon kann dir viel beibringen, mein Prinz. Gib Acht, dass du das Beste aus dieser Gelegenheit machst. Vielleicht", sprach der Leibwächter mit leiserer Stimme weiter, seine Augen vorsichtig von denen des Prinzen abgewandt, „hat dein Vater sich aus diesem Grund überreden lassen, dir die Erlaubnis für diese Reise zu geben ..."

Einige Atemzüge lang starrte Kurasch Gobhruz trotzig an. Er nahm die Satteldecke, kletterte auf einen Heustock, der neben dem fressenden Tier stand und begann, den Rücken des Tiers abzureiben. „Das sage ich dir, Gobhruz", murrte der Junge, während er das verkrustete Salz vom Fell des Pferdes bürstete, „wenn ich das nächste Mal nach Babylon komme, werde ich mich nicht mehr mit dem Sattel irgendeines arroganten medischen Reiterhauptmanns abmühen. Deine Verwandten mögen mich jetzt noch ungestraft beleidigen, aber sie sollen sich vorsehen."

Gobhruz wusste, dass Lachen jetzt nicht angebracht war.

Der Abend brach an, als Daniel vom Palast nach Hause schritt. Ein langer Tag lag hinter ihm, und seine Gefühle waren ein einziges Durcheinander von Befürchtungen und Vertrauen. Er fühlte, wie Hesekiels beunruhigende hoffnungsvolle Worte sich in seinem Kopf hin und her drehten. „Ein Mittler der Erneuerung", hatte ihn der Prophet genannt. Daniel machte sich über die Art seiner Ungewissheit Sorge, die ihn hierhin und dorthin zerrte. Vergeblich versuchte er Vermutungen darüber anzustellen, was wohl hinter dem rätselhaften Vorhang der Zukunft liegen mochte.

Er bog um die Ecke in die Straße, in der seine Wohnung lag, und wich dabei einem Schwein aus, das sich gierig durch einen Haufen Abfall hindurchgrub. Hunderte dieser halbwilden Tiere durchzogen die Straßen Babylons. Sie stöberten nach Müll und versuchten, sich nicht von hungrigen Bettlern einfangen zu lassen, die auf der Suche nach einem kostenlosen Essen waren. Daniel versetzte dem Schwein einen Tritt in die Seite, und es machte sich im dunkelroten Schatten des Zwielichts quiekend davon.

Die Nacht brach herein, aber die Hitze des Hochsommers hielt weiterhin an wie ein unwillkommener Gast. Daniel erreichte seinen Hauseingang und sehnte sich nach einem Trunk frischen Wassers aus dem Kessel im Innenhof. Als er durch die Eingangstür trat, sah er im Türbogen des Hauptraums Licht flackern.

Mischael, Asarja und Hananja kauerten dort mit abgespannten und zerfurchten Gesichtern beieinander. Als Daniel eintrat, schauten sie auf. Seine Augen weiteten sich erschreckt, und unwillkürlich trat er einen halben Schritt zurück. Große Sorge zeichnete sich auf den Zügen seiner Freunde ab. „Was ist los? Stimmt etwas nicht?", fragte er, während sich eine Bedrohung wie ein schweres Gewicht auf seine Brust legte.

Asarja stand mit zusammengesackten Schultern vor ihm, als wäre er gerade öffentlich ausgepeitscht worden. „Der König hat das Heer einberufen", verkündete Asarja mit trauriger Stimme. „Innerhalb dieses Monats werden sie in den Krieg ziehen ...", er wankte kurz und sprach dann weiter, „nach ... nach Juda."

Daniels Augen suchten das Gesicht seines Freundes. „Es ist also, wie du befürchtet hast?" Bestürzung krallte sich wie eine Klammer um seine Kehle, während er sich an Hesekiels Worte über den Tempel und die Herzen des Volkes von Juda erinnerte.

Asarja nickte langsam. Unfähig, Daniels Blick zu begegnen, verbarg er sein Gesicht mit einer Hand. Seine Antwort war kaum zu hören, ein schwaches Keuchen voller Trauer.

„Das Ende ist gekommen", sagte er. Dann drehte er sich um und ging hinaus.

8

Der Tag war klar und warm, wenn auch ohne die lähmende Hitze des Sommers. Es war später Herbst in Babylon, und obwohl die Tage immer noch heiß waren, brachten die Nächte eine erfrischende Kühle, die das Leben der Einwohner der Regierungsstadt behaglich und angenehm machte.

Die meisten Bewohner hatten sich entlang der Aibur Schabu versammelt und auf den Dächern ringsum. Heute war der Tag für den Triumphzug des Königs, seine siegreiche Heimkehr vom Kriegszug nach Westen entlang der Küste des Großen Meers. Der törichte Aufstand des kleinen Vasallenstaats Juda war niedergeschlagen worden, und den Armeen des Hofra von Ägypten hatte man ebenfalls eine ernste Lektion erteilt.

Die Stadt brodelte vor Aufregung. Überall entlang der breiten Durchfahrtsstraße reckten sich die Hälse, und jeder kämpfte darum, einen Blick auf die Pracht und das Gepränge des Eroberers Nebukadnezzar zu werfen. Sein Ruhm war Babylons Ruhm, und heute war Babylon ein erwartungsvoller Spiegel, der das königliche Bild seines Herrn und Eroberers reflektierte. Jongleure, Zauberer und nicht wenige Prostituierte – offizielle und andere – arbeiteten sich fieberhaft durch die Menge auf beiden Seiten der Prachtstraße. Straßenverkäufer und Zuckerbäcker verkauften lauthals schreiend ihre Waren, und Kinder rannten lachend zwischen den Beinen lächelnder und nachsichtiger Eltern hin und her.

Auf dem Dach der Zitadelle standen Daniel und Asarja und beobachteten die Prozessionsstraße. Ihre Gesichter und ihre Haltung standen in starkem Kontrast zu dem festlichen Gewühle, das sich unter ihnen abspielte. Eine unsichtbare, undurchdringbare Mauer der Düsterkeit trennte die beiden Freunde von der allgemeinen Belustigung. Die vibrierende Atmosphäre, die Freude und der Stolz der Stadt auf ihren Herrn und seine Eroberungen waren für die beiden dahin. Denn sie wussten, dass unter ihnen bald Zedekia, der letzte König der Linie Davids, vorbeiziehen würde – der öffentlichen Demütigung preisgegeben. Heute würde, für alle sichtbar, der Stolz Judas unter den Füßen Nebukadnezzars in den Staub getreten werden.

Die zwei Jahre des königlichen Feldzugs waren für die Hebräer in Babylon eine grausame Zeit. Nicht nur die furchtbare Ungewissheit über das Schicksal der Verwandten, die noch in Juda waren, und die Angst vor dem unvermeidbaren Gemetzel, in das sich der König mit Sicherheit rachsüchtig hineinstürzen würde, lag auf ihnen, sondern da war auch das Brandmal, mit solch einem Volk blutsverwandt zu sein. Die gezwungenermaßen nach Babylon gezogenen Hebräer waren noch nicht lange dort und hatten weder Zeit noch Lust, ein Teil der breiten Masse zu werden. In der Tat war eine ihrer eigenartigsten Eigenschaften nach Ansicht vieler Bürger des Reichs ihr Abgesondertsein, ihr erbärmlicher und überheblicher Widerstand gegen Mischehen, sogar mit den besten chaldäischen Familien. Viele der strengeren Hebräer waren für diese unverschämte Eigenheit geächtet worden. Der Name ihres Geburtslandes, Yehuda, hatte sich in einen allgemein verwendeten Begriff des Spotts verwandelt. In den verschiedenartigen Aussprachen des Aramäischen wurden sie Iudd genannt – Juden. Aus dem Mund ihrer Gegener klang dieses Wort wie ein Fluch.

Nun würde die Schande dieser Nation vollständig sein. Die Worfschaufel Nebukadnezzars hatte das Land Juda fast entvölkert und nur solche armen Leute zurückgelassen, die seinem Netz entkommen konnten oder der Beachtung nicht wert waren. Eine ganze Nation wurde aus dem Gebiet herausgerissen, das sie seit den Zeiten Josuas innegehabt hatte. Ihre Bevölkerung wurde wie Vieh von den Stößen der Lanzenträger Nebukadnezzars dahergetrieben und an den Ufern des Euphrat abgelegt wie völlig verschlissenes Gepäck.

Nicht alle Kinder Judas wurden jedoch verachtet. Obwohl sich Daniel häufig wünschte, wieder so zurückgezogen leben zu können wie vor seiner nun berühmten Traumdeutung, war er langsam aber sicher in den kleinen, eng bewachten Zirkel der Mächtigen in Babylon aufgestiegen. Niemand, dem der allmächtige Nebukadnezzar solch öffentliche Ehre erwiesen hatte, konnte sich so leicht aus dem Rat der führenden Männer ausschließen. Tatsächlich hatte sich der König in seinen Berichten vom Feldzug häufig nach der Meinung Beltschazars in dieser oder jener Sache erkundigt. Die glänzende Aura der Unterstützung durch den König hatte ihn auf einen schwindelerregenden Sockel gehoben. Ohne dass er es gewollt hätte, begannen Daniels Worte Gewicht und Bedeutung zu haben, die weit über das hinausging, was man von jemand erwartete, der so jung war. Bei dem komplizierten, erbarmungslos auf Leistung ausgerichteten Alltagsleben im Palast, wo die einzig anerkannte Wertschätzung die Gunst und Beachtung Nebukadnezzars war, gewann Beltschazar von Tag zu Tag größeres Ansehen bei seinesgleichen, zum Gefallen einiger, zum leichten Ungehagen anderer und zur eifersüchtigen Boshaftigkeit weniger.

Mit metallischem Klang gab eine Reihe von Trompetern das Signal für den Beginn der triumphalen Prozession. Als sie, von den Trommlern gefolgt, durch das drachenverzierte Ischtar-Tor marschierte, erhob die Menge an der Aibur Schabu ein lautes Geschrei. Sonnenlicht blitzte von dem polierten Messing der Trompeten, als das Volk seine raue kriegerische Hymne anstimmte. Wie von einem einzigen Geist beseelt, schlugen die Trommler den gleichmäßigen martialischen Rhythmus, starr und beharrlich mit hypnotisierender Regelmäßigkeit. Bald schon war sogar der Herzschlag der Massen im Gleichklang mit dem pulsierenden Tempo der marschierenden Füße.

Hinter den Reihen der Trompeter und Trommler marschierten die Abteilungen der Fußsoldaten, ihre Lanzen poliert und geschärft, so dass sie gefährlich schimmerten. Jede Speerspitze sang ein funkelndes Loblied auf Marduk – und auf Nebukadnezzar, seinen irdischen Regenten. Mit ihren stolz und vollkommen aufrecht getragenen Lanzen glichen sie einer Parade gerade aufgerichteter tödlicher Bäume. Die Fußsoldaten Babylons stellten den unerbittlichen Stolz eines siegreichen Heers zur Schau; ihre Augen waren genauso streng geradeaus gerichtet, wie ihre Speere gen Himmel strebten.

Als Nächstes kam eine Einheit skythischer Reiter in direkter Gegenüberstellung zu der strengen Disziplin der chaldäischen Fußtruppen. Die Pferde der Steppenbewohner trabten willkürlich und übermütig vom Lärm durch das Spalier der Zuschauer. Jeder Skythe trug einen geschwungenen Bogen aus geschnitztem Horn über dem Rücken und ein kurzes Krummschwert an seiner Seite. In der ihnen eigenen grellen Art kriegerischer Eleganz starrten die halb wilden Kämpfer staunend umher. Tatsächlich hatten viele von ihnen die sagenhafte Stadt Babylon, deren Schlachten sie so geschickt schlugen, noch nie gesehen.

Es folgte eine Lücke, ein Zwischenraum, der es der bewundernden Menge erlaubte, für das nun Folgende Atem zu holen.

Durch das Tor schritt eine Gruppe Harfenspieler und Sänger, die alle in tadellose weiße Leinengewänder gekleidet waren. Im Gleichklang sangen und spielten sie ein Loblied auf den mächtigen König Nebukadnezzar. Daniel und Asarja tauschten einen Blick aus. Mischael und Hananja marschierten bestimmt in der Gruppe dort unten mit, zum Ruhm des Herrschers singend und spielend. Sie zahlten musikalischen Tribut an Nebukadnezzar aus einer Kehle, die rau war vom Weinen, und mit Fingern, gefühllos vor Scham über das Schicksal Jerusalems. Weit über ihnen, auf dem Dach der Zitadelle, wandten sich die Herzen Daniels und Asarjas still ihren Freunden zu. Sie wussten, jeder Vers und jede gezupfte Note musste einem Dolchstoß in die Seele der Musiker gleichen.

Hinter den Musikern erschien eine Schar von Kindern, alle gekleidet in blendend weiße Tuniken. Die Jugend streute Lotusblütenblätter auf die Straße, während der Lärm der Menge ein donnerndes Crescendo bildete, das das bevorstehende Auftreten des Königs vorwegnahm.

Nebukadnezzar brach in einem goldenen Streitwagen, der von drei weißen schnaubenden Rossen gezogen wurde, durch das Ischtar-Tor. Der Regent des Marduk trug eine weiße Leinenrobe, die mit Fäden aus feinstem Gold verwoben war. Auf seinem Kopf trug er die Herrscherkrone Babylons, über und über mit wertvollen Edelsteinen jeder nur vorstellbaren Art besät. Das Sonnenlicht wurde funkelnd von der Kleidung und dem Diadem zurückgeworfen, als ließe Marduk, in seinem eigenen goldenen Wagen weit oben über den Köpfen vorüberfahrend, seinen Segen auf seinen Gesalbten herabregnen.

Wie ein Gott nahm er die Anbetung seiner Stadt auf. Schalen mit Blütenblättern waren oben auf den Dächern entlang der Prozessionsstraße plaziert; die Zuschauer rund um Daniel und Asarja griffen nun eifrig ganze Hände voll davon und warfen sie hinaus, damit sie in einer duftenden Kaskade auf die Köpfe und Schultern der Untenstehenden herabschwebten. Pflichtgemäß nahm Daniel eine Handvoll der Blüten und ließ sie schlaff über die Brüstung der Zitadelle fallen. Freudlos beobachtete er, wie sie – ebenso wie die Hoffnungen Zions – zu den Füßen seines Herrschers fielen.

Ochsenkarren rollten durch das Tor, hell angemalte Wagen, zum Bersten gefüllt mit dem Beutegut aus Juda. Daniel würgte vor Verzweiflung und merkte, wie sich Asarjas Finger in den Unterarm gruben, als sie die heiligen goldenen Geräte des Tempels in den Beutewagen hin und her stürzen sahen. Wie die andere Beute fuhren die Räuchergefäße und Kelche, die Öllampen und Leuchter, schon zur Zeit Salomos gefertigt, auf ihrem Weg in die Vorratsräume des Marduktempels. Die Ungeheuerlichkeit eines solchen Frevels ging im Beifall der klatschenden Menschenmassen unter. Sie waren sich nicht der Tatsache bewusst, dass unreine Hände das berührt hatten, was dem Allmächtigen geheiligt worden war. Die heiligen Schätze durften nur von den ehrfürchtigen Händen der dazu geweihten Söhne des Levi berührt werden. Genauso gut hätte Nebukadnezzar die Mütter aus Juda, als Tempelhuren geschmückt, in einer Parade durch die Straßen Babylons führen lassen können. Aber die Schmach der erbeuteten Tempelschätze wurde von dem nun Kommenden übertroffen.

Durch eine Kette im Nacken an den hintersten Wagen gebunden stolperte ein erbärmlicher unbekleideter Mensch durch das

Tor; ein jämmerliches spöttisches Anhängsel zu dem kostspieligen Glanz, der ihm vorausgegangen war. Seine Augenhöhlen waren ein rötliches Geflecht aus Tuch, das die Narben bedeckte, und er wedelte schwach mit den Händen vor sich her, um ungesehene Hindernisse abzuwehren. Zedekia, der letzte König von Juda, wurde als ein halb verhungertes, nacktes, völlig verdrecktes und verachtenswertes Subjekt zur Schau gestellt.

Daniels Augen folgten Zedekia wie gebannt vor Entsetzen, und er erinnerte sich an den gerechten jungen Prinzen, den er als judäischer Jüngling so bewundert hatte. Was jetzt hinter dem Wagen herhumpelte, war bloß ein Gespenst, ein beklagenswertes Echo jener Erinnerung. Daniel hörte das Gejohle und beobachtete mit gequältem Blick, wie Abfall und verdorbene Früchte auf den hilflosen Zedekia niederprasselten und die Blütenblätter ersetzten, die Nebukadnezzar begrüßt hatten.

Er konnte nicht laut aufschreien, konnte das dunkle Geheul der Qual nicht loslassen, das wie eine Sturmwolke in seiner Brust anschwoll, denn das wäre ein Zeichen von Ehrfurchtslosigkeit gegen den Herrscher, der diesen rebellischen Narren gerechterweise bestraft hatte. Die einzig erlaubten Worte waren höhnische Bemerkungen, die man wie Steine auf den in Ungnade gefallenen Feind des Königs werfen konnte. So stand er zitternd und stumm auf der Zitadelle und umfasste die Steine der Brüstung so fest, dass die Ballen seiner Finger von der rauen Oberfläche abgeschürft wurden und bluteten. Unbeachtet färbte Daniels Blut die Mauern Babylons, während Zedekia, der blinde König Jerusalems, die Blöße Davids, seinen Tribut des Spotts empfing und seinen letzten fehlgeschlagenen Weg entlang der Aibur Schabu beschritt.

Etwas unterhalb von Beltschazar an der Mauer folgten Adadibnis Augen dem schmerzlichen Blick des Günstlings von Nebukadnezzar. *So. Der Narr weint um seinen in Unehre gefallenen Verwandten, oder?* Ein verächtliches Grinsen lief über das Gesicht des Magiers. *Umso besser,* dachte er. Er schaute nach unten, um die Witzfigur des entehrten Königs zu betrachten, dann sah er gerissen auf das gekränkte Gesicht Beltschazars. Wenn dieser junge Aufsteiger immer noch so starke Gefühle für sein aufständisches Heimatland hegte, konnte man vielleicht Nutzen daraus ziehen. Adad-ibnis Gedanken begannen zu kreisen und einen dunklen Teppich zu weben, wie er schnell in die Gnade des Herrschers zurückkehren und Beltschazar zu Fall bringen konnte.

In dem Zwischenraum, vielleicht zehn Schritt breit, zwischen dem Flussufer und der steilen äußeren Mauer der majestätischen Residenz wuchs ein kleiner Garten ... eine grüne Insel voller Üppigkeit, die sich zwischen dem fließenden Braun des Flusses und dem feststehenden Braun des Palastes hielt. Hier, entlang der mit weißem Kies bestreuten Wege, die unter exotischen, von den Gärtnern des Königs gepflegten Pflanzen einherliefen, wandelte Daniel auf der Suche nach Mischael. Leise teilte er die Wedel eines jungen Palmbaums und schaute zum Ende des Palastgartens, das von den angeschwollenen Wassern des Euphrat gesäumt wurde.

Am Rand des Flusses saß Mischael und ließ den Blick über die Weite des braunen Wassers gleiten. Dann ritzte er einige Markierungen in ein Tontäfelchen, das er auf seinem Schoß hielt. Er betrachtete, was er geschrieben hatte, dann starrte er wieder über den Fluss auf die hellbraunen Mauern der Neustadt. Der Gesichtsausdruck seines Freundes, geprägt von schmerzlicher Erinnerung, von hilfloser, gebrochener Sehnsucht, entlockte ihm unwillkürlich einen Seufzer.

Ruckartig drehte sich Mischael um, doch seine Anspannung löste sich, als er seinen Freund erkannte. „So, hast du mich also gefunden", meinte er, ein wenig schuldbewusst lächelnd.

„Der Rat kommt am Mittag zusammen", erklärte Daniel, während er einen Blick auf den Stand der Sonne warf. „Ich brauche dich dort; es müssen Entscheidungen getroffen werden ..."

„Ja, davon gehe ich aus", seufzte der Sänger. „Und doch, Daniel ..." Er unterbrach sich und schaute weg. „Das Vertrauen, das du in mich setzt, ehrt mich, und ich bin sicher, dass die anderen genauso denken, aber ..." Ein Schatten des Bedauerns zog über sein Gesicht, bevor er weitersprach. „Ich habe kaum noch Zeit zum Singen ..." Wo die Worte endeten, wurden Mischaels Gedanken durch die Stille und seine Haltung vollendet.

Mehrere Antworten Daniels vergingen ungeäußert auf seinen Lippen. Er überquerte die Lichtung am Rand des Flusses und setzte sich neben seinen Freund. Mit dem Kopf auf das Tontäfelchen weisend fragte Daniel: „Woran arbeitest du gerade?"

„Ach ... das." Mischael schaute auf die Tafel und wandte sich ab. „Das ist nichts Besonderes. Ein paar Zeilen, ein Vorschlag für eine Melodie, die mir so in den Sinn kam. Noch ganz unfertig."

„Darf ich hören, was du gemacht hast?", fragte Daniel.

Mischael schaute Daniel an. „Ach, es ist nicht viel. Vielleicht, wenn ich es fertig habe." Sein Gesicht verbarg etwas; Daniel beschloss, ihn zu bedrängen.

„Bitte Mischael. Ich würde gern hören, was du gemacht hast. Nur ein wenig?" Daniel stieß den Eunuchen schelmisch gegen die Schulter. „Warum so widerwillig? Ich erinnere mich, dass Asarja dir drohen musste, damit du endlich ruhig warst, und wir anderen schlafen gehen konnten."

Bei der Erinnerung daran musste Mischael lachen und schaute dann zu Boden. Tief seufzend nahm er die Tontafel auf, schaute sie an und legte sie daraufhin neben sich auf den Sand. Für lange Zeit war das sanfte Plätschern der Wellen des Flusses am Ufer das einzige Geräusch. Dann begann Mischael zu singen.

An den Wassern Babylons, da saßen wir und weinten,
wenn wir an Zion dachten.
An die Pappeln dort hängten wir unsere Zithern,
denn die uns gefangen hielten, forderten
dort von uns die Worte eines Liedes;
und die uns wehklagen machten, forderten Freude.

Sie sagten: „Singt uns eins der Lieder aus Zion!"
Wie können wir des Herrn Lied singen
in einem fremden Land?

*Wenn ich dich vergesse, Jerusalem,
so verdorre meine Rechte.
Meine Zunge soll an meinem Gaumen kleben,
wenn ich deiner nicht mehr gedenke,
wenn ich Jerusalem nicht zu meiner höchsten Freude erhebe ...*

Der weit schwingende Fluss der Melodie zog an Daniel vorüber. Sie war langsam, wie beladen mit dem Gewicht der Trauer eines Volkes, wie ein Zug klagender Frauen, und so leidvoll wie das Schreien eines verlassenen Kindes. Sie hob sich und sank nieder, sie wirbelte und stieg empor, und Daniel hörte in ihr die gesamte herzergreifende, den Tod beweinende Traurigkeit einer niedergebrannten Stadt, eines verödeten Landes, eines gebrochenen Bundes, eines entwurzelten Volkes.

Ungewollt zog das Bild des blinden und nackten Zedekia vor seinem inneren Auge vorüber: Das Elend eines gebrochenen, sterbenden Königs war das eigentliche Bild des Schicksals Jerusalems und Zions. Die endlose Qual seines beraubten Volkes und sein Verlangen nach einer Heimat, das niemals mehr erfüllt werden konnte, alles das schwoll in Daniels Kehle wie ein geronnener Klumpen Blut.

Als er wieder reden konnte, flüsterte er Mischael zu, der sein Gesicht in seinen Händen hielt: „Es wird nicht immer so sein, mein Freund. Der Allmächtige hat uns bestimmt nicht vergessen, selbst hier an diesem fremden Ort nicht."

Mischael hob sein tränenüberströmtes Gesicht zu Daniel. „Und wohin sollten wir zurückkehren?", fragte er. „Was ist geblieben, das uns zurückzieht, Daniel? Zion ist ein verkohlter Stumpf, und die Hügel Judas sind vor Scham unfruchtbar." Er lachte kurz und verächtlich. „Der Same Jakobs sieht so aus, mein Freund: Seine Linie wird bewahrt von Eunuchen, Vagabunden und Bettlern."

Jetzt starrte Daniel ausdruckslos über den Euphrat. Langsam schüttelte er den Kopf. „Ich bin ... Ich bin mir nicht sicher, Mischael", sagte er schließlich. „Aber ich fühle es hier ...", seine Hand schlug auf sein Herz, „dass der Herr noch nicht fertig ist mit den Kindern Abrahams. Es gibt noch irgendeine Absicht, eine Verheißung für die Zukunft ..." Er rang vergeblich mit den unbestimmten, nicht zu äußernden Fetzen einer Vorahnung in seinen Gedanken.

Mischael erhob sich halb und rieb sich das Gesicht lebhaft mit beiden Händen, während er ein paarmal tief Luft holte. „Genug geredet. Wir sollten gehen, oder nicht? Was werden die Berater machen, ohne ihren Propheten um Rat fragen zu können?", meinte er schelmisch.

Daniel lächelte schwach und reichte Mischael eine Hand, um ihm beim Aufstehen zu helfen. „Ich bin kein Prophet", murmelte er. „Jedenfalls jetzt noch nicht."

Sie betraten die Ratskammer und bemerkten, dass die anderen Mitglieder ihre Plätze schon eingenommen hatten und sie anstarrten. Wenn sie auch ungeduldig waren, weil man sie hatte warten lassen, so hielten sie es doch für unweise, den augenblicklichen Günstling des Königs in ihrem Gesicht erkennen zu lassen, welche Gefühle sie hegten. Asarja, der ihnen am nächsten saß, räusperte sich, während er von dem gegenüber sitzenden Adad-ibni zu Daniel schaute.

„Beltschazar, der ehrenwerte Adad-ibni ist soeben vom König zurückgekommen. Er hat einen Vorschlag gemacht, der vom Herrscher angenommen wurde, und zwar dass –"

„Vielleicht sollte ich den ehrenwerten Beltschazar über die Wünsche des Herrschers in dieser Angelegenheit informieren", unterbrach ihn der Magier süffisant. „Ehrenwerter Beltschazar, wollt Ihr Euch nicht setzen?" Adad-ibni wies auf ein leeres Sitzkissen.

Daniel machte sich über den dienstbeflissenen Ton in der Stimme des obersten Sehers nichts vor. Was auch immer Adad-ibni sagen würde, Daniel bezweifelte, dass es für ihn ein günstiges Omen war. Langsam, ohne die Augen von dem grinsenden Gesicht des Sehers abzuwenden, ließ sich Daniel auf den Sitz fallen.

9

*E*s war ein bewölkter Tag, selten genug im chaldäischen Flachland. Eine kühle Brise wirbelte um die große Menschenmenge, die sich auf den Befehl des Königs nervös in der Ebene von Dura versammelt hatte. Am nordwestlichen Horizont erhoben sich steil die Zikkurats und Türme Babylons über die flache Ebene des Landes. Unzählige Augen schauten angstvoll zur Stadt zurück. Viele Teilnehmer wünschten sich im Stillen lieber wieder zurück, um in den schützenden Mauern ihren alltäglichen Pflichten nachzukommen, als in der offenen Weite Duras den kalten Winterwinden ausgesetzt zu sein.

Nur Adad-ibni hatte den Ausdruck vollkommener Genugtuung auf seinen schwammigen Gesichtszügen. Er warf erneut einen Blick auf die versammelten Vornehmen, die Beamten, Befehlshaber und Berater. Alles verlief reibungslos. Die letzten Nachzügler erschienen gerade; bei der Ankunft des Königs abwesend zu sein, käme einem Todesurteil gleich. Der oberste Seher kicherte innerlich voller Zufriedenheit, während er sich daran erinnerte, wie kreidebleich die hebräischen Schoßhündchen Nebukadnezzars ausgesehen hatten, als er seine „Vision" dieser Feierlichkeiten beschrieben hatte.

Der Plan war ganz einfach. Er hatte an die grundsätzliche Eitelkeit des Herrschers appelliert, verbunden mit seiner Ungeduld über eine Reihe von ärgerlichen Aufständen, die von diesem oder jenem unbedeutenden Monarchen oder Stammesführer angezettelt worden waren. Er hatte beschrieben, „gesehen" zu haben, dass solch eine Rebellion wieder bevorstehe, und die Anweisung von keiner geringeren Autorität als Marduk selbst „gehört" zu haben, die erklärte, wie man so ein Problem vermeiden könne. Der Gott hatte Adad-ibni „gesagt", er solle ein Bild des Gottes selbst errichten lassen, hier in der Ebene von Dura. Es ließ den Herrscher auch nicht ganz unbeeindruckt, dass der Seher eine Figur beschrieben hatte, die Nebukadnezzar selbst erstaunlich ähnlich sah, umgeben von einer göttlichen Aura, wie es sich für den irdischen Regenten des Himmelskönigs ziemte.

Nachdem der Herrscher erst einmal die Logik dieses Plans eingesehen und nachdem er die Genugtuung geschmeckt hatte, eine öffentliche Demonstration der Treue gegen die Staatsgottheit – und gegen ihn – zu befehlen, war der Rest der Anordnungen nur noch ein Kinderspiel. Die nötigen Erlasse wurden entworfen, die Künstler und Musiker beauftragt und das ganze Unternehmen wurde dem Geheimen Rat als ein in jeder Hinsicht vollständiger Plan präsentiert. Als Beltschazar und seine Juden irgendetwas von dem kleinen Fest auf der Ebene erfuhren, hatte das Ganze schon die Bedeutung eines herrscherlichen Erlasses.

Adad-ibni wusste sehr wohl, was das für die Hebräer und ihre so heißgeliebte Vorstellung ihres unsichtbaren Berggottes bedeutete. Wie oft hatte er ihre Zurückhaltung bemerkt, irgendein Unternehmen zu unterstützen, das von dem Rat der Seher und Astrologen abhängig war. Wie oft brachten sie es fertig, an den Festtagen der Götter bei Hofe abwesend zu sein. Und – das war für Adad-ibni das Ärgerlichste von allem – wie schwierig war es, sie zu finden, wenn die Opfer für die Tempel eingesammelt wurden. Aufgrund von Daniels Anfängerglück in der Sache mit dem Traum des Königs, war Adad-ibni bisher machtlos gewesen, diesen Groll zu beseitigen – bis heute.

Das Bildnis thronte über der Menge, die sich unbehaglich fühlte, und ragte sechzig Ellen in den grauen Himmel empor. Während seiner Errichtung waren zwei Handwerker von dem Gerüst auf seinen Schultern und seinem Kopf abgestürzt und zu Tode gekommen; ein geringer Preis. Die Statue war aus Holz mit dünnem Blattgold überzogen, das sich den sorgfältig geschnitzten Zügen genauestens anpasste. Aber die nervösen Blicke der Menschenmenge liefen von dem beeindruckenden Bild Marduk-Nebukadnezzars zu einem anderen neuen Gebilde, einem, das den Augen wesentlich weniger schmeichelte. Einige fünfzig Schritte nach Osten loderte es mit einer Glut im Innern, die bedrohlich war. Selbst aus dieser Entfernung konnte man die Hitze des Ofens fühlen, die die Haut der Menschen mit ihrer Andeutung von Wärme reizte, als wollte sie die Menschen beschwatzen, sie umwerben, Zuflucht vor der Kälte in ihrer feurigen Umarmung zu suchen.

Der Erlass rief dazu auf, einen Treueschwur zu leisten und dem Bild zu huldigen. Die Strafe, wenn man die Bedingungen nicht erfüllte, bestand darin, dem Feuerofen übergeben zu werden, der gleichzeitig mit der Statue errichtet worden war. Auch das hatte Adad-ibni „gesehen". Niemand der vornehmen Chaldäer und der Beamten konnte sich vorstellen, dass jemand so dumm wäre, sich der Anweisung des Königs zu widersetzen. Das heißt, niemand außer Adad-ibni und einer bestimmten Gruppe entschieden unangenehmer Hebräer, die dort drüben standen.

Der oberste Seher musste lachen, wenn er an ihr Dilemma dachte: Entweder Nebukadnezzar verleugnen und sofort auf schreckliche Weise und in öffentlicher Ungnade sterben – was die Wahrheit der „Vision" Adad-ibnis bestätigen würde – oder ihren Gott verleugnen, das persönliche Totem ihrer komischen Herkunft. So oder so, Adad-ibni wusste, heute würde es zur Demütigung dieses lästigen Jünglings Beltschazar kommen. Verstohlen warf er einen Blick in Richtung auf die Juden – und fühlte, wie ihm die Augen vor Ärger aus dem Kopf traten. Beltschazar war nicht da! Vor lauter Wut knirschte er mit den Zähnen und starrte über die Menge, während er sich wie besessen Gedanken über die Abwesenheit seines Erzrivalen machte, für den diese ganze Sache doch auf die Beine gestellt worden war. Der Zug des Herrschers näherte sich dem Platz, wo aber war der Jude Beltschazar?

Daniel saß zusammengesunken auf seinem Lager. Sein Inneres war ein elendes, aufgewühltes Gemisch aus Scham und Furcht. Zum hundertsten Mal stand er auf und ging zu dem Gitter in seiner Wand nach Osten, von wo aus er vergeblich durch dessen dünnen Spalte Richtung Südosten schaute. Dort, jenseits der

Stadtmauern, traten seine drei Freunde Entehrung und Tod entgegen. Aus Feigheit hatte er sie allein gelassen.

Sehr schnell hatte er die Absicht hinter Adad-ibnis Täuschungsmanöver begriffen. Während er in der Ratskammer saß und zuhörte, wie der Seher die Einzelheiten seines schlecht verborgenen Orakels entfaltete, hatte er sofort erfasst, vor welche Wahl Adad-ibni ihn mit Gewalt zu stellen beabsichtigte: Jahwe oder Nebukadnezzar. Der Herr des Himmels oder der Herr Babylons. Adad-ibni hatte die Falle sehr sorgfältig angelegt, so dass keine Verheimlichung von Überzeugungen, keine Kompromisse, keine Alternativen möglich waren.

Einer so erschreckenden Aussicht gegenübergestellt, eilten seine Gedanken hinter seiner Stirn hin und her wie ein gefangenes Tier, das endlose, vergebliche Runden in seinem Käfig dreht. In den Wochen, in denen das Standbild und der Feuerofen gebaut wurden, hatte er Stunde um Stunde verzweifelt den Herrn gesucht. Er hatte die Schriftrollen, die ihm der Prophet Hesekiel gegeben hatte, durchgelesen und ernsthaft den Rat des Propheten mit dem zerfurchten Gesicht selbst gesucht – alles ohne Erfolg. Adonai, die Rollen und der Prophet, sie alle hatten in gleicher Weise leer in sein flehentlich bittendes Gesicht zurückgestarrt, als wollten sie sagen: Ja, das ist es, was du wählen musst. Und was, o Daniel-Beltschazar, wird deine Entscheidung sein? Alle seine Gebete, sein verzweifeltes Lesen, seine ängstlichen Fragen boten ihm keinen Trost, sondern nur Auseinandersetzung. Keine Befreiung, nur Bedrohung. Ihm wurde klar, dass seine Zukunft zwischen zwei schlichten kompromisslosen Wahlmöglichkeiten lag. Unfähig, die furchtbare trübe Hoffnungslosigkeit, die ihn bedrückte, auszuhalten, hatte er gelogen.

Er hatte zu einer List gegriffen, die noch niederträchtiger war als die Adad-ibnis. Vor zwei Nächten hatte er sich, schamvoll den Schutz der Dunkelheit für seine Tat suchend, in eine gewisse Seitenstraße begeben, um einen bestimmten Arzneimittelhändler aufzusuchen. Silber hatte den Besitzer gewechselt.

Am Morgen hatte ein beunruhigter Asarja den Kämmerer des

Königs aufgesucht. Beltschazar, so schien es, lag krank im Bett, sein Gesicht schrecklich verfärbt, mit schwergehendem Atem, mit Schaum vor dem Mund und Eingeweiden, die wie Schlangen zu schmerzhaft sich windenden Knoten verdreht waren. Seine Majestät Nebukadnezzar erwartete doch bestimmt nicht von seinem treuen Diener Beltschazar, dass er an der Zeremonie in der Ebene von Dura teilnahm, während er, wie es ja tatsächlich war, an der Schwelle des Todes lag?

Ein Beamter wurde ausgesandt, und eine Untersuchung angestellt. Das Ergebnis war, dass Beltschazar in der Tat nicht in der Lage war, an dem Treueschwur teilzunehmen. Der Herrscher, sich der anhaltenden Treue Beltschazars sehr wohl bewusst, wollte ihn natürlich gern von diesem Erlass ausnehmen, ja, er wollte sogar seine eigenen Ärzte senden, um sich um den hochgeschätzten Beltschazar zu kümmern.

Daniel hatte beobachtet, wie seine Freunde an diesem Morgen das Haus verlassen und sich noch oft nach ihm umgedreht hatten, vielleicht genauso um seinen Zustand besorgt, wie um ihre eigenen Schwierigkeiten.

Als die Wirkung der Arznei langsam nachließ, lag Daniel auf seinem Bett, während er abwechselnd vor Scham glühte und vor Furcht schauderte. Was hatte er getan? Warum hatte er es zugelassen, dass seine Freunde dem Gericht auf der Ebene ohne ihn entgegengingen? Seine Lippen verzogen sich empört. In diesem Moment begriff er die Ironie seiner doppelten Zugehörigkeit. Er war Daniel: „Gott ist Richter", und er war Beltschazar: „Bel beschützt". Würde die Lüge, die er gegen seinen Herrn und seine Freunde angewandt hatte, ihn vor dem letzten Gericht schützen? Er verbarg seinen Kopf in den Armen im Kampf mit seiner inneren Qual, hin und her gerissen zwischen den Namen über dem Abgrund seiner Schuld.

Nebukadnezzar erhob sich aus seiner Sänfte inmitten der vornübergeneigten Gestalten seiner Vornehmen und Würdenträger. Er blickte über den Schauplatz und nickte selbstzufrieden. Ja, alles das sah sehr zufriedenstellend aus. Dann schaute er auf das Bildnis, das er hatte errichten lassen.

Der Traum! Dieselbe graue Leere am Himmel, dieselbe flache Gegend ohne besondere Merkmale wie in der nächtlichen Vision, die ihn vor nicht allzu vielen Monaten gepeinigt hatte. Unfreiwillig wurde sein Gesich hart, seine Schultern verspannten sich. Jeden Moment erwartete er, das bedrohliche Donnern des überwältigenden übernatürlichen Steins zu hören. Schauder liefen ihm über den Rücken in einem Anfall kopfloser Panik und seine Nasenflügel weiteten sich bei einem plötzlichen Alarmsignal.

Gerade als er fühlte, er müsse wieder in seine Sänfte zurückeilen und seinen Sklaven den Befehl geben, ihn zur Festung zurückzubringen, schaffte er es, die Kontrolle über seine Gedanken halbwegs wiederzuerlangen, die ihm wie entlaufene Pferde durchgegangen waren. Er schaute umher. Sein Volk, seine Untertanen, warfen sich in Anerkennung seiner Macht vor ihm nieder. Die Statue stand als öffentliche Anerkennung des Segens Marduks für ihn selbst und seine Herrschaft an ihrem Platz. Er nahm ein paar tiefe Atemzüge und brachte sich mit eisernem Willen wieder in den Besitz seiner Emotionen. Nachdem ihm das gelungen war, schritt er sicher zu dem feierlichen Sitz, der ihm vor der versammelten Menge direkt zu den Füßen des glitzernden goldenen Standbilds errichtet worden war.

Als er sich setzte, erhob sich die Menge wie auf ein Stichwort. Ein Herold stellte sich vor die Menge und entrollte ein Pergament. Nachdem er sich geräuspert hatte, las er seine Bekanntmachung in die erwartungsvolle Stille.

„Im Namen Marduks des Großen und Mächtigen, und im Namen Nebukadnezzars, seines Sohnes und Erben, des wohltätigsten Herrschers und Vaters unseres Landes:

Alle Anwesenden sollen an diesem Tag Marduk und Nebukadnezzar, seinem Regenten auf Erden, ewige Treue schwören. Der Klang der Pfeiffen und Trommeln möge erklingen, die Saiten der Leier und die Stimmen der Sänger. Man lasse ein Loblied auf Marduk und Nebukadnezzar, seinen Sohn, erschallen, und bei diesem Lied sollen alle, die hier treu versammelt sind, zu Füßen Marduks und Nebukadnezzars, seines Sohnes, niederfallen und ihm die Ehre erweisen. So soll es geschehen, damit der Frieden des Landes erhalten bleibe und damit Marduk, der Große und Mächtige, Nebukadnezzar, seinem Sohn und Regenten, langes Leben und klare Sicht schenken möge. Nun mögen alle Treuen dem Lied Gehör schenken, und möge der Name Marduks und Nebukadnezzars auf allen Lippen und in allen Herzen gepriesen werden."

Der Herold rollte das Pergament raschelnd zusammen und marschierte zurück in die Versammlung.

Einen Moment lang war das gedämpfte Prasseln der Flammen in dem nahegelegenen Ofen das einzige Geräusch. Dann durchbrach ein Chor von Musikern mit der Lobeshymne auf Marduk-Nebukadnezzar, die für diese Feierlichkeit extra komponiert worden war, die Stille.

Wie ein Mann fiel die ganze Versammlung auf den Boden und betete Marduk und seinen Fürsten Nebukadnezzar an, der mit königlicher Gelassenheit auf seinem Sitz zu Füßen des beeindruckenden Standbilds saß.

Alle, bis auf Mischael, Asarja, und Hananja. Die drei standen demütig, doch ungebeugt, als deutlicher, aufrechter, schutzloser Fels inmitten eines Meers vornübergebeugter Gestalten. Als die Augen des Herrschers auf sie fielen, sprang er von seinem Sitz auf und brüllte plötzlich mit einer Stimme, die das Herz zum Stillstand bringen konnte: „Halt!"

Sein messerscharfes Kommando brachte die Musiker so plötzlich zum Schweigen wie eine Kerze, die ausgeblasen wird. Und wieder war das einzige Geräusch das hungrige, süchtige Prasseln der Flammen im Ofen.

Durch die furchterfüllte Stille der versammelten Menschen breitete sich das Geheul der Stimme Adad-ibnis aus, der die Hebräer hasserfüllt und voller Selbstgefälligkeit anklagte. Übermäßig erfreut vom Erfolg seiner List überwand das Verlangen, seine Schadenfreude ausdrücken zu können, seine Scham vor dem Ärger des Königs. Er konnte der Versuchung nicht widerstehen, über die Falle zu grinsen, die er für die Freunde dieses verhassten Beltschazar gelegt hatte.

„Mein Herr, diese drei haben dein Standbild nicht angebetet, wie der Erlass befohlen hat!", klagte er sie völlig unnötig an. „Die Treulosen haben sich in deinen vertrautesten Rat eingeschlichen, aber sie haben keine Treue zu dir und zu den Göttern deines königlichen Hauses! Diese drei, Schadrach, Meschach und Abed-Nabu, Freunde von Beltschazar ...", er legte des Effekts wegen eine Pause ein, „heimatlose Fremde, die du in deinem eigenen Haus beschützt hast, planen Böses gegen dich, o großer Nebukadnezzar. Bestimmt ist es dieser Verrat, vor dem meine Vision warnt!"

Ein leises erstauntes Gemurmel der Zustimmung bestätigte die Worte des Magiers. Adad-ibni war sehr zufrieden mit sich selbst und verbeugte sich vor dem Herrscher, ganz das Bild eines demütigen treuen Dieners. Er konnte in diesem Moment des Triumphes und der Rache fast vergessen, dass er darin versagt hatte, Beltschazar gefangenzunehmen. Außerdem war ja noch genügend Zeit, sich dem Letzten der verachteten vier zu widmen, jetzt, da ein Keil des Verdachts fest zwischen den Herrscher und seine Juden getrieben war.

Die Augen des Herrschers waren glühende Kohlen. „Bringt sie zu mir", knurrte er. Uruk, der links hinter Nebukadnezzar wartete, gab ein kurzes Zeichen. Drei kräftige Leibwächter schritten auf die Hebräer zu und zogen sie an ihren Tuniken nach vorn. Ohne Widerstand wurden die drei zu dem wartenden Nebukadnezzar gestoßen.

Nebusaradan, Befehlshaber des babylonischen Heers, beobachtete mit gespanntem Blick, was nun geschehen würde. Erneut brachten sich die Hebräer durch ihren taktlosen Eifer selbst ins Unglück. Obwohl die drei sich nicht gewalttätig zeigten, würden sie nicht nachgeben. Er hatte dieses Verhalten, das einem Selbstmord gleichkam, schon in Juda gesehen, in den seltsam stolzen Worten eines verhungernden Überläufers, der sich in einen Vornehmen verwandelte ... und in den brennenden Augen eines alten Mannes, eines Propheten ...

Vor dem zornigen König knieend suchten Abed-Nabus Augen die seines Herrn Nabu-Naid. Der oberste Minister wartete still an seinem Platz zur Rechten des Herrschers. Seine rabenschwarzen Augen schauten glühend auf seinen fähigsten und vertrautesten Diener und sahen dabei so steinern, so leer aus, als hätte er eine vollkommen fremde Person vor sich. Abed-Nabu wandte sich ab. Nabu-Naid würde an diesem Tag nicht für ihn eintreten.

Dann sprach der Herrscher. „Wieder einmal finde ich euch vor mir", fauchte er mit einer Stimme, die so ruhig und bedrohlich war wie das Geräusch eines Löwen, der seine Krallen ausstreckt. „Und wieder einmal weigert ihr euch auf eure starrköpfige hebräische Art, Eurem König Ehre und Respekt zu erweisen! Auch wenn ihr meine leiblichen Kinder wärt, ich wäre gezwungen euch zu bestrafen für diese, diese ..." – seine Zähne knirschten, während er nach einem Wort suchte, „diese Schandtat! Habt ihr noch irgendetwas zu sagen, bevor ich euer Schicksal vor dieser Versammlung verkündige?"

Die drei schauten einander an. Ihre Augen waren vor Furcht weit aufgerissen. In schweigender Übereinstimmung öffnete Mischael, der Eunuch, Sänger und Wortgewandteste unter ihnen, seinen Mund, um zu antworten.

„Mein König", sagte er beinah im Flüsterton, unfähig, den Kopf zu heben, „wir können uns nicht verteidigen. Wenn du uns in den Feuerofen werfen lässt ..." Für einen Moment verschlug es ihm die Sprache; er schluckte mehrmals, bevor er fortfahren konnte. „Unser Gott ist in der Lage, uns aus deiner Hand zu retten, mein König. Aber selbst wenn es nicht so aussieht, als ob er es könnte ..." Er schluckte noch einmal und zitterte sichtbar. „Du musst wissen, mein König, dass wir uns nicht vor deinem Gott beugen oder sein Bildnis anbeten werden." Es gab eine lange Pause. „Es ... es wäre ein Frevel."

„Genug!", donnerte Nebukadnezzar, der seine Wut nicht länger zurückhalten konnte. „Ich will von diesem Schwachsinn nichts mehr hören! Dort drüben ist echtes Feuer, ihr Narren!" Er raste, seine Augen blitzten, während er ihre gebeugten Rücken ansah. „Ich, Euer König, stehe jetzt hier vor euch mit wirklicher Macht und wirklicher Autorität! Glaubt ihr etwa, dieser ... dieser euer Gott wird euch vor mir retten? Wo ist er, dieser Gott?", bemerkte er höhnisch. „Soll er sich doch zeigen, wenn er wirklich irgendwelche Kraft hat!"

Nebusaradan zuckte zusammen, während er unfreiwillig nach oben schaute.

Mit dem Arm in Richtung auf die Aufseher über den Ofen weisend rief der Herrscher: „Facht die Flammen an! Ich will ein Feuer, so heiß wie der Sonnenwagen Marduks!" Die Diener begannen, die gewaltigen Blasebalgvorrichtungen in Gang zu setzen, und pressten dadurch Luft in den unteren Teil des Feuerofens. Mit jedem Zug brüllte das innere Inferno ärgerlicher. Bald konnte man Feuerflammen aus den Ritzen über den schweren Türen aus gebranntem Ton züngeln sehen. Hier und dort an den Fugen zwischen den ellendicken Ziegeln rann geschmolzener Mörtel in Rinnsalen an der Seite des Hochofens entlang.

Der König wandte sich an seine Leibwache. „Fesselt sie wie Vögel zum Rösten! Ich werde solchen Verrätern nicht erlauben, in Menschenwürde zu sterben!" Wachsoldaten wickelten Riemen aus ungegerbtem Leder um die Gliedmaßen der drei und zogen sie so fest, dass man sehen konnte, wie das Blut aus den Falten ihrer Kleidung rann, das von dem grausam zerschnittenen Fleisch ihrer Arme und Beine sickerte. Zwei Wachen hoben nun jeden Verurteilten auf und trugen ihn wie einen Kornsack dorthin, wo die Umarmung des Todesofens schon auf sie wartete. Selbst Adad-ibni schreckte vor dem heftigen Zorn Nebukadnezzars zurück, während er in krankhafter Faszination das Geschehen beobachtete, um das Schicksal seiner Feinde zu sehen.

Die Türen des Ofens befanden sich am oberen Ende eines kleinen Absatzes, den man über vier aufsteigende Treppenstufen erreichte. Zwei Sklaven standen an jeder Seite der Plattform auf dem Boden und hielten lange Stangen in der Hand, mit denen sie die Türen aufziehen konnten. Als die Wachen die oberste Stufe erreicht hatten, öffneten sich die Türen. Ein glühender Schwall überhitzter Luft entwich dem Ofen und verbrannte augenblicklich die Lungen der Soldaten, die die Hebräer trugen. Sie fielen schlaff zu Boden, so dass die gebundenen Hebräer wie Kokons in Menschengestalt, die von den niedrigen Ästen eines Baums geschüttelt werden, auf die Plattform stürzten. Selbst die in der versammelten Menge, die am weitesten entfernt waren, fühlten die gierige Hitze des Ofens, der kalte Wind der Ebene schien plötzlich kein Feind mehr zu sein.

Die Sklaven stießen die drei Gefangenen mit den langen Stangen brutal durch den brennenden Eingang in den Ofen und schlugen die Luke anschließend wieder zu.

Kein Schreien war zu hören, keine letzten Atemzüge im Todeskampf. Die drei waren lebendig, als man sie in den Ofen gestoßen hatte, denn alle hatten gesehen, wie sie sich hilflos bewegten, als die Sklaven sie in den Feuerofen stießen.

Nebukadnezzar schritt langsam zum Ofen und bestieg den Absatz. Ein dicker Block aus phönizischem Glas war in eine der Türen eingelassen worden, und der Herrscher näherte sich nun diesem Besichtigungspunkt, während er zugleich vor der Hitze zusammenzuckte, die durch die massiven Türen drang. Forschend schaute er in das Innere, bis die Hitze ihn zurückdrängte.

Er taumelte die Stufen hinab und streckte seine Hand aus, um die Schale mit Wasser von dem wartenden Diener zu nehmen, der auf ihn zu stürzte. Nachdem er sein Gesicht und seinen Nacken mit dem Wasser gekühlt hatte, starrte er auf den Befehlshaber seiner Leibwache. „Uruk! Komm her!"

Der Befehlshaber trat schnell an seine Seite. Mit leiser eindringlicher Stimme fragte ihn der König: „Drei? So viele waren es doch, oder?"

Uruk betrachtete verwirrt das erschrockene Gesicht seines Königs. Hatte die Hitze den Herrscher benebelt? „Ja", antwortete er zögerlich. „Natürlich waren es drei, mein Herr. Warum –"

„Geh und sieh nach!", flüsterte Nebukadnezzar, mit zitterndem Finger auf die Tür des Ofens zeigend. Betroffen starrte Uruk in das verzerrte Gesicht des Herrschers.

„Ich sagte, geh und sieh nach!", schrie Nebukadnezzar,

wobei er Uruk vorn an seinen Kleidern packte und ihn fast auf die Treppenstufen des Absatzes schleuderte.

Uruk fühlte, wie die erstickenden Hitzewellen ihn mit geradezu körperlicher Kraft schlugen, während er auf die Luke zukroch. Er blinzelte mit den Augen, die heftig tränten, und schaute durch das Glas.

Das Innere des Ofens sah aus wie die Behausung Pazuzus, des Herrn der Dämonen. Es war ein blendendes Meer glühend heißer Flammen. Uruk warf einen Blick in das Innere, während ihm der Schweiß in Strömen herabfloss, so sehr versuchte sein Körper vergeblich, sein Fleisch zu kühlen. Dann sah er es, und es lief ihm trotz der schrecklichen Hitze aus dem Innern des Ofens eisig den Rücken hinunter.

Der König war also doch nicht verrückt! Da waren die drei Hebräer – und sie lebten – unmöglich! Ihre Stricke waren verbrannt, sie knieten in der Mitte des Raums und beugten sich vor einer Gestalt, die so strahlte, dass die Flammen des Ofens dagegen ohnmächtig verblassten. Die Gestalt schien den dreien irgendeine Art von Segen zu geben, die sich jetzt erhoben und in Richtung Tür gingen. Uruk fühlte die Augen – oder genauer das Wissen – der strahlenden Gestalt auf sich. Und dann drehte sein Verstand durch.

Adad-ibni schnappte mit den anderen nach Luft, als der Befehlshaber der Palastwache von der Tür des Ofens zurückwankte, die Hände vor seinem Gesicht. Er fiel rückwärts die Stufen hinunter, rollte über den Boden und wand sich und stammelte, als ob er besessen wäre. Obwohl Adad-ibni das Zeichen gegen den bösen Blick machte, fühlte er trotzdem, wie ihm die nackte Angst durch Mark und Bein drang. Etwas anderes als die Hitze hatte Uruk geschlagen. Etwas unendlich Machtvolleres.

„Öffnet die Türen!", befahl der König.

Als die Sklaven ihre Stäbe in die Türgriffe einhakten, begann die Menge sich von dem Ofen zurückzuziehen, und das nicht aus Furcht vor den Flammen. Die Türen aus dicken Ziegeln bewegten sich schwer in ihren Drehzapfen.

Die drei Hebräer traten nach vorn an den Eingang. Ihre

Kleider waren nicht einmal angesengt von dem Schmelztiegel, ihre Gesichter nicht einmal gerötet von der Hitze! Spontan beugte sich jedes Knie vor diesem furchterregenden, völlig unerklärbaren, nie dagewesenen Abschluss der Zeremonie auf der Ebene. Die drei, die sich geweigert hatten, ihre Knie vor dem höchsten und mächtigsten Mann Babylons zu beugen, empfingen nun dessen ehrfurchtsvollen Respekt.

Nebukadnezzar erkannte, das Gesicht im Staub, sofort den Widerhall in seiner keuchenden Brust. Der Traum – er war lebendig! Seine sorgfältig gepflegte und mit Nachdruck auferlegte Kontrolle zerkrümelte im Staub vor seinen eigenen Augen. Vielleicht erhob sich die Statue immer noch hinter ihm, aber ihre selbstgefällige Größe war durch das unvorstellbare, unwiderlegbare Wunder, dessen Zeugen er und sein ganzer Hof soeben geworden waren, sinnlos wie Staub, der vom Wind verweht wurde. Er, der König der Länder, konnte befehlen, dass seine ganze Bevölkerung in den Ofen geworfen wurde, aber wer wollte so eine armselige, vorübergehende Herrschaft vergleichen mit der Macht, Leben zu bewahren, wo Leben nicht existieren konnte? Jeder gewöhnliche Räuber konnte ein Leben nehmen, nur ein Allmächtiger konnte es geben.

Die Furcht vor dem Traum stieg in seiner Kehle auf, während er, sein Gesicht immer noch zu Boden gebeugt, brüllte: „Kommt heraus! Kommt heraus, ihr, die ihr Diener des –". Sein Verstand versagte. Wie sollte er diesen Allmächtigen nennen? Nebukadnezzar konnte sich keinen Titel denken, der einer solchen alles überwindenden absoluten Macht würdig gewesen wäre. Nicht umsonst war er unter den Hebräern namenlos! „Diener des El Illai, des allerhöchsten Gottes, kommt heraus!"

Die drei näherten sich dem König. Ihre Gesichter strahlten nicht wegen der Hitze des Ofens, sondern wegen der Herrlichkeit des Einen, der sie gerettet hatte. Sie knieten sich vor dem nieder, der vor ihnen kniete.

Mischael kam, beinah ungebeten, ein Psalm aus den Tagen König Davids in den Sinn:

*Denn du hast uns geprüft, Gott, du hast uns geläutert,
wie man Silber läutert ...
Wir sind ins Feuer und ins Wasser gekommen,
aber du hast uns herausgeführt zum Überfluss...*

Die Menschenmenge schob sich vorsichtig, einzeln oder zu zweit, an die Hebräer heran. Finger streckten sich aus, um das Unglaubliche, mit den Augen Wahrgenommene, zu überprüfen. Adad-ibni stahl sich langsam aus der Menge davon. Er machte sich auf den Weg, allein und unbeachtet, um zu seinem Haus zurückzukehren, und verfluchte den Tag im Namen jedes Dämonen, den er kannte, während sogar seine Zähne vor Furcht klapperten.

Als Daniel das Geräusch hörte, war es ihm, als würde ein eisiges Messer seinem Herzen einen Stich versetzen. *Tapp-tapp ... tapp-tapp.* Der Stock des Bettlers!

Er sprang auf seine Füße und stand in der Mitte seiner Kammer, die Augen weit aufgerissen und die Nerven zum Zerreißen gespannt. In seinem Herzen wusste er, warum der Blinde nach ihm suchte. Es war ihm, als könnte er die Missbilligung geradezu riechen. Er, der Daniel einst erwählt hatte, um zum König zu sprechen, kam nun, um ihm Vorwürfe zu machen – oder Schlimmeres!

Tapp-tapp ... tapp-tapp. Schon wieder! Es war nicht seine fiebrige Einbildung, das Geräusch war echt. Daniel erinnerte sich an die blicklose Wahrnehmung, die sorgfältige Art, mit der der Blinde in jener Nacht auf der Aibur Schabu in ihn hineingeschaut hatte. Das Gefühl, herbeigerufen, betrachtet und für gut befunden zu sein durch das Kopfnicken des Bettlers, dieses Gefühl kehrte in der kurzen Zeitspanne wieder, während er das Geräusch von Holz hörte, das auf Stein stieß.

Draußen vor der Tür konnte man jetzt schlurfende Schritte hören. Daniel wollte sich verstecken, aber irgendwie wusste er, dass der Makel seiner treulosen Feigheit wie eine Fährte für einen Spürhund sein und den alten Boten direkt zu seinem Versteck führen würde.

Ein Schatten fiel über seine Schwelle.

„Junger Herr, gibt es irgendetwas, dass ich – was ist los?" Kaleb stand mitten im Eingang und war über den merkwürdigen Gesichtsausdruck Daniels sehr erschrocken. Er hielt einen Stock in seiner Hand, dessen Ende blutig war. Als er sah, wie Daniel auf das seltsame Gerät starrte, erklärte er: „Ach ... das. Eine Ratte war in der Küche. Ich habe sie getötet." Kaleb hielt die Waffe hoch und lächelte hoffnungsvoll. „Ich bin gekommen, um zu schauen, ob ich dir etwas bringen könnte – etwas Suppe vielleicht oder ein feuchtes Tuch?"

Daniel strich sich mit der Hand über die Augen und seufzte tief, erleichtert und schuldig zugleich. „Es tut mir leid, Kaleb, dass ich mich so benehme. Du hast mir Angst eingejagt. Ich dachte, du ... Entschuldige bitte, Vater Kaleb", schloss er, während ein leichtes Lächeln über seine Lippen huschte. „Es war sehr nett von dir, dass du bei mir warst, aber im Augenblick brauche ich nichts."

Er lächelte Kaleb in der Hoffnung an, ihn dadurch zu überzeugen, und wankte zu seinem Lager zurück. Der alte Mann zuckte mit den Schultern und machte kehrt, um den Raum zu verlassen. Doch Daniel hörte noch, wie er murmelte: „Da bin ich mir nicht so sicher."

Als Kalebs Schritte verklungen waren, legte Daniel den Kopf auf seine Arme. Kaleb hatte Recht. Es gab wirklich etwas, das er gerade jetzt sehr dringend benötigte.

„Sei mir gnädig, o Gott, nach deiner Gnade ..." Er betete die alten Worte aus dem Bekenntnis Davids. Sie stiegen aus seinem Herzen auf, als wären sie gerade erst dort entstanden. „Denn ich erkenne meine Vergehen, und meine Sünde ist stets vor mir ..."

Teil 2

Visionen

10

*P*rinz Kurasch stand neben dem Feld, das der Bauer gepachtet hatte, in der Nähe der Stelle, an der der Qanat an die Oberfläche kam, der lebensspendendes Wasser aus den Quellen der weit entfernten Berge mit sich brachte. Er gab seinen abschweifenden Gedanken wieder einen Ruck und versuchte tapfer, der umständlichen Beschwerde des alten Mannes genau zuzuhören.

„Und so siehst du, mein Prinz, dass meine Ernte sich nicht so gut entwickeln kann wie früher, solange diese Diebe weiter aufwärts am Qanat mehr Wasser stehlen, als sie benötigen. Ich weiß, meine Abgaben sind etwas spät, aber ich hoffe, du wirst deinem gnädigen Vater, dem König, mitteilen – mögen die Fravaschi ihn bewahren –, dass meine Fähigkeiten und meine Treue so groß sind wie eh und je, aber ich kann meine Herden nicht mit Staub füttern. Und Staub ist alles, was ich in ein paar Jahren noch haben werde, wenn diese Hundesöhne oberhalb am Qanat ihr mieses Verhalten nicht ändern ..."

Kurasch, inzwischen ein großer Mann mit Vollbart, nickte nachdenklich, wenn auch sein Bewusstsein wieder auf Wanderschaft ging und der Richtung seines Blickes zum Horizont folgte.

Bald darauf bemerkte er, dass der alte Bauer zu reden aufgehört hatte. Ihre Blicke trafen sich. Der Bauer erwartete offensichtlich irgendeine Antwort auf seinen Kummer. Kurasch strich sich über den Bart und betrachtete das kantige, windzerfurchte Gesicht des bodenständigen Mannes. Schließlich wandte er sich seinem Leibwächter zu. „Gobhruz, hast du die Schwierigkeiten dieses Mannes notiert?"

„Das habe ich, mein Prinz", antwortete der ältere Mann pflichtbewusst.

„Sehr gut", verkündete der junge Herr entschlossen. Er wandte sich von dem Bauern ab und schwang sich in den Sattel.

Dann schaute er sich seinen Untertan mit einem, wie er hoffte, wohlwollenden weisen Lächeln an und meinte: „Ulaig, dein Problem wird vor den König gebracht werden. Dir wird Gerechtigkeit widerfahren."

Der Bauer wandte sich ab. Er schien zufrieden – oder, falls nicht, ängstlich, mehr zu sagen.

Etwas entfernt von diesem Ort zügelten Kurasch und Gobhruz ihre Pferde, und der Prinz seufzte schwermütig.

„Hören diese Streitigkeiten unter den Leuten nie auf?", beklagte er sich, während sie weiterritten. „Ist das alles, was ein König zu tun hat: Recht zu sprechen in Auseinandersetzungen über Wasserrechte, über gestohlene Ziegen und darüber, ob das Pferd nun vor oder nach dem Handel lahm war?"

„Mein Prinz", entgegnete Gobhruz achselzuckend, „die Angelegenheiten des Staates sind nicht meine Sache. Aber ich habe beobachtet, dass ein Herrscher, der mehr von seiner Zeit damit verbringt sicherzustellen, dass sein Volk einen vollen Bauch hat, für gewöhnlich weniger Zeit damit verbringt, seinen Hals zu schützen."

Kurasch schenkte seinem Lehrer einen Seitenblick, wobei er von einem Ohr zum anderen grinste. „So, Staatsangelegenheiten sind also nicht deine Sache?"

Gobhruz zuckte wieder mit den Schultern. Das leichte Lächeln auf seinen Lippen wurde von seinem buschigen grauen Bart verborgen.

Sie ritten in die Randgebiete Parsagards; Hühner und Hunde aus den Hinterhöfen wurden von den Hufen ihrer Pferde auseinandergetrieben. Menschen, die zufällig lange genug aufschauten, um den Prinzen vorbeireiten zu sehen, verbeugten sich kurz und ergeben. An dieses Schauspiel hatte sich Kurasch schon lange gewöhnt; seit seiner Kindheit hatte er nicht mehr das leichte Kribbeln des Stolzes empfunden, wenn seine Ältesten sich vor ihm verbeugten.

„Findest du das nicht seltsam, Gobhruz", fragte Kurasch, während die Pferde langsamer wurden und in einen kurzen leichten Trab fielen, „dass Parsagard, die Hauptstadt der Parsen, keine

Mauern hat? Die Meder haben große Stadtmauern um Ekbatana und Susa errichtet, ganz zu schweigen von den gewaltigen dicken Mauern, die die Chaldäer rund um Babylon und die Städte der Ebene gebaut haben. Ich habe gehört, dass zwei Pferdegespanne oben auf den Mauern Babylons nebeneinander entlangfahren können! Kannst du dir so etwas vorstellen, Gobhruz?"

„Die Berge der Parsen sind unsere Mauern, mein Prinz", antwortete Gobhruz nach einigem Nachdenken. „Die Meder haben erst angefangen, Stadtmauern zu errichten, als sie sich stärker in das Weltgeschehen einzumischen begannen. Das ist es, was die Gier einem Volk antut – sie schafft das Bedürfnis, Mauern zu haben."

„Du sprichst sehr hart über deine Verwandtschaft", stellte der Prinz ruhig fest.

„Ja", nickte Gobhruz, „das ist der Grund, warum ich mich mit deinem Vater und den Stämmen der Parsen zusammengetan habe und warum ich es vorziehe, in Parsagard, der Stadt der Parsen zu leben. Die Sprachen der Meder und Perser mögen einander sehr ähnlich sein, aber ihre Herzen sind es nicht. Solange unsere Völker zusammen wanderten – mit dem weiten Himmel als unserem Dach, dem unendlichen Gras als unserem Teppich –, war das Bedürfnis nach einer Armee und nach Steuern nicht so groß. Ein Mann mit einem kräftig schnaubenden Pferd war reich. Eine auf der Jagd erbeutete Antilope war ein Festmahl."

„Aber dann", meinte der ältere Mann grüblerisch, während die Pferde durch die Straßen Parsagards ritten und ihre Hufe den trockenen Staub in den späten Sommermorgen hinaufwirbelten, „haben sich die Meder in der Ebene niedergelassen, an den Flüssen Elams. Ihre Augen begannen, nach mehr zu verlangen und nach immer mehr."

Gobhruz verstummte, als sie den Stall erreichten. Die beiden Männer stiegen ab und übergaben ihre Zügel den bereitstehenden Dienern, die sich beeilten, ihnen zu Hilfe zu kommen. Während sie den Weg zum Haus des Königs entlanggingen, murmelte Gobhruz, mehr zu sich selbst als zu Kurasch: „Uvakhschatra hat einiges von den Chaldäern gelernt. Etwas aufzubauen und zu verbrennen. Zu befestigen und zu lagern. Niederzuschreiben, was gesagt wurde, so dass man seinem Gegner nicht gegenübertreten und sich nicht an das Gesicht eines Mannes erinnern muss, auch nicht an den Klang seiner Worte, nur die trockenen Spuren der Worte selbst im Ton. Uvakhschatra lernte wirklich gut. Sein Sohn Asturagasch hat die ganze Gier seines Vaters geerbt, aber nichts von seiner Vorstellungskraft."

Plötzlich machte Gobhruz halt und schaute den Prinzen mit scharfem Blick an. „So ist es mit denen, die Reiche aufbauen", knurrte er vor den bestürzten Augen Kuraschs. „Gleichgültig, wie großartig und wie edel der urprüngliche Traum ist, selten überdauert er den Sohn des Träumers. Könige sind auch nur Menschen, mein Prinz, merk dir das gut."

Missmutig schaute er zu Boden, weil er dachte, vielleicht zu viel gesagt zu haben, dann stieß er die schwere Holztür der großen Halle auf. Kurasch sah nachdenklich auf die geneigten Häupter seiner Diener und Freunde. Dann schritt er über die Schwelle in das Haus seines Vaters.

Kanbujiya saß auf dem Thron oder besser in seinem Thron, als wäre es ein Kelch, der seinen zerbrechlichen dahinschwindenden Körper zusammenhielt und stützte. Das Leben des betagten Regenten flackerte wie eine Kerze bei Zugluft. Manchmal glaubte Kurasch, das Gesicht seines Vaters würde so durchsichtig, dass es schließlich einfach verschwand. Der schwache Überzug von Fleisch, der seine müden alten Knochen bedeckte, wurde mehr und mehr angegriffen und abgewetzt, obwohl die Augen des Herrschers von Anschan so durchdringend und scharf waren wie eh und je.

Kurasch näherte sich dem Thron und kniete, die Hand seines Vaters küssend, nieder.

„Mein Sohn", fragte dieser mit müder heiserer Stimme, „was wirst du nun tun?"

Kurasch neigte seinen Kopf fragend Kanbujiyas faltigem Gesicht entgegen. Die klaren bernsteinfarbenen Augen durchbohrten ihn mit einer Frage, die er nicht verstand. „Was möchtest du, das ich tun soll, mein Herr?", fragte der Sohn. „Ich habe gerade die Felder inspiziert und mir die Bitten deiner treuen Untertanen angehört. Wenn du möchtest, werde ich dir die Fälle zur Beurteilung vorlegen. Oder, wenn der König zu müde ist, werde ich –"

Mit einem schwachen Wink seiner Hand und einer Wendung seines Kopfes unterbrach Kanbujiya die Rede seines Sohnes. Die Augen geschlossen und den Kopf an die Lehne des Throns gestützt, keuchte er: „Es ist viel zu spät am Tag, um seinen Atem daran zu verschwenden, einen sterbenden alten Mann zu belustigen, mein Sohn."

„Vater!", protestierte Kurasch. „Sprich nicht so! Lass mich dir etwas bringen."

„Nein", flüsterte der König. „Nichts, was du mir bringst, wird mir jetzt noch von Nutzen sein, Junge." Bei den letzten Worten zuckte Kurasch zusammen, sagte aber nichts.

„Ich weiß, du hast schon seit mehreren Monaten Urteile in meinem Namen abgegeben", fuhr Kanbujiya fort, während sein Atem in flachen stoßartigen Zügen ging. „Was sollte man auch sonst tun, wenn der König all seine Stärke aufbringen muss, um seinen Kopf aufrecht zu halten?"

„Nein, Vater –"

„Aber was wirst du tun, mein Sohn", fuhr Kanbujiya unbeirrt fort und schaute seinem Sohn noch einmal mit einem Blick in die Augen, der wegen seiner unerwarteten Strenge verwirrend wirkte, „wenn deine Zeit bald kommt, auf diesem Platz zu sitzen und in deinem eigenen Namen Befehle zu erteilen? Was wird aus diesem Tal Anschans werden? Was wird aus dem friedlichen Leben werden, das wir in den Jahren meiner Herrschaft geführt haben?" Als der Blick seines Vaters ihn durchbohrte, ließ Kurasch den Kopf auf seine Brust sinken.

„Ich weiß, welches Blut in deinen Adern fließt, Junge", sprach der sterbende König. „Ich weiß, wie wenig Ruhe du hast. Und ich weiß so sicher, wie ich die schlagenden Flügel der Fravaschi höre, die kommen, um mich zur unauslöschlichen Flamme zu bringen, dass du von Ruhm und von Macht und von Eroberungen träumst. Dieses Tal von Anschan kann deinen Ehrgeiz nicht mehr länger halten, genauso wenig wie ein Weidenkorb glühende Kohlen aufnehmen kann. Ich habe das schon in deinem Gesicht seit dem Tag gesehen, an dem man dich zu mir brachte, damit ich dir einen Namen gebe."

Einige Augenblicke lang war das einzige Geräusch in der Halle das abgerissene Atmen des alten Mannes. Dann raffte er sich noch einmal auf. „Kurasch – Hirte – so nennt man dich, mein Sohn. Vergiß niemals, dass du der Hirte dieser Herde, dieses Hauses, dieses Landes bist. Achte darauf, wohin du sie führst. Nimm dich in Acht vor anderen Weidegründen, vor anderen Herden. Sei vorsichtig ..."

Eine lange Stille folgte, nur hier und da unterbrochen von dem weit entfernten Geräusch der Kinder draußen, der Vögel, der Hunde, des Lebens in Parsagard. Als er schließlich seine Augen heben konnte, schaute Kurasch wieder in das Gesicht seines Vaters.

Die scharfen Augen des Königs starrten ohne jede Regung auf die Balken unter der Decke, und ein glasiger durchsichtiger Glanz legte sich langsam auf ihre trockene bernsteinfarbene Oberfläche. Kurasch erkannte das Geschehen. Zärtlich streckte er seine Hand aus und schloss die Augenlieder seines Vaters. Er drehte sich zu Gobhruz um, der stumm an der Tür kniete, und sagte in der Sprache seines Heimatlands: „Schah mat – der König ist tot."

Es war die Woche des Neujahrsfestes in Babylon, und die Straßen der Hauptstadt dröhnten vom frenetischen Jubel ihrer zweihunderttausend Einwohner, während sie den höchsten Festtag des Jahres feierten. Viele Kaufleute hatten ihre Läden wegen des Festes geschlossen. Die jungen Söhne der Vornehmen und der reichen Kaufmänner, die von den strengen Unterrichtsstunden ihrer Hauslehrer befreit worden waren, rannten ausgelassen an den Kanälen entlang und durch die Straßen, trunken von der Freiheit, die die Feier mit sich brachte. Sogar der am Fluss gelegene Bezirk Karum – dessen Hafen, Flussufer und Tauschplätze normalerweise von regem Treiben bis spät in die Nacht beherrscht wurden – war in diesen Tagen zum großen Teil verlassen. Im Monat Nisan, wenn die Sonne den Wendepunkt ihrer Reise zurück aus ihrem südlichen Winterquartieren durchlief, gab Babylon sich ganz der Feier von Marduks Heimkehr hin.

Heute war der Höhepunkt der Feierlichkeiten. Mit großartigem Prunk und einer Zeremonie würde das Bild Marduks den Prozessionsweg hinuntergetragen werden, vom Tempel des Neujahrsfestes direkt außerhalb des Ischtar-Tors bis zum gewaltigen Tempelkomplex Esagila. Mehrere Tage lang war der Gott abgeschieden außerhalb der Stadtmauern in dem streng bewachten Tempel untergebracht worden, während geheime Riten durchgeführt wurden, um die Stadt zu weihen und Marduk, dem Herrn der Sonne, für seine Wiedergeburt und Rückkehr zu danken. Heute würde das glitzernde Bildnis, in königliches Purpur gehüllt und mit Blumengirlanden geschmückt, mit Pauken und Trompeten entlang der Aibur Schabu seinen Weg nehmen, und die Menschen würden es zur gleichen Zeit mit Lobliedern und Anbetung überschütten. Seine Sänfte würde mit Getreideopfern und den ausgewähltesten Früchten überhäuft sein, und eine Schar festlich gekleideter Priester würde es feierlich zu dem Heiligtum im Esagila begleiten.

Aber das war noch nicht alles. Wenn Marduk sich auf dem Sitz seiner Macht niedergelassen hatte, würde der König, bekleidet mit dem tristen Gewand eines Bittstellers, aus seinem Palast kommen und demütig zu Fuß vorangehen, ohne Krone, ohne golddurchwirktes Leinen, ohne auffälliges Zeichen seines Standes oder seiner Macht. Die Menge am Weg würde es in ernster stiller Ehrfurcht, in starkem Kontrast zur lauten Feier für den vorbeiziehenden Marduk beobachten. Nebukadnezzar würde seine jährliche Pilgerreise antreten, nur von einer Handvoll Leibwächtern umgeben, und dabei den Weg des Gottes entlang der Aibur Schabu zum Richterstuhl Marduks einschlagen. Dort würde er sich vor dem Vater aller niederwerfen, wie es sich für den irdischen Regenten Marduks gehörte.

Nachdem er die vorgeschriebene Huldigung dargebracht und am Opfer eines geweihten weißen Stiers teilgenommen hatte, würde Nebukadnezzar die ausgestreckten Hände des Gottes ergreifen, und ein Vertreter Marduks würde dem irdischen Vertreter des Gottes ein Zepter verleihen, Zeichen seiner Gunst und Autorität.

Wenn Nebukadnezzar auf diese Weise seine Bevollmächtigung für ein weiteres Jahr seiner Regierung erhalten hatte, würde er seinen tristen Umhang von sich werfen, um darunter den Glanz zu enthüllen, der dem erwählten Regenten Marduks zustand. Eine goldene Krone würde auf seinen Kopf gesetzt und eine silberne Kette um seinen Hals gelegt werden.

Mittlerweile würden die Schatten des späten Nachmittags über die breiten Straßen der Hauptstadt fallen, aber nicht ein Einziger würde sich rühren, um nach Hause zu gehen. Wie eine zähe Masse würden sie in die gewaltigen Plätze des Esagila und an jeden Zugang des Tempelkomplexes drängen. Atemlos würde ganz Babylon zuschauen, wenn der Herrscher, nicht mehr länger als Bittsteller von Marduk ausgewiesen, sondern als seine irdische Manifestation, das Portal des Tempels passierte und auf die Zikkurat des Etemenanki, das Fundament des Himmels und der Erde, zuschritt. Er würde die Treppenstufen bis zur obersten Plattform emporsteigen und der gaffenden Menge wie ein glitzernder Gott erscheinen, der zum Dach des Himmels hinaufschwebte. Dort, vielleicht zweihundert schwindelerregende Ellen über den Köpfen der begierig wartenden Zuschauer, würde Nebukadnezzar das Zepter erheben, um die untergehende Herbstsonne zu grüßen.

Das war das Signal für die jetzt erst richtig beginnenden Feierlichkeiten.

Im verblassenden Sonnenlicht außerhalb der Stadtmauern, neben einem Palmenhain am Ostufer des Flusses, sammelten sich einige Dutzend fromme Hebräer in einer kleinen Gruppe. Dieser Sonnenuntergang würde zugleich auch den Tag des Sabbats einläuten, obwohl nur sehr wenige innerhalb der Stadtmauern es gewusst oder sich darum gekümmert hätten. Jene wenigen unter den Palmbäumen wussten es jedoch und kümmerten sich darum.

Sie hatten beschlossen, lieber an diesem Ort zu sein, als an den Lustbarkeiten des Neujahrsfestes teilzunehmen.

Einige Gruppen wie diese scharten sich nun an anderen Treffpunkten: Neben einem entlegenen Abschnitt des Kanals oder an einem wenig besuchten Stück des Flussufers. Die treuen Hebräer suchten solche unauffälligen Plätze für ihre wöchentlichen Versammlungen wegen der inoffiziellen Zensur auf, wegen der persönlichen Boshaftigkeiten vieler Einwohner Babylons. Niemand jedoch wagte es, offene Feindschaft gegen die Juden zu zeigen; der Erlass des Königs zugunsten dieser seltsamen Religion des Wesirs Beltschazar und seiner im Feuer geprüften Freunde besaß fast zwanzig Jahre an diesem Ort seine Gültigkeit.

Trotz des ärgerlichen Murrens gegen die Juden in Babylon hielten viele von ihnen beharrlich an den wöchentlichen Versammlungen fest, weil es für sie das einzige Mittel war, ihre Identität aufrechterhalten zu können. Die Zerstörung Jerusalems und des Tempels hatte eine tiefgreifende Veränderung in der Art und Weise bewirkt, wie diese Auserwählten sich selbst und ihren Gott sahen.

Wie war es möglich, so fragten sie sich, dass der Bund, den Gott mit Abraham und Jakob geschlossen und mit David und Salomo erneuert hatte, vollständig und mit so verheerenden Auswirkungen rückgängig gemacht werden konnte? Dass der allein Heilige sich als treulos erweisen konnte, war undenkbar. Daher musste der Fehler bei seinem Volk liegen.

Diese Art des Denkens brachte sie dazu, das Buch des Gesetzes und die Bücher der Propheten sehr sorgfältig zusammenzustellen und gewissenhaft zu studieren. Die Warnungen und Bitten Jesajas und Jeremias erhielten im Rückblick eine Bedeutung, die sie vorher nie erfasst hatten. Die Gesetzbücher, die ihnen während des Auszugs aus Ägypten übergeben worden waren, wurden Schritt für Schritt zum Maßstab des Glaubens und Handelns einer Generation Verbannter, die lernten, mit neuen Augen zu sehen.

Als die glühende Scheibe der Sonne den glatten Rand des

westlichen Horizonts berührte, erhob sich der Levit, der dieser Versammlung vorstand, vor der Gruppe. Mit geschlossenen Augen, sich im Rhythmus der alten Sprache Judas wiegend, führte er die Gruppe in den Gesang des Schema:

Höre, Israel:
Der Herr ist unser Gott, der Herr allein!
Und du sollst den Herrn, deinen Gott, lieben
mit deinem ganzen Herzen,
und mit deiner ganzen Seele,
und mit deiner ganzen Kraft,
und mit deinem ganzen Verstand ...

Als die letzten Töne des Jahrhunderte alten Liedes im Dämmerlicht verklangen, ergriff der Lehrer eine Schriftrolle und las aus ihr die Worte:

Die Bildner von Götterbildern sind allesamt nichtig,
und ihre Lieblinge nützen nichts.
Und ihre Zeugen sehen nicht
und erkennen nicht, damit sie zuschanden werden ...

Der Schmied schärft das Beil
und arbeitet mit Kohlenglut;
er formt es mit Hämmern
und verarbeitet es mit seinem kräftigen Arm ...

Der Zimmermann spannt die Schnur,
zeichnet es mit dem Stift vor;
er führt es mit den Schnitzmessern aus
und umreißt es mit dem Zirkel.

Er gibt ihm die Form eines Menschen,
eines Menschen in all seiner Herrlichkeit,
damit es in einem Schrein wohne ...

Weit hinter ihm hörte man lautes Geschrei, das vom Etemenanki und seiner Umgebung aus aufstieg, als Nebukadnezzar in seinem Ritual die Sonne grüßte und damit die angespannten Erwartungen der feiernden Menge löste. Die Köpfe derer, die dem Lehrer zuhörten, wandten sich dem gewaltigen Geräusch zu, das sogar hier hörbar war. Eine kurze Zeitspanne, außerhalb der Mauern und Welten entfernt, konnten sie die große Kluft zwischen der ruhigen, nachdenklichen Stimmung im Hain und dem rauen, heidnischen Geist ermessen, der von der großen Mehrheit der Bürger des Reichs an diesem Tag Besitz ergriffen hatte. Dann kehrten ihre Augen wieder zu den Lippen des Vorlesers zurück, als dieser fortfuhr:

Die Hälfte des Holzes verbrennt er im Feuer;
über ihm bereitet er sein Mahl.
Er röstet sein Fleisch und sättigt sich.
Er wärmt sich und sagt:
„Ah! Mir ist warm; ich spüre das Feuer."
Und den Rest davon macht er zu einem Gott,
zu seinem Götterbild.
Er beugt sich vor ihm und wirft sich nieder,
Er betet zu ihm und sagt:
„Errette mich, denn du bist mein Gott."
Sie haben keine Erkenntnis und keine Einsicht.
Ihre Augen sind verklebt, so dass sie nicht sehen können,
und ihre Herzen sind verschlossen,
so dass sie nicht verstehen können ...

Denke daran, Jakob und Israel,
denn du bist mein Knecht!
Ich habe dich gebildet; du bist mein Knecht.
O Israel, ich werde dich nicht vergessen.
Ich habe deine Verbrechen ausgelöscht wie eine Wolke,
deine Sünden wie den Morgennebel.
Kehre um zu mir, denn ich habe dich erlöst ...

Vorsichtig legte der Lehrer die Rolle beiseite und senkte seinen Blick nachdenklich ein paar Herzschläge lang, bevor er sich seinen Zuhörern zuwandte.

„An diesem Tag aller Tage, meine Brüder, sollten uns diese Worte des gesegneten Propheten Jesaja daran erinnern, dass wir hier wohnen wie heutige Söhne von Mose, als Fremde in einem fremden Land. Dieser Ort ist nicht unser Ort, und es war kein Zufall, dass Gott unsern alten Vater Abraham aus eben diesem Land mit seinen falschen Göttern und unzähligen Götzen herausrief.

Gedenke des Herrn, mein Volk", sagte er, während seine Augen seine Worte voller Inbrunst betonten. „Weiche nicht von seinen Wegen. Haltet euch an den Bund, den er uns am Berg Sinai gegeben hat. Denn unsere Könige und das Volk haben ihm die Treue gebrochen, als wir in Juda lebten; er hat zugelassen, dass uns dieses Elend befiel; wir sind Gefangene hier wegen der Übertretungen der Vergangenheit.

Aber die Vergangenheit ist nicht die Gegenwart und auch nicht die Zukunft", sprach er nachdrücklich, und eine schwache Hoffnung rötete seine Wangen. „Der Allmächtige ist treu, und er wird sich an sein Volk erinnern. Wir unsererseits müssen ihm treu sein!"

Der Rabbi setzte sich und lud dazu ein, das Gelesene zu kommentieren und darüber zu reden. Durch die Stille trieb der Wind den Klang von Flöten und Tambourinen, von Tanz und klatschenden Händen über die Mauern der Stadt zu ihnen herüber.

Ein junger Mann erhob sich, um zu sprechen. „Was du sagst, ist wahr, Esra ben-Seraja. Die Menschen dieser Stadt, selbst ihr König, ehren nicht den Einen. Mein Arbeitgeber, Jakob, der Sohn des Uria – dessen Familie einst den Herrn kannte – sogar er wandelt nicht mehr in Gerechtigkeit. Babylon hat das Gesicht Jakobs vom Herrn abgewandt wie Babylon es uns allen anzutun versucht, wie es das allen Menschen an allen Orten seit unzähligen Zeitaltern angetan hat. Warum, Lehrer, müssen wir dann immer noch weiter für das Wohlergehen dieses Ortes beten?" Der Redner schaute sich nach Befürwortern um und sah mehrere nickende Köpfe. Selbst darüber hinaus, im Kreis der Frauen und Kinder, die abseits, jedoch in Hörweite, saßen, fanden seine Worte Zustimmung.

Er fuhr fort: „Wie du, Bruder Esra, bin ich vom Stamm und Geschlecht Levis. Ich bin in Babylon geboren, und mein Sohn ist nun beinah alt genug, das Gesetz zu verstehen. Seit ich mich erinnern kann, habe ich mich mit den Treuen versammelt, Sabbat für Sabbat, um das Gesetz zu hören und seine Anweisungen aufzunehmen. Ist das alles, was mein Sohn erhoffen kann, einen schwierigen Frieden mit einem König und einem Volk, die den lebendigen Gott nicht kennen? Wie lange müssen wir auf die Erfüllung der Worte des Herrn durch seinen Knecht Jeremia warten? Wann wird die Zeit der Rückkehr kommen?"

Der junge Mann setzte sich. Er hatte im Herzen eines jeden Anwesenden die immerwährende unausgesprochene Frage neu aufgeworfen, die jeder Jude in Babylon sich stellte: *Wird es zu spät sein? Werden wir oder unsere Kindeskinder von der anziehenden, immer gegenwärtigen Verführung dieser glitzernden Kultur um uns her verschlungen werden? Wenn der Herr ruft, wird es noch irgendjemand geben, der zuhören möchte?*

Esra starrte zu Boden, unfähig, eine Antwort zustande zu bringen. Wie oft hatte er sich dieselbe Frage gestellt? Wie oft hatte er das Ziehen gespürt, das Verlangen, den leichten Verlockungen des Lebens innerhalb der Mehrheit nachzugeben? Seine eigene Beklommenheit hielt seine Zunge fest und bewahrte ihn davor, die schnelle ablehnende Antwort zu geben, von der er wusste, dass seine Zuhörer sie hören wollten.

Er hörte das Rascheln eines Gewands, eine andere Person erhob sich, um zu sprechen. Er hob seine Augen auf und sah Daniel, der seinen Blick behutsam über die Runde der Gesichter schweifen ließ. Es wurde noch stiller, als der geehrte mächtige Mann seine Gedanken sammelte.

„Bruder Jozadak", begann er, indem er sich an den Vorredner wandte, der gerade gesprochen hatte, „du hast ganz richtig festgestellt, dass dieses Königreich und sein König nicht den Herrn verehren. Wer kann das besser wissen als ich?"

Dies wurde schweigend bestätigt, jeder Zuhörer hielt sich in seiner Erinnerung die Laufbahn Daniel-Beltschazars vor Augen: Traumdeuter und Vertrauter des Königs. So manches Mal hatte er sich im Stillen, oft aber auch öffentlich, zum Wohl des Volkes Israel eingesetzt. Welcher Hebräer konnte nachts nicht ruhiger schlafen, weil er wusste, dass Daniel zur Rechten Nebukadnezzars saß?

Daniel seinerseits hatte andere Erinnerungen über das Verlassen von Freunden und die Umarmung der Unwahrheit ... über das Klopfen eines Bettlerstabs und eine bestimmte innere Entscheidung ... über den krankhaft süßen Geschmack der Lüge und dem Ekel der Schuld. Gerade heute hatte er noch den alten Kampf mit der Angst ausgefochten; es war keine leichte Sache für jemand in einer so hohen Position, beim Neujahrsfest abwesend zu sein.

Daniel atmete tief ein und fuhr dann fort: „Und doch glaube ich, Adonai hat eine Absicht für diesen Ort, vielleicht liebt er sogar seine Bewohner."

Jozadaks Gesichtsausdruck zeigte offene Skepsis.

„Seht ihr es nicht, meine Brüder und Schwestern?", fragte Daniel, während er seine Arme weit ausstreckte, um sie alle in seine Umarmung mit hineinzunehmen. „Er ist der Schöpfer der ganzen Welt, eines jeden Lebewesens, eines jeden Steins und eines jeden Flusses. Marduk hat Babylon nicht erbaut! Nabu hat den Lauf von Tigris und Euphrat nicht gegraben! Der eine Gott, El Schaddai, er ist es, der alles das gemacht hat und alle anderen Orte, und der sein Volk für eine bestimmte Zeit hierher gebracht hat, für seine eigenen Pläne."

Ein paar mehr Gesichter schienen zuzuhören, überdachten diese Worte, auch wenn sie befremdlich klangen.

„Erinnert ihr euch nicht", appellierte Daniel an die Versammlung, „was vom Herrn durch den gesegneten Propheten Jeremia gesprochen wurde? *‚Ich habe die Erde und all ihre Bewohner gemacht, und die Tiere, die darauf sind, und ich gebe sie, wem ich will. Nun werde ich alle eure Länder in die Hand meines Knechtes Nebukadnezzar geben ...'* " Daniel ließ die letzten Worte eine Weile im Raum stehen, ließ die Stille sie immer wieder und wieder in ihre Ohren rufen: *Mein Knecht Nebukadnezzar ...*

„Es kommt eine Zeit, mein Volk", sprach Daniel, „wenn Gott ein Licht anzünden wird, das alle Nationen sehen werden." Etwas in seiner Stimme fing bei diesen Worten Feuer; ein tiefes, starkes Strahlen breitete sich in ihm aus, trug ihn hinauf und verlieh ihm eine feurige Zunge mit dem Glühen eines Leuchtfeuers, das besser vom Herzen empfangen wird als von den Augen.

„Er wird ein heiliges Volk zu sich ziehen, herausgerufen aus jedem Stamm und jeder Sprache unter dem Himmel", verkündete Daniel, dessen Stimme wie die trostreichen Worte eines Vaters klang. „Und jeder König, jeder Fürst, jede Macht wird ihm dienen, so wie an diesem Tag der Herrscher Babylons den Absichten Adonais dient, ohne es zu wissen."

Einen kurzen Moment stand Daniel still und schaute voller Leidenschaft nach oben durch die sich sanft wiegenden Blätter des Palmbaums, während er tief in sich verborgen die Stärke seiner Vision fühlte. Er erinnerte sich an den ungestümen Wortschwall, den er an einem anderen Tag von sich gegeben hatte, einem Tag, als ein junger Mann am Hof des Königs stand und über Dinge redete, die ihn eine jenseitige Quelle gelehrt hatte. *Ist das wirklich schon so lange her?*, fragte er sich.

Er strich sich mit der Hand über die Augen und setzte sich nieder.

Eine nachdenkliche Stille breitete sich über die Versammlung unter den Palmen aus. Während die letzten gold- und rosafarbenen Strahlen des Abends in der Ferne verebbten, nahm Esra seine Schriftrolle auf und las mit sanfter Stimme die tröstenden Worte Jesajas über die Zukunft von Juda, mit ihrem geheimnisvollen Bezug auf einen Auserwählten, der auf Hebräisch Kurus hieß:

Ich bin der Herr,
der alle Dinge geschaffen hat,
der allein die Himmel ausgebreitet hat,
der selbst die Erde gegründet hat ...

*der zu Jerusalem sagt: „Es soll bewohnt sein",
zu den Städten Judas: „Sie sollen gebaut sein",
und zu ihren Ruinen: „Ich will sie wiederherstellen ..."
der zu Kurus sagt: „Er ist mein Hirte,
und wird alles ausrichten, was mir gefällt ..."*

11

Die Stimme des Ratgebers sprach monoton weiter, während er gelangweilt die Statistiken herunterleierte, die er von einer Tafel in seiner Hand ablas. Sein Finger verfolgte dabei die in Ton gebrannten Zeichen, als wäre es eine Lebenslinie, eine Schnur zur Wirklichkeit, die man in Ehren halten wollte. Babylons Kronprinz, Awil-Marduk, lehnte seinen Ellbogen lustlos auf den Tisch in der Ratskammer, während eine Hand sein Kinn abstützte, und machte keinen Versuch, seine Langeweile zu verbergen.

Mit den Fingern seiner anderen Hand trommelte er auf den Tisch und ertrug kaum die trockenen Staatsangelegenheiten, an die sein Titel ihn geradezu gekettet hatte. Weitaus besser wäre es, so dachte er, auf Erkundungsritt entlang der lydischen Grenze zu sein und die frische Bergluft des kilikischen Hochlands einzuatmen. Oder vielleicht im Harem die Musik zu genießen, den Duft, die lässigen Blicke und die angenehmen Körper der parfümierten Kurtisanen. Irgendwo anders, nur nicht hier sein, wo man diesem unerträglichen Gerede von Getreideernten und Dürren, vom Verkehr auf dem Fluss und von militärischen Aushebungen zuhören musste.

Nebukadnezzar beobachtete seinen Sohn und musste dabei mit Enttäuschung kämpfen, wenn er sah, wie der Junge seine Aufgaben vollständig missachtete. Ohne Zweifel würde er es wohl vorziehen, bei irgendeinem Wettlauf mit dabei zu sein oder die letzte Weinernte aus Syrien zu probieren. Es war gar nicht daran zu denken, dass er der designierte Erbe eines Herrschaftsgebiets war, das nicht nur einen, sondern zwei der größten Flüsse der Welt beherrschte und ganz nebenbei die großen Seehäfen Phöniziens umschloss. Es war ein Reich, das eine Menge Völker und Sprachen umfasste und über Reichtum verfügte, der die kühnsten Träume normal sterblicher Menschen überstieg. Das war Babylon, Fundgrube und Schatztruhe der ältesten Zivilisation des Menschen, und alles, woran sein zukünftiger König denken konnte, war seine nächste Tändelei mit irgendeiner dunkeläugigen Konkubine.

Nebukadnezzar war wütend. Er dachte an die Gefahren und Unsicherheiten, die er und sein Vater Nabopolassar überwunden hatten, um Babylon wieder auf seinen ihn zukommenden Platz unter den Königreichen der Erde zu erheben. Sorgfältig hatten sie das Bündnis mit Cyaxeres dem Meder und seinen arischen Reitern geschmiedet. Vorsichtig – dafür waren Jahre der Planung nötig gewesen! – bauten sie ihre Organisation auf, warben um die Gunst dieses oder jenes Diplomaten, besänftigten mit Schmeicheleien den Ärger dieses oder jenes missgestimmten Herrschers. Nur, wenn die Zeit dafür gekommen war, hatten sie ihre Stimme zum Kriegsgeschrei erhoben. Und Marduk hatte ihnen den Sieg geschenkt. Die verhassten Assyrer waren vernichtet, ihre Hauptstadt geplündert worden. Seit fünfzig Jahren nun war Ninive eine verlassene, von bösen Geistern heimgesuchte Ruine, während die Fülle der Nationen nach Babylon hinfloss. Aber was wusste Awil-Marduk davon? Dort saß er fast wie ein Junge, der die Schule schwänzte und dem man seine Lektionen mit Gewalt beibringen musste!

Obwohl er am herrschaftlichen Hof aufgewachsen war, hatte sich die Aufmerksamkeit des Jungen schon immer von den verwickelten Angelegenheiten der Regierung und der Politik abgewandt. Nebukadnezzar fragte sich, ob sein Sohn es in all den Jahren, in denen er im Luxus aufgezogen wurde, tatsächlich geschafft hatte, den Gedanken völlig zu vermeiden, Verantwortung für das zu übernehmen, was ihm diese von ihm so gedankenlos genossene Fülle bescherte. Die Last der Führerschaft – verbissen und mit großem Risiko und absoluter Hingabe erworben – schien für Awil-Marduk widerlich zu sein. Ebenso gut könnte man einem Wildesel das Geschirr zum Pflügen anbieten. Glaubte sein Sohn etwa, vielleicht unbewusst, es gäbe irgendeinen Weg, den Mantel der Königswürde, der für ihn bereitgehalten wurde, auszuschlagen?

Nebukadnezzar erhob sich vom Tisch, unfähig, noch mehr zu ertragen. Hastig sprangen die Höflinge in der Ratskammer von ihren Sitzen und erwiesen ihm die Ehre. Aus dem Winkel seiner Augen bemerkte der Herrscher, dass sein Sohn sich erhob, um sich mit ihm zu entfernen. Nebukadnezzar wirbelte herum und zeigte mit dem Finger auf Awil-Marduk. „Du wirst bleiben", knirschte er zwischen zusammengebissenen Zähnen hervor, „und erledigst deine Pflicht als Kronprinz. Selbst ich werde nicht ewig leben, Junge, und ich habe dieses Königreich nicht als dein persönliches Spielzeug aufgebaut. Setz dich hin, hör zu und bei Gott, lerne, ein König zu sein!" Seine Augen waren wie Peitschenhiebe, während er Awil-Marduk anschaute und der Kronprinz verdrießlich auf seinen Platz zurückkehrte. Er starrte seinen aufsässigen Sohn immer noch zornig an, als er zu einem der knieenden Ratgeber sagte: „Beltschazar, tu was du kannst. Wie er jetzt ist, kann er nicht einmal Kinder führen, wie viel weniger ein Königreich. Vielleicht kann dein hebräischer Gott seine Ohren öffnen. Ich kann es offensichtlich nicht."

Daniels Gesicht glühte, einerseits aus Verlegenheit über eine so öffentliche Demütigung des Kronprinzen, andererseits aus Furcht vor dem Zorn Nebukadnezzars. Genau wie der Rest der niedergebeugten Höflinge blieb er stumm wie ein Grab, bis das Geräusch der schnellen schweren Schritte des Königs in der Ferne des Palasts verklungen war. Vorsichtig nahmen sie alle ihre Plätze rund um den Tisch wieder ein. Daniel schaute ohne jede Regung zum Kronprinzen und blieb stumm.

Nachdem er die Stelle auf der Tafel wiedergefunden hatte, fuhr der Ratgeber in seinem monotonen Bericht fort.

Am anderen Ende des Tisches sitzend, ging der oberste Minister Nabu-Naid die Szene, die sich gerade abgespielt hatte, sorgsam durch. Er veränderte, ersetzte, überdachte erneut. Teile des Puzzles fanden mit einem leichten Klicken ihren genauen Platz.

Nebukadnezzar ging durch den Palast, wobei er keiner einzigen Seele auf seinem ärgerlichen Marsch begegnete, als würde sein

Zorn vor ihm herrollen wie die Bugwelle eines phönizischen Handelsschiffs und alle auf seinem Weg warnen, sich zu verstecken und die Begegnung mit ihm zu meiden. Er schritt zu einem Hof, durch den man Zugang zu einem großen erhöhten Garten erhielt, den er vor so vielen Jahren hatte anlegen lassen, immer noch ein Wunder für alle, die ihn sahen. Er trat schnell hindurch in das Blattwerk und erstieg seinen Zufluchtsort, den Platz, den er in Zeiten wie diesen aufsuchte, wenn die Last des Reichs unerträglich wurde.

Manchmal fand er es merkwürdig: Er hatte die Konstruktion dieses extravaganten Himmelsgartens in Auftrag gegeben, um seiner ersten Frau, einem Mädchen aus dem medischen Hochland, zu gefallen. Sie war auch die Mutter Awil-Marduks, eben des Sohnes, dessen hartnäckiger Mangel an Vision ihn hierher getrieben hatte. Des ständigen Flachlands hier am Fluss überdrüssig, hatte sie sich eine kleine Erinnerung an ihr Heimatland gewünscht. So hatte er diesen künstlichen Berg für sie errichten lassen und seine Terrassen mit allen Arten von Bäumen und Büschen bepflanzt. Und doch fand er, dass seine grüne hochliegende Abgeschiedenheit ihn mehr tröstete als die Frau, für die er bestimmt war.

Nun stieg er zu seinem höchsten Punkt, von wo aus er im Schatten sorgfältig gepflegter Palmbäume und junger Tamarisken über die ganze Stadt blicken konnte, das Kronjuwel seines Reichs.

Es tröstete ihn, hierher zu kommen und sich an all das zu erinnern, was erreicht worden war. Am meisten liebte er den frühen Morgen, wenn die Stadt noch taufrisch war von der Ruhe der Nacht. Aber jede Zeit war angenehm, besonders jetzt, da er die rauschenden Blätter hörte, die ihm Trost zuflüsterten. Er fühlte wie der kühle Schatten die Hitze seines Ärgers über Awil-Marduk liebevoll hinwegnahm. Er ließ es zu, dass das Schäumen in seiner Brust mehr und mehr zurückging, während er die abgestandene Luft seines Zorns ausatmete und zugleich die beruhigende, kühle, duftende Luft des Gartens in sich aufsog. Er nahm eine Handvoll reifer Datteln von einer der Miniaturpalmen, die in der Nähe gepflanzt waren, kaute die klebrig-süße Frucht und betrachtete sein Babylon.

Alles das konnte nicht so leicht zunichte gemacht werden. Und dennoch war es seine größte Furcht, dass alles, was er so sorgfältig aufgebaut hatte, vergessen werden und sein Name von den Strömungen der Zeit fortgewischt würde wie Staub an einem öden Ort. Das war – obwohl er es keinem Menschen eingestehen konnte – die wahre Quelle seiner Ungeduld mit seinem Sohn und warum er so eisern daran festhielt, dass sein Sohn Verantwortung übernehmen müsse.

Mit jedem vorübergehenden Jahr erinnerten ihn die dunklen Stellen in den Winkeln seines Bewusstseins mehr daran, dass er auch nur ein Sterblicher war. In den frühen Jahre, der Zeit des Aufbaus, war er zu beschäftigt gewesen, um auf die Botschaften zu achten, die in der Stille der Nacht zu ihm sprachen. Das Getöse der Schlacht und das Hochgefühl des Sieges hatten die stillen hartnäckigen Zweifel übertönt, die wie eine Katze in sicherer Entfernung in den entlegenen Winkeln seines Gehirns warteten.

In diesen Tagen jedoch riefen diese geräuschlosen Stimmen einen nicht abreißenden Lärm in seiner Seele hervor. Wie sehr er auch Dauerhaftigkeit erflehte, und ungeachtet der Größe seiner Standbilder, die Stimmen erinnerten ihn unerbittlich an die Ruinen uralter Könige, an ihre in den Stein gemeißelten Erlasse, deren Bruchstücke wie so manch anderer Schutt im Interessengebiet Nabu-Naids, seines obersten Ministers, lagen. In letzter Zeit hatte Nebukadnezzar angefangen, seine Statuen und Obelisken durch Steinmetze mit Inschriften in der archaischen Sprache des alten Babylon versehen zu lassen. Vielleicht konnte er, indem er die Geister der Geschichte und vergangener Herrlichkeiten beschwöre, auf irgendeine Weise eine Verbindung schaffen, eine Brücke der Beständigkeit zwischen dem vergessenen Staub der Vergangenheit und den noch ungeträumten Hoffnungen von morgen.

Doch die Stimmen brabbelten immer noch in seinem Ohr, verspotteten seine vergeblichen begrenzten Versuche, das Unvermeidbare abzuwehren. Hier, auf dem Gipfel seines Gartens, konnte er die Stimmen beinah vergessen. Wie könnte diese gewaltige Metropole, dieser brodelnde Schmelztiegel verschiedener Sprachen und Gebräuche, der durch seine Autorität und Führung zusammengehalten wurde, im Staub der Geschichte untergehen? Wie könnte die Welt Babylon vergessen? So etwas war doch nicht möglich – oder vielleicht doch?

Er steckte sich eine weitere Dattel in den Mund und biss geräuschvoll darauf herum, während er zu den rauschenden Blättern und ihrem grünen Schatten betete, ihn erneut sanft zu verzaubern.

Egibi saß im Gewölbe seines Kontors und zählte wieder einmal die Tageseinnahmen. Zufrieden strich er seinen weißen Bart, dann ergriff er seinen Krug und nahm einen kühlen Schluck Bier. Er wischte sich den Mund mit dem Ärmel seines Gewands und nickte selbstzufrieden und bedächtig.

Zweihundert Mana Silber lagen vor ihm. Das flackernde Lampenlicht spiegelte sich sanft auf ihrer abgegriffenen Oberfläche. Astyages hatte zu seinem Wort gestanden. Nicht, dass Egibi sich zu sehr auf das Wort des medischen Königs hätte verlassen müssen. Astyages hatte mindestens ebenso viele Gründe, Egibis Diskretion zu wünschen, wie Egibi ein Interesse daran hatte, seinen Kredit zurückzubekommen. Wenn es schließlich in bestimmten Kreisen bekannt würde, dass der Anführer der Meder seine Hausgötzen versetzte, um den Proviant und den Sold seiner Armee zahlen zu können, geriete der Sohn des Cyaxeres bestimmt ganz schön in Schwierigkeiten. Egibi lächelte in sich hinein. Was würde Nebukadnezzar dazu sagen, wenn er wüsste, dass ein Geschäftsmann in seiner eigenen Hauptstadt den Lebensstil des medischen Monarchen unterstützte?

Er nahm noch einen Schluck Bier, während er seinem Verstand gestattete, etwas abzuschweifen. Er hatte schon ein langes Leben hinter sich und Königreiche kommen und gehen sehen. Er erkannte die Zeichen: Astyages hatte zugelassen, dass sein Wunsch nach persönlicher Bequemlichkeit und großzügigem Leben sein Urteilsvermögen überwältigte. Und nun musste er die am meisten verehrten Totems seines Hauses verpfänden, um zu vermeiden, dass seine Heerführer von ihm abfielen.

Der Geschäftsmann fragte sich: Wie lange konnte Astyages dieses Versteckspiel noch betreiben? Man hörte schon Gerüchte eines Umschwungs im Osten: Heerführer schmiedeten Pläne für das Reich, Vasallenkönige planten einen Aufstand. Wie war doch gleich der Name von diesem parsischen Vetter oder Neffen des Astyages? Kyrus vielleicht, oder war es Kurasch? Ja, Händler hatten die Angewohnheit zu schwätzen. Man hörte gewisse Dinge.

Und doch ... Egibis Finger strichen liebevoll über die Silberstücke, die er in ordentlichen kleinen Häufchen neben seiner Waage aufgestapelt hatte. Er schürzte die Lippen. Viele Jahre hatte er an Astyages' Unfähigkeit, sich selbst zu verleugnen, ganz schön verdient. Er würde es bedauern, mitansehen zu müssen, wie der Meder gestürzt wurde. Wo würde er noch einmal einen so einträglichen Kunden finden?

Ein Klopfen an der Tür unterbrach seine Grübeleien. Der Kopf seines Dieners Jozadak erschien in der Öffnung. Egibi schaute seinen Aufseher fragend an.

„Herr, die Beträge sind aufgezeichnet, und die Wertsachen in Sicherheit gebracht", verkündete Jozadak. „Gibt es noch etwas, das du wünschst, bevor die Türen für diese Nacht geschlossen werden?"

Egibi schaute einen Augenblick an die Decke, während er in seinem Geist durch die abendliche Prüfliste ging, die sich mit den Jahren wie das morgendliche An- und Ausziehen fest in ihm verankert hatte. Er sah zu seinem Aufseher und wollte schon seinen Kopf schütteln und ihn verabschieden, als sein Blick, so scharf wie eh und je, etwas Unbestimmbares in Jozadaks Verhalten wahrnahm; ein abwägender, beinah missbilligender Blick, der ihm zu denken gab.

Als er sah, dass Egibis Augen sich mit den seinen trafen, schaute Jozadak schnell zu Boden, aber es war zu spät.

Egibi betrachtete seinen Verwalter sorgfältiger. Jozadak, der sich bewusst war, dabei ertappt worden zu sein, wie er seinen

Arbeitgeber beurteilte, starrte fest auf den Boden, während seine Wangen sich langsam rot färbten. Die Stille zwischen den beiden Männern schwoll in der kleinen Kammer gewaltig an.

„Schließ die Tür und setz dich, Jozadak", sagte Egibi ruhig. Danach betrachtete der ältere Mann seinen Aufseher ganz genau. „Die Art, wie du mich ansiehst, Jozadak – als wärst du nicht ganz einverstanden mit dem, was du siehst. Ich habe das schon vorher bemerkt."

„Es tut mir leid, Herr –"

„Du bist ein guter Angestellter, Jozadak", schnitt ihm Egibi das Wort ab. „Du bist seit deiner Jugend bei mir. Was stört dich an mir? Behandele ich dich ungerecht?"

„Nein, Herr", sagte Jozadak nach einer unangenehmen Pause, in der seine Hände verlegen eine Falte in sein Gewand machten. „Die Anstellung hier ist sehr angenehm, und ich hoffe, mein Dienst hier war immer –"

„Vorbildlich", beendete Egibi den Satz. Eine Zeit lang erlaubte er der Stille, weiter zuzunehmen. Seine Einsicht in die menschliche Natur war im Lauf der Jahre nicht geringer geworden, und er war als Geschäftsmann scharfsinnig genug, um Jozadaks Wert für sich zu erkennen: Die Ehrlichkeit und der Fleiß des Aufsehers machten ihn zu einem geschätzten Faktor in dem Geschäft Egibi und Söhne. Nebenbei mochte er den Mann wirklich, der ihm da gegenüber saß und in dem kühlen Gewölbe stark schwitzte. Und überhaupt, waren sie nicht entfernt verwandte Familienangehörige, wenn die Legenden wahr waren, die Geschichten über die Stämme rund um Samaria und Jerusalem, die einst ein einziges ruhmreiches Königreich waren?

Schließlich durchbrach Egibis Stimme die bedeutungsvolle Stille. „Jozadak, ich stelle Schreiber und Buchhalter an, um meine Konten zu führen und mir das mitzuteilen, was ich wissen muss, so dass ich mich nicht viel mit Schriftrollen und Tafeln auseinandersetzen muss. Stattdessen habe ich in meinem langen Leben gelernt, Menschen zu lesen, so sorgfältig, wie du jeden Abend die Buchführung überprüfst. Was ich in deinen Augen sehe – in jenen Augenblicken, wo du meinst, ich schaue nicht hin –, beunruhigt mich. Ich bin besonders deswegen beunruhigt, weil ich dich sehr achte. Ich weiß nicht, ob du etwas in mir wahrnimmst, das deinem Respekt zu mir schadet, oder ob du mehr eine Gelegenheit suchst, mich zu bestehlen. In beiden Fällen muss ich dich warnen –"

„Nein, Herr! Es hat nichts damit zu tun. Das musst du mir glauben!"

Egibi war überrascht, von Jozadak unterbrochen zu werden. Nachdem er kurz erstaunt in das beharrliche Gesicht des jüngeren Mannes geschaut hatte, fragte er ruhig: „Womit dann?"

Noch einmal blickte Jozadak zu Boden und hüllte seine Finger fest in die Falten seines Gewands. „Es ist ... ich muss immer daran denken ..." Seine Brust hob und senkte sich schwer. Er blickte zu Egibi und dann zur Seite. „Einst kannte dein Volk den Herrn der Heerscharen wie auch mein eigenes Volk ihn kannte", erklärte er, unfähig, den älteren Mann direkt anzuschauen. „Einst waren das Volk Israel und Juda gleich in der Anbetung ihres Gottes. Aber jetzt ..." Jozadak machte eine hilflose Geste, nicht fähig den Satz zu Ende zu bringen. Während er wünschte, er hätte seine Gefühle sorgfältiger verborgen und mit sich haderte, dass er dieses peinliche Gespräch überhaupt heraufbeschworen hatte, fiel er in klägliches Schweigen und wartete darauf, dass Egibi ihn aus seiner Nähe entließ und wahrscheinlich auch aus seiner Anstellung.

„Aha ... ich verstehe", antwortete Egibi sanft, nachdem er einen Augenblick über Jozadaks Worte nachgedacht hatte. „Es ist mir egal, zu welchen Göttern ein Mann betet, wenn er nur sein Wort hält. Ich habe mich nie um die Religion meiner Kunden – oder meiner Diener, wie in diesem Fall – gekümmert. So lange –"

„Aber es macht einen Unterschied!", platzte der Aufseher heraus. „Es bedeutet sehr viel, Herr! Ein Mann kann niemals besser sein und niemals höher aufsteigen als die Götter, denen er dient." Jozadak, der den erstaunten und verblüfften Gesichtsausdruck seines Herrn sah, suchte tastend nach einem Weg, um seine Behauptung zu erläutern. „Diese Götzen aus Stein, Holz oder Metall, sie sind nur schlecht verkleidete Darstellungen der Begierden und Klagen derer, die sie machen!"

Egibi starrte in das intensive Schimmern von Jozadaks Augen. Obwohl er zu raffiniert und, so nahm er an, zu gleichgültig für so wenig greifbare Ideen wie Götter oder einen Mangel an ihnen war, fühlte er, dass etwas in ihm aufgewühlt wurde. Er wurde trotz der fast peinlichen Offenheit von diesem jungen Mann, der ihm gegenübersaß, angezogen.

„Wenn Menschen zu Schamasch beten", fuhr Jozadak fort, „dann beugen sie sich in Wirklichkeit vor Vorstellungen ihrer eigenen Stärke und Ausstrahlung. Wenn sie Ischtar anbeten, ist es nur ihre eigene Lust und Begierde, die sie verehren. Alle diese Götzen sind nur von Menschen gemacht und bestehen lediglich aus Phantasien, Ängsten und Hoffnungen ihrer Schöpfer. Menschen benutzen leblose Gebilde aus geformtem Ton und gehämmertem Gold als Entschuldigung, um sich selbst Beifall zu klatschen."

Egibi bewegte sich unbehaglich. Er mochte den Unterton nicht sonderlich, der in den Bemerkungen Jozadaks mitschwang. Sie schienen, wenn sie nicht frevelhaft waren, doch zumindest Untreue zu enthalten. Er dachte an das gerade beendete Neujahrsfest und daran, wie er selbst an der Feier teilgenommen hatte, zusammen mit den angesehensten Händlern und Kaufleuten in der Stadt. Wie die große Mehrheit der reichen Bürger Babylons hatte er seinen Dienern und Angestellten während der Festtage viel freie Zeit zugestanden, um Marduks Heimkehr zu ehren.

„Aber der Herr und Gott", drängte Jozadak mit einem Gesicht, das von seiner ernsthaften Überzeugung glühte, „steht über diesen Beschränkungen. Er übersteigt unseren Verstand. Er allein ist der wahre Gott! Und er ruft sein Volk auf, heilig zu sein, abgesondert von den Äußerlichkeiten dieser Stadt und ihren falschen Göttern und ihren –"

„Genug", stieß Egibi plötzlich aus, während er sich erhob. „Ich habe dich gehört. Ich schlage vor, du behältst deine Ansichten über die Religionen Babylons für dich. Ich möchte nicht auf deine Dienste verzichten, aber wenn deine Skrupel es dir nicht mehr erlauben, für mich zu arbeiten, werde ich dir meine besten Empfehlungen an andere geben, deren Arbeit du weniger anstößig findest. In der Zwischenzeit können wir dieses Gespräch als abgeschlossen betrachten."

Jozadak, der es gewohnt war, sich kurz zu fassen, verbeugte sich vor Egibi. „Herr, ich ... ich möchte deinen Dienst nicht verlassen. Aber ich ..." Da er Egibis strengen Blick bemerkte, schluckte er die Worte, die ihm auf der Zunge lagen, wieder hinunter. „Ich werde nachsehen, ob die Türen alle verschlossen sind", beendete er den Satz und wandte sich zum Gehen.

„Danke", sagte Egibi. „Und Jozadak?"

Der Aufseher blieb stehen, seine Hand lag auf dem Griff der Tür. Die Schultern spannten sich wie in Erwartung eines Schicksalsschlags.

„Stell morgen bitte sicher", sagte Egibi, „dass wir genügend Ölvorräte zur Hand haben. Ich habe einige Händler sagen hören, dass es bald eine Verknappung geben könnte."

„Ja, Herr. Ich werde mich darum kümmern." Dann war er auch schon verschwunden.

12

Die Nacht war klar und der Mond so rund und strahlend, dass Nabu-Naid das Gefühl hatte, er könne den Gesang Sins beinah hören, während dieser über seinem Kopf in seinem perlweißen Wagen dahinzog. Der oberste Minister schritt auf der Mauer der Zitadelle entlang, von wo aus er die Aibur Schabu überblicken konnte, auf der nur wenige Wochen vorher Marduk in seiner siegreichen Prozession geritten war und der König seinen jährlichen Bußmarsch absolviert hatte.

Aber der Mondgott Sin, nicht Babylons Marduk, war die Schutzgottheit des obersten Ministers. Seine Mutter war eine Sin-Priesterin in Haran, der nördlichen Stadt, die nun unter dem Einfluss der wenig zivilisierten Meder stand. Selbst jetzt, wo der Tempel ihrer Gottheit ein einziges Durcheinander war, klammerte die alte Mutter sich hartnäckig an das Leben. Vielleicht war es nur der starrköpfige Wille der trotzigen alten Frau, der im Tempel des Mondherrn einen Stein auf dem anderen hielt. Es machte Nabu-Naid krank, wenn er an den Tempel Sins in Haran dachte und an die Schmach, mit der er überschüttet worden war. In besseren Tagen war der Herr des Mondes verehrt und weithin respektiert worden, anders als jetzt, da der unverfrorene Marduk seine dreiste Herrschaft über die Herzen und den Verstand der Leute ausübte. Es ärgerte Nabu-Naid maßlos, dass man Nebukadnezzar nicht dazu bewegen konnte, die an Sin begangene Ungerechtigkeit wieder gut zu machen. In diesen verblassenden Tagen des Herrschers konnte man ihn nicht mit derartig trivialen Dingen belästigen, wie die Befreiung eines in Ungnade gefallenen Tempels der Mutter Nabu-Naids und des Mondgottes, dem sie so treu diente.

Es soll nicht immer so sein, versprach der oberste Minister sich selbst. Er hörte Schritte und drehte sich um. Dann lächelte er und streckte seine Arme aus, um den zu grüßen, mit dem er sich hier beraten wollte.

„Ich grüße dich, edler Nergal-Scharezer", sprudelte der Minister hervor, während er die Unterarme des Schwiegersohns von König Nebukadnezzar ergriff und eine leichte Verbeugung machte.

Nergal-Scharezer nickte kurz und erwiderte den Gruß mit den Worten: „Sei mir ebenfalls gegrüßt, ehrenwerter Nabu-Naid. „Ihr wünschtet mit mir zu sprechen, mit mir persönlich zu sprechen, sagtet Ihr?" Der Prinz zeigte auf die Umgebung. „Wir sind allein, wie Ihr sehen könnt. Was möchtet Ihr mir sagen?"

„Der junge Herr sagt viel in so wenigen Worten", erklärte Nabu-Naid bewundernd. „Euer bescheidener Diener ist auf jeden Fall dankbar, dass der Prinz eine solche Zumutung wie dieses Treffen hier erlaubt."

Nergal-Scharezer schaute gelangweilt zur Seite, während seine Finger auf seine verschränkten Arme trommelten.

„Wenn der Prinz es mir erlaubt", beeilte sich Nabu-Naid, „will ich direkter sprechen. Obwohl ... in solchen Angelegenheiten, wie wir sie diese Nacht erörtern müssen, ist man gut beraten, vorsichtig vorzugehen." Der oberste Minister ließ den Satz in der Luft schweben, die im Mondlicht einladend glänzte.

„Vorsichtig gegen wen?", fragte der Prinz schließlich, der trotz seiner vorgeschobenen Langeweile unfähig war, die Spannung auszuhalten.

Innerlich lächelnd beugte sich Nabu-Naid zu dem Prinzen hinüber. „Gegen solche, die den Untergang Babylons wünschen."

Die Nasenflügel Nergal-Scharezers blähten sich auf, seine Augen wurden groß. „Steht uns ein Aufstand bevor?", fragte er.

„O nein, nein mein Herr", versicherte Nabu-Naid, „nichts ... so ganz – Offensichtliches." Der Minister, der wusste, dass der Fisch nun an der Angel hing, widerlegte die Gewissheit seiner Antwort durch den Tonfall.

„Nun, was ist es dann?", drängte der Prinz ungeduldig mit gehobener Stimme.

„Es gibt Leute", antwortete Nabu-Naid, „die nichts lieber sehen würden, als dass jemand auf dem Drachenthron säße, der, sagen wir, weniger energisch in der Durchführung der Angelegenheiten des Königreichs wäre. Leute, zum Beispiel, die gern Vorteile aus ...", Nabu-Naid täuschte einen Ausdruck besorgten Interesses vor, „aus der Unaufmerksamkeit dessen ziehen würden, der den Mantel Nebukadnezzars trägt. Leute, zum Beispiel, die sich erheben könnten, um ihren Vorteil aus dem Vordringen der Meder zu ziehen."

Nergal-Scharezer trat ein paar Schritte zurück und strich sich nachdenklich über den Bart, während er auf die Stadt blickte, die vom glänzenden Mond wie versilbert wirkte. Langsam nickte er. „Da du das Thema angeschnitten hast, Nabu-Naid, gut ... Ich habe auch manchmal gedacht, der Kronprinz habe nicht das notwendige ... Unterscheidungsvermögen für die Aufgabe der Regierung. Und es ist wahr, dass Astyages, der Meder, sich immer näher an das Herz des Reichs heranschleicht. Heute Haran – morgen, wer weiß das schon?"

„Die Augen meines Herrn sind wirklich scharf", äußerte sich der Minister. „Es ist eine Schande, dass jemand mit solchem Scharfblick nicht die Krone erben sollte, besonders bei dem entscheidenden Interesse, das mein Herr als Prinzgemahl an dem fortwährenden Wohlergehen dieses großen Reichs hat ..."

„Vielleicht", stimmte Nergal-Scharezer überein, während er sich wieder zu dem älteren Mann umwandte. „Aber der ehrenwerte oberste Minister weiß, dass unser Vater, der König, bereits einen Erlass verkündet hat –"

„Ja, ja", stöhnte Nabu-Naid und schüttelte traurig und resignierend den Kopf. „Wie schade!" Eine kurze Zeit standen sich die beiden Männer schweigend gegenüber und betrachteten die unglücklichen, offensichtlich unüberwindbaren Schwierigkeiten der Situation. „Doch", begann Nabu-Naid schließlich wieder, während er sich sehr nachdenklich über die Wange fuhr, „vielleicht ..." Er ließ eine lange Stille folgen.

„Also? Was nun?", fragte Nergal-Scharezer, dem man seinen leidenschaftlichen Eifer offen anhören konnte. Wieder unterdrückte der Minister ernsthaft ein leichtes Lachen.

„Ich habe gerade nachgedacht", murmelte Nabu-Naid, scheinbar ganz in Gedanken verloren. „Es gibt einige weise Köpfe hier am Hof, Männer, die man vielleicht überzeugen könnte, sich veranlasst zu sehen ..." Er ließ den Satz in der Stille entschwinden und meinte, Nergal-Scharezer vor Erwartung keuchen zu hören.

„Ja", fuhr Nabu-Naid fort, nachdenklich flüsternd, „es wäre natürlich möglich ..."

„Was sollte ich tun?", ermunterte ihn der Prinz schließlich.

Nabu-Naid begann, als hätte er vergessen, dass er nicht allein war. „Ach, mein Herr und Prinz", stotterte er, „vergebt mir. Wenn ein alter Mann sich in seinen Gedanken verliert –"

„Das spielt keine Rolle", drängte Nergal-Scharezer. „Was muss getan werden?"

„Im Augenblick nichts", warnte Nabu-Naid. „Man darf nicht vergessen, dass, solange unser Vater Nebukadnezzar lebt ..." Er beobachtete, wie der Prinz den Gedanken für sich selbst beendete.

„Stimmt", gab Nergal-Scharezer zu. Und direkt in die Augen des älteren Mannes schauend, meinte er: „Ich bin Euch dankbar, ehrenwerter Nabu-Naid. Es tut dem Herzen gut, zu wissen, dass es in dieser Stadt Menschen gibt, die so weise sind wie Ihr. Das macht Hoffnung."

Nabu-Naid verbeugte sich demütig. „Ich bin Euer gehorsamer Diener. Mein einziger Wunsch ist das Beste für Babylon."

„Ich muss jetzt gehen", erklärte der Prinz. „Sollen wir später noch mehr darüber sprechen?"

Nabu-Naid nickte ernst. „Wenn die Zeit erfüllt ist, mein Prinz."

Er schaute zu, wie Nergal-Scharezer herumwirbelte, über das Dach und die Treppe hinabschritt. Dann blickte Nabu-Naid nach oben in die grau-weiße Scheibe des Vollmonds.

„Wie du, mein Herr Sin", sagte er lächelnd, „strahle ich am hellsten, wenn die meisten Menschen schlafen." Innerlich kichernd folgte er dem Prinzen zur Treppe.

Ein Strahl des Mondlichts von der Breite eines Schwerts fiel durch das Fenster auf Nebukadnezzar, während er sich ächzend und stöhnend auf seinem Bett hin und her warf. Seine Augenlider bewegten sich nervös, seine Finger zuckten, während er Phantome der Nacht durch die dunklen Hallen der Traumwelt jagte.

Er stand am Ufer des Euphrat, der Himmel über ihm war wie das jubelnde Blau des Sommers. Ein gewaltiger Baum erhob sich vor ihm, der mächtigste und prachtvollste Baum, den er je gesehen hatte – ein König der Bäume. Seine Äste breiteten sich weit aus, als wollten sie die ganze Welt umfassen. Selbst die herrlichen Zedern des Libanon waren nicht zu vergleichen mit diesem Leviathan. Der Umfang seines Stammes war so groß wie selbst das Fundament der Etemenanki-Zikkurat.

Als er in seine Äste hinaufschaute, war jeder Ast ein Chor von Vogelstimmen, jedes Blatt eine Lobeshymne. Er lachte vor Freude über die Schönheit der Früchte, die in verschwenderischer Fülle von seinen Ästen herabhingen, so überreichlich, dass es schien, als könnte dieser Baum aus sich selbst heraus die ganze Erde ernähren. Tiere des Waldes und des Feldes lagerten in seinem Schatten, in Frieden eingehüllt von der kühlen Ruhe seines überkleidenden Schutzes.

Noch bevor er hinauf in den Himmel schaute, spürte er, dass ein Gefühl von Heiligkeit wie eine große Hitze ihm die Haare zu Berge stehen ließ. Er hatte Angst, seine Augen zu heben, war aber nicht in der Lage, es zu unterlassen. Er schaute in den Himmel und sah jemand aus dem blauen Gewölbe herabkommen, dessen Glanz das Tageslicht des Hochsommers im Vergleich dazu dunkel wie Zwielicht erscheinen ließ. Der König sah, wie der furchteinflößende Bote herabstieg und hatte keinerlei Zweifel darüber, woher er kam: Er erschien aus der ehrfürchtigen Gegenwart der Götter selbst – oder von noch darüber. Dann sprach der Heilige mit einer Stimme wie Donner und Sturm.

„Haut den Baum um und hackt seine Äste ab! Streift seine Blätter ab und verstreut seine Frucht! Lasst die Tiere fliehen und zerstreut die Vögel auf den Ästen in alle vier Windrichtun-

gen! Lasst nur einen Stumpf übrig und die toten Wurzeln im Boden, gebunden mit Eisen und Bronze.
Vom Tau des Himmels mag er benetzt werden, und die Tiere des Feldes mögen seine Gefährten sein. Sein Verstand möge ihn verlassen, und ihm möge das Bewusstsein eines Tiers gegeben werden. Die Heiligen haben diesen Beschluss verkündet: ‚Das soll geschehen, damit alle Menschen erkennen, dass El Illai, der Höchste, erhoben und allmächtig ist, dass seine Hand sich ausstreckt über alle Königreiche der Menschen bis zum äußersten Ende der Erde, und dass er damit umgeht, wie es ihm gefällt. Er setzt über die Menschen ein, wen er will, und erhebt sogar den niedrigsten Menschen ...'"

Nebukadnezzars Augen sprangen auf und er starrte blicklos in die Dunkelheit seines Schlafgemachs. Seine Hände, die an leichenstarren Armen hingen, ergriffen das Tuch seines Lagers wie die Kehle eines Feindes – oder wie ein Rettungsseil.

Am anderen Ende des Palastes wälzte sich Daniel unruhig im Schlaf. Eine Stimme, die er schon lange – wie lange? – nicht mehr gehört hatte, war da. Im Schlaf stöhnend, mit einem Wissen, dass jenseits von Schlafen oder Wachen lag, erkannte er die Stimme dessen, der ihn rief.

Dann schlummerte er weiter, vielleicht weil er wusste, dass er seine ganze Stärke benötigen würde, um die Last der Vision zu tragen, die in ihn hineingelegt wurde.

Eine abgespannte, träge Gruppe von Astrologen und Magiern schlich in die Ratskammer des Königs. Die Hähne draußen schliefen noch, doch diese Männer waren noch vor der Morgendämmerung aus ihrem Schlaf gerissen worden, um sich auf Befehl Nebukadnezzars hier zu versammeln. Das Gemurre über das unsinnige Verhalten des Königs und seine mögliche Altersschwäche verstummte abrupt, als Nebukadnezzar den Raum betrat.

Selbst wenn man sein fortgeschrittenes Alter in Betracht zog, sah der König müde aus. Sein Erscheinungsbild war das eines Mannes, der rasch, über die Grenzen hinaus alterte, die der normale Fluss der Zeit mit sich bringt. Die Tränensäcke unter seinen Augen legten ein beredtes Zeugnis seiner Schlaflosigkeit ab; der bedrängt und gequält aussehende Schimmer in seinen Augen erzählte von etwas anderem. Die Zauberer und Seher beugten ihre Knie, und jeder von ihnen fragte sich, welcher neue Schrecken sich an die Seele des Königs herangemacht hatte.

„Ich habe große Qualen durch einen Traum erlitten, den ich geträumt habe", begann der König.

Adad-ibni erstarrte. Dem verknöcherten Magier kam das unangenehm bekannt vor.

Daniel ging durch das Portal des Hauses in der Adad-Straße, während er dem Türhüter zunickte. Als er den Hof betrat, sah er Ephrata, die Frau Asarjas. Sie entnahm Wasser für das Morgenmahl aus einem der Gefäße, die entlang der gegenüberliegenden Wand standen. Er drehte sich um und verbeugte sich respektvoll vor ihr.

„Friede diesem Haus und seiner Herrin."

„Und Friede dir, Freund meines Mannes", erwiderte sie und begrüßte ihn mit einem Lächeln. „Asarja ist bei den Kindern, um sie für das Mahl zu waschen. Willst du dein Fasten brechen und mit uns essen, Daniel?"

Daniel war dankbar, seinen nur selten benutzten hebräischen Namen laut ausgesprochen zu hören. Er machte eine Geste, die zeigen sollte, wie sehr er die Einladung schätzte. „Nichts würde mir mehr gefallen."

Obwohl Asarja in seinem Dienst für den Herrscher schon weit aufgestiegen und daher berechtigt war, im Viertel des Palastkomplexes zu wohnen, bestand er stattdessen darauf, in diesem Haus der Neustadt zu leben, wo er so viel Zeit zugebracht hatte. Als Asarja Ephrata zur Frau nahm, lebte Hananja – wie Daniel ein eingefleischter Junggeselle – auf Asarjas Einladung weiterhin im Haus. Er war für die beiden Söhne und die Tochter Asarjas wie ein Onkel geworden, ein geliebtes Mitglied des Hauses.

Mischael lebte im Palast wie Daniel, aber die vier Freunde hielten engen Kontakt und trafen sich in diesem Haus, das sie als jüngere Männer miteinander geteilt hatten.

An diesem Morgen hatte Daniel das unbestimmte Gefühl einer Vorahnung, als läge irgendeine Aufgabe vor ihm, die ihm zuwider war. Er sehnte sich nach vertrauten Gesichtern, nach Lachen und dem warmen Schein gemeinsamer Erinnerungen als Gegenmittel gegen die Vorahnung, die auf seine Schulter klopfte wie ein unwillkommener Gast.

Als er weiter in den allgemeinen Wohnraum der Familie ging, kam er an Kaleb vorbei, alt, knorrig, auf wunderbare Weise immer noch am leben. Der betagte Diener hockte am Eingang des Wohnraums und wartete auf das Zusammenkommen der Familie und auf das Essen. Obwohl Asarja und seine Frau ihn eindringlich darum baten, auszuruhen, bestand der ausgetrocknete Alte – taub, starrköpfig und hingegeben – darauf, den Herren des Hauses weiter zu dienen. Er schüttelte ihre dringenden Bitten einfach ab und nahm dabei nicht mehr wahr als ein taubes Tier. Dabei bestand er auf seinen Pflichten, die dem täglichen Rhythmus seines Lebens für mehr Jahre einen Rahmen gegeben hatten, als irgendjemand im Haus berechnen konnte. Es war, als wäre er selbst ein Teil der Einrichtung dieses Platzes geworden; so lange wie das Haus lebte und funktionierte, würde er es auch.

Daniel beugte sich zu Kalebs Gesicht hinunter. In seinem hohen Alter hatte die Sehfähigkeit des Greises nachzulassen begonnen, wie sein Gehör schon lange vorher. „Guten Tag, Vater Kaleb", rief Daniel und berührte seine knochige Schulter zum Gruß. „Warum legst du dich nicht wieder auf dein Lager? Asarjas Kinder können die Aufgabe des Auftragens übernehmen."

Kalebs Augen mit ihren wässrigen Augäpfeln, die von einem Gesicht eingeschlossen waren, das so zerfurcht und faltig war wie altes Pergament, schauten unruhig über Daniels Gesicht. „Guten Morgen, junger Herr", sagte Kaleb heiser. „Bitte, mach es dir bequem. Ich werde etwas zu essen bringen."

Daniel lächelte und schüttelte den Kopf. Er richtete sich auf und drehte sich um, als Asarja gerade den Raum betrat. Mit der einen Hand hielt er seine Tochter, mit der anderen führte er seinen jüngsten Sohn. Als Milka die vertraute Gestalt neben Kaleb stehen sah, machte sie sich aus dem Griff ihres Vaters los. Sie lief über den Boden und streckte dabei ihre Hände bittend Daniel entgegen, damit er sie hochhebe.

Daniel wirbelte sie spielerisch empor und lachte, als das kleine Mädchen mit seinen Haaren an seinen Schläfen spielte, die langsam grau wurden. „Uff", stöhnte er, „du bist zu schwer für solche Spiele, kleines Mädchen."

Als Antwort schlang Milka ihre Arme um Daniels Nacken und drückte ihre Wange an seinen Bart. „Das kitzelt", lachte sie.

Ein junger Diener trug ein großes Tablett mit frisch gebackenem Weizenkuchen, Honig, Datteln und weichem weißem Ziegenkäse herein. Ephrata erschien mit einem Tonkrug, der mit Wasser gefüllt war. Joel, Asarjas älterer Sohn, betrat den Raum aus der Richtung der Schlafräume. Er rieb sich immer noch verschlafen die Augen, obwohl sein Vater sein Gesicht kräftig geschrubbt hatte. Nachdem sie Sitze und Strohmatten um die Tafel an ihre Plätze gezogen hatten, sammelten sich Daniel und Asarjas Familie zum Morgenmahl.

Bevor irgendjemand das Essen anrührte, wandten sich alle Augen Asarja, dem Herrn des Hauses, zu. Er schloss seine Augen, erhob seine Hände, die Handflächen bittend nach oben geneigt, und stimmte an: „Gepriesen seist du, o ewiger Gott, Herrscher der Schöpfung, der du uns gesegnet hast und uns die Frucht der Erde zu essen gibst ..."

Nach dem Gebet bediente sich jede Person von den Speisen. Kaleb humpelte an seinen Platz hinter Asarjas linker Schulter, bereit, etwas zu holen, zu tragen oder irgendeine andere Handreichung vorzunehmen, die nötig sein könnte. Der Diener, der das Essen hereingebracht hatte, ruhte sich unauffällig an einem Platz in der Nähe aus, wo er Asarjas diskrete Handzeichen sehen konnte, ohne von dem geachteten, doch matten Kaleb wahrgenommen werden zu können.

„Nun also, Wesir Beltschazar", begann Asarja in einem spaßigen wichtigtuerischen Tonfall, „welchem Umstand verdanken wir die unerwartete Freude deiner Gegenwart in diesem unserem bescheidenen Haus?" Er wartete, sich den Honig von den Fingern leckend, mit zwinkernden Augen auf Daniels Antwort.

„Warum? Natürlich wegen des hervorragenden Brotes", erwiderte Daniel. „Wenn die Bäcker in der Straße von Enlil von seiner Existenz wüssten, würden sie sich gegenseitig umbringen, um das geheime Rezept zu erhalten."

Ephrata lachte und verdrehte die Augen. „Herr Beltschazar macht Witze, fürchte ich. Gibt es kein Brot im königlichen Haus, dass er so weit gefahren sein sollte, von seiner Wohnung im Palast des Königs bis zu dieser armseligen Tafel?"

Daniel lächelte, während sich eine Spur von Melancholie um seine Augenwinkel zog. „Leider, werte Herrin, ist es die Entfernung vom Palast, die ich heute Morgen suche. Die Entfernung auf der einen Seite und die Gemeinschaft mit guten Freunden auf der anderen Seite. Das reichhaltige Essen und die verdeckten Feindseligkeiten am herrschaftlichen Hof sind eine unheilträchtige Kombination für einen Magen, der zur Ruhe gekommen ist."

„Was stimmt nicht am Hof?", fragte Asarja, dessen Stimme sich durch den verdrießlichen Tonfall in Daniels Antwort verdüstert hatte. „Steht der Herrscher so kurz vor dem Tod?"

Daniel seufzte, während er mit dem Essen herumspielte. „Nein, das ist es nicht. Eigentlich ist es nichts, das ich beim Namen nennen könnte. Nur ein Gefühl; eine Ahnung, dass bald etwas geschehen wird." Er schaute Asarja in die Augen. Wortlos geschah ein bedeutungsvoller Austausch.

Asarja kannte den bekümmerten, belasteten und wissenden Blick in Daniels Augen. Er hatte ihn schon vorher gesehen, in ihrer Jugend, am Hof eines gedemütigten, machtlosen Königs in Jerusalem, als sie gerufen wurden, um vor dem kalten abschätzenden Auge des Beamten eines fremden Eroberers zu erscheinen. Er hatte ihn erneut gesehen, als ihnen, ängstliche Jungen in dieser fremden neuen Stadt, gesagt wurde, sie müssten Speise zu sich nehmen, die mit ihren religiösen Sitten nicht in Einklang zu bringen war, und noch einmal ein paar Jahre später, als ein ärgerlicher Herrscher Drohungen gegen seine Seher ausstieß, die nicht in der Lage waren, einen Traum zu deuten, der ihm Probleme bereitete und zuletzt, als ein Erlass verkündet wurde, der eine Feierlichkeit, ein Standbild und einen Hochofen betraf ...

„Mein Freund", meinte Asarja, „lade dir nicht unnötig Schwierigkeiten auf. Vielleicht machst du dir ja völlig überflüssige Sorgen. Lass die Ereignisse geschehen, wie sie wollen, es wird Zeit genug geben, sich dann mit ihnen zu befassen." Noch während die Worte auf seinen Lippen lagen, wusste Asarja, dass er, soweit es Daniel betraf, Unsinn redete.

„Was wird geschehen, Onkel?", fragte Joel. Seine Augen waren weit aufgerissen, und sein Gesicht zeigte, dass er Daniels Eingebung vollkommen glaubte. *Aus dem Mund der Kinder*, dachte Asarja bei sich, während er auf seinen Sohn herunterschaute.

Daniel lächelte und strich dem Jungen mit den großen runden Augen die Haare aus der Stirn. „Vielleicht nichts, Joel, wie dein Vater sagt. Vielleicht gestatte ich den Sorgen und Nöten am Hof zu sehr, mich zu bedrängen." Daniel schaute fort, über die Köpfe derer, die mit ihm am Tisch saßen, und sein Verhalten sprach deutlicher als seine Worte.

„Daniel, denke nicht zu sehr an ... die andere Zeit", wagte Asarja in die unbehagliche Stille zu äußern, während der Schmerz einer nagenden Erinnerung das Antlitz seines Freundes verdüsterte. „Ein Mann tut, was er tun muss, und niemand von uns darf in die Zeit zurückgreifen, um etwas, das man getan hat, ungeschehen zu machen."

Daniels Augen verengten sich, aber er sagte nichts.

„Lass die Vergangenheit der Vergangenheit angehören", drängte Asarja, indem er noch einmal gegen die Bresche der Reue seines Freundes anstürmte. „Eine neue Zeit hat begonnen, und die Fehler von gestern müssen uns heute nicht mehr belasten."

Schließlich schaute Daniel Asarja an, während sich langsam ein dankbares Lächeln auf seinen Lippen ausbreitete. „Danke, alter Freund. Die Sorge, die du um mich hast, erwärmt mein Herz." Dann schaute er in die anderen, etwas ängstlichen

Gesichter am Tisch und meinte: „Wirklich, das ist es, was mich heute Morgen zu eurem Haus gebracht hat, nicht nur der Geschmack eures hervorragenden Brotes."

Ephrata lächelte und neigte ihren Kopf zu Daniel. „Unser Haus ist immer offen für dich." Milka, die neben ihrer Mutter saß, nickte eifrig.

Ein leises krächzendes Schnarchen ließ sich hören. Alle Augen schauten auf Kaleb, der immer noch auf seinem Platz hinter Asarja saß. Der alte Diener war eingeschlafen; der Kopf hing auf seiner Brust. Durch seinen offenen Mund zog er die Luft in lauten Zügen ein. Die Kinder kicherten und hielten sich den Mund zu, um den geliebten alten Mann nicht aufzuwecken. In fröhlicher Atmosphäre nahm die Familie wieder ihr Mahl auf.

13

Der Morgen war schon weiter fortgeschritten, als Daniel zum Palast zurückkehrte. Als er die Brücke, die den Zababa-Kanal überspannte, passierte und weiter durch den weiten bewachten Torweg der herrschaftlichen Residenz schritt, schaute er direkt in die Augen eines Boten, der seine Augen nervös über das Gesicht eines jeden wandern ließ, der den Palast betrat. Kaum hatte er Daniel gesehen, eilte er auch schon mit einem Ausdruck der Erleichterung auf seinem bis dahin so angespannten Gesicht auf den Wesir zu.

„Herr Beltschazar, Ihr müsst Euch beeilen! Ich habe den Befehl erhalten, Euch direkt zum König zu führen!"

Ein ungutes Gefühl beschlich Daniel. Sein Magen krampfte sich zusammen. Er nickte und sagte zu dem Boten: „Geh voran!" Schnell betraten sie einen nahegelegenen Korridor.

Nebukadnezzar saß an einem hohen Fenster, von wo aus er die zusammengedrängten Häuser und die geraden weiten Straßen seines Babylon überblickte. In mittlerer Entfernung, direkt in seinem Blickfeld, ragte der Etemenanki innerhalb der Mauern des Esagilakomplexes auf. Aber der Herrscher nahm nichts davon wahr.

Sein Kinn ruhte in seiner Hand, während er an einem kleinen lackierten Tisch saß. Die Finger der anderen Hand spielten gedankenlos mit Aloeblättern, die getrocknet und zerstoßen in einer kleinen geschnitzten Elfenbeinschale aufbewahrt waren. Das reiche Aroma der Gewürzblätter war genauso wenig in der Lage, sein Bewusstsein zu durchdringen, wie die Ansicht des pulsierenden Lebens seiner Stadt seinen Blick anregen konnte. Mit starren Augen sah er aus dem Fenster, doch in seinem Innern war nichts als Finsternis. Rastlos und vergeblich dachte er über das Rätsel seines letzten Omens nach, das ihn im Schlaf heimgesucht hatte.

Hinter ihm öffnete und schloss sich eine Tür. Langsam, nach und nach, wurde ihm bewusst, dass noch eine andere Person im Raum war. Er drehte sich um.

Dort war Beltschazar, im Eingang kniend, seine Augen mit einem traurigen wissenden Blick auf das Gesicht des Königs geheftet. Für eine lange Zeit, mehr als dreißig Herzschläge, blickten die beiden Männer einander an. Der Herrscher fühlte, es war nicht notwendig, Beltschazar zu erzählen, warum er ihn hatte rufen lassen. Die Augen des Wesirs zeigten Verständnis, Sorge – und vielleicht zu viel Wissen. Man musste nur noch bestimmte Einzelheiten ausfüllen. Nebukadnezzar begann zu sprechen.

„Sie konnten mir nicht helfen." Nebukadnezzars Tonfall war weder ärgerlich noch zornig. Der König klagte nicht an und verdammte nicht. Er bat nur.

Daniel klopfte das Herz. Wie bei Josef in den uralten Chroniken hatte Gott in seine Hand die Geheimnisse der innersten Qualen eines anderen Mannes gelegt. Es erschien ihm anstößig, so persönliche Angelegenheiten wie die Träume eines anderen Menschen zu kennen, ganz zu schweigen von denen eines Königs! Selbst jetzt, noch bevor Nebukadnezzar irgendetwas gesagt hatte, fühlte Daniel die Botschaft des Herrn in sich brennen wie eine glühende Kohle. Es kam ihm vor wie ein Schlüssel, der darauf drängte, das passende Schloss zu finden. Er wollte nicht hören, was als Nächstes kommen würde, wusste aber, dass es nicht zu vermeiden war. Die Last lag vor ihm wie die flammenden Aufrufe von Mose. Er konnte nicht davonlaufen.

Daniel seufzte tief. „Erzähle mir, mein König."

Als der Herrscher seine Rede beendet hatte, zitterte sein Wesir sichtbar. Nebukadnezzar, der Beltschazars aschfahles Gesicht sah und bemerkte, wie er schlucken musste, fragte: „Was ist falsch? Sprich, Beltschazar! Nimm keine Rücksicht auf meine Gefühle, denn ich habe mich nur noch gefürchtet, seit mir diese nächtliche Erscheinung begegnet ist."

Beltschazar konnte immer noch nicht sprechen. Sein Mund

bewegte sich, aber seine Stimme war stumm, wie zugeschnürt vor Bestürzung.

„Wissen kann wahrhaftig nicht schlimmer sein als diese bedrohliche Ungewissheit!", rief Nebukadnezzar. Er erhob seine Stimme. „Sprich!"

Aber es war nicht die Befürchtung des Herrschers, die Daniel wie eine Schraubzwinge der Angst daran hinderte zu sprechen. Er kannte die Worte, die er aussprechen musste, und eine unbegreifliche Furcht erfasste ihn mit eiskalter, unbarmherziger Faust, eine Furcht vor dem Zorn, den seine Deutung des königlichen Traums unweigerlich erzeugen musste.

Wieder war er innerlich gespalten, als wäre er immer noch jung, einsam und halb verrückt vor Angst und hilflos, zwei unhaltbare Möglichkeiten überdenken zu müssen. Noch einmal wurde er im Kampf um die richtige Entscheidung fast zerrissen, das Schwert Adonais trennte seinen Leib sauber von seiner Seele, die Schale vom Kern. An diesem Tag konnte ihn kein Arzneimittelhändler und keine klug ausgedachte List retten. Die herzzerreißende Treue seiner getäuschten Freunde würde ihm jetzt nicht helfen. Er balancierte auf der Spitze eines Schwerts, die scharf war wie ein Diamant, und alle Schritte führten ins Verhängnis.

Durch den dichten Nebel seiner Bestürzung hörte er die befehlende Stimme des Königs: „Sprich, Beltschazar!" In diesem Moment bildete er sich ein, Nebukadnezzars Stimme sei ein Echo des Befehls Adonais: „Sprich!" Er schaute auf den alternden Monarchen, und seine Augen begannen, ihn zu täuschen. Es war nicht mehr länger Nebukadnezzar, der da auf dem Thron saß und ihn eindringlich ansah. Sein Platz war von einem alten blinden Bettler eingenommen worden, der durchdringend mitten in Daniels erbärmliche zitternde Qual hineinschaute und mit eisiger Stimme rief: „Sprich!"

Daniel fiel auf sein Gesicht und hörte seine Worte wie einen Wasserfall hervorsprudeln. „Mein König, ich wünschte bei Gott, dass die Deutung deinen Feinden gelte! Ich flehe dich an, mein Herr, achte auf deinen Weg und kehre um, sonst wird, was der Herr mir gezeigt hat, wahr werden!"

Nebukadnezzar saß regungslos. Seine Stimme war ein leises und tonloses Gemurmel. „Was wird wahr werden?"

Blindlings schoss Daniel über den Abgrund seiner Angst hinweg. „Der Baum, o mein König, der Baum bist du selbst. Deine Macht ist groß, deine Herrschaft reicht weit. Viele Nationen und Völker ruhen in deinem Schatten, o Nebukadnezzar, und deine Herrschaft ernährt die ganze Erde ..."

Nebukadnezzar rührte sich nicht und sprach kein Wort. Seine Augen verengten sich zu Schlitzen, während er wortlos darauf wartete, dass Beltschazar fortfuhr.

„Der Heilige, den du sahst, mein Herr, und der Befehl, den er dem Baum gab –" Daniels Kehle brachte, gelähmt vor Furcht, keinen Ton mehr heraus. Nachdem er einige Momente stoßweise geatmet hatte, war er wieder in der Lage weiterzusprechen. „Dieses Wort bedeutet, dass du erniedrigt werden wirst, mein König."

Nebukadnezzar erstarrte auf seinem Thron. Ohne vom Boden aufzuschauen, fühlte Daniel die Entrüstung des Königs wie einen eisigen Windstoß über seinen Nacken fahren. Hilflos stürmte er weiter voran und sprach: „Du wirst wie ein wildes Tier auf dem Feld leben. Der Tau des Himmels wird dich durchnässen, und dein Verstand wird wie der eines Tieres werden, bis sieben Zeiten vorübergegangen sind. Wenn du anerkennst, dass Gott, und er allein, allmächtig ist über alle Schöpfung, dann wird dein Reich und dein Verstand wiederhergestellt werden. Das ist der Grund, warum der Stumpf und die Wurzeln des Baums in der Erde bleiben."

Der König fühlte, wie ihm die gnadenlosen Worte seines Wesirs einen Stich ins Herz versetzten. Er hatte sich vor Beltschazar gedemütigt, praktisch gebettelt! Dafür hatte er wenigstens etwas Trost erwartet, zumindest ein wenig Linderung. Stattdessen hatte sich Beltschazar dafür entschieden, ihn in diesem verwundbarsten Augenblick mit diesem albernen Spott zu demütigen, indem er ihm dasselbe abgedroschene Thema vorsetzte: Die Macht seines namenlosen Gottes, der traurige Zustand der „erwählten" Hebräer. Hier saß sein König, real und lebendig, in diesem Raum, und er hatte Balsam nötig. Aber brachte Beltschazar Worte der Heilung? Nein! Er seufzte und jammerte über seinen Allmächtigen!

„So", knurrte Nebukadnezzar, „der Stumpf bleibt also wirklich übrig? Wie gnädig."

„Mein König, ich flehe dich an", schluchzte Daniel, sein Gesicht flach auf die kalten Eichendielen des Bodens gedrückt. „Gib Acht! Denke an deine Irrwege und kehre um, damit der Zorn des Allmächtigen abgewendet werden kann! Hilf den Schwachen und schenke den Bedrückten Gerechtigkeit, und vielleicht –"

„Genug!", zischte der Herrscher, während er ärgerlich aus seinem Sitz emporschnellte und zum Fenster schritt. Er erklärte, ohne den Kopf zu wenden: „Ich habe dich geschützt. Ich habe dich vor der Eifersucht und dem Zorn derer beschirmt, die sich selbst nicht erlauben konnten, deinen Wert zu sehen." Er knurrte über seine Schulter in Richtung auf den am Boden kauernden Wesir: „Ich habe dich in mein eigenes Haus bringen lassen und dich über die erhoben, die mir viel länger gedient hatten. Ich habe dir vertraut, Beltschazar, und du zahlst es mir so heim?"

Wie elektrisiert vor Zorn stand Nebukadnezzar aufrecht wie ein Speer. Seine Augen sprühten Funken, während er sprichwörtliche Kohlen auf den gekrümmten Rücken Beltschazars schleuderte. „Warum ist einfache Treue so schwierig für euch Hebräer? Warum muss jedes Treuegelöbnis von euch zugleich mit diesen maßlos ärgerlichen, überheblichen Forderungen eures unsichtbaren Allmächtigen gegeben werden? Mit der einen Hand bietet ihr eure Dienste an und mit der anderen versetzt ihr der Würde des Königs einen Schlag ins Gesicht! Nun?", forderte er, sich plötzlich umdrehend. „Hast du nichts zu sagen? Kannst du dich nicht verteidigen?"

Daniel, der vornübergebeugt und zitternd auf dem Boden lag, gab keine Antwort.

„Geh mir aus den Augen und verlasse diesen Palast", knirschte Nebukadnezzar verächtlich. „Um deines vergangenen Dienstes willen werde ich dein Leben verschonen. Aber ich werde Ratgeber, deren Verstand gespalten ist, nicht in meiner Gegenwart dulden. Verschwinde sofort!"

Er wandte sich wieder dem Fenster zu und hörte das Rauschen von Kleidung, als Beltschazar verzweifelt aus der Kammer schlich. Die Tür schloss sich, und Nebukadnezzar war allein mit seinem Ärger.

Kurasch erlaubte dem nisäischen Wallach, langsam seinen Weg zwischen den losen Steinen des steilen Pfads zu nehmen. Der Weg zu dem Heiligtum verlief in Serpentinen und wandte sich am Berghang hierhin und dorthin wie Wasser, das den einfachsten Weg zum Meer verfolgt.

Die frühe Morgensonne versprühte Purpur und Gold über die zerklüfteten Höhen des Zagraschlands. Jenseits der zackigen Schlucht ragten vier Spitzen über die benachbarten Berge hinaus. Kurasch betrachtete die Szenerie genau. Er mochte die vierfache Symmetrie, die ein so wesentlicher Bestandteil in der Symbollehre der Parsi war: Die vier Winde der Erde, die vier Beine des Pferdes, die vier Wände eines Hauses. *Vielleicht werde ich eines Tages vier Königreiche regieren,* dachte er mit einem Lächeln.

Er drehte seinen Kopf ein wenig und fragte: „Was hast du bei deinem letzten Besuch unter den Brüdern, die in der Ebene wohnen, gelernt, Gobhruz?"

Der Meder, dessen Reittier dem seines Herrn genau folgte, dachte lange nach, bevor er antwortete. „Es gibt viel Unzufriedenheit in Susa und an anderen Orten im Medischen Königreich." Für einige Zeit war das Quietschen des polierten Sattel- und Zaumzeugs, das Knirschen der Hufe auf dem Stein und das Schnauben der Pferde das einzige Geräusch. „In Ekbatana behält König Asturagasch allerdings mit eiserner Faust die Kontrolle. Über seine Verschwendungssucht äußert man sich nicht viel, so lange die Vornehmen genügend neues Land haben, um es untereinander aufzuteilen. An anderer Stelle ..." Der unvollendete Satz ließ der Vermutung viele Möglichkeiten offen. Gobhruz kannte Kurasch zu gut, um anzunehmen, der Tonfall bliebe unbeachtet.

Kurasch betrachtete die Berggipfel über ihnen, die sich wie Sägezähne gegen den azurblauen Himmel der Parsen erhoben, und sagte nachdenklich: „Die Mauern der Stämme Hakhamanischs. Viele Jahre haben seine Kinder sich keine andere Befestigung gewünscht. In ihren Hochtälern haben sie halbwegs im Frieden und in Sicherheit gewohnt, zufrieden damit, ihre Pferde und ihre Söhne fortzuschicken, um die Schlachten der Meder zu kämpfen.

Was werden sie von der weiten Welt halten", fragte der König von Anschan mehr sich selbst als Gobhruz, „die jenseits dieser Berge liegt, der Welt, von der sie so wenig wissen? Was werden sie von dem denken, der sie aus dieser kleinen Gegend in die weiten Länder der Erde führt?"

Er wandte seinen Blick dem Pfad zu, der sich vor ihnen emporwand. „Werden sie mit frohem Mut vorangehen und ihren Platz unter den Königreichen der Menschen einnehmen? Oder werden sie den hassen, der diese unwiderrufliche Geburt veranlasst?"

Der Priester schaute nachdenklich in die Flammen auf dem Altar, als er das Geräusch der beiden sich nähernden Pferde hörte und aufsah. Nachdem er sich vergewissert hatte, dass das Feuer genügend Brennstoff besaß, um eine Zeit lang weiter zu brennen, erhob er sich und klopfte von Tunika und Wollhose den Staub ab.

Er verbeugte sich, als Kurasch abstieg und empfing seinerseits den Gruß des Königs von Anschan.

„Sei gegrüßt, Diravarnya", rief Kurasch. „Und möge Ahura Mazda dein Leben bewahren."

Sich zu dem Feuer auf dem Altar beugend, antwortete der Priester: „Möge die göttliche Flamme uns alle vor dem Tag der Prüfung bewahren."

„Sorgen die Anbeter genügend für das, was du benötigst?", fragte der junge König, während er die Zügel seines Pferds Gobhruz übergab.

„Gut genug, mein König", antwortete der Priester, der seine grauen Augen nicht von Kuraschs Gesicht weichen ließ. „Mein

Dienst für den weisen Herrn erhält mich am Leben. Ich brauche nicht viel."

Einige Augenblicke konnte man nichts als das Seufzen des Windes in den trostlosen Felsen ringsum hören. Kurasch und Diravarnya schauten einander stumm in die Augen. Schließlich wich der junge König dem ruhigen, unbeweglichen Starren des heiligen Mannes aus.

Nachdem er sich ein wenig zu laut geräuspert hatte, sagte Kurasch: „Ich möchte dem Heiligtum ein Geschenk machen – im Namen meines Vaters." Kurasch wühlte hektisch in seiner Satteltasche und brachte schließlich einen Geldbeutel hervor. Aus dem Innern des Beutels vernahm man das gedämpfte Klingen von Silbergeld. Er hielt seine Gabe dem Priester hin, vermied es jedoch, ihm in die kalten grauen Augen zu schauen. „Zur Erinnerung an König Kanbujiya, meinen Herrn und deinen Beschützer."

Während er langsam den Beutel entgegennahm, erklärte Diravarnya ruhig: „Ich nehme dein Geschenk gerne an, König Kurasch, und ich bin dankbar, dass du dich meiner erinnerst. Aber mein Beschützer ist Ahura Mazda, der eine Herr, dessen Flamme ich bewache. So lange er es will, werde ich leben; wenn er es wünscht, werde ich sterben. So muss es sein."

Nur mit Schwierigkeiten hob Kurasch sein Gesicht, um den heiligen Mann anzuschauen. Er zögerte ein wenig, dann stotterte er: „Diravarnya, ich ... ich möchte dich um deinen Segen bitten ..."

Der Priester neigte seinen Kopf und wartete still auf die nächsten Worte des Königs. Seine Haltung drückte eine seltsame Mischung aus Neugier und Erkenntnis aus, als wüsste er schon, was Kurasch sagen würde und sich nur noch fragte, in welche Worte er seine Bitte kleiden sollte.

Die abweisende, von sich selbst eingenommene Art des Priesters brachte Kurasch durcheinander. Er war Augen, die so weit in die Ferne, ja darüber hinaus schauten, nicht gewöhnt. Entnervt rang er um Worte, um seine Bitte vorzubringen. „Ich ... ich habe gewisse ... Pläne", stammelte Kurasch. „Kühne Ziele.

Träume. Wirst du ... könntest du Ahura Mazda anflehen – in unserem Namen?"

Ein leichtes Lächeln strich um Diravarnyas Lippen. Er nickte kaum merklich, als hätten Kuraschs Worte lediglich bestätigt, was er schon vermutet hatte. Er drehte seinen Kopf, um in das Herz der Flamme auf dem Altar zu schauen.

Dann entgegnete er, sich zu dem wartenden Monarchen umwendend: „Bevor unsere Vorfahren auch nur zu diesem Ort kamen – ja, seit dem Anfang aller Dinge – hat der Weise Herr, Ahura Mazda, Menschen gelehrt, ihn anzubeten. Im Feuer, in der Luft und im Wasser – in den Sternen und in den Wolken des Himmels –, in allem Leben und in der ganzen Schöpfung kann man seine Hand ausfindig machen. Es gibt nur wenige, die seine Stimme hören, edler Kurasch. Noch weniger sind die, die ihm folgen.

Alle Zeiten und Schicksale der Menschen sind in den Händen Ahura Mazdas, und sind es schon immer gewesen. Er ist es, der Könige erhebt und sie erniedrigt. Er ist es, der ein Lied in das Herz des Siegers legt, und der die Zunge des Bezwungenen verstummen lässt."

Er schaute sorgfältig in die weit aufgerissenen Augen des jungen Herrschers, dann fuhr der heilige Mann fort: „Deine Tage sind in seiner Hand, König Kurasch, ob du ihn anerkennst oder nicht. Er hat deinen Lauf bereits nach seinen eigenen Vorstellungen bestimmt, und das sind die Pfade, die du sicher betreten wirst. Ich glaube, er ruft dich fort aus Anschan für einen bestimmten Zweck – aber mein mangelhaftes Sehvermögen reicht nicht aus, um den Ausgang erkennen zu können. Ich bin kein so großer Seher, wie andere es gewesen sind ..." Der Priester schaute wehmütig in die Ferne über die Köpfe von Kurasch und dessen Leibwächter hinaus, dann wandte er sich ihnen wieder zu. „Wenn du in diesen Worten etwas Trost findest, Kurasch, ist es gut. Mehr kann ich dir nicht raten."

Der heilige Mann wandte sich von dem König ab und ging zurück zu seinem Platz am Altar. Behutsam füllte er Öl nach. Seine Aufmerksamkeit war von dem Dienst, den er der Flamme entgegenbrachte, ganz in Anspruch genommen. Er sah nicht auf, als Kurasch und Gobhruz die Pferde bestiegen und auf dem Weg zurückkehrten, den sie gekommen waren.

Adad-ibni rieb sich die Hände vor Schadenfreude, während ein schleimiges Lachen auf seine grinsenden Lippen trat.

Nachrichten darüber, dass Beltschazar in Ungnade gefallen war, waren von der höchsten Ebene der chaldäischen Gesellschaft bis zur niedrigsten durchgesickert, aber besonders hier im Palast spürte man die Bedeutung des Ereignisses. Die durch seine Entlassung entstandene Leere brachte einige schnelle Anpassungen in dem verschlungenen Netz von Zugehörigkeiten und Bündnissen mit sich, durch das die Höflinge Babylons lebten oder starben. Lücken wurden gefüllt und Veränderungen vorgenommen. Einige, die von sich selbst dachten, dass sie einen guten Platz besäßen, erfuhren eine plötzliche unwillkommene Umkehrung ihrer Aussichten; andere, die sich mehr am Rand befunden hatten, entdeckten plötzlich, dass sie sich näher denn je am schwindelerregenden Zentrum der Macht befanden. Beltschazars großer Schicksalsschlag setzte eine ganze Serie ähnlicher Schicksalsschläge oder glücklicher Chancen in Bewegung, was davon abhing, welche Bündnisse man vorher geschlossen hatte.

Adad-ibni selbst war einer der ersten Nutznießer der unerwarteten Erniedrigung Beltschazars. Der Magier saß jetzt in seiner Kammer und klopfte sich wegen seines guten Schicksals selbst auf die Schulter. Er schaute auf, als es an seiner Tür klopfte. Mit seinen Augen gab er seinem Diener einen Wink und sah zu, wie der Sklave zum Eingang ging.

Ein Bote betrat den Raum und verbeugte sich. In seiner Hand hielt er ein kleines Stück Pergament. Der Sklave nahm es entgegen und brachte es Adad-ibni.

Schnell überflog der Seher die Notiz. Sie war versehen mit der Unterschrift Nabu-Naids. Der Magier zeigte keinerlei Reaktion, während er den Kurier entließ. Als die Tür geschlossen war, verengten sich seine Augen und er begann blitzschnell zu überlegen. In aller Eile ging er die Wahrscheinlichkeiten durch, die durch die Einladung entstanden, die er in Händen hielt. Dann blieb er stehen und traf seine Entscheidung.

„Bring mir meine Amtsrobe", befahl er seinem Diener. „Ich muss dem Herrscher einen offiziellen Besuch abstatten."

14

Die Flamme der Lampe zischte unstet, was einen Mangel an Öl im Behälter bedeutete. Zum dritten Mal in dieser Nacht erhob sich Asarja, um weiteres Öl zu holen.

Daniel, Hananja und Mischael, die wie ein Knäuel um den Tisch versammelt waren, auf dem die Lampe stand, beobachteten, wie Asarja fortging. Die vier besorgten Freunde drängten sich in eine Ecke des Hauptraums im Haus an der Adad-Straße zusammen. Ephrata und die Kinder hatten sich schon lange für die Nacht zurückgezogen. Der Mond war aufgegangen und hatte den Nachthimmel schon halb durchquert, seit die ängstliche Diskussion begann. Aber die vier konnten nicht schlafen.

Aufgeregte Ängstlichkeit, gepaart mit ziemlicher Verzweiflung, sprach aus Daniels Blick und tanzte mit nervösem Zucken auf seinem Gesicht. Er schaute auf seine lebenslangen Freunde, als Asarja mit dem Öl zurückkehrte und es vorsichtig in den Behälter der Lampe goss. „Ich sage euch, Brüder, ich habe weniger Angst um mich selbst – dazu ist es sowieso schon zu spät – als um das, was dieser Stadt passieren kann, wenn der König den falschen Ratgebern Gehör schenkt. Wenn die, von denen ich es vermute, bei ihm Gehör finden ..." Eine lange brütende Stille folgte.

„Adad-ibni hüllt sich seit einigen Wochen in eine neue Selbstgefälligkeit", stimmte Asarja zu. „Sogar mein eigener Herr hat seine Einstellung gegen den Herrscher geändert. Ich glaube ebenso wie du, Daniel, dass am Hof finstere Machenschaften im Gange sind. Ich kann die Richtung der Gezeitenwelle nicht sehen, aber ich fühle das Ziehen der Strömung."

„Wenn ein König jemand um Rat bittet, der nichts weiß", murmelte Mischael düster, „ist es für gewöhnlich am sichersten, dem König das zu sagen, was er hören will."

„Genau!", stimmte Daniel eifrig zu. „Welchen Gewinn bringen Ratgeber, die nur die Ansichten aufgreifen, die der Herrscher vertritt? Er wird nichts außer seinen eigenen Gedanken hören, die ihm in Worten wiedergegeben werden, um ihm zu schmeicheln. Und ich – als ich bei ihm war und die Chance hatte ..." Daniel verstummte, beschämt von der Erinnerung an den lähmenden Schrecken, der ihn befallen hatte, als er mit dem König allein war.

„Es bringt nichts, wenn du dir selbst Vorwürfe machst", beharrte Asarja, der den Kummer auf dem Gesicht seines Freundes sah. „Wer weiß, ob irgendeiner von uns, wenn er solch eine Last tragen müsste, es besser gemacht hätte?"

Daniel schaute ihn an, während die leichte Spur einer anklagenden Erinnerung über sein sorgenvolles Gesicht glitt. Asarja schaute zu Boden und schüttelte den Kopf. *Er hat sich immer noch nicht selbst vergeben*, dachte er.

„Ist das Erinnerungsvermögen Nebukadnezzars so klein, dass er sich überhaupt nicht fürchtet?", fragte Mischael. Der Eunuch bewegte sich unruhig hin und her. „Wie viele Omen und Zeichen muss Gott senden, bevor der Herrscher lernt, solchen Warnungen Beachtung zu schenken?"

Hananja begann, sanft den Anfang eines Psalms zu summen, während er seinen Freund durchdringend ansah. Die beiden Musiker schauten einander an, dann lächelte Mischael und nickte.

Asarja blickte von dem runden Gesicht Mischaels mit den sanften Wangen zu den verschlossenen asketischen Zügen und den überschatteten Augen Hananjas. „Was geht zwischen euch beiden vor?", fragte er ein wenig unwirsch.

„Hananja erinnert mich an ein Lied des Propheten Hosea", antwortete Mischael. „Der Herr sagt:

Als Israel jung war, gewann ich es lieb,
und aus Ägypten habe ich meinen Sohn gerufen.
Aber je mehr ich Israel rief,
desto weiter entfernten sie sich von mir..."

Asarja dachte kurz über diese Worte nach und schaute dann zu Mischael auf, wobei sich seine Stirn immer noch vor Verwirrung in Falten legte. „Löse dein Rätsel für mich, Mischael. Ich habe nicht den Verstand eines Dichters, ich komme nicht dahinter."

Wieder lächelte Mischael und schaute weiter zu Hananja. Geduldig erklärte er. „Ich glaube, Hananja will sagen: Wenn der Allmächtige, nach so vielen Generationen von Lehrern und Propheten, nach Plagen und Segnungen, Israel und die Könige Samariens nicht dazu bringen konnte, seine Stimme zu beachten, wie können wir dann erwarten, dass Nebukadnezzar ihn schon nach nur zwei Träumen berücksichtigt?"

Asarja nickte zustimmend. Er schaute den stillen Musiker an. „Wer die wenigsten Worte spricht, trifft doch den Nagel am besten auf den Kopf." Nach einer kurzen Zeit der Überlegung fügte er nüchtern hinzu: „Die verbrannten Ruinen Jerusalems sind ein beredtes Zeugnis für die Sturheit der Herzen, die es hätten besser wissen sollen."

Während Daniel beifällig mit dem Kopf nickte, vertieften sich die Schatten der Beklommenheit auf seinem Gesicht. Seine Stirn zerfurchte sich durch das Gewicht der auf ihm liegenden Last, und er starrte düster in die stetig brennende Flamme der Lampe. „Da habt ihr es, meine Brüder", sagte er. „Ich weiß so sicher, wie ich in diesem Augenblick atme, dass Gott seine Pfeile wieder in die Seele Nebukadnezzars senden wird. Wenn Gott nicht einmal das Haus, das nach seinem Namen benannt ist, verschonte, was für furchtbare Konsequenzen mögen den Herrscher Babylons erwarten, wenn er erwacht? Und wenn es eintrifft, was wird dann mit uns als Überrest geschehen?"

Sein besorgter Blick sah sie nacheinander an. Da sie eine passende Antwort schuldig blieben, ließen die drei ihre Augen auf die Tischplatte sinken, wo die Öllampe flackerte, ein kleines Licht, verloren in der großen Dunkelheit der Nacht und der Stadt.

Vor Verachtung die Nase rümpfend, sah Gaudatra, Herrscher der medischen Provinz Elam, die Hauptstraße Parsagards hinab. Es war eigentlich keine Straße, mehr ein schmutziger Weg. Einfache

Giebelhäuser aus Holz und roh behauenem Stein standen ziemlich willkürlich auf einem Haufen in diesem schlichten planlosen Dorf, dem Lager der Parsen. Es war, als hätten die Hirten, von diesem Mann namens Kurasch angeführt, ihre schnell aufschlagbaren Zelte einfach an der Stelle Wurzeln schlagen lassen, an der sie in dem kleinen Tal im Zagraschhochland einmal aufgerichtet worden waren.

Gaudatra, der die grandiosen Ausmaße und die Beständigkeit der befestigten Städte Mediens gewöhnt war, fragte sich: Konnte dieses unorganisierte kleine Dorf – ohne Mauern, ohne Planung oder Architektur, mit Hofhühnern, Hunden und Gassenkindern, die einander lauthals zwischen den ungestrichenen Behausungen jagten –, konnte dieses Dorf wirklich die Hauptstadt des großen Anführers sein, von dem er so viel gehört hatte?

Er hielt vor einem der zeltförmigen Häuser an, das sich von den anderen nur durch seine Größe unterschied. Das und die Gruppe von bewaffneten Parsen, die die mit Bronze verkleidete Eichentür bewachten, waren die einzigen Hinweise, dass Gaudatra den Palast erreicht hatte – wenn diese würdevolle Bezeichnung überhaupt geeignet war –, die Residenz Kuraschs, des Königs von Anschan und des Stamms der Parsen. Da diese Verwandten der Meder aus dem Hochland natürlich weder lesen noch schreiben konnten, wurde die Vermutung des Gesandten, dass es sich wohl um den Sitz des Herrschers handele, durch keinerlei Inschrift oder Spruch bestätigt. Empört schüttelte er den Kopf und stieg aus seiner Sänfte.

Seine Leibwache trat auseinander, um ihm Platz zu machen, ihre Reittiere warfen die Köpfe zurück und klirrten mit dem Zaumzeug. Er schritt auf den Anführer der Wachen zu und sagte mit gelangweilter Stimme: „Kündige mich deinem Herrn an. Ich bin Gaudatra, Herr der Provinz Elams und Diener des Herrschers Asturagasch, des Monarchen der Meder."

Ohne den gut gekleideten Gesandten eines Blickes zu würdigen, antwortete der Befehlshaber knapp: „Mein Herr ist gerade in der Beratung. Er darf jetzt nicht gestört werden. Wenn er mir den Befehl gibt, werde ich Euch gern in seine Gegenwart begleiten."

Gaudatra war sprachlos und erstaunt über solch ungerechtfertigte und arrogante Dreistigkeit. Er schnappte nach Luft wie ein Fisch auf dem Trockenen, unsicher, wie er diesen Tölpel vom Lande für so eine Unverschämtheit zurechtweisen sollte.

Eineinhalb Tage öden ermüdenden Reisens, das meiste davon bergauf, waren nötig gewesen, um diese unbedeutende abgelegene Ansiedlung zu erreichen. Sie hatten sich durch enge Bergpässe winden müssen, schmale gewundene Wege entlang, die für ein bequemes Passieren kaum geeignet waren. Einige Male war er gezwungen, aus seiner Sänfte auszusteigen und die steinigen, nur grob aus dem Felsen geschlagenen Pfade zu Fuß entlangzumarschieren, so rau war ihre Machart. Er war müde und verärgert darüber, so weit von seinem bequemen Palast entfernt zu sein. Die Aussicht auf eine derartig primitive Unterkunft, wie dieses mitleiderregende Bergdorf sie sicherlich zu bieten hatte, stimmte ihn nicht gerade freundlicher. Und dann hatte dieser unverschämte unbedeutende Untergebene eines Bergziegenhüters und Möchtegernkönigs auch noch die Stirn, ihn wie einen gewöhnlichen Bauern zum Warten auf den Herrscher dieses Pferdekönigreichs aufzufordern!

Er war drauf und dran, seinen Zorn an dem Wächter auszulassen, als die Doppelflügel der Tür in ihren Angeln, die an Steinsockeln befestigt waren, aufgestoßen wurden. Die Wache verneigte sich und wies Gaudatra in die Öffnung zur Halle des Bergkönigs.

Der medische Edelmann trat über die Schwelle, während der Zorn ihm immer noch in der Brust schwelte. Er durchschritt der Länge nach die Halle. Sie besaß hohe Dachsparren, der Mittelbalken des Dachs wurde von vier Holzpfeilern getragen. Seine Augen wurden zum Ende der großen luftigen Halle gezogen, zu einem Podium, das vom Tageslicht erhellt wurde. Dort wartete eine Person – das musste wohl der König sein. Gaudatras Augen waren noch nicht an das Dämmerlicht gewöhnt, das von den hohen schmalen Öffnungen in den Wänden des Raums hereingelassen wurde. Er ging ein wenig unsicher auf den Thron zu.

Am Fuß des Podiums angekommen, machte er eine ordnungsgemäße Verbeugung – mehr als dieser Emporkömmling verdient, dachte er – vor dem ziemlich jungen Mann, der auf dem zeremoniellen Platz saß. Gaudatras Sehvermögen hatte sich schließlich an das Licht im Innern angepasst, und er nahm die Umgebung wahr: Kuraschs überraschend bernsteinfarbene Augen waren mit einem abschätzenden Blick auf ihn gerichtet, der in seiner Offenheit um so beunruhigender wirkte. Der König von Anschan saß auf einem geschnitzten Thron aus Mahagoni, der mit dem Fell eines Löwen bedeckt war. Die Mähne des Tiers hing von der Rückseite herab; seine Vorderbeine mit den Krallen daran hüllten die Arme des Throns ein, auf denen die Hände des Monarchen dieses Ortes ruhten.

Kurasch trug kaum Schmuck. Ein flacher Silberreif schmiegte sich an die gepflegten strohfarbenen Locken seines Kopfes. Seine Kleidung war, obwohl sie ihm gut passte und fein gearbeitet war, aus gesponnener Wolle und gegerbtem Leder. Er trug die knielange Hose eines Reiters anstelle der Gewänder und Mäntel der sesshafteren Vornehmen der Ebene.

Hinter ihm an der Wand des Thronsaals hing ein gewebter Wandbehang mit einem Löwen, der einen Stier mit goldenen Hufen schlug. Dieses alte Wappen aus ihrem arischen Erbe, an das sich die Meder kaum noch erinnerten, verkündete die Unterschiede zwischen ihren verwandten Völkern. Die Meder waren weitergegangen und hatten Größeres erstrebt, dachte Gaudatra, indem sie kultiviertere Mittel anwandten, um ihre Ziele zu erreichen. Die Parsen lebten inzwischen immer noch in rückwärts gewandter Erinnerung an ihre jüngere nomadische Vergangenheit. Nach Gaudatras Meinung hatten sie Sehnsucht nach dem nicht vorhandenen Glanz einer Zeit, die man besser vergessen sollte.

„Sei willkommen, edler Gaudatra", sagte Kurasch schließlich. „Ich hoffe, deine Reise von Elam lief glatt und ohne Hindernisse?"

Gaudatra schaute den König scharf an. Verbarg er einen Hauch von Ironie, der hinter jenen bernsteinfarbenen Augen glitzerte? Ohne mit Worten zu antworten, machte er noch eine kleine Verbeugung.

„Ich glaube, du kennst wahrscheinlich meinen Berater und Leibwächter, Herr Gobhruz?" Der König wies auf einen älteren Mann, der zu seiner Rechten saß.

Gaudatra ging seine Erinnerung durch. Ach ja, dieser Kerl hatte einmal in Susa gelebt. Er war einst ein militärischer Führer, wenn Gaudatra sich recht entsann. Sein seltsames Verhalten und seine altertümlichen Vorstellungen hatten ihn mehr und mehr entfremdet. Es tat niemand leid, als er Medien verließ. Der Gesandte verbeugte sich vor Gobhruz auf eine Weise, die schon fast ans Lächerliche grenzte.

„Wenn der König es mir erlaubt", begann Gaudatra mit gönnerhafter Stimme, „sollte der König es in Betracht ziehen, einige seiner Untertanen anzuweisen, eine Mauer um diese ... diese Stadt zu errichten. In dieser wilden Gegend würde man hinter einer starken Befestigung wahrscheinlich besser schlafen. Und, darf ich das mit allem schuldigen Respekt sagen" – als er die Ironie seiner letzten Worte erkannte, konnte der Meder ein leichtes Grinsen nicht unterdrücken –, „jemand, der so spät dran ist, dem König den Tribut an Pferden zu senden, sollte weniger Zeit damit verbringen, sich mit Ausgebürgerten zu besprechen." Er grinste Gobhruz höhnisch an. „Er sollte mehr Zeit damit verbringen, die Sicherheit seiner eigenen Zukunft in Betracht zu ziehen." Gaudatra machte eine spöttische Verbeugung.

Als er wieder aufschaute, bemerkte er zu seiner Überraschung, dass Kurasch ihn anlächelte. Jene bernsteinfarbenen Augen erfassten ihn wieder mit kühlem abschätzendem Blick. Gaudatra hatte das unangenehme Gefühl, dass der Ausdruck auf dem Gesicht dieses Mannes weniger Ähnlichkeit mit einem Lächeln hatte, als mit den entblößten Zähnen eines lauernden Raubtiers. Etwas beunruhigt dachte er an seine Leibwache, die außerhalb der nun verriegelten Tür dieser Halle wartete. Er hatte keine Angst. Schließlich war er der geschützte Gesandte von Asturagasch, des höchsten Herrn dieser Ländereien. Kurasch erkannte das doch wohl – oder nicht?

"Asturagasch wird in diesem Jahr keine Pferde von den Parsen erhalten. Er wird überhaupt keine Pferde mehr erhalten", verkündete Kurasch mit einer Stimme, die so glatt und gefährlich war wie die Klinge eines Schwerts. Er saß sehr ruhig auf dem Thron und wartete offensichtlich darauf, dass Gaudatra antwortete. Der Mann aus Elam schluckte, während er sorgfältig den Tonfall und die Worte seiner Erwiderung abwog.

„Mein ... mein Herr erkennt sicherlich den ... den Ernst der Situation? Viele Jahre lang haben die Parsen ihren Verwandten und Beschützern, den Medern, eine Abgabe zukommen lassen in Form der nisäischen Rosse, für die dieses Land so berühmt ist. Dem König das vorzuenthalten, was er zurecht erwartet ... Mein Herr kann so eine Vorgehensweise nicht ernsthaft genug überdenken." Obwohl er sich sehr bemühte, konnte Gaudatra einen schwachen fragenden Tonfall in seine Worten nicht vermeiden.

Kurasch gab keine Antwort. Nur dieses lächelnde bedrohliche Starren der bernsteinfarbenen Augen war zu sehen, derselbe Schatten wie ein Löwe im Versteck, erbarmungslos wie eine sich anschleichende Katze.

Während er an der Befürchtung, die rasch in seiner Kehle aufstieg, fast erstickte, stotterte Gaudatra: „Mein Herr lässt mir keine Wahl ..., aber um diese Worte meinem und seinem König, dem Herrscher Asturagasch, zu berichten –"

„Als du hierher gekommen bist", schnitt ihm Kurasch das Wort ab, „hattest du hoffentlich keinerlei Schwierigkeiten mit den Bergpässen. Ich hatte die Beobachtungsposten in meinen umliegenden Gebieten angewiesen, sehr sorgfältig auf dich Acht zu geben." Kurasch ließ es zu, dass Gaudatra sich der Bedeutung seiner Worte erst langsam bewusst wurde. „Ich habe ihnen sehr genaue Angaben über die Beschreibung und die Anzahl deines Gefolges gemacht", fuhr der König fort. „In den Tälern und engen Wegen der Zagraschberge kommt es oft vor, dass ein Erdrutsch den Pfad blockiert oder dass Felsbrocken losbrechen und die engen Schluchten herabstürzen, durch die man reisen muss ..." Die Stille war zum Zerreißen gespannt.

„Das werdet Ihr nicht wagen!", keuchte Gaudatra vor Schreck. „Ich bin geschützter Gesandter des –"

„Und dann sind da die Lawinen", fuhr Kurasch ruhig fort. „In diesen Bergen muss man beständig aufpassen."

Der Herr von Elam war sprachlos. Seine Brust hob und senkte sich in heftigen Anfällen von Furcht. Einmal setzte er dazu an, zur verschlossenen Tür des Saals zu rennen, von innen dagegen zu schlagen und seine Wachen herbeizurufen, damit sie hereinbrechen und ihn vor diesem Verrückten retten konnten. Aber als Gobhruz seine Hand zum Griff seines Wurfmessers gleiten ließ, überlegte sich der Meder die Sache noch einmal.

„Mein lieber Gaudatra, du scheinst überreizt zu sein", bemerkte Kurasch trocken. „Du wirst heute Nacht in meinem Haus schlafen, und vielleicht wird die Anstrengung des Wegs etwas nachlassen. Morgen, wenn du ausgeruht bist, werden wir diese Angelegenheiten weiter besprechen. Ich glaube, du wirst sehen", führte er aus und schaute, sorgsam in die aufgerissenen Augen seines Gegenübers, „dass ich mehr anzubieten habe als ein paar Pferde."

„Und daher, mein Herr", schloss Adad-ibni, „deuten die Zeichen an, dass Vorsicht geboten ist." Der Magier schaute heimlich auf Nabu-Naid, der an Nebukadnezzars Seite Platz genommen hatte. Da er die schweigende Zustimmung des obersten Ministers bemerkte, fuhr Adad-ibni fort: „Der Löwe ist im Hause Marduks, was sehr gut ist, aber der Mond bewegt sich zwischen Nergal und Ischtar. Sin, der Mondgott, bedarf gerade jetzt der Beruhigung. Es wäre besser, ihm keinen Anlass zum Ärger zu geben."

Nebukadnezzar bewegte sich in seinem Sitz, bald legte er sein Kinn in die eine Hand, bald trommelte er mit seinen Fingern auf dem Tisch neben ihm. Er wurde angesichts Adad-ibnis Weitschweifigkeit langsam ungeduldig. Nach all der Zeit, dachte er, glaubte Adad-ibni doch nicht, dass sein Getue mit Zeichen und Omen seinen Herrscher irgendwie schrecken würde. Sollte er doch sagen, was er wollte und warum, und sich das selbstrechtfertigende Geschwätz für die aufsparen, die leichter zu beeindrucken waren. Nebukadnezzar war alt; er hatte keine Zeit für solchen Unsinn.

Nabu-Naid erkannte den nachdenklichen Ausdruck des Königs. „Worauf mein Herr, der oberste Magier hinzuweisen scheint", warf er ein, „ist, dass der große Tempel von Sin, das Haus des Mondgottes in Haran, immer noch baufällig und ohne jede Ehrerweisung daliegt. Sicherlich kann man da etwas tun."

Nebukadnezzar schaute seinen obersten Minister an. „Schon wieder, Nabu-Naid? Quälst du mich immer noch mit dem Unrecht, dass deiner Familie zugefügt wurde, und bittest mich, den Zorn unseres verehrten Verbündeten, König Astyages von Medien, zu riskieren. Darum geht es also bei ...", er suchte nach dem passenden Wort, „bei all diesem astrologischen Unsinn, nicht wahr?" Er lachte verächtlich und wandte seinen finsteren Blick Adad-ibni zu. Der kahlgeschorene Seher senkte seine Augen und zupfte verlegen am Saum seiner Robe.

„Ihr seid ein echtes Paar", schimpfte der König. „Wenn Hinweise und Aufdringlichkeiten nicht zum Ergebnis führen, bringt ihr die Götter ins Spiel, nicht wahr, Nabu-Naid?"

Der oberste Minister gab keine Antwort.

„Solche Ratgeber habe ich also!", klagte der alte König. „Solche Ratgeber! Wer kümmert sich auch nur im Geringsten um das Reich? Wer macht sich Sorgen über das Wohlergehen der Provinzen und ihre Angelegenheiten? Niemand!" Nebukadnezzar erhob sich von seinem Thron und schritt ärgerlich vor den beiden beschämten Höflingen auf und ab. „Jeder von euch, der hier an diesem Hof herumheult, kümmert sich nur um sein eigenes Vorwärtskommen, um seine eigenen Ansprüche!"

Während er um sie herumwirbelte, brüllte er: „Es gibt keine Männer mit Vision mehr in Babylon – nur noch Männer mit Gelüsten!"

Seine Schultern fielen zusammen, nachdem er den Ärger herausgelassen hatte. „Ihr seid Blutsauger, zu nichts nutze, außer, dass ihr das Leben aus einem alten müden Mann saugt. Geht jetzt! Ich bin gelangweilt, wenn ich euch nur höre oder sehe!"

Als die Tür sich geschlossen hatte, stand der Herrscher gegen die Armlehne seines Throns gelehnt und keuchte vor Anstrengung und Ärger. In diesen grauen trüben Tagen wurde er sich mehr denn je der quälenden Stimmen in seinem Kopf bewusst – schmeichlerische, spöttische, anklagende Stimmen. Sie machten sich über ihn lustig, sie quälten ihn. Und auch jetzt begannen diese Stimmen zu ihm zu sprechen, die Stimmen Adad-ibnis, Nabu-Naids und der anderen. Eigentlich sprachen sie nicht zu ihm; nur zu der Idee, die er verkörperte, nur zu den Vorteilen, die er gewähren könnte. Nur deswegen schmeichelten sie sich ein, bezeugten sie ihre Ehrerbietung. Nicht seinetwegen. Niemand kümmerte sich um Nebukadnezzar, den Menschen. Nur um Nebukadnezzar, den Herrscher.

Er fühlte eine wohlbekannte, erstickende Angst in sich aufsteigen. Hinaus! Er musste irgendwohin. Er musste frische Luft atmen, klarere, weniger abgestandene Klänge hören. In den Garten – ja, er würde in den Himmelsgarten gehen. Dort würde er klarer sehen. Nachdem er einen Lieblingsstock gefunden hatte, begab er sich so schnell er konnte aus der Kammer.

Schon bald erkletterte er mühsam die Spitze seines künstlichen Berges. Eine sanfte Frühlingsbrise rauschte in den Blättern der Miniaturfeigenbäume. Dankbar atmete er die Gerüche des natürlichen wachsenden Lebens ein.

Selbst jetzt, am Abend, konnte er die ewige Kraft des Pflanzenlebens um sich her fühlen. Während er sich an diesem friedvollen Abend hier befand, konnte er sich sogar einen echten, mit Bäumen bewachsenen Berg vorstellen: Es war möglich, die Sklaven dort unten zu vergessen, die von Schichten aus Erde und Steinen und Torbögen verborgen waren. Ohne Ende bewegten sie den Mechanismus, der Wasser aus dem Euphrat in die kunstvoll verborgenen Bewässerungsgräben beförderte, die den Himmelsgarten in alle Richtungen durchzogen. Er konnte es sich als seinen eigenen Wald vorstellen – wie durch Beschwörung aus den üppigen Ländern des Nordens hierher gebracht –, wo er Trost vor den nagenden und lästigen Anforderungen des Hofs finden konnte.

Schließlich näherte er sich dem höchsten Punkt. Er stand neben den Dattelpalmen, deren fruchtbringende Jahreszeit aber noch nicht gekommen war. Die Stadt dehnte sich niedrig und dunkel zu seinen Füßen aus wie ein aus Schatten gewobener Teppich. Hier und da schimmerte ein Licht. Er konnte den ruhenden festen Puls dieser Weltstadt spüren, die er aus der assyrischen Herrschaft herausgerufen hatte. Babylon schlief; aber selbst wenn es schlummerte, war es wirklich mächtig. Sogar wenn es ruhte, war Babylon ein einzigartiges Monument der Dinge, die er richtig gemacht hatte, eine unwiderlegbare Bestätigung der Kraft seiner Vision und seiner Herrschaft.

Und dann sprachen die Stimmen. Nein, nicht die Stimmen, sondern eine Stimme, als gäbe etwas unendlich Erhabenes sich zu erkennen, eine Wirklichkeit, die dieses armselige Dorf mit seinen Straßen und Kanälen so unbedeutend erscheinen ließ, dass Nebukadnezzars Seele sich in den entferntesten Winkel seines Verstandes niederkauerte. Er konnte dieser Stimme nicht entfliehen, konnte sich auch nicht vor ihr verbergen, auch wenn er auf den Gipfel des höchsten Berges der Welt klettern würde.

Mit unleugbarer Autorität in sein schauerndes Bewusstsein donnernd, mit einer Direktheit, die die Welt hätte erschüttern können, äußerte die Stimme Worte wie berstende Steintafeln.

Dies ist über dich beschlossen, Nebukadnezzar von Babylon...

Als er seinen eigenen Namen von der Stimme ausgesprochen hörte, zitterte er umso mehr. Er war bekannt! Man kannte die Tiefe seines Herzens, sein Innerstes war entblößt!

Dein Königtum ist von dir genommen. Du wirst von den Menschen ausgestoßen werden und wirst bei den Tieren des Feldes leben. Du wirst Gras fressen wie das Vieh. Sieben Zeiten sollen vergehen, und du wirst stumpfsinnig wie ein Tier sein, bis du anerkennst, dass der Höchste Macht hat über die Königreiche der Menschen und sie dem gibt, der ihm gefällt.

Wie ein lichtscheues Nachttier kauerte sich der König Babylons auf den Boden. In panischer Angst warf sich sein Verstand in eine Spalte, die tief tief in ihm verborgen war. Auf allen Vieren kroch er in die Büsche des nächtlichen Gartens, um sich vor den feindlichen, alles wahrnehmenden Augen dieser verwirrenden kleinen Welt, die er nun bewohnte, zu verstecken.

15

Der königliche Diener, der morgens seinen Dienst verrichtete, betrat leise die Kammer des Königs und bewegte sich möglichst geräuschlos, um zu vermeiden, dass der König zu früh im Schlaf gestört würde. Obwohl es seine tägliche Aufgabe war, dem Herrscher beim Aufstehen und bei seiner Morgentoilette behilflich zu sein, war der Eunuch vorsichtig, seinen königlichen Herrn nicht aufzuwecken, bis er alle Vorbereitungen beendet hatte.

Da die Frühlingsnächte immer noch etwas kühl waren, hatte er warmes Wasser gebracht, das in der Küche erwärmt worden war, um es in die alabasterne Waschschüssel zu gießen, die der König benutzte, um die Reste des Schlafs aus seinem Gesicht zu waschen. Er schüttete das Wasser so vorsichtig hinein, dass das leise Geräusch des spritzenden Wassers nicht wahrgenommen werden konnte.

Als Nächstes stellte er den Nachttopf neben das königliche Lager, so dass sein Herr nicht die Unbequemlichkeit hätte, durch das Zimmer gehen zu müssen, um sich zu erleichtern. Wenn der Herrscher dann vollständig angezogen war und den Raum verlassen hatte, würde es die Aufgabe des Eunuchen sein, das übelriechende Gefäß zum Fluss hinunter zu schleppen und es an einem abgelegenen Ort zu entleeren.

Schließlich legte er die Toilettensachen des Königs zurecht: Den fein gearbeiteten goldenen Kamm, das mit Myrrhe versehene Öl für seinen Bart und seine Haut, das makellose Leinenuntergewand mit den leuchtend roten Stickereien. Als alles das erledigt war, wandte er sich dem Lager zu, um sanft die Schulter seines Herrn zu ergreifen und ihn für den vor ihm liegenden Tag zu wecken.

Noch drei Schritte von der aus Gold und Ebenholz gefertigten

Lagerstatt entfernt, hielt der Sklave an und stutzte. Das Lager war leer und unbenutzt. Das war seltsam. Auf seine alten Tage machte der Herrscher sich nicht viel aus den Konkubinen, die abwechselnd im Nebenzimmer schliefen und verfügbar waren, um für Gesellschaft zu sorgen, wenn es gewünscht wurde. Der Sklave zuckte lächelnd mit den Schultern. Konnte sich die Begierde nicht sogar unter den Alten bemerkbar machen? Seit er selbst entmannt worden war, konnte der Diener natürlich solche Dinge selbst nicht mehr fühlen, aber der König konnte es zweifellos – und hatte es offensichtlich.

Leise zog er den seidenen Vorhang beiseite, der das herrscherliche Schlafgemach von dem der Konkubine trennte. Erneut runzelte er die Stirn vor Verwirrung. Dort lag die Konkubine, tief schlafend und allein. Der König war auch hier nicht.

War er vielleicht früh aufgestanden und schon bei seinem Tagewerk? So etwas war in all den langen Jahren seines Dienstes noch nie geschehen, aber der Eunuch hatte keine andere Erklärung. Er ging zu dem schlafenden Mädchen und rüttelte es unsanft wach.

„Du, wo ist der König?", fragte er. „Sag mir, wo er ist, aber schnell. Ich muss dafür sorgen, dass ihm nichts für seine morgendlichen Vorbereitungen fehlt."

Das schlaftrunkene Mädchen richtete sich etwas auf und blinzelte den fetten alten Leibsklaven verschlafen an. „Woher sollte ich wissen, wo er ist?", entgegnete sie verdrießlich. „Ich habe ihn nicht gesehen."

Er starrte sie an. „Was meinst du damit? Hat er letzte Nacht nicht bei dir geschlafen?"

Müde schüttelte sie den Kopf. „Ich war bei Sonnenuntergang hier", sagte sie, während sie ihr Gesicht rieb. „Aber er ist niemals hereingekommen." Durch den beiseite gezogenen Vorhang schauend meinte sie: „Es sieht so aus, als ob er auch nicht dort geschlafen hätte."

Der Eunuch spürte die ersten Anzeichen von Panik. Er hatte Nebukadnezzar seit seiner Jugend aufgewartet. Die Routine des Herrschers beim Aufwachen war immer dieselbe gewesen. Instinktiv wusste der Diener, dass irgendetwas nicht stimmte.

Er ließ die Konkubine wieder in ihren Schlaf zurückfallen und schritt schnell aus dem Zimmer.

Er hockte im Schatten und nagte emsig an einer Handvoll Wurzeln und Grashalme, die er aus dem feuchten Erdboden gegraben hatte. Seine Kleidung war zerrissen und schmutzig vom Schlafen auf dem Boden im Garten. Während er kaute, warf er seinen Kopf in sinnloser instinktiver Furcht davor, was auf ihn lauern könnte, hin und her.

Als er Schritte hörte, kletterte er zurück unter die niedrigen Büsche, die ihn während der Nacht verborgen hatten. Durch die Lücken im Blattwerk schauend, sah er die Füße und Beine von jemand, der fremde, unverständliche Laute ausstieß, während er den Pfad entlangging. Mit der stummen Fähigkeit eines wilden Tiers gab er keinen Laut von sich und bewegte sich nicht, als die Bedrohung sich auf ihn zubewegte, dann vorbeischritt und entschwand. Noch lange, nachdem die bedeutungslosen Schreie, die Atemgeräusche und die Schritte sich den Abhang hinunter entfernt hatten, blieb er aus Angst davor, entdeckt zu werden, in seinem Versteck.

„Eure Majestät! Wo seid Ihr? Bitte, Ihr versetzt Euren demütigen Diener in Furcht! Mein Herr, Nebukadnezzar?"

Seine Stimme war vom wiederholten Rufen schon ganz heiser geworden, als Asarja schweren Schrittes die Stufen des Himmelsgartens hinabstieg. Einen Augenblick, in der Nähe des Gipfels, hatte er etwas gespürt. Aber er hatte nichts gesehen und nichts gehört. Wo war der König? Mit Schaudern erinnerte er sich an die beunruhigenden Worte Daniels. Was würde geschehen, wenn sie ihn nicht finden konnten? Noch schlimmer, was würde geschehen, wenn sie ihn fanden?

„Und ich sage, wir müssen handeln!", betonte Nabu-Naid mit großem Nachdruck. Sechs Tage lang haben wir nun jede Kammer, jedes Nebenzimmer, jede Ecke auf dem Grundstück des Palastes durchkämmt, doch wir können ihn nirgendwo finden! Wie viel länger können wir es uns leisten, das Reich weiterstolpern und kopflos im Dunkeln tappen zu lassen? Wenn unsere Feinde wüssten –"

„Aber vielleicht wissen sie es schon!", zischte Awil-Marduk. „Vielleicht haben sie diese Verwirrung angerichtet! Hast du diese Möglichkeit in Betracht gezogen, mein Herr Minister?"

Mit kaum verhülltem Ärger knirschte Nabu-Naid: „Mein Herr, der Prinz, weiß, dass wir in den vergangenen sechs Tagen an nichts anderes gedacht haben! Aber wie viel länger, denkt Ihr, können wir diesen Zustand vor dem Volk dieser Stadt verbergen? Wie viel besser wäre es, eine Entscheidung zu treffen, ein paar bejahende Schritte zu unternehmen, eine offene Erklärung abzugeben! Weit besser als dieser, dieser ... vergebliche Versuch, vor so einem ernsten Problem den Kopf in den Sand zu stecken." Seine stechenden Augen wanderten die Runde des Geheimen Rats entlang, um zu sehen, ob irgendjemand es wagen würde, ihm zu widersprechen.

Alle Augen wandten sich dem Prinzregenten zu, der wie zusammengedrückt in einem Stuhl saß, der vom Kopfende des Tischs am weitesten entfernt war. Er fühlte sich offensichtlich elend bei dem Gedanken daran, dass ihm so eine ungeheure Verantwortung auferlegt werden sollte. Wo ein ehrgeiziger Mann vor Freude jubeln würde, hatte Awil-Marduk nur den Wunsch, sich zu verstecken. Aber dazu war es jetzt zu spät.

Nabu-Naid wusste sehr wohl um die Qual, mit der der Kronprinz seine Aussichten betrachtete. Es kam der Absicht des obersten Ministers sehr gelegen, das Unbehagen des glücklosen Prinzen über seine Bestimmung noch zu verstärken und zu erhöhen. Welch besseren Weg gäbe es, die Vornehmen dazu zu bringen, Awil-Marduks Unfähigkeit zur Führung zu erkennen, als ihm zu erlauben – nein, ihn zu zwingen –, sie zu übernehmen? Und wenn dann bestimmte Dinge ihren Lauf nahmen, und die Vornehmen und die Bevölkerung nach Stabilität, nach Vision schreien würden ...

„Und wann, schlägt der oberste Minister vor, sollte solch eine Bekanntmachung erfolgen?", fragte ein anderes Ratsmitglied.

„Noch ein weiterer Tag", verkündete Nabu-Naid entschieden. „Wenn er oder sein Körper bis dahin nicht gefunden ist ... dann werden wir handeln."

Der Tag brach an. Seine Augen öffneten sich vorsichtig, während er in die Strahlen des Sonnenaufgangs blinzelte, die ihn auf seinem Lagerplatz aufspürten. Bevor er irgendwelche offenen Bewegungen machte, prüfte seine Nase die Luft, seine Augen wanderten unruhig hin und her und suchten irgendein Anzeichen von feindlicher Anwesenheit. Befriedigt richtete er sich auf, zuckte aber unter Krämpfen zusammen, die sein Körper sich durch das Schlafen in der kühlen Nachtluft zugezogen hatte.

Sein Bauch war leer. Durch das Gestrüpp kriechend fand er den Platz, den er suchte. Er grub in dem losen Erdboden und fand mehr von den Wurzeln und Knollen, von denen er sich ernährte. Dann stopfte er einen schmutzigen Klumpen davon in seinen Mund und kaute, während er gleichzeitig die nächste Umgebung nach Anzeichen von Gefahr absuchte.

Als der letzte zähe, halb zerkaute Klumpen Grünzeug seine Kehle hinabgeglitten war, kehrte sein Verstand zu ihm zurück, erstaunt und verwundert über die Höhle, in der er sich die letzten paar Tage versteckt hatte. Plötzlich wachte er auf und starrte fassungslos, ohne sich erinnern zu können, auf die schmutzigen wunden Hände in seinem Schoß, seine dreckigen schwarzen krallenförmigen Fingernägel, die vor Schmutz starrten. Er schaute herab auf seine zerrissene verschmutzte Kleidung. Wo war seine purpurfarbene Robe? Warum hing sein Haar in zottigen ungekämmten Strähnen von ihm herab? Warum war sein Bart zerrissen und strähnig, von Dreck verfilzt? Warum saß er hier in seinem Himmelsgarten wie irgendein Tier?

Wie ein Tier. Mit der Kraft eines Donnerschlags erinnerte er sich. Die Stimme ... der Traum ... und Beltschazar!

„Sehr gut. Es ist also beschlossen", sagte Nabu-Naid, während seine schwarzen Augen jedes traurige Gesicht anfunkelten, das in der Kammer versammelt war. „Wir werden eine öffentliche Bekanntmachung über den Tod des Herrschers herausgeben und zur gleichen Zeit Prinz Awil-Marduks Nachfolge anstelle seines Vaters verkünden."

Die anderen Köpfe im Raum nickten ernst und bedächtig. Awil-Marduks Gesicht war verhärmt und aschfahl; er sah absolut nicht wie ein Herrscher aus.

„Schreiber, notiere diese Worte", befahl der oberste Minister. Der Sekretär mit der angefeuchteten Tontafel in seiner Hand nahm seinen Griffel auf und wartete aufmerksam.

„Auf Befehl Awil-Marduks, des rechtmäßigen Erben des Throns von Babylon, des erwählten Kronprinzen seines Vaters Nebukadnezzar, und in Übereinstimmung mit dem Geheimen Rat: Hiermit wird öffentlich bekannt gegeben ..."

Ein Keuchen, als würden alle in der Kammer durch eine einzige Kehle atmen, veranlaßte Nabu-Naid, sein Diktat zu unterbrechen. Die großen Augen und aufgerissenen Münder der anderen brachten ihn dazu, über seine Schulter zum Eingang zu schauen.

Dort stand eine Erscheinung, die der des Herrschers glich, der aus dem Totenreich zurückgekommen war. Tatsächlich schien er sich seinen Weg aus einem nicht sehr tiefen Grab gewühlt zu haben: Sein Gesicht und seine Hände waren in eine Schmutzkruste eingehüllt, sein Haar und sein Bart sahen aus wie vom Wind zerzauste Äste. Seine Kleidung hatte Ähnlichkeit mit den Lumpen eines Bettlers, obwohl die Fetzen, die von ihm herabhingen, aus feinstem Leinen und feinster Seide waren. Aber das schockierendste Merkmal seiner Erscheinung, der Magnet, der jeden Blick im Raum anzog, waren seine Augen.

Sie schienen wie Himmelslichter. Sein Gesicht spiegelte ihren Glanz, obwohl es schmutzig und befleckt war, mit dem Leuchten eines Seraphims wider. Dies war das Gesicht eines Mannes, der die Götter gesehen hatte.

Es vergingen ungefähr fünfzehn Herzschläge, bevor irgendjemand daran dachte, seine Ehrerbietung zu erweisen. Dann fielen die Ratgeber plötzlich auf ihre Knie, um sowohl den hypnotischen Glanz der Augen des Königs zu vermeiden als auch ihre Treue dem zu zeigen, den sie ein paar Augenblicke zuvor noch gemeinschaftlich für tot erklären wollten.

Eine Ewigkeit war kein Geräusch zu hören, außer dem dumpfen Klopfen der Pulsschläge und dem halb unterdrückten Keuchen der in Ehrfurcht versetzten Höflinge. Dann sprach der König mit der Stimme eines Mannes, der von einer Reise mit unberechenbarer Länge zurückgekommen war:

„Bringt Beltschazar zu mir."

Daniel schritt in die Kammer des Königs, sein Gesicht starr vor Angst und Anspannung. Der Befehl hatte ihn in Asarjas Haus erreicht. Der Läufer war wegen der Dringlichkeit der Botschaft völlig atemlos, in seinen Augen war das Weiße zu sehen. Nachdem Daniel erfuhr, dass er allein vor Nebukadnezzar erscheinen sollte, hatte er kaum noch einen richtigen Atemzug getan. Er trat zwei Schritte in den Raum hinein, dann einen dritten.

Dann sah er den Herrscher.

Das wirre verfilzte Haar, das schmutzige, zerlumpte Äußere – sofort wusste Daniel den Grund. Er hatte das alles vor seinem inneren Auge gesehen, als er mit vor Furcht ersticktem Atem Nebukadnezzar die Deutung seines Traums gegeben hatte. Er fiel auf seine Knie und konnte kaum sprechen. „Mein Herr", murmelte er schließlich, wobei er kaum wusste, ob er den sichtbaren König ansprach oder etwas Unsichtbares, das aber gegenwärtig zu sein schien.

Eine Zeit lang sprach Nebukadnezzar. Daniel hatte die Stimme des Herrschers nie so alt und so müde klingen hören, als hätte diese letzte Tortur die letzten Reserven der Lebendigkeit und Entscheidungsfreudigkeit aufgesogen, die ihn in all den Jahren vorangetrieben und getragen hatten.

„Beltschazar ... du ... du hast die Wahrheit gesehen und ausgesprochen."

Ein Gefühl der Furcht schoss duch Daniels Brust, sein

ohnehin schon schneller Puls begann zu rasen. Er selbst blieb stumm.

„Die Stimme ... mein Verstand ... alles genau, wie du es gesagt hast." Der Klang seiner Worte schwand und verstummte langsam; es war die Rede eines Mannes, der endgültig, unwiderruflich gedemütigt worden war. Langsam hob Daniel die Augen, bis er seinen König ansah. Nebukadnezzar lehnte schwach an einer Wand und starrte aus dem Fenster.

Die Stille dehnte sich so lange, dass Daniel dachte, er sollte ein paar Worte, ein paar Aufforderungen äußern, um den Herrscher von dem fernen Platz seiner inneren Vision zurückzurufen.

„Was seht Ihr, mein König?", fragte Daniel sanft.

Nebukadnezzar seufzte. „Nur eine Stadt, Beltschazar. Eine Stadt, die ich einst regiert habe."

„Aber mein Herr ist immer noch der König! Niemand würde es wagen, zu sagen –"

„Nein Beltschazar", erklärte der Herrscher und schüttelte den Kopf. „In der Zeit ... in der Zeit, in der ich fort war ... habe ich die Identität des wahren Herrschers von Babylon kennen gelernt." Er hob seine Augen und das Licht strahlte in ihnen. Daniel fühlte, wie sein eigenes Gesicht vor Verwunderung über die strahlende Gewissheit Nebukadnezzars zu glänzen begann.

„Ich kann nie wieder glauben, dass ich an diesem Ort regiere", versicherte der König, während ein wehmütiges Lächeln über seine Gesichtszüge glitt. „Nun, da ich weiß ..."

Eine ungeheure Stille hüllte den Raum ein, als beide Männer sich im Tempel ihres eigenen Herzens niederbeugten und jeder auf seine Weise nachdachte, sich erinnerte, fragte, anbetete.

„Mein König, Ihr seid in meinen Augen niemals größer gewesen als in diesem Moment", sagte Daniel mit weicher Stimme.

Nebukadnezzar schaute Daniel stumm an. „Ich danke dir, Beltschazar ... mein Freund. Am Ende eines Lebens der Eroberungen und der Herrschaft beginne ich vielleicht doch endlich, den Weg wahrer Größe zu lernen." Für einen Moment dehnte sich die nachdenkliche Stille zwischen den beiden wieder aus. Dann erklärte der König: „Ich frage mich, ob du eine Tontafel holen könntest. Ich würde diese Offenbarung gern festhalten, und ich glaube, du solltest derjenige sein, der sie niederschreibt."

Als Daniel mit der Tafel zurückgekehrt war, begann Nebukadnezzar:

„Nebukadnezzar, König von Babylon; an alle Völker, Nationen und Menschen jeder Sprache, die auf der ganzen Welt leben. Es möge euch wohl ergehen!

Es gefällt mir, euch über die Zeichen und Wunder zu berichten, die Gott, der Höchste, meinetwegen hat geschehen lassen ..."

Nachdenklich bewegte Gaudatra den Krug aus gebranntem Ton in kleinen Kreisen vor sich auf dem Boden. Während er mit einem Auge einen Blick auf seinen Gastgeber warf, fragte der Gesandte: „Also. Für meine Treue und meinen Beistand seid Ihr bereit, meine Macht in Zentralmedien und nordwärts am Ostufer des Tigris entlang auszudehnen?"

Kurasch nickte ruhig.

„Aber was hindert mich daran, meine eigene Vereinbarung mit Asturagasch zu treffen, vielleicht hierher zurückzukehren als Anführer einer Armee, die Euren Abfall strafen soll? Warum sollte ich nicht behalten, was ich schon habe, und Eure Gebiete meinem Herrschaftsbereich hinzufügen?"

Kurasch gab keine andere Antwort als ein schlaues Lachen.

„Ach ja ...", grübelte Gaudatra. „Eure Bergpässe und die unvorhersehbaren Lawinen ..."

„Das und die unbestrittene Treue aller Stämme der Parsen", fügte Kurasch hinzu. „Nach den Schwierigkeiten, die du hättest, hierher zu kommen, würdest du ein großes Heer sehr kriegerischer Reiter vorfinden, die bereit sind, ihr Heimatland bis zum letzten Blutstropfen zu verteidigen."

Gaudatra spielte mit den goldenen Flechten in seinem Bart. Wieder zielte er mit einer Frage auf den jungen lächelnden König von Anschan. „Aber warum ich? Warum wendet Ihr Euch an den Herrscher der reichsten Provinz Mediens? Wie konntet Ihr annehmen, Kurasch, dass es leicht sein würde, mich von Eurer Sache zu überzeugen?"

„Das ist König Kurasch", knurrte Gobhruz warnend von seinem Sitz in der Ecke aus. Kurasch machte eine beruhigende Handbewegung in Richtung seines Lehrers.

„Weil du der Herrscher der reichsten Provinz Mediens bist", beantwortete Kurasch die Frage. „Du hast wesentlich weniger Gründe als irgendein anderer Vornehmer in Medien, die verschwenderische Lebensweise deines Herrn zu tolerieren. Wie lange war Elam nur der Brotkorb Ekbatanas? Wie lange hat es die unersättlichen Bäuche der Herren von Medien gefüllt? Und wie lange kann es damit fortfahren, die besten Früchte seiner Felder und Flüsse in den Norden nach Ekbatana zu senden, wenn so wenig in den Süden zu ihm zurückfließt?" Kurasch beobachtete sorgfältig das Gesicht des Fürsten der Provinz, während seine Worte ihr Ziel erreichten. „Du und ich, wir wissen, Gaudatra: Asturagasch ist nicht wie sein Vater. Uvakhschatra verstand wenigstens etwas von der Wirtschaft im Reich, wenn er auch boshaft und rachsüchtig war. Wenn jemand von seinem Format auf dem Thron in Ekbatana säße, dann hätte jemand wie ich keine größere Chance als ein Murmeltier im Nest eines Adlers. Aber Uvakhschatra ist schon viele Jahre tot, und sein Sohn versteht wenig, außer seinen eigenen Gelüsten. Überlege selbst und sieh, ob ich nicht Recht habe."

Gaudatra überdachte diese Worte für eine Weile. Draußen konnte man das Geräusch von spielenden Kindern und Hunden hören. Der Provinzvorsteher schob sich noch etwas Ziegenmilchjoghurt in den Mund. Während er langsam schluckte, stellte er eine letzte Frage.

„Wenn ich alles zugestehe, was du sagst, König Kurasch, welchen Vorteil außer der möglichen Unterwerfung der Gebiete, die du erwähntest, wird die Provinz Elam von einer parsischen Monarchie haben? Und warum gehst du in Richtung Medien vor? Liegt nicht leichtere Beute im Osten?"

Kurasch erhob sich, lächelte und strich sich über den Bart, während er langsam um den Tisch ging, an dem Gaudatra saß. „Was die Frage des Gewinns für Elam anbelangt: Wenn die herrscherliche Hauptstadt meines Gebiets sich eher in Susa befände als in Ekbatana, wäre das nicht ein Vorteil für das Volk von Elam – und seinen Führer?" Er schaute verstohlen auf Gaudatra, dessen nachdenkliches Gesicht Kurasch alles sagte, was er wissen musste.

„Was deine zweite Frage anbelangt ..." Kurasch machte eine Pause, während er sich an die Enttäuschung eines jungen Knaben erinnerte, eines Sohnes und Enkels von Königen. Er entsann sich eines staubigen demütigenden Ritts nach Babylon, einer Stadt, deren Mauern so breit waren, dass zwei Streitwagen nebeneinander auf ihr entlangfahren konnten. Er rief sich ein Versprechen ins Gedächtnis, das er sich selbst gegeben hatte und seinem Freund und Beschützer, der so ruhig in der Ecke an seinem Platz saß. „Wir wollen es so ausdrücken, Gaudatra", sagte er sanft, drehte sich um und erfasste den Gesandten mit seinen bedrohlichen bernsteinfarbenen Augen. „Ich bin nach etwas auf der Suche. Und das Ziel meiner Suche liegt westlich, nicht östlich."

16

Der Chor der bestellten Klagenden schritt langsam vorüber. Jeder Sänger war in die gleiche weiße Trauerkleidung gehüllt, jede Wange war glatt und sauber als offizielles Merkmal der Trauer aufgeschlitzt. Als sie an den schweigenden Menschenmassen vorbeigingen, die sich auf beiden Seiten der Aibur Schabu drängten, sangen sie ein sorgfältig geprobtes Lied zum Begräbnis Nebukadnezzars, dessen einbalsamierter und geschmückter Leichnam hinter ihnen auf einer schimmernden goldenen Bahre folgte.

Ein letztes Mal stellte sich die Bevölkerung Babylons an der Prozessionsstraße auf, um in düsterer Faszination zu beobachten, wie der Leib Nebukadnezzars, des einzigen Herrschers, den alle, sogar die ältesten Babylonier gekannt hatten, auf seinem Weg zum Esagila an ihnen vorüberzog. Dort würde er seine letzte Weihe durch die Priester des Marduk erhalten.

Awil-Marduk schritt feierlich hinter der Bahre seines Vaters und bemühte sich mit jeder Faser seiner Person, königlich zu erscheinen. Hinter der pflichtbewussten nüchternen Fassade jedoch schrie ein ängstliches Kind stumm um Hilfe. Der neue König fühlte sich jetzt schon in der Falle, umgeben von den erstickenden Einschränkungen, der Bürde seiner ererbten unvermeidbaren Verpflichtung. *Warum?,* rief er stumm den Ohren seines Vaters zu. Warum hast du mir das angetan?

Ein wenig dahinter und etwas seitlich von Awil-Marduk ging Nergal-Scharezer und ließ seinen Blick unauffällig auf seinen Schwager, den neuen König, fallen. Ein unbeabsichtigtes Grinsen umspielte seine Lippen, während er das Profil dessen betrachtete, der nun die Herrschaft über Babylon ohne die geringste andere Befähigung als den Zufall seiner Geburt antrat. *Aber das kann behoben werden,* sagte sich der Prinz und dachte an seine Unterhaltung mit dem obersten Minister. Awil-Marduk konnte wohl den Mantel erben, aber man musste erst noch sehen, wie lange er auf seinen Schultern bleiben würde ...

Daniel folgte dicht hinter der Bahre und der Familie des Königs in der ersten Reihe der Vornehmen und Hofbeamten, denen es die Pflicht vorschrieb, bei der letzten Prozession des Königs mit dabei zu sein. Während er weiterging, dachte er an die letzten Tage dieses Königs, der ihn vor so langer Zeit in diese Stadt gebracht hatte, ihn in den inneren Rat seines Reichs befördert, dann erniedrigt und zuletzt wieder in die schwindenden Strahlen des Sonnenuntergangs seines Lebens erhoben hatte.

Etwas hatte den König nach seiner Erfahrung im Himmelsgarten verlassen – und etwas war hinzugefügt worden. Es schien, als hätte Nebukadnezzar von diesem Tag an auf die Dinge dieser Welt verzichtet. Daniel kam es so vor, als ob er das Interesse verloren hätte, sein sterbliches Leben aufrechtzuerhalten, und wäre stattdessen in eine Art Vorwegnahme von etwas noch Unsichtbarem getreten – als ob er seinen Kopf gereckt hätte, um herauszufinden, was im Jenseits auf ihn warten mochte.

Das Feuer, die Dringlichkeit, der überspringende Funke in seinen Befehlen, die Eigenschaften, die Attribute, die ihn für Jahrzehnte zum Vorbild des Reichs gemacht hatten, alles das war verschwunden, so plötzlich abgestreift, wie man einen Umhang ablegt, der nicht mehr benötigt wird. Stattdessen hatte Nebukadnezzar eine Art von amüsiertem Abstand von den Angelegenheiten des Staates gezeigt, ein müdes wissendes Ablegen des Geschirrs, das er sich selbst beim Tod seines eigenen Vaters vor so vielen Jahren angelegt hatte. Er hatte aufgehört, ein König zu sein und war stattdessen ein müder alter Mann geworden, der bereit war, den Tod zu akzeptieren ... und ihn sogar zu umarmen.

Daniel fragte sich: Was hatte Gott in die Ohren des Menschen geflüstert, dessen Körper nun dort vorn auf der Bahre lag? Wie hatte das furchterregende Zusammentreffen mit dem allein Heiligen Nebukadnezzar so altern lassen, dass er seinen Blick so plötzlich von den glitzernden eingefahrenen Gewohnheiten seines Lebens abwenden und verletzlich hatte werden können, weil er die Finsternis des Scheol vor Augen gehabt hatte?

Und was stand nun dem Reich bevor, was den Auserwählten? Bis auf wenige Jahre hatte Nebukadnezzar in Daniels täglichem Dasein immer eine zentrale Rolle gespielt: Der Gegner, den man fürchten musste, oder der Beschützer und Gönner, dem man diente. Nun war er fort. Wen mochte der Herr des Himmels wohl emporheben, um den Platz zu übernehmen, den Nebukadnezzar geräumt hatte?

Nabu-Naid schritt an seinem Platz in den Rängen der Höflinge mit. Sein trauerndes Gesicht verdeckte die gespannte Erwartung, die in seiner Brust hämmerte, wie eine Maske. Seitdem das erste zögerliche Klagen der Priester den Tod des Herrschers angekündigt hatte, spürte der oberste Minister die berauschende Wirkung eines Plans, der sorgfältig vorbereitet und nun reif zur Ausführung war. Jetzt, da der mächtige Nebukadnezzar aus dem Weg war, fühlte er seine Zeit endlich gekommen.

Er machte sich keine großen Sorgen über seinen endgültigen Erfolg. Dazu hatte er zu viel Zeit investiert und seine Vorbereitungen zu sehr abgesichert, um seine Chancen auf ein Gelingen zu überschätzen. Mit den Jahren war er sich seiner Schlauheit und Listigkeit so sicher geworden, dass er wusste, die einzelnen Teile fielen genau an ihren Platz.

Er schaute nach links und bemerkte die Umrisse Beltschazars. Nabu-Naid war ein wenig verwirrt über diesen Burschen. In all den Jahren, in denen sich die Leute am Hof in ihren eigenen Taktiken gefangen hatten, war dieser Beltschazar nie in irgendeine Intrige verwickelt. Und doch behielt er seine Position und sein Ansehen beim König, ja, er kehrte sogar aus der Ungnade zurück und marschierte nun in den vordersten Rängen der Vornehmen! Was war Besonderes an diesem Hebräer, das ihn dazu befähigte, so mühelos Immunität vor den Launen des Schicksals zu genießen? Nabu-Naid beschloss, Beltschazar in seiner Nähe zu halten. Ein Führer brauchte Glück – vielleicht würde die Nähe zu Beltschazar das gewähren ...

Adad-ibni schaute nach vorn und entbrannte jedes Mal vor

Zorn, wenn sein Blick auf Beltschazar fiel, der einen besonderen Ehrenplatz in der Nähe des toten Herrschers innehatte. Wie war das möglich? Warum spielten die Götter ihm so übel mit, indem sie ihn mit diesem Juden verhöhnten, den man niemals endgültig loswerden konnte?

Adad-ibni hatte gerade noch eine Katastrophe verhindern können, als die letzten Vorbereitungen an der Leiche des Königs vollendet wurden. Es sah so aus, als ob Nebukadnezzar diesem verhassten Juden etwas auf eine Tontafel diktiert hatte, das auf sein seltsames siebentägiges Verschwinden als eine Heimsuchung durch den Gott Beltschazars anspielte! Als wäre es nicht schon genug gewesen, Beltschazar wieder in Gnaden am Hof zu haben. Eine öffentliche Verkündigung der Macht seines Gottes sollte auch noch Teil der öffentlichen Aufzeichnungen der Regierung Nebukadnezzars werden; der Gedanke daran ließ den Magier sogar jetzt erschaudern. Glücklicherweise war er in der Lage gewesen, alle vom Original kopierten Tafeln zu finden und zu vernichten, und es war ihm gelungen, das Original bei den Priestern von Marduk zu „lagern". Er zweifelte nicht daran, dass ihr Eigeninteresse das endgültige Schicksal dieser abscheulichen Tafel bestimmen würde.

Aber trotz allem, da ging Beltschazar immer noch, nicht einmal zwei Schulterbreit von Nabu-Naid selbst entfernt! Und Adad-ibni hatte gedacht, der oberste Minister sei sein Verbündeter. Innerlich kochend vor Wut ging der Seher weiter ...

Daniels Finger glitten an seinem Trauergewand hinab, während er weiterging, und ertasteten das kleine raschelnde Päckchen, das in seinem Gürtel versteckt war. Er lächelte in sich hinein. Die Pergamentkopie der Schilderung des Königs, die er in seinem Gürtel trug, gab ihm Trost in diesen unsicheren Tagen. Unabhängig von der Feindschaft Adad-ibnis und der anderen versicherten ihm seine Finger, während sie die Umrisse des Pergaments entlangfuhren, dass ein Gott existierte, der Könige erhob und erniedrigte, der sich an seine Versprechen erinnerte und der sein Volk bewahren konnte.

Indravasch, der Befehlshaber der medischen Armee, stieg von seinem Pferd. Er ächzte bei dem Versuch, seinen alten schwerfälligen Körper aus dem Steigbügel zu heben. Dann humpelte er, steif vom Reiten, auf die Tür von Egibi und Söhne zu.

Der Sklave an der Tür schaute ihn von oben bis unten mit einem kühlen abschätzenden Blick an. Indravasch, der auf seinen Reisen dieser Art schon so oft an diese Tür gekommen war, musste seinen Ärger im Zaum halten. In diesen letzten Jahren wurde er nicht mehr so salbungsvoll empfangen wie früher. Egibi schickte keinen Jungen mehr in den Keller, um einen kühlen Trunk Bier zu holen. Ihr Geschäft wurde nicht mehr hinter verschlossener privater Tür, unter Egibis persönlicher Überwachung abgeschlossen. Die Behandlung, die dem Gesandten des Königs Asturagasch jetzt gewährt wurde, war gerade noch eine Formalität.

Indravasch wusste den Grund, obwohl er es nicht offen zugeben wollte. Asturagasch verlor die Kontrolle über das weit verstreute Reich, das sein Vater aufgebaut hatte. Woran lag es nur bei den Königen, fragte sich der alte Befehlshaber, dass ihre Kinder so oft gehemmt waren, die Stärke ihrer Väter zu empfangen? Pferde konnten durch Züchtung verbessert und gestärkt werden, warum nicht Menschen?

Der Sklave an der Tür war mit irgendeinem niedrigeren Angestellten aus Egibis Geschäft zurückgekommen. „Folgt mir bitte", hatte der Angestellte lustlos verkündet und war wieder in das Haus gegangen, wobei er sich keine Mühe gab, sicherzustellen, dass Indravasch folgte. Leise vor sich hin schimpfend, humpelte der alte Meder hinterher, während er das Bündel trug, das Asturagasch zur Verpfändung gesandt hatte.

Der Diener bedeutete Indravasch, sich auf eine Palmholzbank direkt vor dem Raum, in dem das Geld eingenommen wurde, zu setzen, und ging fort, um andere Pflichten zu erfüllen.

Indravasch schaute sich um: Offensichtlich war Egibi so wohlhabend wie eh und je. Sklaven und Schreiber eilten in die Kammer hinein und wieder heraus. Einige von ihnen trugen Urkunden über verliehenen Besitz oder Handelsdokumente, andere schleppten Taschen mit Silber, Bündel mit Gewürzen und verschiedene andere Gegenstände. Niemand schaute zu dem staubigen alten Mann, der einen abgetragenen Lederbeutel hielt. Indravasch sank müde auf die Bank zurück. Er hatte keine andere Wahl, als zu warten.

Bald kam Egibis jüngster Sohn aus dem Kontor und wischte sich geschäftig den Staub von den Händen. Mit energischen Schritten näherte er sich Indravasch, während er ein geschäftsmäßiges Lächeln aufsetzte. „Seid gegrüßt, edler Indravasch. Ich hoffe, dass Ihr nicht zu lange gewartet habt. Lass mich sehen, was Ihr uns diesmal mitgebracht habt." Erwartungsvoll betrachtete er den Beutel auf Indravaschs Schoß.

Der Meder griff hinein und zog behutsam eine Statue hervor. An der matten gelblichen Farbe und der Kraftanstrengung Indravaschs, als er das Stück emporhob, konnte Egibis Sohn erkennen, dass es aus purem Gold gegossen war, schwer und sehr kostbar. Es war die Figur eines Pferds. Seine Augen bestanden aus kleinen Smaragden, seine geblähten Nüstern aus Rubinen. Die Zähne des Tiers waren aus Staubperlen geformt, gleichmäßig in die fein gearbeitete Linie des geöffneten Mauls eingesetzt. Ein juwelenüberzogener Sattel und ebensolches Zaumzeug bedeckten das Tier, und es stand, den einen Huf erhoben, als wäre es sprungbereit, um davonzugaloppieren, sobald man es auf den Boden setzte. Der Geschäftsmann erkannte sofort, dass die Figur eine sehr sorgfältig gefertigte Handwerksarbeit war und daher ziemlich wertvoll sein musste, ganz zu schweigen von dem Wert des Goldes allein.

Vorsichtig nahm er die Figur in seine Hand, drehte sie hin und her und untersuchte das Stück eifrig nach Fehlern oder Mängeln, irgendetwas, das seinen Wert für den Sammler herabsetzen würde. Es gab keine. Es war ein ausgezeichnetes Stück; Egibis Sohn konnte sich vorstellen, dass Asturagasch sich nur widerwillig davon getrennt hatte.

Er setzte die Figur behutsam auf den niedrigen Tisch neben der Bank und verzog seinen Mund ein wenig, während Indravasch ihn erwartungsvoll anschaute.

Der Geschäftsmann blickte den Meder scharf an. „Vierzig Mana", sagte er schließlich.

Indravasch traten vor Fassungslosigkeit die Augen aus dem Kopf. „Vierzig Mana?" Er starrte ihn wütend an, die Adern auf seiner Stirn traten hervor. „Das Gold in dieser Statue allein beläuft sich beinah auf ein Talent! Das ist eine Beleidigung!"

Egibis Sohn zuckte mit den Schultern. „Edler Indravasch, Ihr seid nicht daran gebunden, mein Angebot anzunehmen. Es gibt andere Händler –"

„Ihr wisst ganz genau, warum Asturagasch zu Euch kommt", knirschte Indravasch. „Er kann wohl kaum zulassen, dass die Priester von Marduk Eurem neuen König ins Ohr flüstern, dass Medien die Schätze aus dem Königshaus versteigern muss, um seine Truppen zu bezahlen!"

Der Sohn Egibis starrte ihn mit kaltem Blick an, sein Gesicht zeigte keinerlei Regung. „Edler Indravasch, das hier ist ein Handelshaus. Wir sehen es nicht als unsere Aufgabe an, mit den Kunden über politische Angelegenheiten zu diskutieren –"

„Ihr seht es nicht als Eure Aufgabe an?", spottete der Meder, während er ärgerlich auf seine Füße sprang. „Seit wann war die Politik denn nicht Euer Geschäft? In besseren Tagen, als Asturagasch starken Druck auf Nebukadnezzars östliche Grenze ausübte, hat sich Euer Vater fast überschlagen, um dem König Geld zu leihen, wann immer er darum gebeten wurde und zu großzügigeren Bedingungen, als er sie seinem eigenen Volk gewährte. Aber jetzt", knurrte er, „wo Krösus und seine Lydier an unserer Nordgrenze herumnagen, jetzt, wo dieser Emporkömmling Kurasch seine Abgaben zurückhält und an unserer Südostflanke Kriegslärm veranstaltet, bietest du mir vierzig Mana für ein Kunstwerk, das mehr wert ist als die Haut eines jeden Sklaven in diesem Haus!"

Der medische Befehlshaber atmete schwer, die Zähne entblößt, während der Händler immer noch mit kühlem gefühllosem Ausdruck dasaß. Von Indravasch nicht bemerkt, sammelte sich eine Gruppe bewaffneter Sklaven hinter dem Meder, die bereit waren, jede körperliche Bedrohung ihres Herrn abzufangen.

Egibis Sohn ließ einige Augenblicke der Peinlichkeit verstreichen und sagte dann ruhig: „Herr Indravasch, Ihr habt das Angebot von Egibi und Söhne gehört. Es ist das Einzige, das Ihr bekommt. Ihr könnt bleiben oder gehen, wie Ihr wollt."

Er tat, als würde er gehen, lächelte aber insgeheim, als er die gedämpfte besiegte Stimme des Meders hörte. „Wartet", sagte Indravasch zerknirscht. Egibis Sohn wandte sich dem Befehlshaber wieder zu, wobei er seine Gefühle verbarg und einen neutralen fragenden Gesichtsausdruck aufsetzte.

Der Meder schaute lange auf die wertvolle Statue. Seine Schultern waren resigniert zusammengesackt. Unfähig, dem Händler ins Gesicht zu schauen, sagte er: „Also gut. Wiege das Silber ab!"

Egibis Sohn gab einem wartenden Schreiber ein kurzes Zeichen, der sich beeilte, das Nötige zu veranlassen. „Danke, edler Indravasch", sagte der Händler energisch und fröhlich. „Ich danke Euch, dass Ihr uns ein Angebot habt machen lassen. Ich hoffe, Ihr werdet schnell und sicher nach Ekbatana zurückkehren." Dann entfernte er sich geschäftig, während seine Gedanken sich schon wieder anderen Dingen zuwandten.

Hinter ihm beobachtete Indravasch niedergeschlagen, wie die Waage den schäbigen Wert der Zukunft seines Herrn abmaß.

Awil-Marduk schritt nervös am Ende der Ratskammer hin und her. Die Personen am Tisch schauten unruhig auf und bemerkten den hektischen Gang des Königs. Die Versammlung hatte bereits den größten Teil des Morgens gedauert, und mehrere wichtige Angelegenheiten bedurften noch der Aufmerksamkeit des Königs. Aber dieser wurde umso rastloser, je länger das Treffen dauerte, bis er der Diskussion zuletzt anscheinend nur noch die dürftigste Beachtung schenken konnte. Niemand wusste genau, wie er mit diesem merkwürdigen Verhalten umgehen sollte.

Nabu-Naid räusperte sich diskret und sagte: „Eure Majestät wünschen höchstwahrscheinlich, die Zusammenfassung des letzten Berichts noch einmal zu hören? Ich glaube, mein König war abgelenkt, als der Botschafter seine Aussage machte."

Awil-Marduk blieb mit erschrockenem Gesichtsausdruck stehen. Er schaute den Rat einige peinliche, erwartungsvolle Augenblicke an. Es wurde jedem im Raum schmerzlich offenbar, dass der Herrscher nicht die blasseste Ahnung hatte, welches Thema gerade besprochen wurde. Dann fragte er: „Beltschazar?"

„Ja, mein König", antwortete der erhabene silberbärtige Beamte.

„Ich denke gerade daran, dass ich nie die Gefangenen gesehen habe, die mein Vater einsperren ließ. Sollte ein neuer König nicht einige Gefangene freilassen?"

Von den willkürlichen Gedankensprüngen des Königs in Verlegenheit gebracht, betrachtete Beltschazar eingehend den Saum seines Ärmels. Gegenüber am Tisch unterdrückte Nergal-Scharezer ein Lachen.

„Ja, mein König", antwortete Beltschazar schließlich. „So etwas wird manchmal zu Beginn einer neuen Königsherrschaft gemacht ... als ein Zeichen des guten Willens." Erneut wurde der Raum in ein langes quälendes Schweigen gehüllt.

„Sehr gut, also dann", platzte der abgelenkte junge König heraus, „bring mich sofort zu den Gefängniszellen."

Beltschazar schaute verwirrt über den Tisch, dann wieder auf Awil-Marduk und fragte: „Ich, mein König?"

„Ja natürlich", brüllte der Monarch mit einer Schärfe, die durch sein Unbehagen erzeugt wurde. „Ich wünsche die Gefangenen zu sehen. Sofort."

Beltschazar zuckte mit den Schultern, während er die anderen anschaute, und erhob sich vom Tisch. „Wie Ihr wünscht, mein König."

Die Wache am Fuß der Treppe verbeugte sich, als die beiden sich näherten, etwas überrascht, den König an diesem Ort der Zitadelle zu sehen.

„Was für Gefangene werden in der Zitadelle festgehalten?", fragte Awil-Marduk, als er und Beltschazar ihren Weg durch die unangenehm feuchten Gänge antraten.

Beltschazar holte tief Luft, bevor er antwortete. „Die meisten Gefangenen hier sind politische Gefangene, mein König. Personen mit königlichem oder edlem Blut aus eroberten Ländern, die hier als Geiseln gefangen gehalten werden, besiegte Heerführer, bezwungene Könige –"

„Könige?", fragte Awil-Marduk scharf. „Könige an diesem Ort?"

Beltschazar schaute vorsichtig in das Gesicht des jungen Mannes. „Ja, mein Herr", antwortete er sanft. „Euer Vater hat viele Länder und viele Völker erobert. Und nicht alle von ihnen haben sich seiner Autorität leicht gebeugt. Manchmal war es nötig, ziemlich strenge Maßnahmen zu ergreifen ..." Die Stimme des Wesirs verlor sich in trauriger Erinnerung. Dann war es still.

Awil-Marduk streckte seine Hand aus und legte sie auf die Schulter des älteren Mannes. „Beltschazar, ich weiß, mein Vater vertraute dir. Ich ... ich muss es dir sagen, weil ich niemand sonst kenne, dem ich es erzählen könnte ... Ich – ich weiß nicht, wie ich König sein soll, Beltschazar." Die Augen, die den Wesir unter der Herrscherkrone anschauten, waren verzweifelt und voll Kummer. „Ich bin nicht wie mein Vater, Beltschazar. Ich habe keine Freude an dieser", er wies auf ihre Umgebung, „an dieser Unterjochung, an Entscheidungen, wer leben und wer sterben soll."

„Aber, mein König –"

„Ich bin kein König! Andere mögen mich so nennen. Aber auch, wenn man mich so nennt, muss ich noch lange kein König sein. Ich habe es nie gewollt. Aber es hat mich trotzdem erwischt. Warum hört mir niemand zu?"

„Hier, Junge. Ich werde zuhören."

Der König und sein Wesir schauten einander erschrocken an. Die Stimme kam aus einer der dunklen vergitterten Eingänge der vielen Zellen entlang des mit Fackeln erleuchteten Korridors. Eine unnatürliche Faszination zog Awil-Marduk zu der Öffnung und dem ausgemergelten Gesicht im Dunkel, das dort wartete.

„Wer bist du?", fragte der Herrscher Babylons sanft.

„Ich weiß es nicht", antwortete die Geisterstimme in der

Zelle. „Einst war ich bekannt als Jekonja, König von Juda. Aber jetzt ... ich weiß es nicht ..."

Bei der Nennung des Namens fühlte Daniel einen Schauder den Rücken hinunterlaufen. Der verlorene König seines Volkes, der als noch zarter Jüngling an diesen Ort gebracht worden war! Er eilte zu den Gitterstäben an der Tür und flüsterte ehrfurchtsvoll: „Konja! Bist du es wirklich?"

Eine Zeit lang herrschte völlige Stille, nur unterbrochen vom zischenden Flackern der Fackeln an den Wänden. „Wie lange ist es her, dass mich irgendjemand bei diesem Namen gerufen hat!", stöhnte der Gefangene. „Du musst in Juda gewesen sein, Freund, um mich gekannt zu haben."

„Ich bin Daniel, der Sohn des Kemuel", entgegnete der Wesir, während er sich nah an die Stäbe drückte. „Ich kam fast zur selben Zeit nach Babylon wie du, obwohl ...", Daniel unterbrach sich, während er befangen Awil-Marduk anschaute, der stumm neben ihm stand, „unter besseren Umständen, fürchte ich."

Awil-Marduk fragte: „Wie lange hast du in Juda regiert, Jekonja?"

Der arme Kerl im Dunkeln neigte seinen Kopf und dachte nach. „So lange her, so lange ... Ich war erst ein Knabe, als mein Vater starb und sie mich zum König machten ..."

Daniel fühlte, wie Awil-Marduk neben ihm erstarrte, während Jekonja sprach.

„Es kann nicht länger als ... als drei Monate sein. Drei Monate, vielleicht."

„Du ... Als sie dich zum König machten", fragte Awil-Marduk unsicher, „hattest du Angst?"

Ein gespenstisches Lachen entwich den trockenen Lippen des Gefangenen. „O ja", erwiderte er. „Ich war ein erschrockenes Kind, in das Gewand eines Königs gekleidet."

Awil-Marduks Finger zuckten, als hätte er das Verlangen, sich nach diesem Menschen auszustrecken, der durch den Ehrgeiz seines Vaters in Gefangenschaft geraten war, um zu heilen – oder selbst Heilung zu empfangen. Er wollte den Jungen aus dem gierigen Griff einer Zeit der Unversöhnlichkeit zurückgewinnen, der einst in diese Zelle eingeschlossen wurde und keines anderen Verbrechens schuldig war als des Zufalls seiner Geburt. Wie gut kannte er das Gefühl, in die Falle des Unvermeidbaren gelaufen zu sein, ohne etwas dagegen tun zu können.

Während er sich an seinen Wesir wandte, beschloss Awil-Marduk die erste überzeugte Entscheidung seiner Regierungszeit. „Beltschazar, ruf die Wache! Ich wünsche diesen Gefangenen freizulassen."

17

Nabu-Naid betrachtete den Mann, der auf dem bestickten Kissen in seinem Privatgemach saß, sehr sorgfältig. Er trug das Gewand eines Reiters, seine Kleidung war staubig und verschwitzt von der langen Zeit, die er auf seiner Reise hierher im Sattel verbracht hatte. Er sprach Aramäisch, das einen leichten medischen Akzent besaß. Er behauptete, ein Gesandter des Kyrus zu sein, Kurasch wie sie ihn in Susa nannten, der in den Gebieten östlich des Tigris so viel Aufsehen erregte. Dieser Bote war, nur von einem anderen Reiter begleitet, am Tor des Palasts erschienen. Beide ritten auf prachtvollen nisäischen Rossen, den Pferden, die von den Persern in den Hochtälern und Ebenen ihres weit entfernten Landes gezüchtet wurden.

Der oberste Minister war von den Möglichkeiten dieses Treffens fasziniert. Einer seiner sehnlichsten Wünsche war, Haran und seine Umgebung von den Medern dort zu säubern. Konnte Kyrus als ein Druckmittel benutzt werden, um den Zugriff von Astyages auf die Stadt seiner Vorfahren zu lösen?

„Man sagt, Kyrus beabsichtige, sein Herrschaftsgebiet auszudehnen", begann Nabu-Naid. „Wie weit glaubt dein Herr, sich ausstrecken zu können?" Seine dunklen Augen beobachteten genau die Reaktion des Boten auf solch einen direkten Vorstoß.

Die bernsteinfarbenen Augen des Boten wichen den Augen des Ministers nicht aus, sein Gesicht war eine entspannte, unleserliche Maske. „Darüber hält mein Herr seinen eigenen Rat ab", stellte der Perser fest und wich damit der Frage des obersten Ministers geschickt aus. „Ich bin nach Babylon gesandt worden, um die Einstellung Eures Königs über die mögliche Absicht meines Herrn, Medien zu erobern, festzustellen. Was wird sein Standpunkt dazu sein?"

Parade und Stoß. Nabu-Naid mochte den Stil dieses Ausländers; er zahlte ihm mit gleicher Münze zurück. Mit neuer Vorsicht verzog er seine Lippen, bevor er antwortete. „Man könnte deinen Herrn in seiner Verachtung der Macht des Armes Astyages für dreist halten. Die Meder haben weite Gebiete länger beherrscht als du lebst."

Der Perser lächelte. Nabu-Naids Augen wurden groß bei der Antwort, die er jetzt hörte. „Die Feinde meines Herrn haben über seine Dreistigkeit häufig Bemerkungen gemacht", sagte der Gesandte, „aber er hat sich nicht in der Lage gesehen, seine Gewohnheit zu ändern. Die meisten von denen, die an seinem Ungestüm Anstoß nahmen, sind inzwischen entweder seine Vasallen oder tot."

Solche Zuversicht, dachte Nabu-Naid, war entweder gut begründet oder glatter Selbstmord. Er beabsichtigte, sich später damit zu beschäftigen und formulierte seine nächste Frage. „Wie bald würde Kyrus gegen Medien vorgehen?"

„Die Antwort hängt von der Einstellung Eures Königs ab", erwiderte der Perser. „Mein Herr wäre schlecht beraten, eine frühe Offensive vorzubereiten, ohne zu wissen, ob er gezwungen sein könnte, den vereinten Streitkräften von Babylon und Medien gegenüberzustehen."

Wieder eine schnelle Parade. Um Zeit zu gewinnen, fragte der Minister: „Warum glaubt Kyrus, Babylon könnte sich mit Medien verbünden?"

„Ihr wart Verbündete gegen die Assyrer, oder etwa nicht? Ist nicht meine eigene Familie unter dem Banner Uvakhschatras geritten, zusammen mit den Reitern der Chaldäer? Die Erinnerungen der Parsen sind nicht so kurz, dass wir leichthin eure Neutralität in dieser Sache annehmen könnten. Die Feinde von heute können die Freunde von morgen sein, und es ist immer am besten, möglichst zu wissen, wer wer ist."

Dieser Reiter kannte also seine Geschichte, dachte Nabu-Naid. Wenn Kyrus sich der Treue vieler solcher Leute wie dieses scharfsinnigen Mannes hier sicher war, dann konnte sein Wagemut in der Tat berechtigt sein. „Ich habe mit meinem Herrn Awil-Marduk nie über die von dir angeschnittene Sache gesprochen", gab Nabu-Naid zu. „Aber", fuhr er fort, während er zugleich den ungeduldigen Blick des Persers bemerkte, „ich glaube, ich kann sagen, dass seine, äh ... seine Unaufmerksamkeit schließlich als gesichert gelten kann."

Während der Perser dieses verhüllte Versprechen noch verarbeitete, grinste Nabu-Naid innerlich über den Witz, den er gerade selbst gerissen hatte. Unaufmerksamkeit, in der Tat – da konnte er sicher sein!

„Ich rate Euch zur Vorsicht!", warnte ihn der Perser schließlich. „Mein Herr kann doppeltes Spiel auf den Tod nicht ausstehen. Wenn Ihr gestattet, dass ich ihm dieses Wort, das Ihr mir gerade gegeben habt, überbringe, könnt Ihr sicher sein, dass er sich darauf verlässt. Wenn er enttäuscht wird ..."

Nabu-Naid hielt seinen Gesichtsausdruck sorgfältig neutral. Innerlich wehrte er sich entrüstet dagegen, in seiner eigenen Kammer von einem ausländischen Laufboten bedroht zu werden, selbst wenn es ein kluger Bote war. „Dein Herr kann sich auf die Worte verlassen, die hier in dieser Nacht gesprochen wurden."

„Sehr gut", stellte der Perser entschieden fest und erhob sich schnell vom Kissen. „Ich muss aufbrechen. Mein Herr wird sehr dankbar für Euer Verständnis sein."

Nabu-Naid senkte das Kinn auf seine Brust. Als er sich wieder aufrichtete, war der Geruch nach dem Schweiß von Pferden aus der Kleidung des Persers alles, was im Raum übrig geblieben war.

Als sein Begleiter sich rittlings auf sein Ross geschwungen hatte, fragte Gobhruz: „Hast du erfahren, was du wissen wolltest?"

Kurasch nickte grinsend mit dem Kopf. „Es gibt Strömungen und Gegenströmungen an diesem Ort, Gobhruz. Der oberste Minister ist ein Schakal mit der Geduld einer Schlange und dem Bauch eines Schweins. Wir haben ihn nicht zum letzten Mal gesehen – doch vielleicht fängt er sich in seiner eigenen Falle."

Während sie ihre Reittiere zügelten und aus dem Hof der Zitadelle in die Aibur Schabu gelangten, murmelte Gobhruz:

„Aber trotzdem kann ich immer noch nicht sehen, warum du deinen Hals für solche Botengänge wie diesen hier riskierst. Warum schickst du nicht einen andern?"

„Einige Dinge", antwortete Kurasch, als die Hufe der Pferde über eine Kanalbrücke klapperten, „muss man aus erster Hand erfahren."

Awil-Marduk lag ruhelos auf seinem Lager und wartete ungeduldig darauf, einschlafen zu können.

Durch das offene Fenster konnte er die leuchtende Scheibe des Mondes sehen, der auf seiner gemessenen Bahn zwischen den schimmernden Sternen der klaren chaldäischen Nacht entlanglief.

In den letzten paar Wochen hatte ein tiefes Gefühl des Wohlbefindens die Besorgnis seiner früheren Tage als Erbe auf dem Thron seines Vaters Schritt für Schritt ersetzt. Mit der Freilassung Jekonjas veränderte sich etwas in der Tiefe seiner Seele, eine beruhigende, eine blühende Zuversicht wuchs in ihm auf, als würde das Wissen über seine Freiheit, Barmherzigkeit zu erweisen, den erdrückenden Ernst seiner Verantwortung irgendwie mildern. Er hatte die ersten Züge seiner Identität als König von Babylon gefunden.

Dieses stille Hochgefühl war es, das ihn in dieser Nacht wach hielt, während er hinaus auf das strahlende Heer des Himmels schaute.

Die Veränderung im Wesen Awil-Marduks war in anderen Lagern ebenfalls bemerkt worden. Außerhalb der Königskammer, in einer dunklen Ecke, die außerhalb der Hörweite der neben der Tür postierten Leibwache lag, fand eine Besprechung im Flüsterton zwischen zwei Leuten statt, denen die zunehmende Kontrolle, die der neuerdings so zuversichtliche junge König ausübte, nicht so gefiel wie dem Rest des Hofs.

„Bist du sicher, dass das nötig ist?", fragte Nergal-Scharezer nervös. „Wenn wir entdeckt werden –"

„Wie sollten wir entdeckt werden, du Narr?", zischte Nabu-

Naid, der dabei zuließ, dass seine Ungeduld mit dem Prinzen seine Selbstkontrolle herausforderte. „Wie ich dir sagte, habe ich dafür gesorgt, dass die notwendigen Mitwisser, schweigen werden. Und ich habe Schritte unternommen, um die Schuld weit weg von irgendjemand innerhalb dieser Mauern zu legen." Seine mitternächtlich dunklen Blicke waren wie Peitschenhiebe gegen den besorgten Prinzen. „Die Schwächlinge, die früher einmal mit unserer Sache übereinstimmten, geraten jetzt ins Wanken, weil sie annehmen, dass Awil-Marduks Fähigkeiten sich verbessern. Aber du und ich, wir wissen es besser", beteuerte er heftig. „Wenn du auf dem Thron sitzen willst, musst du lernen, das zu tun, was notwendig ist. Wegen meiner Liebe für diese Stadt und ihr Königreich bin ich in der Lage, dieser unangenehmen Realität ins Auge zu schauen. Bist du es auch?"

Nergal-Scharezer, der sich vielleicht vor dem Mann, der vor ihm stand, genauso fürchtete, wie vor der Tat, die im Gang war, nickte zögerlich und ließ seinen Blick zu Boden sinken.

„Gut", brummte Nabu-Naid. „Jetzt geh und tue, was wir geplant haben, und ich werde mich um den Rest kümmern." Leise stahlen sich die beiden Männer von der königlichen Kammer davon.

Später, in tiefster Nacht, als sogar die Tiere, die die Nacht bevölkern, sich nicht mehr regten, eilte Nergal-Scharezer, nur mit einem leichten Nachthemd bekleidet, sehr aufgeregt auf die Tür des Königs zu.

„Wache!", flüsterte er zu dem Soldaten außerhalb der Tür. „Du musst dich beeilen! Während ich auf meinem Bett lag und nicht schlafen konnte, hörte ich draußen unter dem Fenster des Königs ein Geräusch! Ich habe Angst, dass Eindringlinge vielleicht vom Garten aus einen Weg zum Lager des Königs suchen! Komm mit!"

Die Wache zögerte, runzelte besorgt die Stirn und schaute von dem dringenden Gesichtsausdruck des Prinzen zur Tür der Pflicht.

„Na los!", zischte Nergal-Scharezer. „Ich habe eine andere

Wache herbeigerufen, deinen Posten zu übernehmen! Du bist die Nachtwache. Es ist deine Pflicht! Ich befehle es dir als Prinz!"

Ein Mann in der Kleidung der Palastwache trat, sich die Augen reibend, als wäre er gerade aus dem Schlaf gerissen worden, eilends aus dem Schatten der Halle. Der Leibwächter zögerte, dann wandte er sich an den Prinzen. „Zeigt mir die Stelle, mein Herr", sagte er mit leiser Stimme. Während sie davoneilten, drehte er sich zu dem verschlafenen Soldaten um. „Du bewachst den König", warnte er ihn. „Sieh zu, dass du wach bleibst!"

Die Ersatzwache nickte und nahm ihren Posten außerhalb des königlichen Schlafgemachs ein.

Während der Prinz und die Leibwache in Windeseile um eine Ecke im Korridor bogen, schlich Nabu-Naid aus dem Schatten heran. Er ging zur Tür des Königs und zog einen Schlüssel aus seinem Gewand hervor. Leise entriegelte er die schwere Eichentür, während die verkleidete Wache ihren Dolch zog. Dann trat Nabu-Naid einen Schritt zurück, um den bewaffneten Mann geräuschlos in die Dunkelheit des Raums schleichen zu lassen. Kurz darauf hörte der oberste Minister ein kurzes Rauschen von Bettwäsche, dann nichts mehr.

Die Schritte kamen leise zur Tür zurück, an der Nabu-Naid mit einem prall mit Silber gefüllten Beutel wartete. Der Handlanger wollte gierig nach dem Beutel greifen und sah den Dolch in der Hand des Ministers erst, als es schon zu spät war.

Auf dem Drachenthron sitzend schaute Nergal-Scharezer düster über die stille Versammlung in der großen Halle. Draußen brannte die glühende Hitze des Spätsommers auf die Mauern und Straßen Babylons hernieder, wo das Begräbnis des bejammerten Awil-Marduk soeben feierlich begangen worden war.

„Mein Volk", verkündete der neu eingesetzte Monarch, „die Götter werden den Verrat, der meinem lieben Bruder, eurem ermordeten König, angetan wurde, nicht ungestraft lassen. Der Dolch, der sein Leben raubte, trug ein medisches Zeichen. Die Mörder werden bestraft werden, auch wenn sie sich in der

Zitadelle von Astyages selbst verstecken sollten. Das schwöre ich als Regent des Marduk, der Untaten sieht und bereinigt."
Auf seinem Platz an der Seite des Königs grinste der oberste Minister innerlich. In der Tat. Die Götter würden diesen Verrat strafen. Er würde persönlich darauf achten.

Eine Welle sammelte sich in Medien, ein Sturm, der die Mauern und Wachtürme der Zitadelle in Ekbatana überrannte. Die Vornehmen und die Befehlshaber der Provinzen des Reichs von Astyages, vom umkämpften Armenien und Kappadozien im Norden und Westen bis Bakhtrisch und Arachosia im Süden und Osten, pilgerten allein oder zu zweit nach Parsagard im Zagraschhochland. Während sie der Führung der Stämme des persischen Hochlands folgten, suchten sie jemand, der ihnen die Qualität von Führerschaft bieten konnte, die in Astyages' unersättlicher Tyrannei fehlte.
Zunächst vorsichtig, dann mit wachsendem Enthusiasmus schworen sie dem begnadeten Kurasch, dem Sohn der Mandane und des Kanbujiya, die Treue. Neben der schnellen Auffassungsgabe des Parsi und seinem Verständnis für die verwickelten Zusammenhänge des Reichs entdeckten sie eine Sensibilität und Anerkennung der Unterschiede ihrer Anschauungen und Kulturen, die Astyages immer gefehlt hatte. Die alten arischen Tugenden der Unabhängigkeit und des aufrichtigen Handelns fanden einen erfrischend neuen Ausdruck am Hof von Kurasch von Persien. Er wurde der erste Volkskönig. Die Entwicklung der Zeit würde sich als unumkehrbar erweisen. Kurasch würde unangefochten in Ekbatana einmarschieren und einen neuen königlichen Namen und Titel annehmen: Darius, der König der Meder und Perser.

Babylon fand sich erneut in Trauer um den vorzeitigen Tod eines Königs wieder. Nergal-Scharezer war einer plötzlichen Krankheit erlegen, die nach Aussage der Hofärzte durch den Verzehr verdorbener Granatäpfel entstanden war. Die Vergiftung hatte den Prinzen, der versprochen hatte, die Mörder des Mannes seiner Schwester vor Gericht zu bringen, sehr schnell hinweggerafft. Der oberste Minister hielt am Tag, an der Weihe des königlichen Leichnams, eine bewegende Rede im weiten Hof des Esagila, in der er die geheimnisvollen Wege des Schicksals und der Umstände beklagte. Während der gesamten Prozedur sah man einen unkontrollierbar weinenden Labaschi-Marduk, den bleichgesichtigen Sohn Nergal-Scharezers, der als König an seines Vaters Stelle bestätigt wurde.

Auch er starb – nach weniger als einem Jahr.

In einem kleinen Halbkreis um die Öffnung eines Grabs standen Daniel, Asarja, Mischael und Hananja und schauten traurig auf den einbalsamierten und in Tücher gehüllten Körper Kalebs. Der ehrwürdige knorrige Diener hatte schließlich seinen letzten Atemzug getan, und die Freunde beschlossen, ihm den letzten Dienst zu erweisen, der ihnen über mehr Jahre als sie zählen konnten so treu diente. Asarja hatte darauf bestanden, dass der Leib des geliebten Dieners zum Zeichen der Ehrerbietung in einem der Gräber, die für Mitglieder seiner Familie reserviert waren, in einem kleinen felsigen Tal, nicht weit von den Mauern der Stadt entfernt, beigesetzt wurde. Asarjas Sohn stand neben ihm und versuchte tapfer zu wirken, konnte aber nicht vermeiden, seine Wangen und seine Nase mit dem Handrücken abzuwischen.

„So viel Tod in dieser Zeit", seufzte Mischael, während er sich den Schweiß mit seinem Unterarm von der Stirn wischte. „Vom Höchsten bis zum Niedrigsten, alle müssen sich vor dem Zepter des Todes beugen."

Asarja blickte Hananja an. „Hast du ein Kaddisch für unseren verstorbenen Diener?"

Der Musiker nickte und schaute auf Mischael. Der Eunuch räusperte sich, als Hananja eine melancholische Melodie auf seiner Leier zupfte.

Herr, Gott meines Heils!
Des Tages habe ich geschrien und des Nachts vor dir.

Es komme vor dich mein Gebet!
Neige dein Ohr zu meinem Schreien!
Denn satt ist meine Seele vom Leiden,
und mein Leben ist nahe dem Scheol.
Ich bin gerechnet zu denen, die in die Grube hinabfahren ...

Zu dir rufe ich, Herr, den ganzen Tag.
Ich strecke meine Hände aus zu dir.
Wirst du an den Toten Wunder tun?
Oder werden die Gestorbenen aufstehen, dich preisen?
Wird von deiner Gnade erzählt werden im Grab,
im Abgrund von deiner Treue?
Werden in der Finsternis bekannt werden deine Wunder,
und deine Gerechtigkeit im Land des Vergessens?

Als die letzten Klänge des Maskil im kühlen Winterwind verhauchten, schaute Asarja tief in die feuchten Augen des Eunuchen. „So muss es am Ende immer kommen, nicht wahr, meine Freunde? Könige, Bettler, Propheten – sie alle müssen letztlich zu dieser Tür gelangen, die sich schließt und sich nie wieder öffnet."

„Aber noch schlimmer ist es, auf ewig in einem Land zu schlafen, das nicht dein eigenes ist", bemerkte Hananja ruhig.

„Vielleicht, eines Tages ..." Der wortkarge Mann verfiel in Schweigen.

Ein entferntes Echo, so still wie das Aufbrechen einer Lilienknospe, veranlasste Daniel, den Atem anzuhalten. Er sah seine Freunde an, während ein eigenartiges Gefühl der Hoffnung vorsichtig in ihm aufstieg. „Vielleicht ...", hauchte er, konnte aber nicht mehr sagen.

Der Augenblick ging vorüber, zu schnell, um benannt werden zu können, zu schön, um ihm zu vertrauen. Die anderen beobachteten ihn, bis er seinen Kopf schüttelte und mit der Hand über seine Augen fuhr. „Vergebt mir", sagte Daniel schulterzuckend, „ich dachte ... Schon gut. Asarja, sollten wir das Grab nicht versiegeln?"

„Ja", meinte dieser, während er immer noch nachdenklich das Gesicht seines Freundes betrachtete. „Das sollten wir." Die vier Männer und der Junge lehnten ihre Schultern gegen den großen runden geglätteten Stein neben dem Eingang. Knirschend rollte er die in den Steinboden gehauene Rinne entlang, bis er seinen festen Platz vor der Öffnung des Grabs erreicht hatte. Die kleine Gruppe staubte seufzend ihre Hände ab, während sie ein letztes Mal auf den Ruheplatz desjenigen schaute, den sie so lange gekannt und geliebt hatte. Dann wandte sie sich um und ging zur Stadt zurück.

18

Nabu-Naid war in einem Dilemma. Die Edlen des Landes und die Heeresobersten hatten Furcht davor, die Leere zu füllen, die durch die enttäuschende Anfälligkeit der letzten drei Könige vor plötzlichen Missgeschicken entstanden war. Der oberste Minister hatte die feste Absicht, in die Bresche zu springen, konnte den Drachenthron aber nicht durch einfache brutale Gewalt an sich reißen. Eine so unverhohlene Handlungsweise verletzte, obwohl es sehr wohl innerhalb seiner Möglichkeiten lag, seinen Sinn für eine gewisse Gepflegtheit und die Vorsehung. Etwas darüber hinaus war nötig, irgendein bestätigendes, bekräftigendes Zeichen, eine Möglichkeit, alles und jeden davon zu überzeugen, dass er nun unvermeidbar als Nächster an die Macht kommen müsse.

Verwirrt kratzte er sich den Bart, als er plötzlich an Beltschazar dachte. Natürlich! Die Deutungen des Hebräers von den bedeutsamen Träumen Nebukadnezzars hatten damals eine große Veränderung angekündigt. Warum nicht auch jetzt? Er lächelte über sich selbst, dann ließ er einen Boten rufen.

Als Beltschazar die Gemächer des obersten Ministers betrat, war er schockiert, Nabu-Naid zusammengebrochen auf dem Boden liegend zu sehen. Er schluchzte lauthals, während er mit den Händen sein Gesicht bedeckte.

„Mein oberster Minister? Was ist los?"

Nabu-Naid stützte sich gerade lang genug auf einen Ellbogen, um unter tränennassen Augenlidern in das besorgte Gesicht des Wesirs zu schauen. „Ach, Beltschazar! Den Göttern sei Dank, du bist endlich hier! Komm", heulte der alternde Nabu-Naid, während er ein Kissen an den Platz neben sich zerrte, „setz dich! Ich muss dir etwas mitteilen, denn du allein kannst mir helfen."

Immer noch verwirrt und ein wenig beunruhigt, ließ sich Daniel neben dem Minister nieder. Zögernd fragte er: „Wie ... kann ich nützlich sein, mein Herr?"

Ein tiefer bebender Seufzer entströmte Nabu-Naids Brust. Er schaute in Beltschazars Augen und sagte feierlich: „Ich habe einen Traum gehabt, Beltschazar."

Beinah instinktiv suchte Daniel in sich nach der inneren Bestätigung, dem brennenden Siegel vom Ruf des Allmächtigen. Er fühlte nichts, spürte gar nichts. Seine Stirn zog sich verwirrt in Falten. „Könnt Ihr den Traum beschreiben, mein Herr?"

Gut, dachte Nabu-Naid. *Er wird mich anhören und dann eine passende Erklärung aufstellen.* Der Minister, der glaubte, sein Ziel nun sicher in der Hand zu haben, erhob sich vom Boden und verschränkte seine Hände hinter dem Rücken, während er nachdenklich vor dem zuhörenden Beltschazar auf und ab ging.

„Während ich letzte Nacht auf meinem Lager lag, war meine Seele beunruhigt. Im Schlaf rief mich eine Stimme, aber ich konnte die Worte nicht verstehen ..."

Noch einmal prüfte Daniel das innere Fließen seines Geistes, aber da war nicht die leiseste Regung oder Reaktion. Nabu-Naid sprach weiter.

„Immer wieder rief die Stimme, aber ich konnte nicht verstehen, was gesagt wurde. Allerdings", sagte der oberste Minister, hielt in seinem Gang inne und fixierte Beltschazar mit bedeutsamem Blick, „kam mir der Tonfall bekannt vor." Fünf Herzschläge vergingen, ehe er seinen Gang wieder aufnahm.

„In meinem Traum fragte ich mich: ‚Wem gehört diese Stimme, die mir so vertraut vorkommt, deren Worte aber vor mir verborgen sind?' Und plötzlich erkannte ich es!" Der oberste Minister senkte seine Stimme zu einem ehrfurchtsvollen Flüstern. „Es war der Klang unseres verstorbenen Herrn – es war Nebukadnezzars Stimme!"

Daniel sah die ruhelose Gestalt des obersten Ministers entsetzt an. Ein leiser Zweifel begann sich in ihm bemerkbar zu machen. Doch hörte er weiter zu.

„Ich wusste, dass mein lieber Herr versuchte, mir etwas zu sagen", berichtete der Minister, jetzt gefühlsbetont, „aber ich konnte die Bedeutung nicht erfassen. Hier und da durchbrachen bestimmte Worte oder Sätze den Schleier meiner Erkenntnisfähigkeit. ‚Thron' schien er einmal zu sagen, dann ‚mein Sohn', und schließlich ‚mein Freund'." Überwältigt von der Erinnerung machte Nabu-Naid erneut eine Pause, um sich seine Augen mit einem Leinentuch abzutupfen, das er in seinem Ärmel verborgen hatte.

Daniels innere Stimme redete immer noch nicht zu ihm.

Nabu-Naid kehrte dorthin zurück, wo der Wesir saß, beugte sich nieder, um seine Unterarme mit leidenschaftlich flehendem Griff zu erfassen und bat ihn inständig: „O Beltschazar! Du hast unseren geliebten Vater Nebukadnezzar oft trösten können! Kannst du seinem und meinem ruhelosen Geist keinen Balsam bringen? Kannst du mir nicht die Bedeutung dieses Traums mitteilen?"

Irgendetwas tief im Innern flüsterte Daniel zu, dass ihm alle Teile des Ganzen fehlten. Er schloss kurz seine Augen, um nachzudenken.

Aha!, dachte Nabu-Naid. *Jetzt kommt es ...*

„Mein Herr", sagte Beltschazar zuletzt, „ich sehe die Wahrheit dieses Traums nicht. Sie liegt nicht in mir."

Der oberste Minister starrte den Wesir an, während sein Mund vor Überraschung offenstand. „Aber ... ich verstehe nicht –"

„Ich kann Euch nicht helfen", sagte der Wesir und stand auf, um zu gehen. „Dieser – dieser Traum von Euch, wird mir nicht offenbart. Der Allmächtige hat es mir nicht gezeigt."

Nabu-Naid runzelte, von dieser unerwarteten Aufsässigkeit verärgert, die Stirn. „Wie kommt es, dass du mir nicht helfen kannst? Damals hast du doch immer –"

„Damals hatte ich keine andere Wahl", unterbrach ihn Beltschazar auf dem Weg zur Tür. „Das Wort des Herrn brannte in

mir, und ich konnte es nicht verbergen, obwohl ich es sogar ..."
Eine bedauernswerte Erinnerung machte sich in seinen Gedanken bemerkbar. „Obwohl ich es sogar wollte. Aber wisset dies, mein Herr", fügte der Wesir abschließend hinzu, „einige Träume lässt man lieber ungestört. Wenn ihre Bedeutung einmal verkündet ist, kann es sein, dass der Träumer wünscht, nie etwas vom Traum erfahren zu haben und nie erhoben worden zu sein. Manchmal ist der Weg nach vorn schwieriger als der Weg zurück." Dann war er fort.

Nabu-Naid kochte innerlich und knirschte enttäuscht mit den Zähnen. Er würde sein Omen bekommen. Wenn nicht von Beltschazar, dann von einem andern. Adad-ibni vielleicht ...

„Die Bedeutung des Traums lautet folgendermaßen, meine Brüder", verkündete Adad-ibni wichtigtuerisch vor der Versammlung der Priester und Magier. „Unser Vater Nebukadnezzar redet aus seligen Sphären des Jenseits zu unserem Herrn Nabu-Naid – und zu uns –, dass eine weise und erfahrene Hand erforderlich ist, um das Ruder Babylons in dieser entscheidenden Zeit in den Griff zu bekommen."

Der Geruch von Sandelholz und Myrrhe lag schwer auf der großen Halle des Esagila. Die ranghöheren Priester aller Hauptgottheiten waren versammelt, um die Auslegung von Nabu-Naids gewichtigem Traum zu hören. Nach sieben Tagen des Fastens und der Befragung der Himmelskarten, nach geheimen Weissagungszeremonien und strengen Opferritualen hatte Adad-ibni diesen Rat der höchsten Ränge der Gotteshäuser zusammengerufen, um zu verkünden, was er herausgefunden hatte.

Nicht viele fragten sich noch, wie das endgültige Resultat aussehen könnte. Adad-ibnis Aufstieg und seine entsprechend enge Verbindung mit dem obersten Minister in den letzten Jahren waren Fakten, die keinem klar sehenden Beobachter entgingen. Für einige Priester hatte dieses Lesen von Zeichen den Beigeschmack einer Sache, die durchgezogen wurde, nachdem die Tatsachen bereits vollendet waren.

„Unser Vater Nebukadnezzar", erklärte der Seher, „dessen

sichere und mächtige Hand Babylon aus der Knechtschaft der Eindringlinge aus Ninive befreit hat, spricht nun wieder zu uns, diesmal aus dem Reich des Todes. Er heißt uns, den Wert des Alters, der Weisheit, die durch Jahre der Erfahrung angeeignet wurde, des beständigen sicheren Wissens, das durch lange Verbindung mit den inneren Mechanismen des Königreichs entstanden ist, zu erkennen ..."

In der vordersten Reihe der Würdenträger saß Nabu-Naid und rutschte ein wenig unruhig hin und her. Er hatte den Magier gebeten, seine Weisheit zu erwähnen, aber Adad-ibni ließ es so klingen, als ob er schon altersschwach wäre.

„Zuerst sagt unser Vater Nebukadnezzar: ‚Thron'. Was kann das anderes bedeuten, als dass er in unserer Verwirrung zu uns über den zu sprechen wünscht, der auf dem Drachenthron sitzen soll? Als Nächstes sagt er: ‚Mein Sohn'." Adad-ibni täuschte einen schmerzlich betroffenen Blick vor, während er seine Stimme um einiges senkte. „Wie haben wir gelitten, als wir die herzzerreißende Qual mit ansahen, der das Königshaus unterworfen war! Wer hat nicht innerlich geweint wegen des Leids, das durch das vorzeitige Ableben dreier Nachkommen unserer vornehmsten Familie verursacht wurde?"

Wieder rutschte Nabu-Naid leicht auf seinem Sitz hin und her. Versuchte dieser Narr, eine Lobrede auf Awil-Marduk und die anderen zu halten? Er soll bloß bei der Sache bleiben!

„Und schließlich, meine Brüder", verkündete der Magier großzügig, „sagte Nebukadnezzar: ‚Mein Freund'. Wen kann er meinen außer jemand, auf dessen Arm er sich gestützt hat, jemand, auf dessen Rat er sich verlassen hat? Jemand, dessen geduldige fähigen Hände geholfen haben, die Regierung des Reichs so viele Jahre lang zu führen und zu formen? Jemand, zu dem unser verstorbener Herr in der Tat persönlich durch die geheimnisvolle Traumwelt gesprochen hat, um ihm die Verantwortung zu zeigen, die er annehmen muss? Nebukadnezzar, der nun unter den Herren des Himmels sitzt, hat uns in der Stunde unserer Not geholfen. Der Mann, den er erwählt hat, um Babylon unter den Nationen aufrechtzuerhalten, ist unser Herr, der oberste Minister,

Nabu-Naid. Das ist die Bedeutung des Traums. Die Götter haben gesprochen."

Der Ton auf den Proklamationstafeln war kaum trocken, als Nabu-Naid seine erste Amtshandlung als Herrscher durchführte, indem er mehrere Abteilungen von Fußsoldaten mit seinem Sohn Belsazar an der Spitze nach Haran sandte. Ihr offizieller Auftrag lautete, die medische Besatzung dort zu besiegen und die alte Stadt zwischen Tigris und Euphrat wieder für das Babylonische Reich zu beanspruchen.

Man traf nicht viel Widerstand in Haran an, da Astyages' schwindende Reserven sich auf die zunehmenden Probleme an seiner südöstlichen Flanke konzentrierten. Kronprinz Belsazar und seine Legionen machten kurzen Prozess mit den wenigen unglücklichen Verteidigern, die sie antrafen, und bald begann die eigentliche Aufgabe, die Nabu-Naid ihnen aufgetragen hatte: Den Tempel des Sin wieder herzustellen und aufzubauen, der unter der Herrschaft der gleichgültigen Meder so lange brachgelegen hatte.

In einigen Lagern am Hof war Gemurre über die Torheit zu hören, chaldäische Truppen zu keinem anderen Zweck so weit in den Norden zu senden, als den verfallenen Schrein eines niederen Gottes wieder aufzupolieren. Denn warum, so argumentierten sie, sollte der König, der irdische Regent Marduks, sich um den weit entfernten Tempel des Mondgottes Sin kümmern, während er gleichzeitig die hungrigen Mägen der Babylonier vernachlässigte? In den letzten Jahren hatten die künstlich bewässerten Pflanzungen von Akkad und Sumer nicht die reiche Fülle hervorgebracht wie in der vergangenen Zeit. Die Wasser des Tigris und des Euphrat, die durch ein Netzwerk von Kanälen weitergeleitet wurden, nährten den Boden nicht mehr wie früher; Felder, die einst eine reichliche Ernte hervorgebracht hatten, trugen nun immer weniger – als ob das Land müde wäre. Selbst die Lage der Tempel war so schwierig, dass sie zwar reich an Silber, aber arm an Nahrungsmitteln waren. Babylon musste sein Brot mehr und mehr einführen, soweit überhaupt welches verfügbar war.

Der neue Herrscher konnte die Gerüchte auf den Marktplätzen und an den Flussufern nicht vollständig missachten. Vielleicht war es unvermeidbar, dass dieser Sohn einer Priesterin noch einmal zum Himmel schauen sollte, zu den Zeichen und Omen, um aus seiner Zwangslage befreit zu werden. Auch hatte er den scharfsinnigen Perser nicht vergessen, der sich mit ihm in seinen Gemächern herumgestritten hatte – und Kyrus, seinen vermutlich schlauen Souverän. Geschickt fand Nabu-Naid einen Weg, diese beiden Nöte zu vereinen, indem er eine doppeldeutige Rechtfertigung für seinen Schachzug mit Haran schmiedete.

„Die Götter haben mich einen Traum sehen lassen ...", zitierte der Ausrufer von einer Tontafel, die das herrscherliche Siegel trug. Eine Menschenmenge hatte sich auf dem Platz vor Egibis Kontor versammelt, die von der auffälligen Kleidung des königlichen Hauses und der durchdringenden Fanfare der begleitenden Trompeter angezogen wurde. Bei der Erwähnung eines weiteren Traumzeichens des Königs wurde die Menge ruhig, wenn sie auch innerlich skeptisch murrte.

„Marduk, der Große Herr, und Sin, das Licht des Himmels und der Erde, sind mir erschienen. Marduk sagte zu mir: ‚Nabu-Naid, König von Babylon, bring Ziegel mit deinem eigenen Pferd und Wagen und baue in Haran das Haus der Freude für Sin, damit er dort wohnen möge ...'

Ich antwortete Marduk: ‚Aber die Meder, die barbarischen Horden, haben das Haus des Gottes Sin erobert.' Marduk sprach zu mir: ‚Diese, die du genannt hast – sie sollen aufhören zu existieren!'

Und tatsächlich hat Marduk gegen sie Kyrus eingesetzt, den König von Anschan, seinen jungen Diener ..."

Egibi, der im Eingang stand, strich sich durch den Bart, während er sich auf seinen Stock stützte. Nabu-Naid gab also seine Abhängigkeit von dem Erfolg des Persers offen zu, nicht wahr? Ob der König aus dem Bergland nun siegreich war oder nicht, grübelte der Geschäftsmann, die Worte des neuen Königs bestätigten gewisse Verdachtsmomente, dass das babylonische Königshaus sich wappnete. Der Händler begann sich zu fragen, ob die Größe der Schiffsladung an Gerste, die er gerade in Kommission genommen hatte, wirklich ausreichend war. In unsicheren Zeiten, dachte er, könnte ein voller Bauch einem vielleicht teurer zu stehen kommen. Nachdem seine Gedanken eine Weile um eine Entscheidung gekreist waren, rief er einen Läufer zu sich. „Junge, hol mir die neueste Tafel über die Geschäfte", befahl er, während er wieder auf sein privates Gewölbe zuging. „Ich glaube, ich möchte ein paar Änderungen vornehmen ..."

„Ich vermute natürlich, dass Ihr bei den religiösen Bräuchen hier in Susa bestimmte Dinge geändert haben wollt", begann Gaudatra, der sich vor seinem königlichen Gast tief verbeugte, während ein Sklave ihm die Schale mit Leckereien darreichte. „Soll ich die Anweisung geben, dass die Schreine und Tempel zerstört werden, oder wollt Ihr nur die Bilder und Altäre durch solche ersetzen, die Euch besser gefallen?" Mit vornehmer Geste suchte der Führer der Provinz ein paar von den Köstlichkeiten aus, die ihm präsentiert wurden.

Gaudatra speiste nun als Gast in der Festung von Susa, die bis zu Kuraschs Ankunft seine eigene Residenz gewesen war. Die Festung war zeitweise von dem neu ausgerufenen Herrn von Elam bis zur Fertigstellung des noch großartigeren Zitadellenpalasts, der dann das Zentrum von Kuraschs Reich sein würde, übernommen worden. Die vielen großzügigen Geschenke des neuen Herrschers an Gaudatra hatten den Verdruss, aus seinem eigenen Haus vertrieben worden zu sein, erheblich verringert.

Kurasch schaute von seiner Speise auf und starrte den Provinzführer befremdet an. Er herrschte nun fast ein Jahr in Elam und immer noch schockierten ihn die Absonderlichkeiten dieses Stadtvolks, das in der Ebene wohnte. „Warum sollte ich wünschen, dass die Schreine und Tempel zerstört werden?", fragte der Perser ehrlich verwirrt. „Ich kämpfe nicht gegen die Götter, sondern gegen Menschen."

Jetzt war Gaudatra verwirrt. „Aber ... mein Herr", stammelte er, eine kandierte Mandel halb in seinem Mund, „so wird es doch immer von einem Eroberer gemacht. Ein Sieg für meinen Herrn ist ein Sieg für seinen Gott und eine Demütigung für die besiegten Götter. So ist es seit unzähligen Generationen. Bestimmt sieht mein Herr, welchen Sinn es macht?"

„Das sehe ich nicht", stellte Kurasch geradewegs fest. „Es kümmert mich absolut nich, zu wem oder was die Leute beten, solange sie ihre Steuern zahlen. Während ich in Susa regiere, soll es keine Zerstörung von Tempeln oder heiligen Plätzen geben. Die Gebräuche der Völker meiner Länder sollen respektiert werden, und sie sollen nicht daran gehindert werden, die Götter anzubeten, die ihre Vorfahren anbeteten. Hast du das verstanden?"

Der Provinzführer verbeugte sich tief. „Der Wunsch meines Königs ist mir Befehl." Als Gaudatra sich aufrichtete, meinte Kurasch, einen Zug von Zweifel oder Verwirrung erkannt zu haben. *Auch gut,* dachte er. *Lass ihn eine Weile darüber nachdenken. Vielleicht wird er noch einsehen, wie dumm es ist, so blind an Traditionen zu kleben.*

Nach dem Mahl und nachdem Gaudatra die Halle verlassen hatte, wandte sich Kurasch dem immer gegenwärtigen Gobhruz zu. „Nun, alter Freund? Was sagst du dazu? Wird Ahura Mazda eifersüchtig sein auf die Freiheit, die ich meinem neu gefundenen Volk gewähre? Wird am Tag der Prüfung mein Geist in die äußere Dunkelheit mit ihren Devas und den gottlosen Menschen vertrieben?"

Der alte Meder brummte und wandte seine Augen ab. „Mein Herr weiß, dass ich mich kaum um solche Dinge kümmere", murmelte er. „Ich befasse mich mit den Wegen der Menschen, nicht mit den Wegen der Götter."

„Gut gesagt, Gobhruz", lachte der neue Herr Elams sowie des Großteils von Medien und Persien. „Gut gesagt, in der Tat."

Der ältere Mann bewegte innerlich die Worte, die er noch sagen wollte. Kurasch, der spürte, dass noch nicht ausgesprochene Gedanken im Kopf seines Lehrers kreisten, meinte schließlich: „Heraus damit, Gobhruz. Dein schweigendes Nachdenken ist für mich schwerer zu ertragen als alles, was du sagen willst."

Der Meder schaute seinen Herrn unter seinen grauen buschigen Augenbrauen an und fragte: „Was kommt als Nächstes, mein Herr? Nach diesem hier?"

Kurasch lehnte sich in seinem Sitz zurück und starrte auf seine geöffneten Handflächen. „Meine Informanten berichten mir, dass Krösus seinen lydischen Zugriff am Fluss Halys bis zum äußersten Arm des Euphrat ausgedehnt hat. Vielleicht denkt er, dass sich niemand um die nördlichen Länder der Meder kümmert, weil Asturagasch atemlos in Ekbatana liegt. Aber ich habe den Verdacht, dass er bald den Irrtum seiner Annahme erkennen wird."

Gobhruz schüttelte ungeduldig den Kopf. „Das meine ich nicht, mein König. Ich wusste es schon, oder erriet es zumindest."

Kuraschs Stirn zog sich vor Erstaunen ein wenig zusammen. Wortlos wartete er darauf, dass der Ratgeber, dem er am meisten vertraute, weitersprach.

„Du wurdest erzogen, um zu herrschen", erklärte der Meder, „oder zu sterben. Eine andere Wahl war dir nie gestattet. Vom Tag deiner Geburt an habe ich es gewusst. Dein Vater wusste es ebenso, auch wenn er es viel lieber nicht gewusst hätte." Der ältere Mann blickte vorsichtig in das Gesicht seines Königs und schaute dann zur Seite. „Kennst du die Geschichte deiner Kindheit?"

Kurasch schüttelte den Kopf. Er konnte nichts anderes tun als zuhören.

„Man sagt, und ich für meinen Teil glaube es", erklärte Gobhruz, „dass Asturagasch, nachdem er seine Tochter Mandane deinem Vater zur Frau gegeben hatte, unter einem Traum litt. Die Art des Traums ist von Erzähler zu Erzähler verschieden, aber es reicht wohl, wenn ich sage, dass die nächtliche Vision ihm Anlass zur Furcht gab."

Kuraschs Augen weiteten sich und seine Nasenflügel bebten. Eine Erinnerung an den Ärger eines Kindes ließ ihn die Zähne aufeinanderbeißen. So! Das zwiespältige Gefühl gegen Medien, das er als junger Knabe gespürt hatte, war mehr gewesen als kindliche Anmaßung! Offensichtlich hatte sein Großvater im weit entfernten Palast in Ekbatana eine Vorahnung seiner Bestimmung gespürt, die sie beide heute hierher gebracht hatte. Vielleicht fühlte und fürchtete der alte König durch seine Tochter die Geburtswehen des Neuen.

Gobhruz fuhr fort: „Vielleicht waren diese Geschichten nur eine nette Unterhaltung für die alten Frauen und Eunuchen im Palast in Ekbatana. Ich kann es nicht sagen. Aber ich weiß ..." Wieder fixierte der Leibwächter seinen König mit herausforderndem Blick, und diesmal wandte er seine Augen nicht ab. „Von deinem ersten Atemzug an hat dich etwas – sei es ein Gott oder ein Deva oder beides – zum Reich hingezogen, wie eine Motte von der Flamme eines Lichts angezogen wird. Deine Füße sind auf einen Pfad gesetzt, den du weder ändern noch verstehen kannst."

Die Blicke der beiden Männer trafen sich. Die bernsteinfarbenen Augen des Königs brannten heiß und lichterloh, der dunkle Blick seines Freundes und Dieners glühte mit einer hartnäckigen, fast unwirschen Wärme. Gobhruz begann erneut zu sprechen.

„Was ich vorhin meinte, ist Folgendes: Nachdem der Thron Mediens gewonnen ist, was dann? Hast du das in Betracht gezogen?"

Kuraschs Gesicht bat ihn schweigend darum, weiterzureden.

„Gestern regiertest du Persis. Heute und morgen Medien. Am Tag danach Lydien, danach vielleicht die Inseln der Griechen. Und eines Tages wirst du vor den Mauern Babylons stehen, und irgendein sternguckender chaldäischer König wird wissen, was dein Großvater Asturagasch auf seinem Bett in der Stille der Nacht gelernt hat."

Kurasch lächelte. „Lieber Gobhruz, ich glaube du stellst das zu einfach dar, was wirklich –"

„Aber denk doch mal nach, o Kurasch, Hirte des Volkes", drängte der ältere Mann, „und nimm es dir zu Herzen. Du kannst nicht irgendeine Stadt erobern, irgendein Land tributpflichtig machen oder Satrapen über irgendeinen Stamm einsetzen, der nicht schon durch irgendeinen nun vergessenen Anführer irgendeines vergangenen Tages unterworfen wurde." Die Worte des Leibwächters regneten geradezu auf die Schultern des Königs wie das Schicksal und versetzten Kurasch einen Stich ins Verborgene seiner Seele. „Denke daran, o Kurasch: Morgen wirst du überragende Bedeutung haben, aber gerade gestern noch waren es die Meder und einen Tag davor die Chaldäer und davor die Assyrer." Gobhruz legte eine Pause ein, um dann mit etwas weicherer Stimme fortzufahren. „Was du heute gewinnst", sagte er, „was deine Söhne nach dir vielleicht eine kleine Weile behalten werden, wird eines Tages unter dem Schatten eines anderen liegen, vielleicht ein Kind, das noch geboren wird. Jede Eroberung zeigt zugleich auch den Weg, wie sie wieder ungeschehen gemacht werden kann, mein Herr. So ist die Natur der Könige und der Königreiche."

Kurasch öffnete und schloss langsam seine Faust, wobei er sie betrachtete, als sähe er sie das erste Mal. Nach einer ganzen Weile schaute er seinen Leibwächter und Berater an. „Soll ich also den Versuch nicht wagen? Soll ich in mein Tal zurückkehren und ein ruhiger, zufriedener Pferdekönig sein?" In der Stimme des Königs lag keine Bitterkeit, keine Boshaftigkeit. Nur eine gewisse stille Zurückhaltung, wie ein Schüler sie bei einer unwillkommenen Aufgabe zeigen mochte.

„Ich habe es schon gesagt", antwortete Gobhruz. „Du kannst nichts anderes tun, als voranzugehen. Es ist dein Schicksal – oder deine Pflicht. Aber du musst auch wissen, dass dieses Reich, das du baust, nicht für immer bestehen kann. Dem Menschen ist nur ein Anschein von Dauerhaftigkeit, ein Schein von Ewigkeit vergönnt. Der Wunsch ist da, aber nicht die Fähigkeit, ihn zu erfüllen. Bei den Göttern mögen die Dinge wieder anders sein, aber das liegt jenseits meiner Erkenntnis."

Noch einmal erfüllte eine gespannte schwermütige Stille den Raum. In die Ferne, in eine entfernte Ecke des Raums oder seiner Zukunft blickend, erwiderte Kurasch sanft: „Gut gesagt, Gobhruz – gut gesagt."

19

Adad-ibni rückte unbehaglich auf seinem Kissen hin und her und betrachtete die Feige, die er in seiner Hand hielt. Der oberste Seher hatte zwei oder drei Mal an der reifen Frucht geknabbert, aber der saure Ausdruck auf seinem Gesicht hatte nichts mit ihrem Geschmack zu tun.

Verstohlen schaute er zu der ernsten Gestalt Nabu-Naids, der im Zimmer umherschritt, und bereitete vorsichtig seine Antwort auf das vor, was der Herrscher gerade vorgeschlagen hatte. „Jeder weiß um die tiefe Ergebenheit des Königs gegen Sin", begann er, bevor er innerlich zusammenzuckte. Sein Tonfall klang schon zu anklagend. Er begann noch einmal. „Niemand schätzt die Wichtigkeit und Ehrfurcht gegen den Herrn des Mondes höher ein als ich. Aber ... mein König weiß sehr wohl, dass die Priester des Esagila einen bestimmten ...", er suchte feinfühlig nach einem Wort, „Vorbehalt ... an den Tag legen würden gegen solch ein ehrgeiziges Projekt, wie mein Herr es vorschlägt. Es sei denn, es würde auf den Vorteil Marduks abzielen. Besonders jetzt –" Der Magier verstummte, weil er erkannte, dass er zwei Wörter zu viel gesagt hatte.

Nabu-Naid starrte den kahlköpfigen alten Mann streng an. „Vielleicht wolltest du sagen: ‚Besonders jetzt, wo die unpopuläre Arbeit in Haran gerade vollendet worden ist'?"

Die Stille knisterte vor Feindseligkeit in der vom Morgenlicht erhellten Kammer, bis Adad-ibni es nicht länger ertragen konnte. „Sicherlich erkennt mein König", sagte er, sich drehend und windend, „dass er, indem er den unglücklichen Stand der Dinge in Haran korrigiert hat, unvermeidbarer Weise die Aufmerksamkeit bestimmter unzufriedener Leute erregt hat, die eine Erklärung für die spärliche Ernte suchen."

Der König grinste seinen Hauptmagier spöttisch an und

schüttelte in ironischer Belustigung seinen Kopf. „Wie schwer es dir zu sagen fällt, was du meinst, Adad-ibni", lächelte er süffisant. „Von allen Leuten hätte ich von dir am ehesten erwartet, dass du meine Sorge um den Tempel zu schätzen weißt, der von meiner kürzlich verstorbenen Mutter so lange und treu gehütet wurde." Adad-ibni machte bei der Erwähnung der altehrwürdigen Mutter des Herrschers eine tiefe respektvolle Verbeugung. Sie lebte so lange, dass einige schon beinah meinten, sie sei verzaubert, und sie starb schließlich zahnlos im unvorstellbaren Alter von einhundert und vier Jahren. Ihr Sohn hatte dafür gesorgt, dass ihr Begräbnis gut besucht war und großzügig begangen wurde.

„Mein König weiß, dass ich den äußersten Respekt für seine verehrte Mutter empfinde", sagte der Magier. In seinem Gewand versteckt, machten seine Finger das Zeichen gegen den bösen Blick.

„Was du zwischen den Zeilen deiner vielen Worte sagst", entgegnete Nabu-Naid beleidigt, indem er dem Seher seinen Rücken zuwandte, „ist, dass du daran zweifelst, dass die Priester von Marduk ohne schweren Druck die Errichtung eines angemessenen Tempels für Sin innerhalb der Mauern Babylons zulassen werden." Der König warf dem obersten Magier, der zurückwich und sich zusammenkauerte, über seine Schulter einen bitterbösen Blick zu. „Und wir dürfen den Priestern des verehrten Marduk nicht allzu viel Unbehagen bereiten, nicht wahr?"

Der sarkastische Ton der Worte des Herrschers ängstigte den Magier beinah so sehr wie dessen Ärger. Man sollte mit den Göttern nicht spaßen, dachte er. Natürlich konnte er einen so direkten Verweis gegen seinen königlichen Förderer nicht äußern. Seiner gewohnheitsmäßigen Neigung entsprechend, beobachtete er im Stillen. „Mein König sollte ebenso die beträchtlichen Mittel in Betracht ziehen, über die die Priester des Esagila verfügen. Ohne das von ihnen gegebene Einverständnis für das Projekt –"

„Diese Schurken!", schnaubte Nabu-Naid. „Sie nehmen die Ziegen eines Mannes als Pfand, und wenn er ihnen nicht den doppelten Wert der Herde zurückzahlen kann, dann behalten sie das ganze Zeug einfach! Es gibt Dutzende von Tempeln in dieser Stadt, in meiner Stadt", tobte der zornige König, „ganz zu schweigen von den Hunderten von Schreinen und Altären. Aber hat Sin, der Altehrwürdige, ein Haus, in dem sein Name verehrt werden kann?"

Ärgerlich schritt er zum anderen Ende der Kammer und wirbelte dann herum, um hinzuzufügen: „Glaube nur ja nicht, ich hätte es vergessen, Seher. Das Haus Marduks gab Geld und Material für den Bau jenes lächerlichen Gebäudes für Nabu in Borsip, aber glaubst du, sie hätten auch nur ein wenig Geld gestiftet, wenn sie daran denken müssten, dass Sin so geehrt würde? Ha!" Wieder wandte der König dem Magier den Rücken zu.

Innerlich zitierte der Magier: „Nabu ist der Sohn des Marduk und der Abglanz seiner Herrlichkeit." *Diese Fixierung des Herrschers ist ein schlechtes Zeichen,* dachte er elendig. *Aber wie kann ich ihm das sagen?* Laut sagte er: „Vielleicht sollte mein König etwas außerhalb dieser Stadt verweilen, um seine Gedanken ein wenig zu erfrischen, zu den Göttern zu beten und sich selbst Zeit zu gönnen, um diese delikate Sache umsichtig zu ordnen."

Nabu-Naid, der abgelenkt mit dem Amulett an seinem Hals spielte, hielt plötzlich inne und starrte seinen obersten Seher nachdenklich an. Der Hauch eines Gedankens hatte ihn berührt. Er schaute grüblerisch vor sich hin, dann begann er zu lächeln. „Vielleicht hast du Recht, Adad-ibni." Ein Ausdruck heimtückischer Freude glitt über das Gesicht des Herrschers.

Der Magier konnte nicht ausloten, was da in den Gedankengängen im Kopf des Königs Gestalt annahm, aber er hatte den Verdacht, dass es nicht gerade etwas sehr Angenehmes sein konnte.

„Vielleicht ist ein Ausflug genau das, was ich benötige", erklärte der König grinsend, während er sich die Hände rieb. „Wo du gerade davon sprichst, lieber Magier, es gibt da einige Ruinen in Teima, in den weit entfernten Gebieten der Arabah-Wüste, die ich gern für einige Zeit untersuchen würde. So viel ich weiß, gibt es dort viele alte Inschriften, die in dem trockenen Sand der

Gegend erhalten geblieben sind. Ich glaube, das ist eine hervorragende Gelegenheit, meine Leidenschaft für Altertümer weiterzuverfolgen."

Der Magier, der schon das Schlimmste befürchtete, dachte rasch nach. Teima! Die Stadt lag viele Tagesreisen gen Westen, die über weite, schwer zu durchquerende Strecken durch die Wüste führten. Es war schon die Mitte des Monats Adar, das Neujahrsfest war nur noch wenige Wochen entfernt. Ohne die Gegenwart des Königs in der Hauptstadt konnte das Fest nicht stattfinden. Dem Magier stockte der Atem vor Bestürzung, und er flehte: „Mein Herr! Du kannst unmöglich nach Teima reisen und rechtzeitig zurückkehren zum –"

„Zum Fest, mein lieber Magier?" Der alternde Monarch stieß ein bösartiges Lachen aus. „Da kannst du sehr wohl Recht haben!"

„Und daher, meine geliebten Untertanen", verkündete der Herrscher den stummen, erstaunten Höflingen, „werde ich morgen nach Teima aufbrechen. Solange ich mich fern von meiner geliebten Stadt aufhalte, wird mein Sohn Belsazar", der König schlug mit einer Hand auf die Schulter des flegelhaften grinsenden Kronprinzen , „als Verwalter des Königreichs fungieren.

Ich ermahne euch alle", schloss er, „ihm genauso zu gehorchen, wie ihr mir gehorchen würdet ..."

Die lydische Wache, die auf der Mauer von Sardis stand, lehnte sich zurück, während sie einen Schluck Wasser zu sich nahm. Plötzlich fiel ihr der Helm vom Kopf, polterte über die Zinnen und blieb schließlich irgendwo zwischen den Steinen unterhalb der Festung liegen. Die Wache fluchte innerlich und schaute dann sorgfältig im dämmerigen Licht umher. Niemand sah nach – gut. Vorsichtig stieg er oben auf die Mauer, dann schob er sich an dem schmalen Brett außen an den Zinnen entlang, wobei ihm die gähnende Tiefe zu seinen Füßen mehr als Kopfzerbrechen bereitete.

Er erreichte die Ecke, an der zwei Mauern zusammentrafen, und kletterte vorsichtig zu den Felsen unterhalb der Mauer hinab. Diese Ecke, selbst unter den Wachen der Stadt nur wenigen bekannt, war der einzige Platz, auf dem man relativ leicht nach unten klettern konnte. Noch einmal schaute er umher, um zu sehen, ob er allein war. Dann ging er dorthin, wo sein zerbeulter Bronzehelm bei den Felsbrocken am Fuß der Mauer lag. Ärgerlich schüttelte er den Kopf, schnallte dann den Kopfschutz an seinen Gürtel und machte kehrt, um seinen Weg an der anscheinend so steilen Wand wieder hinaufzuklettern.

Von der lydischen Wache nicht bemerkt, schlichen sich zwei persische Spione von ihrem Beobachtungsposten davon. Als sie außer Sichtweite der Mauern von Sardis waren, eilten sie schleunigst zum Lager von Kurasch. Ihr Herr würde mit der Nachricht zufrieden sein, die sie am heutigen Tag brachten.

Kurasch lachte vergnügt und schüttelte verwundert den Kopf. Während er sich von seinem Lager erhob, befahl er: „Schreiber! Bring mir zwei Beutel mit jeweils einem Zehntel Schekel Gold." Er grinste die Spione an, die große Augen machten, und fuhr dann fort: „Ich möchte den scharfen Blick und den kühlen Verstand dieser beiden belohnen."

Seit Monaten hatte die Armee der Meder und Perser Sardis belagert, die glitzernde, scheinbar uneinnehmbare Hauptstadt des Krösus und seiner Lydier. Nachdem er als König in Ekbatana Beifall geerntet hatte, war Kurasch schnell weitergezogen, um Krösus' beginnenden Versuch zu unterdrücken, in Kappadozien und Armenien Land für den Norden zu gewinnen. Der phantastisch reiche Krösus hatte gedacht, er könne aus dem Tumult in Medien Vorteil ziehen, indem er sich ein größeres Gebiet über seine frühere östliche Grenze hinaus aneignete.

Aber der lydische Schachzug war zum Scheitern verurteilt. Kurasch hatte an der Spitze eines wiedererstarkten Heers aus Medern und Persern die schwachen, wohlgepflegten Streitkräfte des Goldkönigs schnell in die Flucht geschlagen. Jetzt hatten Krösus und seine Günstlinge sich in der Zitadelle von Sardis verkrochen, die auf einem felsigen Höhenzug hinter Mauern erbaut war, die bis zu diesem Augenblick uneinnehmbar gewesen waren.

„Junge, bring mir den Befehlshaber Gobhruz", befahl Kurasch. Der Laufbursche verschwand blitzschnell. „Heute Nacht, meine Freunde", sagte der König von Medien und Persien, während er die beiden, seit kurzem reichen Späher anlächelte, „sollt ihr den Feldherrn an den Platz führen, den ihr gefunden habt. Wir werden entscheiden, wie viele Männer und auf welche Art wir sie am schnellsten hinter die Mauern von Sardis schleusen können.

Und morgen", fuhr er mehr zu sich selbst als zu den Spähern fort, „werden wir sehen, wer der reichste König in Lydien ist."

Babylon war kein glücklicher Ort. Die schlechten Jahreszeiten dauerten erbarmungslos lang, der Monat Nisan näherte sich und immer noch kam kein Wort von Teima, der entfernten Wüstenstadt, in die der König geeilt war. Ein weiteres Jahr schien es, dass das Neujahrsfest nicht gefeiert wurde.

Neben den unheilsschwangeren Prophezeiungen von Pest und Unglück durch die Wahrsager und Seher, murrten auch die Kaufleute und Händler der Stadt über weitaus alltäglichere Angelegenheiten: Verlorener Handel und unverkaufte Güter, geschwundener Profit ohne die fröhlichen Ausschweifungen, die durch die Wiedergeburt und Heimkehr von Marduk erzeugt wurden. Die Tempelprostituierten, und ebenso die freiberuflichen Huren, waren genauso unzufrieden wie die anderen über den Rückgang des Handels, der aus der enttäuschenden Abwesenheit des Königs entstand.

Im Esagila konnte man viel dunkleres Gemurmel hören. Im ganzen Tempelkomplex brachte der nur dürftig verkleidete Versuch der Nötigung die Priester des Marduk dazu, vor Ärger mit den Zähnen zu knirschen und unaufhörlich zu beten, dass der König des Himmels diesen rebellischen und starrsinnigen Narren herunterhole, der sein Volk verlassen und seinen verdrießlichen, bissigen Sohn zurückgelassen habe, um den Palast mit seiner undankbaren Gegenwart zu verunreinigen.

Aber wenn Belsazar auch ein Flegel war, so war er doch kein Einfaltspinsel. Der Prinzregent schüchterte die Gegner seines Vaters auf brutale Weise ein. Er war rücksichtslos im Gebrauch des Militärs, das er mit der eisernen Hand eines absoluten Befehlshabers führte. Vor nur einem Monat marschierte er mit einer Abteilung von Soldaten unter den entgeisterten Blicken der Bevölkerung in das innerste Heiligtum Ischtars, der schwerbrüstigen Frau des Uruk, und holte einen Priester heraus, der als offener Kritiker Nabu-Naids bekannt war. Der Mann wurde in die Mitte der stark belebten Aibur Schabu geschleppt, wo man ihm den Bauch aufschlitzte. Seine Leiche wurde ohne jede Zeremonie in den Zababa-Kanal geworfen. Handlungen wie diese hatten ihre Wirkung; obwohl sie extrem unpopulär waren, war die Regierung Nabu-Naids in absentia gesichert.

Die Juden in Babylon gingen ihren eigenen Weg, außerhalb der Hauptrichtung der babylonischen Gebräuche und Praktiken, doch unbelästigt. Ihre Lehrer und Gelehrten lasen ihnen aus den Schriften ihrer Propheten vor und ermahnten sie aus den Seiten ihres alten Gesetzes. Sie fuhren fort, in einer lebendigen Beziehung zu dem unermüdlichen Herz ihres ungenannten Gottes zu leben und seine felsenfesten tiefsinnigen Anordnungen in den Mittelpunkt zu stellen: *Du sollst keine anderen Götter haben neben mir; du sollst meinen Namen nicht missbrauchen; du sollst den Sabbat heiligen ...*

Daniel beendete das Lesen, blickte von der Schriftrolle auf, blinzelte und rieb sich die Augen. Die Öllampe war heruntergebrannt, und die mit Tinte geschriebenen Buchstaben auf dem Pergament hatten mit jedem Flackern der unsteten Flamme zu tanzen begonnen. Es war Zeit, sich auszuruhen.

Er erhob sich, hüllte die Schriftrolle wieder ein und stellte sie vorsichtig neben die anderen auf sein Lesepult. Er erinnerte sich an das harte ausgezehrte Gesicht Hesekiels, ihres Verfassers, während er über die Pergamenthülle des vergilbten Dokuments strich, das von der Hand des lang verstorbenen Propheten persönlich kopiert worden war. Dann wandte er sich seinem Lager zu.

Neben der bloßen Müdigkeit und der vorgerückten Stunde fühlte er auch, dass die Last seiner Jahre ihn bedrückte. Seit nunmehr fast fünfzig Jahren war er in oder nahe beim königlichen Hof von Babylon gewesen. Die beständige Wachsamkeit, mit der er sicher durch die subtilen Intrigen von verfeindeten Parteien und Persönlichkeiten hindurch hatte manövrieren müssen, die erbarmungslose Verantwortung, die endlos sich verändernden politischen Entscheidungen des Herrschers und des Prinzregenten zu verwalten, die sich wandelnde, rutschige Oberfläche unkontrollierbarer Ereignisse, und die tiefe Sorge um den Schutz und Erhalt der Auserwählten, seine Brüder, alles das schrie unablässig nach seiner Aufmerksamkeit. Hinzu kam das alles überspannende Gefühl, das er sein Leben lang spürte, ein Fremder in dieser Stadt zu sein, die, obwohl es fast der einzige Wohnort war, den er jemals gekannt hatte, doch niemals sein Zuhause sein konnte. Solche Sorgen und Lasten bewirkten, dass jedes seiner Lebensjahre gerade jetzt schwer auf ihm lag, dass jedes der sechzig Jahre seines Lebens mit quälender Beharrlichkeit an ihm zerrte.

„Allmächtiger Gott", betete er, während er sein Gesicht in der duftenden Bettwäsche verbarg, „ich bin so müde. Schenke mir die Ruhe, die über den Schlaf, über das Wachsein hinausgeht. Schenke mir die Leichtigkeit der Seele, die ich erflehe; schenke Befreiung und Stille ..." Während er sich unfähig fühlte, die Worte in sich selbst zusammenzufügen, um seine Sehnsucht auszudrücken, fiel ihm Mischaels Klage am Grab des alten Kaleb ein. Irgendwie sehnte er sich nach dieser Ruhe, der Stille jener letzten Ruhestätte. Das Ende aller Mühen. Ein Zustand, in dem Sorge oder Befürchtung, die beschwerlichen Notwendigkeiten des Seins, ein Ende hatten.

„O mein Gott", fuhr er fort, „deine Wege sind zu hoch für mich. Dein Wille liegt über den höchsten Himmeln, und ich bin nichts als ein schwacher, müder, alter Mann. Einst habe ich den Wein deiner Erwählung gekostet, der schwindlig macht, aber jetzt habe ich nur die Fadheit des vorgerückten Alters. Zweimal fühlte ich meine Zunge enflammt von den Befehlen deiner Botschaft, aber jetzt ist mein Kehle vertrocknet von der Dürre der

Jahre. Und dreimal wurde ich vom Strahlen deiner Vision geblendet, aber nun kann ich nur noch bezeugen, dass die Dunkelheit sich sammelt. O Gott Abrahams", stöhnte er eindringlich, „gib mir zum Ende deinen Frieden. Lass mich schließlich ruhen und still sein."

Während er, noch vollständig bekleidet, auf sein Lager fiel, stürzte er vor Erschöpfung, die mehr war als nur physisch, in eine todesähnliche Finsternis; es war die Müdigkeit der Seele, die Daniel beanspruchte, und sein Atem ging so langsam, dass jeder Atemzug der letzte hätte sein können.

Er stand an der Küste eines weiten gewaltigen Meeres und fühlte, wie ein kalter, ahnungsvoller Windhauch an seiner Wange vorbeistrich. Daher schaute er hinaus über die rastlosen Wasser der Tiefe. Eine dunkle Wolkenbank zog über die Fläche des Horizonts dahin, von Innen angetrieben, und stieg höher und höher, als setzte sie wie ein schwarzer Panther zu einem heimtückischen Sprung an.

Dann drehte er sich, durch einen Windzug hinter sich veranlasst, erschreckt um. Hinter ihm machte sich ein gewaltiges Wolkentier zum Angriff bereit. Als er nun um sich schaute, sah er, dass an jedem Horizont, überall auf dem riesigen Erdenrund, die Winde der Schöpfung sich zum Angriff sammelten.

Vier gewaltige Malströme des Himmels stürzten auf einmal los, schlugen die See und türmten Wellen so hoch wie Berge auf. Während er das alles beobachtete, zu Tode erschreckt, erhoben sich vier scheußliche Tiere aus dem Wasser des Meeres, wo die Winde zugeschlagen hatten.

Das erste war wie der Löwe von Ischtar, aber mit Flügeln wie ein Adler. Das zweite war ein Bär, der seine Zähne über den blutigen Rippen seines letzten Opfers fletschte. Das dritte war ein Leopard mit Vogelflügeln und das vierte – bei seinem Anblick klebte Daniel die Zunge vor Furcht am Gaumen. Diese Kreatur aus einem wahnsinnigen Alptraum war nahezu unbeschreibbar; seine schreckliche Erscheinung ließ den Verstand vor Ekel taumeln. Die einzigen Züge, an die sich seine zurückschaudernden Sinne erinnerten, waren seine schrecklichen Zähne aus Eisen, mit denen es seine Opfer übel zurrichtete und zermalmte – und die zehn Hörner auf seinem Kopf ...

Lange Zeit später – waren es Stunden gewesen? – erwachte er. Das Echo der Stimme des ehrfurchterregenden Engels hallte noch in seinen Gedanken nach. Sein Herz drückte immer wieder gegen seine Luftröhre, während der Traum beständig seine Gedanken durchkreuzte. Vier Tiere. Zehn Hörner. Es hatte auch noch ein elftes gegeben, ein lästerliches Horn, das sich aufblähte und prahlte. Und ein ruhmreicher Menschensohn, dessen Autorität absolut sein und dessen Königreich niemals enden würde ...

Während Daniel in sich selbst nach einer Antwort auf die phantastische Nachtreise in seinen Gedanken suchte, entdeckte er zwei Gefühle, die aufs Vertrauteste in seiner Seele ineinandergeschlungen waren.

Auf der einen Seite empfand er ein Hochgefühl. Er hatte gespürt, wie die Kraft des Allmächtigen in seinem eigenen Körper pulsierte, denn es gab keinen Zweifel über die Quelle der Vision, die er gesehen hatte.

Auf der anderen Seite hatte ihn das Gefühl einer Vorahnung sehr mitgenommen. Es schien, als hätte Gott immer noch einen Ruf für seinen lebensmatten Diener – und Daniel wusste, dass es keine Möglichkeit gab, die Pfade vorherzubestimmen, auf die der Ruf seine alten müden Füße setzen würde. Eine Geschichte musste noch erzählt werden, das fühlte er, eine Vision musste noch mitgeteilt werden.

Mit bedächtiger Langsamkeit erhob sich Daniel von seinem Lager und begann, sein Schreibmaterial zusammenzusuchen.

20

Prinz Belsazar ergriff die Trinkschale aus glasiertem Ton, die immer noch halbvoll mit schäumendem Bier war, und schleuderte sie gegen die gegenüberliegende Wand der Kammer. Sie prallte mit lautem Knall dagegen, zersprang in Scherben und bespritzte die Mauer mit dem Rest des Gebräus. Die anderen Anwesenden beobachteten in stummer geheuchelter Faszination, wie die weißen Schaumblasen in kleinen Rinnsalen an den Fugen zwischen den Ziegeln hinunterliefen. Alle Gesichter waren abgewandt, denn die einzige andere Möglichkeit war, in die wütenden Augen des Prinzregenten zu schauen.

„Ich bitte um Berichte, und ihr bringt mir Unrat!", brüllte Belsazar, während seine volle Unterlippe vor Wut zitterte. „Gerüchte und das Geflüster närrischer alter Frauen." Er spuckte aus und schaute jeden von ihnen der Reihe nach an. Keiner der Ratgeber wagte es, in die Augen des Sohnes von Nabu-Naid zu blicken.

Wütend packte der breitschultrige Prinz den nächstsitzenden Wesir vorn bei seinem Gewand und hob den erstaunten und erschreckten alten Mann halb aus seinem Sitz. „Wie kann ich meinen Vater – und euren König – über die Bewegungen von Kyrus auf dem Laufenden halten, wenn die Boten, die ihr sendet, zu ängstlich sind, um Kontakt mit ihm aufzunehmen?" Er schüttelte den Edelmann wie einen Schuljungen, der etwas ausgefressen hat. Dann ließ er den Höfling angewidert fallen und wandte sich dem Rest der Männer zu. „Muss ich warten, bis seine Armee draußen vor dem Ischtar-Tor ihr Lager aufschlägt, bevor ich mit Sicherheit weiß, was seine Absichten sind?"

„Mein Prinz", wagte irgendein tollkühner Mann in die Stille zu werfen, „Sardis ist eine weite Reise. Wir haben die Kuriere erst vor zwei Monaten losgeschickt. Sie werden also sicherlich bald –"

„Ich muss es jetzt wissen!", brüllte Belsazar und schlug vor dem bleichen Wesir mit der Faust auf den Tisch. „Der ungebildete Narr hat schon Ekbatana eingenommen, ohne auch nur ein Schwert zu ziehen! Er hat die Gebiete östlich des Tigris wie einen abgetretenen Teppich aufgerollt, und nun fordert er die Macht von Krösus heraus!" In wütender Verzweiflung fuhr sich der Prinzregent durch das Gesicht, während er wie ein Tiger im Käfig hin und her lief. „Krösus hat Babylon um Hilfe gebeten", knurrte der Prinz, „und ich sitze hier wie ein fetter Ochse, während ihr mir die Ohren volljammert."

„Ägypten hat auch eine Gesandtschaft aus der lydischen Hauptstadt empfangen", meldete sich einer der Vornehmen vorsichtig.

„Ägypten!", spottete Belsazar. „Ägypten sind in den Tagen Nebukadnezzars bei Karkemisch die Zähne gezogen worden. Es wird auf den Ruf von Krösus nicht antworten."

„Was hat der König über diese Dinge gesagt?", fragte ein anderer Berater.

Belsazar machte in seinem rasenden Gang Halt und starrte den Sprecher an. „Der König ... kümmert sich um andere Dinge", bemerkte er zögernd, während er sich entschloss, dass die Worte, die er wirklich zu sagen wünschte, am besten ungeäußert blieben. Er nahm seinen Gang wieder auf und schimpfte vor sich hin – oder vielleicht mit seinem abwesenden Vater, der ihn zur Raserei trieb. „Wenn Sardis an Kyrus fällt, dann hat er uns im Norden und Süden völlig umfasst. Wie lange wird es dauern, bis er seine Aufmerksamkeit den Städten an den beiden Flüssen zuwendet?"

Er blieb wieder stehen und warf der um den Tisch zusammengedrängten stummen Gruppe einen finsteren Blick zu. „Nun?", forderte Belsazar. „Hat es euch etwa die Sprache verschlagen? Redet, ihr Narren! Der Regent eures Gebieters befiehlt es euch!"

Die Ratgeber schauten einander an und sahen dann zum Ende des Tisches. Es schien ihnen, als hätten sie schwere Gewichte auf der Brust. Die Zungen schienen vor Angst wie festgeklebt zu sein. Was konnte man sagen, wenn alle Antworten falsch waren?

Daniel legte den Griffel zur Seite und tat ein paar tiefe Atemzüge, um das Zittern seiner Hände zur Ruhe zu bringen, das von der immer noch zu lebhaften Erinnerung an die erschreckenden Visionen hervorgerufen wurde, die in seinen schlummernden Verstand eingebrochen waren. Selbst jetzt, wo das Sonnenlicht des Frühlingsmorgens seine Kammer durchflutete, ließen die lästerlichen Worte des elften Horns, die das Tier im Traum ausgesprochen hatte, sein Herz schaudern. Trotz des fröhlichen beruhigenden Zwitscherns der Spatzen im Garten vor seinem Fenster widmete er sich nur widerwillig der Aufgabe, die Bilder von den furchtbaren Dämonen in seinem Traum niederzuschreiben.

Dieser Traum war eine Vision von Königen. Er begann aufzuschreiben, was ein Engel ihm über die Vision erklärt hatte:

Die vier großen Tiere sind vier Königreiche, die auf der Erde entstehen werden. Aber die Heiligen des Allerhöchsten werden das Königreich empfangen und für immer besitzen –

Seine Brust hob sich vor Dankbarkeit, und er schrieb mit Nachdruck:

Ja! Für immer und ewig!

Trotz der entsetzlichen Furcht, die er angesichts der Winde und der gewaltigen, bedrohlichen Untiere empfunden hatte, war das Ende des Traums eine Fanfare der Hoffnung und des sicheren Sieges gewesen! Das Volk des Herrn würde triumphieren.

Daniels Hand hielt im Schreiben inne. Er erinnerte sich an das Gefühl, das er in seiner Vision gehabt hatte: Die Ausstrahlung riesiger unzähliger Menschenmengen siegreicher Heiliger, die sich an der Allmacht des gerechten Herrschers Gottes erfreuten und die unbestimmte unerschütterliche Vorahnung, dass die Errettung, die durch diesen Triumph der Gerechtigkeit verheißen wurde, wie eine Flutwelle weit über die Grenzen Judas hinwegrollen würde, ja sogar über die Grenzen Chaldäas! Irgendwie war dieser Sieg eine Rechtfertigung für die ganze Schöpfung; jedes Lebewesen, das Adonai mit seinen Händen geformt hatte, würde sich wegen der Niederlage der Gottlosen zu einem großen Freudenruf erheben.

Während er über diese unaussprechlichen Dinge nachdachte,

klopfte es an der Tür. Daniel schaute sich schnell um, bedeckte seine Tafel mit einem feuchten Tuch, um die Feuchtigkeit des Tons zu erhalten, und verbarg dann die Tafel hinter seinem Bett.

Als er die Tür öffnete, traf er zu seinem Erstaunen einen der Söhne Asarjas an. Mit tränenüberströmtem Gesicht sagte der junge Mann: „Onkel Daniel – komm schnell! Vater liegt im Sterben. Er fragt nach dir."

Völlig benommen betrat Daniel das Haus an der Adad-Straße. Auf dem kurzen Weg vom Palast aus durch die Straßen hatte ihm der Sohn über Asarjas plötzlichen durchdringenden Schmerzensschrei am Morgen bei Tisch erzählt. Er hatte sich an die Brust gegriffen und war dann hilflos zu Boden gesackt. Jeder Atemzug, den er nun tat, war ein Kampf, der ihn seine ganze Kraft kostete, und die plötzliche schreckliche Gewissheit überkam sie alle, dass er sie sehr, sehr bald verlassen würde.

Schließlich erreichten sie das Portal. Mischael und Hananja, die schon da waren, begegneten seinem ungläubigen hilflosen Blick mit traurigem Kopfschütteln und Tränen in den Augen. Er ging durch den Hauptraum, während es von allen möglichen Klängen in seinen Ohren dröhnte und alles, außer dem Gesicht Ephratas und der verlorenen Gesichter der Kinder Asarjas, vor seinen Augen zu einem formlosen Etwas verschwamm.

Er trat in die Schlafkammer. Asarja lag keuchend auf seinem Lager und hielt sich seine Brust. Mit schmerzverzerrtem Blick schaute er seinen alten Freund an. Schwach klopfte er auf den Platz neben sich, um Daniel mitzuteilen, dass er sich setzen solle. Der Wesir beugte sich nah an die Lippen seines Freundes.

„Ein Schmerz ... hier", flüsterte Asarja, und pochte an seine Brust. „Als wenn sich ein Kamel – auf mich gesetzt hätte ... voll beladen."

Daniel, dem die Tränen unbeachtet aus den Augen liefen, nickte. „Du solltest nicht sprechen, mein Freund," flüsterte er mit heiserer Stimme. „Du solltest deinen Atem für deine Familie aufbewahren."

Asarja, der sogar auf seinem Totenbett noch ungeduldig war, schüttelte den Kopf. „Hab ihnen schon alles ... gesagt", murmelte er. „Wollte ... dich."

Daniel zwang sich zu einem bebenden Lächeln. „Gut dann ... hier bin ich."

Asarjas Augenlider flatterten. Daniel fürchtete das Ende und konnte nicht mehr Atem holen, bis er den festen Blick seines sterbenden Freundes wieder auf seinem Gesicht sah. „Du musst ...", mehrere mühsame, quälende Atemzüge unterbrachen seine Worte, „... musst vergessen ... das Frühere."

Daniel starrte Asarja an, während eine ganze Anzahl schmerzlicher alter Erinnerungen über sein Gesicht zog. Die Augen des sterbenden Mannes sahen ihn wissend und tadelnd an. Daniel war von seinen Gefühlen fast überwältigt und konnte nur noch nicken. Wieder sah er, wie Asarja sich mit beinah unerträglicher Anstrengung sammelte, um zu sprechen.

„Aber vergiss niemals ... Jerusalem", hauchte er.

Wieder konnte Daniel nicht anders antworten, als durch ein heftiges Kopfnicken. Er ergriff die Hand seines lebenslangen Kameraden und weinte Tränen auf das Gewand Asarjas. Als er eine Hand auf seiner Schulter spürte, wandte er sich um und sah den ganzen Raum angefüllt mit der Familie und den Freunden Asarjas oder Abed-Nabus, des Sohnes aus Juda, des Ratgebers Babylons.

Der Mann, der auf dem Bett lag, bewegte seinen Kopf ein wenig, um sie alle anzusehen. Dann wurden seine schmerzverzerrten Gesichtszüge auf einmal weich, und mit einem leichten Lächeln auf seinen Lippen schloss er seine Augen. Die stoßartigen gequälten Atemzüge hörten auf. Es war vorbei.

Vom sanften Schluchzen Ephratas begleitet, stimmte Mischael mit von Trauer belegter Stimme den Psalm an, den er am Grab Kalebs gesungen hatte.

Wirst du an den Toten Wunder tun?
Oder werden die Gestorbenen auferstehen, dich preisen?

„Nein, mein Freund", unterbrach Daniel, der sich plötzlich an die Siegeshymne der sich freuenden Menschenmenge in seinem Traum erinnerte. „Hast du vergessen, was David noch sagt?" Daniel erhob sich und ergriff den Arm des Eunuchen.

Wohin soll ich gehen vor deinem Geist?
Wohin fliehen vor deinem Angesicht?
Stiege ich zum Himmel hinauf, so bist du da.
Bettete ich mich in dem Scheol, siehe, du bist da.
Erhöbe ich die Flügel der Morgenröte,
ließe ich mich nieder am äußersten Ende des Meeres,
auch dort würde deine Hand mich leiten
und deine Rechte mich fassen ...

Hananja erhob sein Gesicht und schaute Daniel an. Ein Schimmer aus einer anderen Welt lag auf seinen dunklen Augen. Sein Kinn zitterte bei dem Versuch, laut zu sprechen, mehr, als wenn er mit seiner geliebten Harfe spielte, während er sang.

Ich will dich erheben, o Herr,
denn du hast mich aus den Tiefen emporgehoben ...
O Herr, mein Gott, zu dir schrie ich um Hilfe,
und du heiltest mich.
O Herr, du hast mich aus dem Grab heraufgeführt ...

Auf der höchsten Zinne der Zitadelle von Sardis stehend, wandte sich Kyrus dem obersten lydischen Minister zu, der an seiner Seite stand. „Nun, Lysidias, erscheinen dir diese Bedingungen annehmbar?"

Der Edelmann nickte schwach, er traute seinen Ohren kaum. Der Eroberer von Sardis machte den Vorschlag, die lydische Gesellschaft beinah so zu verlassen, wie er sie vorgefunden hatte. Keine Plünderungen. Keine Versklavungen oder zwangsweisen Umsiedlungen von Menschenmassen. Lysidias würde im Amt bleiben, aber von nun an als Kschatra, wie die lydische Sprache das seltsame arische Wort nannte, das heißt als Satrap Kyrus

Bericht erstatten. Und Kyrus erklärte, dass er Krösus dieselbe Chance gegeben hätte, würde der lydische König nicht zu dem unglücklichen und verfrühten Notbehelf gegriffen haben, sich im Innenhof seiner Gemächer selbst zu opfern.

Die einzigen Spuren der Eroberung, die Sardis zu akzeptieren gezwungen sein würde, waren die unvermeidliche Steuer und die andauernde Gegenwart eines persischen Schatzkanzlers und Befehlshabers der bewaffneten Abteilung in Sardis, eine Bürde, die leicht genug war für ein Volk, das noch wenige Stunden zuvor um seinen Hals gefürchtet hatte.

Der Lydier fühlte sich vor Erleichterung wie neu geboren und kniete vor dem in Reiterhose gekleideten König mit den bernsteinfarbenen Augen nieder. Während ein Schreiber die wichtigen Dinge notierte, schaute Kyrus zum westlichen Horizont und bemerkte: „Dieser Turm bietet eine ziemlich gute Aussicht. Ich nehme an, dass Krösus viel Zeit damit verbracht hat, sie zu genießen, oder Lysidias?"

Der neu eingesetzte Satrap Lydiens gab zur Antwort: „Nein, mein ... mein König. Der König – äh, genauer gesagt, Krösus – verbrachte die meiste Zeit in den Gärten oder in der Schatzkammer. Er hat sich nicht sehr viel um die Aussicht von den Türmen gekümmert."

Kurasch lachte über die Schärfe der Bemerkung des Lydiers, ob sie nun beabsichtigt war oder nicht. Als er seine Augen beschattete, konnte er das weit entfernte Glitzern der See erkennen und dahinter einen dunklen Streifen auf der am weitesten entfernten Linie zwischen Himmel und Erde. „Was ist das für ein Land dahinter, Lysidias?", fragte er. „Dort, jenseits des Meeres."

Der Satrap schaute in die Richtung, in die Kyrus blickte. „Das sind die Inseln der Griechen, mein König. Nicht weit entfernt vom Festland Hellas selbst."

„Hellas ..." Der Name bewirkte ein eigentümliches Kribbeln auf Kuraschs Zunge. Er spürte einen sonderbaren Kampf in seiner Brust. Er wollte von Sardis aus weiter vorandrängen, um diese Griechen zu treffen und zu sehen, was für eine Sorte Mensch sie wohl sein mochten. Und doch ... ein kleiner Winkel seiner Seele schreckte bei dem Gedanken zurück. Irgendeine kaum hörbare Stimme – seine Fravaschi vielleicht – flüsterte, dass die Bestimmung anderswo lag – für ihn selbst und für sein Reich. Die Bestimmung ... und vielleicht auch Gefahr.

Daniel befand sich in einem großen, leeren Hof. Ein breiter, klarer Kanal floss durch den Hof. Seine Wasser waren seltsam ruhig.

Das Geräusch von Schritten oder entfernten Stimmen fehlte völlig und ließ daher den ganzen Platz unheimlich erscheinen. Und doch hatte die Zitadelle, die den riesigen Platz umschloss, etwas Vertrautes, als sollte er erkennen, wo er war, es aber nicht richtig konnte, als erinnere er sich an etwas, das er noch nicht gesehen hatte.

Er hörte Schritte hinter sich, aber es war nicht das Geräusch eines menschlichen Fußes. Als er sich umdrehte, sah er einen riesigen Widder; sein Pelz bestand aus glänzend weißer Wolle, seine Hufe und Hörner waren aus Gold. Die aufgeblähten Nüstern des herrlichen Tiers waren rot, und dunkles Feuer strahlte aus seinen Augen. Ein Horn des Tiers war, wie er bemerkte, größer als das andere, als wäre es früher gewachsen.

Während er ihn beobachtete, schnaubte der Widder, senkte seinen Kopf und stürmte nach Osten, wobei sich seine Sehnen auf Rücken und Hinterteil mächtig dehnten. Das Tier wirbelte in einer Staubwolke herum und raste in die Richtung zurück, aus der es gekommen war, während es die tödlichen Hörner über den Boden zog und dadurch grimmig die Herrschaft über sein Gebiet geltend machte.

Der Widder stürmte in alle vier Windrichtungen, bis er zuletzt anhielt und heißen Atem aus seinen Nüstern blies. Den Kopf gebieterisch hochhaltend, beobachtete das Tier seine Umgebung und starrte durch Daniel hindurch, als sei er nichts weiter als Luft.

Während er so dastand und den Widder bewunderte, hörte er ein herausforderndes Gebrüll, ähnlich der Kriegsfanfare eines Feindes, das ihm durch Mark und Bein ging. Als er zu seiner Rechten schaute, sah er einen Ziegenbock, der auf wundersame

Weise durch die Luft sprang, über die hohe Mauer im Westen des Hofs setzte und einen Steinwurf weit von dem Widder entfernt landete.

Die beiden Tiere stießen Schlachtrufe gegeneinander aus, scharrten mit ihren Hufen im Staub und schüttelten ihre Köpfe, um ihre brutale Feindschaft offen zu zeigen. Er bemerkte, dass der Ziegenbock nur ein Horn besaß, wenn auch ein großes, und dass es seltsam plaziert war – in der Mitte der Stirn des Bocks. Die Nerven in seinem Rückgrat entspannten sich, während er die Herausforderung und ihre Gegenherausforderung beobachtete und zuhörte. Es war klar, dass es nur einen Überlebenden des bevorstehenden Zusammenstoßes geben würde.

Kurz darauf stürzte sich der Ziegenbock gewalttätig auf den Widder, der seinen Kopf senkte und vorwärtssprang, um dem Angriff zu begegnen. Als die angreifenden Tiere zusammenprallten, gab es einen Donnerschlag; er hatte das Gefühl, dass das Tageslicht um einiges dunkler geworden war. Als er seine Ohren nicht mehr zuhalten musste und seine Augen öffnete, lag der mächtige milchweiße Widder tot am Boden. Der Ziegenbock stand triumphierend mit gespreizten Beinen über dem Kadaver.

Kaum war das geschehen, als das große einzelne Horn des Bocks zersplitterte, und an seiner Stelle vier groteske Hörner emporwuchsen, die nach Norden, Süden, Westen und Osten zeigten. In ihrer Mitte wuchs noch ein anderes Horn. Als das kleine Horn in schrecklichem Drängen anschwoll, fühlte er, wie ihm das Blut in den Adern gefror.

Denn er kannte seine Art. Er hatte sie schon einmal gesehen, bei dem elften Horn der vier Tiere. Als das Horn nun immer mehr wuchs und lebendig wurde, wusste er, was geschehen würde. Mit der bedrohlichen Sicherheit eines Alptraums, an den man sich erinnert, hörte er sich die Lästerungen an und beobachtete den erschreckenden, unangefochtenen Fortschritt seiner abscheulichen Bosheit.

Und dann sprach eine Stimme mit einem Klang, der furchtbarer und gebieterischer als der Zusammenprall der Königstiere war. Er kannte den klangvollen Tonfall seines Engels und hörte mit ganzer Seele zu, denn der Sieg des hochmütigen fünften Horns hatte seinen Geist tief beunruhigt.

„Diese Tiere stellen die Könige von Medien und Persien dar, und den zukünftigen König von Griechenland", sagte der Engel, „und die Vision, die du gesehen hast, betrifft Dinge, die weit in der Zukunft liegen – in der Zeit des Endes ..."

Daniel fragte sich, wem er diese Dinge mitteilen sollte. Sollte er zum König sprechen, ihn warnen oder zur Einsicht bringen?

„Nein!", sagte der Engel auf seine unausgesprochene Frage. „Diese Dinge sind wahr und zuverlässig, aber du musst diese Vision versiegeln, denn viele Zeiten und Könige werden vorüberziehen, bevor sie erfüllt wird ..."

Als das Morgenlicht durch seine Augenlider sickerte, schlug er sich mit seinen Händen auf die Brust. Sein Herz klopfte, als wollte es explosionsartig von seinem Körper frei sein. Seine Augen waren geöffnet, aber der Raum wirbelte um ihn herum wie bei jemand, der zu viel schweres Bier getrunken hatte.

Noch einmal, dachte er, eine Vision der vier! Dieses Mal vier Hörner und die vier Könige, die sie repräsentierten. Wie die zehn Hörner des vierten Tiers in seiner früheren Vision, folgte den vier Hörnern des Ziegenbocks ein schreckliches fünftes. Könige von Persien und ein König der Hellenen! Die furchterregenden Bilder, die rauschenden Worte seines Engels, die hart wie Diamanten waren, schwammen vor seiner fiebernden Erinnerung. Er fühlte sich gefangen in einem krankmachenden, hilflosen Schwindelanfall, ertrinkend in dem überwältigenden Trank der seelenüberflutenden Offenbarung Gottes.

Daniel stöhnte und bedeckte sein Gesicht mit den Händen. Seine Kleidung und sein Diwan waren durchnässt von seinem kalten Angstschweiß. Keuchend vor Anstrengung erhob er sich zitternd auf einen Ellbogen, fiel dann aber kraftlos zurück. Er sammelte seine letzten Kraftreserven und rief laut den Namen seines Leibdieners.

Der Diener trat leise in die Kammer und näherte sich mit besorgtem fragendem Blick dem Bett seines Herrn.

„Ich ... ich bin krank", keuchte Daniel. „Ich kann heute nicht bei Hof erscheinen ..."

Kurasch stieg aus dem niedrigen Ruderboot und sein Beine versanken bis an die Oberschenkel in dem morastigen Sumpf. In der Ferne konnte er felsige Hügel sehen. „Wie heißt dieses Land?", fragte er, während er sich zu dem Griechen umdrehte, der das kleine Boot zum Festland gesteuert hatte.

„Mazedonien, mein Herr", antwortete der drahtige dunkle Mann im harten rasselnden Akzent von Hellas.

„Mazedonien", meinte der Perser grüblerisch. Er ächzte vor Anstrengung, seine Füße aus dem Morast zu ziehen. Jeder Schritt machte ein lautes saugendes Geräusch, während er sich auf dem Weg abmühte, weiter nach oben zu kommen. „Ist die ganze Küste Mazedoniens ein solcher Morast?", fragte Kurasch lachend. „Man sollte meinen, die Leute hier hätten zu nichts anderem Kraft, als von einem Haus zum nächsten zu gehen, wenn das ganze Land ein solches Meer von hartnäckigem Sumpf ist!"

„Es ist nicht ratsam für Euch, mein Herr, so über die Mazedonier zu sprechen", warnte der Grieche. „Sie sind ein kriegerischer Haufen – und sie nehmen Anspielungen auf ihre Rückständigkeit nicht auf die leichte Schulter."

„Gibt es denn häufiger Gelegenheiten, dass jemand auf ihren ... Mangel an Fortschritt anspielt?", fragte der Pferdekönig.

„Die Dramatiker und Philosophen Athens und der anderen Städte der attischen Halbinsel erfreuen sich daran, das mazedonische Bergvolk satirisch auf die Schüppe zu nehmen", erklärte der Führer. „Das macht ihnen großen Spaß. Aber wir, die wir näher bei ihnen leben, bei Thermopylae und im Norden und Osten von Epirus, behandeln die Mazedonier respektvoller."

Nachdem sie ein paar Schritte weiter durch den Matsch geschlingert waren, erklärte er weiter. „Das Volk von Athen kann sich mit seinen Mauern und seinem Bürgerheer trösten. Aber wir müssen Seite an Seite mit den Mazedoniern leben. Eines Tages werden sie müde sein, immer nur als Narren oder Spaßvögel angesehen zu werden. Und dann ..."

Kurasch bemerkte den leichten Respekt sehr genau, den der Grieche diesen angeblich so primitiven Mazedoniern entgegenbrachte. Wie gut erinnerte er sich an die Verachtung, mit der die „zivilisierten" Meder ihre Verwandten aus den Bergen, die Parsi, behandelt hatten! Die Athener verspotteten also die Mazedonier? Er verfiel in Schweigen, zum Teil, weil er in Gedanken war, zum Teil, um seinen Atem für den nächsten Schritt durch den Morast des Moors zu sparen.

An jenem Abend, als der Aufklärungstrupp sein Lager in einer Schlucht zwischen zwei felsigen Hügelabhängen aufgeschlagen hatte, rief Kurasch Gobhruz zu sich.

„Alter Freund", sagte der König, als sich der graubärtige Meder vor ihm verbeugte, „was meinst du? Ist es Zeit, zurückzukehren – nach Babylon?"

Der ältere Mann murmelte etwas in seinen Bart.

„Was sagtest du?", drängte der König. „Ich habe dich nicht verstanden."

Der Meder starrte einige Augenblicke in das flackernde Licht eines nahen Lagerfeuers und schaute dann den König an. Da er den Blick seines Herrschers nicht ertragen konnte, schaute er auf die Spitze seiner Stiefel und brummte: „Ich sagte, Babylon hat schon viele gehabt; warum solltest du irgendwie anders sein?"

„Was soll das heißen, Gobhruz?", fragte Kurasch lachend. „Wir sind bis zum äußersten westlichen Ende der Welt gekommen, und nun meinst du, die Mauern Babylons werden mich schließlich schlagen? Wo ist der Mann, der von der Furcht eines Königs sprach, der in die Sterne schaut?"

Der alte stämmige Meder schüttelte den Kopf. „Nein, mein König. Das ist es nicht. Du wirst Babylon einnehmen – seine Zeit ist beendet. So viel weiß ich."

Kurasch beobachtete das Profil seines Lehrers sorgfältig, während Gobhruz' Gesicht das flackernde Licht des Feuers dunkel und orange widerspiegelte. „Was dann?", fragte er schließlich.

„Du wirst von alledem vereinnahmt", sagte der Meder und wies auf die ganze Umgebung. „Und wenn du Babylon einmal eingenommen hast, wirst du vollständig vereinnahmt sein."

Kuraschs Schweigen zwang den Meder dazu, weiterzusprechen.

„Jeder Sieg, jedes neue tributpflichtige Land, entfernt dich weiter von dem, was du warst. Es macht dich einerseits mehr zum König, andererseits weniger zum Parsi." Der alte Mann dachte eine Weile angestrengt nach. Dann meinte er, indem er seine Augen zu Kurasch erhob: „Als du ein Junge warst, war es genug für dich, ein feuriges Ross neben dir zu haben und die freie Luft von Anschan zum Atmen. Dann wurdest du etwas älter und entdecktest, dass du der Sohn und Enkel von Königen bist. Du begannst, aus Anschan herauszuwachsen."

„Wenn ich der König Lydiens, Mediens und Chaldäas sein soll", bemerkte Kurasch in gedämpftem Ton, „muss ich dann nicht das Beste von jedem Teil nehmen, um das Ganze besser zu verstehen?"

Gobhruz Hände griffen nach einem vereinzelten Büschel Gras und drehten es hin und her, während er in seinem Innern nach den richtigen Worten suchte. „Ich habe Elam verlassen, weil ich ein einfacheres, weniger künstliches Leben haben wollte. Ich habe dir von ganzem Herzen gedient, wie ich es deinem Vater geschworen habe. Und jetzt ..."

Das Lied eines Nachtvogels wehte vom Hügel herab. Ein Stück grünes Holz zischte auf den knisternden Kohlen des Feuers. Kurasch sagte leise: „Mein Freund, ich möchte dich nicht an ein Unternehmen binden, das dir unangenehm ist. Du hast meine Erlaubnis, nach Anschan zurückzukehren, um dort deine Tage zu verbringen –"

„Ich kann nicht gehen", unterbrach ihn der Meder. „Ich habe deinem Vater einen Schwur getan, und ich kann dich nicht verlassen."

„Nun gut", sagte Kurasch. „Du wirst bleiben – und das Gewissen des Königs sein. Ein weiser Hirte benötigt Leute, die ihn im Auge behalten. Und eine Stimme der Vorsicht ist eine kluge

Ergänzung für jeden Rat. Willst du das für mich sein, mein Freund – und Lehrer?"

Gobhruz schaute lange ernst in das Feuer, blickte dann auf seine Füße und nickte langsam mit dem Kopf. „So soll es sein."

„Also dann ... was sagst du?", fragte Kurasch, während ein leichtes Lächeln über seine Lippen huschte. „Sollen wir unsere Schritte nach Osten kehren – nach Babylon?"

Ohne aufzuschauen, nickte Gobhruz müde, aber bestätigend. „So soll es sein", murmelte er.

Teil 3

Befreiung

21

Die Gruppe von Priestern und Astrologen stand gerade im Marduk-Tor des Esagila und führte eine hitzige Diskussion, während Anbeter und Tempelbedienstete geschäftig in den Tempelkomplex hinein und wieder hinaus hasteten.

„Wenigstens kann das Fest dieses Jahr stattfinden", beharrte ein kahlköpfiger Sternenbeobachter, „und ich muss sagen, das ist wirklich gut."

„O natürlich", spottete ein anderer. „Aber nur, wenn der Prinzregent laut genug nach seinem dummen Vater schreit, dass die Perser kommen, scheint Nabu-Naid schließlich in der Lage zu sein, auf den Thron zurückzukehren, den er an sich gerissen hat. Er hastet in die Mauern Babylons zurück und verkündet lautstark seine Treue zu Marduk, als könnte diese wundersame Veränderung des Herzens die Vergebung des Großen Herrn bewirken – oder die seiner Priester." Der Priester spuckte demonstrativ auf das Pflaster, wobei er nur knapp einen Bettler verfehlte, der im Tor saß. „Das ist für den König –"

Die Diskussion brach plötzlich ab, als eine Abteilung Soldaten vorbeimarschierte. Nach einer unangenehmen Pause begann das Gemurre in der Gruppe erneut. „Marduk lässt sich von so einer doppelzüngigen Ergebenheit, wie der Thronräuber sie vorgibt, nicht beeinflussen. Fest hin oder her, ich sage, dass Winde der Veränderungen durch unser Land wehen, und je eher, desto besser."

Die Schar der Priester und Gelehrten in ihren Gewändern zog sich tiefer in den Tempelhof zurück, die Debatte ging mit vorsichtiger Heftigkeit und häufigen verstohlenen Blicken über die Schulter weiter. Als sie außer Hörweite waren, erhob sich der Bettler, klopfte sich den Staub ab und humpelte in Richtung auf eine enge Gasse zwischen zwei Lehmziegelgebäuden davon.

Nachdem er sich vergewissert hatte, dass er unbeobachtet war, verschwand der Bettler hastig in dem dunklen leeren Winkel. Schnell zog er einen Streifen Pergament aus seiner Kleidung und machte eine Reihe von geschickten Zeichen mit dem abgebrannten Ende eines Zweiges. Er steckte das Schreiben sicher unter sein zerlumptes Gewand und schlenderte zurück in den Durchgang. Dann schaute er auf den Winkel der Sonne. *Der Morgen ist etwa zur Hälfte vorüber*, dachte er. *Nicht mehr lange, bis ich meinen persischen Kontaktmann am Sin-Tor treffen werde. Ich werde ihm viel zu erzählen haben.*

Egibi schaute seine Söhne in der Kammer der Reihe nach an. „Also dann. Wie viele Anleihen haben wir noch ausstehen von Mitgliedern des königlichen Hofs oder von der königlichen Familie selbst?"

Der vier Söhne sahen einander an, ihre Stirn in Falten vor Verwirrung. Sie hatten wirklich nicht die leiseste Ahnung, was ihr Vater mit solch einer Frage beabsichtigte. Nacheinander wandten sie ihre Augen wieder dem Gesicht ihres Vaters zu; ganz offensichtlich wussten sie nicht, wie sie die unerwartete Frage beantworten sollten.

„Ihr wisst es nicht." Egibi rutschte ungeduldig auf seinem Gobelinkissen hin und her und schüttelte gequält seinen Kopf. Er war inzwischen so alt und gebrechlich, dass er kaum noch seine Wohnung verließ, aber er wusste immer noch mehr von der Welt da draußen als seine vier kerngesunden Söhne. Manchmal verzweifelte er daran, ihnen irgendetwas beizubringen. „Gut, dann sagt mir Folgendes: Wie hoch ist unsere zusätzliche Versicherungsrate auf Silber, das den Vornehmen ausgeliehen wurde, besonders den militärischen Anführern? Habt ihr irgendeine Idee?"

Die Söhne, verwirrt und leicht gekränkt durch den anklagenden Ton des Familienoberhaupts, hielten ihre Augen starr auf den Boden gesenkt. *Glaubt er etwa, wir sind Kinder?*, fragten sie sich. *Nimmt er an, sein Verstand ist als einziger in der Lage, das Geschäft Egibi und Söhne am Laufen zu halten?*

„Meine Söhne", keuchte der alte Mann schließlich, als die feindselige Stille lange genug gewährt hatte, „ich will euch nicht ärgern. Aber habt ihr euch schon einmal überlegt, was geschehen könnte, wenn die Perser nach Babylon kommen?"

Der Älteste riss seine Augen auf und machte ein erschrockenes Gesicht. Egibi lächelte mit seinen Augen und nickte.

„Ja, Bel-Adan, du beginnst es doch noch zu sehen."

Die drei Brüder Bel-Adans begannen, sich über ihre Bärte zu streichen, während sich ein Ausdruck des Verstehens langsam auf ihren verdrießlichen Gesichtern breitmachte. „Wenn sich Königreiche verändern", sagte Egibi, „ist es gut, auf seine eigenen Angelegenheiten genau zu achten. Gesetze, die dich heute schützen, könnten morgen aufhören zu existieren. Ein kluger Verleiher wird niemals willentlich Risiken eingehen, die nicht einzuschätzen sind."

„Vielleicht sollten wir eine aktuelle Berechnung der Beträge anfordern", meinte der älteste Sohn grübelnd.

„Ja ... und wenn ich mich nicht irre, ist Nabu-iddina ein wenig spät mit der Zahlung seiner Schuld", sagte ein anderer sinnierend. „Ich sollte mir die Sache einmal ansehen ..."

Ihr Vater nickte anerkennend. „Vorsicht, meine Söhne", erklärte er. „In Zeiten der Veränderung solltet ihr die Vorsicht wie ein Amulett um euren Hals tragen."

An der Tür hörte man ein diskretes Klopfen, und ein junger Mann von vielleicht zwanzig Jahren betrat den Raum. Er hielt sein Gesicht unterwürfig gebeugt und sagte: „Mein Vater möchte wissen, ob er die Türen öffnen soll. Die Sonne steht über den Mauern der Stadt."

Bel-Adan schaute Egibi und dann den jungen Mann an und antwortete: „Ja, Junge. Sag ihm, er kann die Leute reinlassen." Noch einmal seinen Vater anblickend, schloss Ben-Adan: „Wir sind fast fertig hier."

Der Sohn Jozadaks verbeugte sich und schloss die Tür so leise, wie er sie geöffnet hatte.

„Sehr gut, meine Söhne", sagte Egibi, während er sie ansah. „Es ist Zeit, unser Brot für einen weiteren Tag zu verdienen."

Nabu-Naid spielte nervös mit den Fransen des Seidenvorhangs. Er starrte aus dem Fenster zu dem Himmelsgarten Nebukadnezzars und schaute dann zurück auf die stille schwarz gekleidete Gestalt, die auf dem niedrigen Hocker in der Ecke des Raums saß. „Ist das der beste Beistand, den du leisten kannst?", fragte der alte König und verzog missmutig seinen Mund.

Adad-ibni zuckte mit den Schultern. Sein Gesicht war eine zerfurchte undurchdringliche Maske. „Mein König, ich erschaffe die Omen nicht. Ich lese sie nur." Der Magier grinste innerlich. In den Jahren, die Nabu-Naid in Teima verbrachte, hatte seine Geistesgegenwart sich mehr und mehr in eine Geistesabwesenheit verwandelt; jetzt zurück hier in Babylon war er fast bedeutungslos geworden. Belsazar, der Prinzregent, war der eigentliche Machthaber, der mit einer niederträchtigen Einstellung und eiserner Faust die Leute zum Gehorsam zwang, wenn er sich nicht sowieso schon ihres eigenen Willens bemächtigt hatte.

Der mitleiderregende alte Mann vor ihm mochte zwar der König sein, und seine Rückkehr zur Hauptstadt mochte es wohl ermöglichen, das lange Zeit nicht beachtete Neujahrsfest einzuhalten, aber Adad-ibni kannte die Stimmung im Esagila und die Gerüchte der Kaufleute an den Ufern des Karum. In seiner langen Abwesenheit von Babylon hatte Nabu-Naid vielleicht sein Ziel erreicht, den mächtigen Priestern des Esagila an den Bärten zu zupfen, aber er hatte den Zugriff Marduks auf die Seele des Reichs nicht geschwächt.

Außerdem, dachte der Seher, obwohl Belsazar das Heer mit stählernen Krallen umklammert hielt – und auf diese Weise auch die Stadt –, glitten die Herzen und Gedanken der Bevölkerung dem grausamen und brutalen Prinzen durch die Finger, genauso, wie sie es bei seinem vertrottelten alten Vater getan hatten. Da der Prozess schon im vollen Gange war, brauchte Adad-ibni seine Sterntabellen nicht, um zu erkennen, dass die Tage Nabu-Naids gezählt waren.

Nabu-Naid konnte die kaum verhüllte Zufriedenheit des Zauberers förmlich riechen. „Hol eine Tafel, du", keifte er, während er nutzlos seine Fäuste ballte. „Ich möchte eine Erklärung im Zusammenhang mit dem Neujahrsfest abgeben."

Gelassen schlenderte Adad-ibni zu dem niedrigen Tisch, auf dem eine feuchte Tontafel und ein Griffel lagen. Er nahm die Utensilien und wartete schreibbereit, um die Worte des untergehenden Königs aufzuzeichnen.

„Dieser Befehl wird auf Basalttafeln geritzt und von königlichen Kurieren in die größeren Städte unseres Herrschaftsgebiets gebracht", begann Nabu-Naid. „Er wird verkündet werden in den Mauern von Nippur, Borsip, Sippar, Uruk ..." Er listete die größeren Orte der Länder am Fluss auf, während der Magier sie pflichtbewusst niederschrieb.

„Die folgende Erklärung soll vor dem Abnehmen des Mondes verkündet werden", fuhr der König fort. „Das unmittelbare Einhalten unserer herrscherlichen und heiligen Befehle wird erwartet."

Nabu-Naid machte eine kurze Pause und atmete ein paar Mal tief durch. Seit er zurückgekehrt war und die Lage der Dinge innerhalb der Mauern seiner Stadt widerwillig hatte erkennen müssen, hatte er über diesen drastischen Schritt nachgedacht. So etwas war noch nie geschehen, ja, es war nicht einmal versucht worden. Aber er sah keinen anderen Weg, um die anwachsende Flut der Undankbarkeit und der Entfremdung einzudämmen. Jetzt war die Zeit für seinen letzten Schachzug gekommen. Er fuhr fort, mit einer Festigkeit zu sprechen, die er nicht fühlte.

„Die Götter, die Heiligen selbst, sollen aus ihren Häusern in den Tempeln gebracht werden. Ischtar, Adad, Belit-nina, Nabu, sie alle sollen nach Babylon kommen, unter den Schutz des starken Arms von Marduk, dem Herrn und König aller. Dort, mit ihrem Herrn und unter seinem Schutz, sollen sie das Neujahrsfest feiern ..."

Adad-ibni fiel der Griffel aus den Fingern. Sein Gesicht war eine starre harte Maske des Unglaubens. Meinte dieser verwirrte alte Mann tatsächlich, was er sagte? Hatte er wirklich vor, die Götter als Geiseln zu nehmen?

„Ihr habt aufgehört zu schreiben, Herr Magier", bemerkte der

König, während sich ein verschlagenes verrücktes Grinsen über sein verrunzeltes Gesicht stahl. „Habt Ihr meine Worte nicht richtig verstanden?" Da er wusste, dass er zumindest im Moment die Oberhand gewonnen hatte, beabsichtigte Nabu-Naid, seinen Vorteil bis zum Äußersten auszunutzen.

„Mein König, ich ... Sicherlich wollt Ihr nicht –"

„Wenn diese Proklamation in der Zeit, bis der Mond abnimmt, nicht laut in diesen Städten vorgelesen wird", knurrte der König, „werden die herrscherlichen Wachen den Befehl erhalten, Euch einen Kopf kürzer zu machen." Die Lippen des verzweifelten Königs öffneten sich zu einer tierischen Grimasse, als er den ängstlichen Astrologen ansah. Adad-ibni beugte seinen Kopf und begann mit schnellen zittrigen Zügen zu schreiben.

„Ich baue natürlich darauf", sagte der König, während seine Stimme vor Selbstzufriedenheit strotzte, „dass Ihr bei Eurem letzten Entwurf einige passende Bemerkungen über Omen, Zeichen und so weiter hinzufügt!"

„Ja, mein König", murmelte Adad-ibni elendig.

Wieder einmal warf sich Daniel vor dem geöffneten Fenster nieder, dem Fenster, das nach Westen zeigte. „Gepriesen bist du, o Herr, unser Gott, König des Universums", betete er, „der du dein Volk bewahrt hast ..." Während er an die letzten Worte Asarjas dachte, fuhr er fort: „Und bringe uns, o allmächtiger Herr, nach Jerusalem, aufgrund deiner unerschütterlichen Liebe." Er erhob sich und beobachtete, wie der Rand der Sonne hinter dem westlichen Horizont verschwand und der Himmel von dem gold-blau-violetten Farbenspiel des Abends erstrahlte. Es klopfte an seiner Tür. Ohne den Kopf zu wenden, rief er: „Kommt herein, Freunde. Ich bin hier."

Mischael, alt, beleibt und schnaufend vor Anstrengung, sein eigenes Gewicht schleppen zu müssen, trottete schwer in den Raum, eng gefolgt vom schlanken asketischen Hananja. Die beiden alten Männer grüßten ihren Freund, der sich nun auf der niedrigen Tisch zubewegte, der von leinenen Kissen umgeben war. „Wollt ihr etwas essen? Ich habe genug."

Hananja schüttelte stumm seinen Kopf, wohingegen Mischael in seiner pfeifenden hohen Stimme sagte: „Nun ja, da es solch ein weiter Weg ist zu dieser Seite der Stadt ..." Der Eunuch mit dem wulstigen Nacken nahm eine Handvoll Datteln von der hölzernen Schale auf dem Tisch und setzte sich auf mehrere Kissen.

Daniel zog nachdenklich an der lederartigen Schale eines Granatapfels. „Was halten die Leviten vom Erscheinen der Perser?", fragte er, während er die Gesichter seiner Kameraden genau beobachtete.

Mischael zuckte mit den Schultern und griff nach einer weiteren Handvoll Datteln. „Die Meinungen gehen anscheinend auseinander. Einige sehen Kyrus als das gerechte Gericht Adonais für die Gottlosigkeit dieses Ortes; sie scheinen zu glauben, dass er zu Boden gerissen wird, wie Jeremia vorhergesagt hat. Ich weiß nicht, ob sie sich gefragt haben, was unter solchen Umständen ihr Los sein wird."

Hananja warf einen verdrießlichen Blick auf den Eunuchen und wandte sich dann ab, wobei er den Kopf über solche Leichtfertigkeit schüttelte.

„Andere", fuhr Mischael fort, „kümmern sich kaum darum, ob es so oder so sein wird. Sie stecken ihre Nase in die Schriftrollen und sind kaum zu sehen, außer am Tag des Sabbats, um die Versammlungen zu lehren. Ansonsten warten sie darauf, dass ihnen gesagt wird, sie sollten nach Juda zurückkehren. Wenn sie eine Meinung zu irgendetwas anderem haben, ist es jedenfalls schwierig, zu sagen welche." Mischael wischte seine Finger an seinem Gewand ab.

Daniel schaute hinaus, wo die rotgefärbten Schatten über die Straßen und Häuser der Altstadt fielen. In seinem Studium am heutigen Tag hatte er in den Schriftrollen Hesekiels gelesen. Den ganzen Abend hatte ihm das angespannte ernste Gesicht des Propheten vor Augen geschwebt. Kurz bevor seine Gäste erschienen, hatte er gelesen:

So spricht der Herr, der Allmächtige: „Ich werde die Israeliten aus den Nationen nehmen, wohin sie gegangen sind. Ich werde sie von überall her sammeln und sie in ihr eigenes Land bringen ...

Aber wann? So viele Jahre hatten er und die anderen treuen Hebräer in Babylon dieselbe Frage gestellt – sich selbst und dem Ewigen – und immer schien die Antwort zu sein: „Noch nicht." Nun tat sich etwas in der Welt, die Dinge waren in Fluss. Würde das eine Rolle spielen? Würde der persische Eroberer schließlich der reinigende Filter sein, das ausführende Werkzeug für das Wort, das Gott durch seine gequälten, verfolgten Diener, die Propheten, verkündet hatte? Daniel wollte es glauben, und doch ... So viele Veränderungen hatten schon stattgefunden, so viele Könige, so viele Visionen in der Nacht, und immer noch war das Volk Gottes hier, gefangen in Chaldäa wie Ochsen, die in einem Sumpf feststeckten. Konnte das Donnern aus dem Norden der Vorbote einer bevorstehenden Veränderung sein? Er wagte es kaum zu hoffen.

Der Mond am sternenübersäten Himmel von Babylon war eine Sichel von einem Viertel der vollen Größe. Es war die zweite Nachtwache, eine Zeit, in der die meisten, wenn nicht alle Einwohner der Stadt, im Bett hätten sein sollen.

Aber im innersten Wohnhaus des Esagila brannte eine Lampe auf einem großen Tisch. Um die glatt polierte Oberfläche des Eichentischs war ein gedämpfter, aber erbitterter Rat der höchsten Ränge der Priesterschaft Marduks versammelt. Das flackernde Lampenlicht warf bewegende Schatten auf die Decke der Kammer und ließ die Furchen auf Stirnen und Gesichtern in unheimlichem Wechsel hervortreten. Die Männer hörten der Verlesung eines Pergaments zu, das ihr Herr, der Hohepriester, in Händen hielt.

„Und wegen meiner großen Ehrerbietung gegen den Herrn Marduk", verlautete die Botschaft weiter, „bin ich sehr bekümmert über die frevelhaften Handlungen eures sogenannten Königs. Ich weiß, dass der Herr der Sonne mich von meiner Heimat in den Bergen gerufen hat, um die Ungerechtigkeiten wieder gutzumachen, die der grausame Unterdrücker Nabu-Naid seinem Volk angetan hat. Zum Schluss bitte ich darum, dass ihr dieses kleine Opfer als ein Zeichen meiner Verehrung entgegennehmt."

Der Hohepriester machte eine bedeutsame Pause und hob vom Boden neben sich eine Tasche aus Kamelleder empor. Als er sie fest auf den Tisch legte, konnte man deutlich das Klirren von vielem Silber hören. Der Priester mit dem kahlgeschorenen Kopf schaute jeden seiner Kollegen einzeln an. „Können wir angesichts solcher Großzügigkeit daran zweifeln, dass Marduk die Seele dieses Menschen berührt hat, der in solch einer schwierigen Zeit kommt?"

Er ließ das Pergament aus seinen Fingern gleiten und auf den Tisch fallen. Es war, wie die Priester deutlich erkennen konnten, versiegelt mit dem geflügelten Kreissymbol Kyrus' des Persers.

22

Obwohl erst ein Morgen im Monat Nisan, war der Tag schon so heiß, dass man meinen konnte, es wäre Hochsommer. Aber selbst eine solche, für die Jahreszeit ungewöhnliche Hitze, konnte das Volk von Babylon nicht davon abhalten, sich massenweise an der Aibur Schabu zu versammeln, um das erste Neujahrsfest seit langer Zeit zu feiern. Mit beinah hysterischem Jubel erwartete die Hauptstadt die Erscheinung des wiedergeborenen Marduk.

Das Sonnenlicht blitzte auf den polierten Messingröhren der Trompeten, als die Herolde die Instrumente an ihre Lippen setzten. Aber statt der erwarteten königlichen Fanfare, die traditionsgemäß den Auftritt Marduks ankündigte, spielten die Musiker eine etwas andere Einleitung. Die Leute am nächsten zum Ischtar-Tor, die die Musik daher gut hören konnten, schauten einander an und zerbrachen sich den Kopf darüber, was dieses ungewöhnliche Vorspiel zu bedeuten habe.

Doch dann wurde es offensichtlich. Aus dem Schatten des engen Durchgangs an dem gewaltigen Tor rollte das Standbild Ischtars hervor, der fruchtbaren Frau des Uruk, die auf ihren Löwen mit goldenen Mähnen saß.

Ein erstauntes, ehrfurchtsvolles Gemurmel rauschte durch die Massen auf beiden Seiten des Prozessionswegs. Das war kein stellvertretendes Bild, kein bloßes Zeichen der Ischtar. Das war die große Göttin selbst, auf unerklärliche Weise aus dem prachtvollen Tempel in Uruk herbeigebracht, der Stadt, deren Schutzherrin sie war. Wie war das möglich? Wie konnten die Priesterinnen in Uruk das erlauben? Was würde aus der Stadt ohne die Gegenwart ihrer Herrin werden? Während die Menge noch versuchte, dieses wirklich außergewöhnliche Ereignis zu verarbeiten, ertönte ein weiterer fremder Ruf aus den Messingtrichtern der Trompeten am Ischtar-Tor.

Nun wurde Nergal, der gefürchtete Herr der niederen Gebiete, sichtbar. Wenn die Bestürzung des Volkes vorher schon groß war, dann war sie jetzt überwältigend. So ein furchterregendes Spektakel wie diese Prozession der Götter selbst durch die Straßen Babylons hatte es noch nie vorher gegeben.

Nacheinander erschienen sie, eine ungeheure Parade der mächtigsten alten Bildnisse der chaldäischen Kultur. Die festliche Atmosphäre war angesichts des bedrohlichen heiligen Ernstes der Erscheinungen vergessen. Die Menschenmassen entlang der Aibur Schabu waren eingeschüchtert und schwiegen wegen der unbegreifbaren, ahnungsvollen Gegenwart der Gottheiten. Als zum Schluss die vertraute Fanfare ertönte, die das Erscheinen Marduks ankündigte, war die feierliche Stimmung, mit der der Tag begonnen hatte, völlig verflogen. Das Bild Marduks bewegte sich durch die ehrfurchtsvolle Stille der breiten Straße wie eine Beerdigungsbarke auf einem gespenstischen Fluss. Hier und da machten ein paar weniger nachdenkliche Leute den vergeblichen Versuch zu applaudieren, aber ohne Erfolg. Die Prozession der Götter hatte ihre Arbeit getan. Diese schon seit langem fällige Erneuerung des Neujahrsfests trug den Beigeschmack von etwas Bedeutsamem und Ernstem – von etwas Endgültigem.

Kurasch saß auf seinem Ross und schaute gelassen über die flache angeschwollene Fläche des Euphrat. Das Pferd warf seinen Kopf zurück, so dass die einzelnen Teile des Zaumzeugs klirrten. Der König, der auf die Verfassung seines Reittiers so selbstverständlich Acht gab, wie das bei Reitern üblich ist, grinste über die ungeduldig zuckenden Ohren seines Pferdes.

„Bist du so begierig hinüberzugehen?", sagte er zu seinem Pferd. „Spürst du, dass jenseits dieses Flusses das Herzstück des Herrschaftsgebiets unseres Gegners liegt? Hast du Angst vor dem Kriegsgeschrei, dem schnellen Angriff in die Schlachtreihen des Feindes?" Als Antwort stampfte das Tier mit seinem Vorderhuf und ließ ein lautes schmeichelhaftes Schnauben hören. Kurasch lachte laut.

In seinem Rücken lag Karkemisch, der nördlichste Außenposten des chaldäischen Imperiums. Sein Heer, mit den neu ausgehobenen lydischen und griechischen Kontingenten, war darin unterwiesen, in Aufstellung zu marschieren und wartete nur auf seinen Befehl, die Durchquerung des Euphrat zu beginnen.

Sein Plan war, das Land von Norden nach Süden zu durchziehen. Er begann in Haran und beabsichtigte, jeden Widerstand anzugreifen, den er vorfand und so bis zu den Toren Babylons selbst fortzufahren. Den Berichten nach, die er von seinen Gesandten erhielt, erwartete er, in den äußeren Gebieten wenig Widerstand anzutreffen. Die dort stationierten Truppen würden wenig Kampfeswillen für ihren abwesenden Herrscher oder seinen brutalen Sohn besitzen. Die Dinge könnten, so überlegte er, etwas schwieriger werden, je mehr er sich der Hauptstadt näherte. Belsazar hatte in den nahegelegenen Städten Befehlshaber stationiert, die ihm loyaler gesonnen waren, und man konnte damit rechnen, dass sie dem persischen Vormarsch ernsthafter entgegentreten würden.

Trotzdem war Kurasch optimistisch, dass seine Annäherungsversuche an die Vornehmen, die Priesterschaft und an den Stand der Kaufleute nicht ohne Effekt sein würden. Mit einiger Genugtuung hatte er gehört, dass die Städte Borsip, Cutha und Sippar, keine mehr als zwei Tagesmärsche von den Mauern Babylons entfernt, in Nabu-Naids Befehl nicht eingewilligt hatten, die Umsiedlung der Stadtgötter zu veranlassen. Er hoffte, dass Gold, Silber und wohl gewählte Worte die Schneiden der chaldäischen Schwerter stumpf machten.

Das gespannte Vorgefühl in seiner Magengrube gab ihm die Gewissheit, dass er am entscheidenden Punkt seiner Bestimmung stand. Die drängende Kraft seines Lebens hatte ihn in diese Stunde gebracht; er fühlte eine dynamische Gelassenheit in sich, die nur der kennt, der am Puls des Schicksals steht. Die mächtigen Türme Babylons waren das letzte Hindernis auf seinem Pfad. Wie ein Baum, der in seinem Innern voller Holzschwamm ist, so würde das Reich der Chaldäer umstürzen, trotz seiner außergewöhnlichen Mauern und des althergebrachten Wissens seiner Weisen. Kurasch, der Hirte aus den Bergen von Persis, würde von den Bergen des Hindusch bis zur blaugrünen See der griechischen Inseln regieren.

Er fühlte den heißen Atem des Reichs in sich und drückte seinem Ross die Knie in die Seite. Das Tier warf seinen Kopf zurück und stürzte ungeduldig wiehernd den braunen Wassern des Euphrat entgegen. Der letzte Feldzug hatte begonnen.

Endlich krochen die willkommenen Schatten des Abends über den versengten Sand am Ufer des Tigris und fielen wie ein Seufzer über das belagerte Opis und die Heerscharen von Kurasch, die es eingekreist hatten. Seit einer Woche hatte die eindringende Armee das Lager gegen diese Stadt aufgeschlagen, die zur ersten Verteidigungslinie von Babylon gehörte.

Kurasch, der in seinem Kriegszelt schwitzte, verfluchte zum tausendsten Mal den chaldäischen Sommer. Die nicht nachlassende Hitze stach auf sie herab und erschwerte die ohnehin schwierige Aufgabe, die Wachsamkeit über die belagerte Stadt aufrechtzuerhalten. Der Mittag hatte die Gehirne seiner Griechen in ihren bronzenen Kriegshelmen zu grillen gedroht; er war gezwungen, ihnen zu erlauben, ihre Rüstung ablegen zu dürfen, es sei denn, dass ein Ausfall von den befestigten Mauern offenbar würde.

Opis war an einer engen Landspitze gelegen, dort, wo der Tigris und sein Nebenfluss, die Diala, zusammenflossen. Vom Westufer des Tigris aus erstreckte sich die Linie der Befestigungen, die als medische Mauer bekannt war, bis nach Sippar, das kaum versteckt hinter dem südwestlichen Horizont lag. Die Existenz dieser Mauer war es, die die Belagerung von Opis so abscheulich kompliziert machte. Solange die Mauer intakt blieb, war Belsazar in der Lage, Menschen und Material von Sippar nach Opis hin und her zuschaffen. Doch Kurasch hatte nicht die völlige Freiheit, die Nachschubroute anzugreifen, weil er damit einen Gegenangriff aus den Mauern von Opis provozieren konnte. Dann könnte er sich eingekeilt zwischen den Verteidigern der Stadt und denen der Mauer wiederfinden. Darum saß er unter den glühenden Strahlen der chaldäischen Sonne und war wütend, weil der Sommer die Moral seiner Truppen zunichte machte.

Obwohl die Nacht hereingebrochen war, flimmerte die Hitze im Zelt, eine unsichtbare Bedrückung, der man nicht entfliehen konnte. Ungeduldig wusch Kurasch sein Gesicht mit einem Leinentuch, das in die lauwarmen Fluten des Tigris getaucht worden war. Während er das Tuch über seinem Nacken ausdrückte und die Feuchtigkeit hinunterlaufen ließ, schaute er plötzlich auf, als er hörte, wie die Leibwache vor seinem Zelt jemand anrief, der sich näherte.

Durch das zurückgeschlagene Tuch am Zelt beugte sich ein kahlrasierter schwarzgewandeter Chaldäer. Als er Kurasch sah, bezeugte der breitschultrige Mann seine Ehrerbietung. „Edler Kyrus, der, dessen Kommen in den Sternen vorhergesagt ist", murmelte der Mann, sein Gesicht auf dem Teppich zu Kuraschs Füßen.

„Wer bist du?", fragte der Perser gereizt. „Und wie hast du es geschafft, eine belagerte Stadt zu verlassen?"

Der unterwürfige Chaldäer erhob sich auf seine Knie und berührte mit beiden geöffneten Handflächen seine Brust. „Ich bin Scheschach-latti, Priester des Marduk in Opis. Ich komme mit einer Botschaft vom Hohenpriester des Esagila in Babylon."

Kurasch musterte das faltenlose Gesicht des Mannes und schritt dann zum offenen Eingang des Zeltes. „Bringt den Befehlshaber Gobhruz", befahl er. Eine Wache eilte davon in die Dunkelheit.

„Daher", sagte der schwarzgewandete Priester, „werdet Ihr das Diala-Tor unbewacht vorfinden. Niemand in der Stadt wird Euch hindern. Die Besatzung wird Euch auf Gedeih und Verderb ausgeliefert sein."

Über dem Kopf des knienden Priesters trafen sich die Blicke des Königs und seines Befehlshabers für einen stummen Moment in Frage und Antwort. *Also,* dachte Kurasch, *das Silber, das zum Esagila gesendet wurde, hat sein Ziel erreicht.*

Nach dem Massaker an der Besatzung von Opis befand sich der militärische Befehlshaber in Sippar in einer völlig unhaltbaren Lage. Das einfache Volk von Sippar begann, von den Priestern überzeugt, dass das Kommen von Kyrus vorherbestimmt war, sich über die gottlosen Behauptungen der Gefolgsleute des Prinzregenten zu ärgern, die immer wieder betonten, wie wichtig es sei, der hereinbrechenden persischen Flut Widerstand zu leisten.

Vorfälle von Befehlsverweigerung durch Männer unter ihrem Kommando machten den Offizieren zu schaffen. Militärische Zuteilungen wurden gestohlen oder unbrauchbar gemacht. Mehr als ein Befehlshaber fand Skorpione in seinem Bett. Als einer der mit Belsazar vertrauten Gesinnungsgenossen mit durchschnittener Kehle in einer Blutlache entdeckt wurde, benötigten die übrig gebliebenen Anführer nur noch eine kleine Ermutigung von den Priestern und Astrologen, um mit der heranrückenden persischen Armee gemeinsame Sache zu machen. Die Stadt kapitulierte vor Kurasch ohne Gegenwehr.

Die späten Sommertage des Elul verkürzten sich jetzt immer mehr in die Zeit des Tisre. In den Sonnenuntergängen jenes Herbstes dehnten sich die Schatten des persischen Heers unerbittlich über die flachen Länder Chaldäas und streckten sich erbarmungslos nach den mächtigen Mauern Babylons aus.

„Mehr Bier!", brüllte Belsazar, und knallte seine Trinkschale auf den Tisch. Ein Sklavenjunge ergriff die Schale und ging mit schnellen Schritten zum Fass.

Der Prinzregent war in einer nicht zu ändernden verdrießlichen Stimmung seit er die Nachricht erhielt, dass Sippar feige kapituliert hatte. Da mussten sich nur ein paar Priester einmischen, dachte er, den abergläubischen Bauern etwas ins Ohr flüstern und schon verwandelt sich das mannhafte Blut der trainierten Soldaten in Wasser. Er hatte sich auf diese Feiglinge verlassen! Er hatte darauf vertraut, dass sie den ungebildeten Persern den Durchgang an der nördlichen Mauer verwehren würden. Und sie hatten Kyrus duckmäuserisch die Schlüssel zum Tor angeboten!

Der Zorn stieg in seinem benebelten Verstand auf und brach hervor. Er erhob sich taumelnd vom Tisch, während er die schäumende Schale mit Bier umstieß, die der Sklave ihm gerade gebracht hatte. „Wache!", rief er und wankte zum Eingang des Raumes. „Wache! Bringt mein Schwert! Ich werde diese Verräter finden, die wie Ratten vor dem Angesicht des Feindes geflohen sind! Ich werde ihre Eingeweide auf den Straßen verteilen –"

Die gebeugte Gestalt seines Vaters ließ Belsazar innehalten. Während die Sklaven hinter ihm auf den Boden fielen, stand der Prinz schwankend an seinem Platz und schaute mit verschwommenem Blick auf die Figur seines Vaters.

„Kannst du deine Zeit nicht besser nutzen", zischte der alte Mann, „als dir einen Rausch anzutrinken?"

Belsazar stieß verdrießlich auf und schaute an Nabu-Naid vorbei. Mit einer Stimme, die vor Sarkasmus triefte, fragte er: „Was soll ich denn deiner Meinung nach tun, Vater? Die mächtige Armee Babylons hinaus auf die Ebene führen, um den Persern direkt zu begegnen?" Der Prinz gab ein betrunkenes Kichern von sich. „Wenn sie einen richtigen Feind zu Gesicht bekommt, könnte sie sich vielleicht schmutzig machen." Belsazar warf seinen Kopf nach hinten und lachte.

Der alte König, der seinen rasenden Zorn nicht mehr zurückhalten konnte, holte mit der Hand aus und schlug seinem Sohn ins Gesicht. Wie mit dem Messer abgeschnitten hörte Belsazars Gelächter auf. Die Augen des Prinzen wurden groß, zunächst vor Schreck, dann vor Zorn.

„Du taugst nicht dazu, Sohn von Nabu-Naid genannt zu werden", zischte der gebrechliche alte König und fuchtelte Belsazar mit dem Finger vor dem Gesicht herum. „Du bist wertlos für mich! Ich verfluche den Tag deiner Geburt, du nutzloser Säufer!"

Belsazar verzog knurrend seine Lippen und ergriff das Handgelenk, das mit dem Finger drohte. Mit der Stärke sinnloser Wut quetschte er den Arm seines Vaters, bis er hörte, wie die trockenen alten Sehnen zu knacken begannen. Nabu-Naids Gesicht war vor Schmerz und hilflosem Ärger wie erstarrt. Der betrunkene Prinzregent sprach mit einer Stimme wie das Knurren eines tollwütigen Hundes.

„Du missbilligst also mein Trinken? Du, der König, der Babylon aus der Mitte der Arabah regiert! Du, der mehr Zeit damit verbracht hat, die Tonscherben toter Könige durchzusehen, als sich um die Angelegenheiten der Lebenden zu kümmern! Du, der Narr, der den Zorn der Götter auf sich herabruft, indem er sie aus ihren eigenen Tempeln in diese Stadt bringt! Du findest mich unwürdig, Vater?"

Belsazar gab dem Arm des Königs eine letzte fürchterliche Drehung und höhnte: „Ich werde weiter trinken, Vater. Ich werde dafür sorgen, dass jeder in Babylon die Gelegenheit zum Trinken bekommt. Vielleicht sollte ich ein Fest ausrufen. Würde dir das gefallen, Vater?" Ein hinterhältiges Grinsen verzerrte seine Lippen. „Ja – ein Fest!", rief er anzüglich. Ich werde die Vornehmen einladen – nein, die Götter selbst! Für ein Fest zu Ehren Nabu-Naids, des großen Herrschers. Ich werde jeden Einzelnen von ihnen dazu aufrufen, die Herrlichkeit dessen zu bezeugen, der den Untergang Babylons herbeigeführt hat. Wir werden ein Fest halten, während die Aasvögel sich auf den Mauern der Stadt sammeln."

Nabu-Naid starrte in ängstlicher Qual auf das rot anlaufende, von einem irren Grinsen verzerrte Gesicht seines Sohnes. Es sah so aus, als ob der König kleiner würde, ja zusammenschrumpfte. Er verlor in diesem Augenblick allen Anschein von königlicher Würde und verwandelte sich in einen verzweifelten armen Schlucker, der alt und dem Sterben nahe war. Belsazar sah die Veränderung auf dem Gesicht seines Vaters und lachte erneut wie ein Betrunkener.

„Kammerdiener!", rief der Prinz, indem er aus dem Raum ging. „Rufe die Schreiber und Herolde zusammen! Ich wünsche einen Festtag auszurufen ..."

Nabu-Naid verzog sein Gesicht, ergriffen von der Qual an Leib und Seele, während er vorsichtig sein verletztes Handgelenk massierte. Dann drehte er sich um und humpelte niedergeschlagen aus dem Raum seines gewalttätigen und wahnsinnigen Sohnes.

In der Beratungskammer der Zitadelle von Sippar saß Kurasch und studierte nachdenklich das gebeugte Gesicht des Chaldäers, der vor ihm stand. Der Mann hatte die vollen Lippen und den gewellten Bart der semitischen Bewohner der Länder des Zweistromlands. Er war der Ingenieur und Aufseher der öffentlichen Gebäude und Kanäle der Stadt.

„Was kannst du mir über die Anordnung und die Beschaffenheit der Kanäle Babylons sagen", fragte der Perser gerade.

Der Ingenieur legte seine Stirn in Falten, während er über die Frage nachdachte. „Wenn mich meine Erinnerung nicht täuscht", sagte er grübelnd, „sind sie den Kanälen in Sippar sehr ähnlich. Ungefähr zehn Ellen breit, am Boden mit Ziegelsteinen versehen, die mit Pech verkleidet sind." Er kratzte sich seinen Bart und schaute nach oben in dem Versuch, sich zu erinnern. „Mit Ausnahme des Zababa-Kanals sind die meisten von ihnen ziemlich gerade und verlaufen entweder ungefähr parallel oder im rechten Winkel zum Euphrat, dessen Wasser sie und den Graben um die Stadtmauer speisen."

Kurasch nickte anerkennend. „Sehr gut, ehrenwerter Scharuk. Die Tiefe deines Wissens ist wirklich erstaunlich!"

Der Chaldäer lachte schüchtern. „Mein Herr Kurasch ist zu freundlich ..."

„Sage mir noch Folgendes, guter Mann", bat Kurasch, um den Ingenieur zu prüfen, während er sich zugleich an seine eigenen Beobachtungen in Babylon erinnerte, die er auf seinem geheimen Besuch mit Gobhruz vor Jahren gemacht hatte. „Wie ist das mit den Mauern? Stimmt es, was man sagt? Können zwei Streitwagen nebeneinander oben auf der Mauer fahren?"

Scharuk nickte feierlich. „Jawohl, edler Kyrus. Und entlang der Mauer befinden sich in Abständen von hundert Ellen befestigte Türme. Eine Abteilung von mehreren hundert Mann kann sehr einfach von einem Turm zum andern marschieren, während sie gleichzeitig von den Zinnen oben auf der Mauer geschützt ist."

Kurasch stützte sein Kinn in eine Hand; sein Ellbogen ruhte auf der Armlehne eines Ebenholzstuhls. Während er nachgrübelte, trommelten die Finger seiner anderen Hand auf seinem Knie. „Und was ist mit den Fundamenten der Mauern, Scharuk? Können sie unterhöhlt werden?"

Der Ingenieur grinste. „Nur mit großen Schwierigkeiten, mein Herr. Wie die Kanäle sind auch die Sockel mit Pech verkleidet und sehr tief. Außerdem wirst du dem Feuer von den Türmen ausgesetzt sein." Der Chaldäer zuckte bedeutungsvoll mit den Schultern. „Es ist ein altes Land, mein Herr. Die Menschen haben sich hier seit unzähligen Generationen niedergelassen. Wir hatten viel Zeit, die Befestigungskunst zu üben und zu verfeinern."

Kurasch erinnerte sich an die felsigen Höhen von Sardis und daran, wie der Helm der Wache klappernd herabgefallen war, was ihr Geheimnis verraten hatte. So schnell würde er sich seinen Plan nicht durchkreuzen lassen. Es musste einen Weg nach Babylon hinein geben, und man würde ihn finden!

Seine Stimme wurde plötzlich vor Ungeduld etwas schärfer. „Ich nehme an, die Stadt wird jetzt so verschlossen sein, dass nicht einmal mehr eine Maus hinein käme. Bist du sicher, dass es nicht irgendeinen Mangel oder Schwachpunkt gibt, den du vergessen hast?"

Das Gesicht des Ingenieurs, der durch den Wechsel im Tonfall des Eroberers ganz durcheinander gebracht war, wurde lang. Nervös verschränkte er seine Hände. „Ich ... ich kann mich an nichts erinnern", stammelte er. „Vielleicht könnte mein Herr Kyrus mit einem Ingenieur aus Babylon sprechen, aber das ist jetzt natürlich unmöglich. Nichts und niemand betritt oder verlässt Babylon außer dem Fluss selbst."

„Ja, unmöglich", sagte Kurasch schleppend und schaute zur Seite. Er überlegte schweigend, dann schaute er den Chaldäer noch einmal scharf an. „Der Boden hier in der Gegend – wie ist er beschaffen?"

Scharuk schaute den Perser verwirrt von der offensichtlich aus dem Zusammenhang gerissenen Frage an. Etwas verwundert schüttelte er den Kopf. „Ziemlich sandig, mein Herr. Typischer Schwemmsand eines Flusses, von den Überschwemmungen des Euphrat hinterlassen –"

„Dann ist der Boden also leicht aufzugraben?", unterbrach ihn Kurasch heftig.

„Ich ... ich nehme es an –"

„Aha!" Kurasch sprang aus seinem Stuhl und schritt hin und her, während er eine Faust triumphierend schüttelte. „Das ist es also!" Er wirbelte herum und winkte einem wartenden Diener. „Bring den Befehlshaber Gobhruz herbei!" Der Diener beeilte sich, dem Befehl nachzukommen, so dass Kurasch ihn aufhalten musste, um noch eine Anweisung hinzuzufügen. „Und bring ein Schekel Gold für den ehrenwerten Scharuk", er grinste den etwas benommenen Chaldäer an, „der mir den Schlüssel für die große Stadt Babylon gegeben hat." Der Diener hastete davon.

„Setz dich, Scharuk, setz dich!", befahl Kurasch. „Ich werde Speisen und Wein bringen lassen! Du musst heute mit mir speisen, du außerordentlicher Mensch!"

Ein wenig benebelt und doch sehr erleichtert sank der Ingenieur auf das nächste Kissen, während er zögernd seinen Wohltäter anlächelte, der ihn so verblüfft hatte.

Kurasch blieb stehen. Er schaute in die benommenen Augen Scharuks, warf seinen Kopf nach hinten und lachte.

23

„Was machen sie?", schrie Belsazar ungläubig. Er fühlte, wie eine kühne Hoffnung in seinem Inneren ausbrach, sein Gesicht rötete sich, ausnahmsweise von etwas anderem als Bier oder Wein.

Der Höfling beugte sich noch tiefer. „Sie haben ihren Marsch auf die Stadt unterbrochen und sind nun dabei, irgendwelche Schanzarbeiten in der Nähe der Senke von Eschunna durchzuführen."

Belsazar, der Mühe hatte, die in ihm aufsteigende Begeisterung, die seine Kontrolle zu durchbrechen drohte, zurückzuhalten, überlegte wie wild, welche Gründe es geben könnte, dass Kyrus seinen Vormarsch gestoppt hatte. Dachte der Dummkopf etwa, dass Belsazar einen Ausfall aus Babylon machen würde, um in der Ebene von Eschunna auf ihn zu stoßen? Welchen Grund könnte er wohl haben, auf einem so offenen, nicht zu verteidigenden Gelände Befestigungen anzulegen?

Sehr lange hatte Belsazar nun schon die bevorstehende Ankunft des persischen Heers als eine Bedrohung empfunden, die jeden seiner Gedanken beständig überschattete. Das Kommen von Kyrus war gewiss und stand unmittelbar bevor. Und bis zu diesem Augenblick hatte er keine andere Möglichkeit gesehen, jetzt, da die Haltung der allgemeinen Bevölkerung offensichtlich so unsicher war, als sich auf eine lange Belagerung vorzubereiten. Innerhalb Babylons konnte er ein strenges Regiment aufrechterhalten und durchsetzen. Er hoffte darauf, dass es praktisch unmöglich war, Babylon zu überrennen. Dazu kam die Schwierigkeit der Belagerer, dass sie eine große Armee versorgen mussten, um die Belagerung aufrechterhalten zu können. Das würde sie schwächen und Gelegenheiten eröffnen, dass Kyrus' Herrschaft in den entlegenen Provinzen Risse bekäme.

Belsazar würde dadurch das bekommen, was er am meisten benötigte – Zeit.

Und jetzt das! War es möglich, dass der unbesiegbare Kyrus einen Fehler begangen hatte? Dass er seine Reserven vergeuden und die Kraft seiner Männer für die Errichtung einer unnützen Befestigung verschleudern würde?

„Sorge dafür, dass die Enwicklungen im persischen Lager genau beobachtet werden", befahl der Prinz. „In wenigen Tagen werde ich mein Fest halten. Dann werden wir sehen, was wegen Kyrus und seiner Erdarbeiten zu unternehmen ist."

Tausende von Fackeln erleuchteten den großen zentralen Platz des Esagila und ließen den Hof beinah so hell strahlen wie am Tag.

Obwohl Reihe für Reihe der Festtafel unter dem Gewicht der vielfältigsten Fleisch- und Käsesorten ächzte und obwohl der Wein aus Syrien im Innenhof des Hauses Marduks wie Wasser floss, waren die Priester des Gottes nirgendwo zu sehen. Stattdessen lachten und tobten Belsazar und Dutzende von Vertretern der vornehmen Häuser Babylons, umgeben von Leibwachen mit mürrischen Gesichtern.

Der Prinz hatte bei der unrechtmäßigen Anordnung des Festes gegen jede Sitte des Anstands verstoßen. Es war weniger ein Festbankett als ein ausschweifendes Gelage. Tempelprostituierte, deren parfümierte Körper unter dem hauchdünnen Stoff ihrer Kleider sichtbar waren, schlenderten zwischen den Reihen der Feiernden umher. Belsazar hatte sogar seine Frauen in den Esagila mitgebracht, damit sie vor den Augen anderer Männer sitzen und wie gewöhnliche Huren essen und trinken konnten! Trotz der schweigenden Missbilligung der Priester war das Ereignis zustande gekommen. Wie groß ihre Verachtung für Belsazar und seinen ordinären Geschmack auch war, die Priester hatten keine Chance, das Spektakel auf dem Platz zu vermeiden, solange die bedrohliche, waffenstarrende Gegenwart der Palastwache ein Eingreifen verhinderte.

Als wäre der ehrfurchtslose Übermut nicht skandalös genug,

hatte der Prinz auch noch angeordnet, dass die Götter aus ihren bewachten Kammern innerhalb der Zitadelle gebracht und rund um den Hof des Esagila aufgestellt wurden – göttliche Zeugen seiner Torheit! Die hoheitsvollen Bilder sahen dem Treiben auf dem Platz zu. Die breithüftige Ischtar beobachtete, wie ihre lachenden weiblichen Dienerinnen den betrunkenen und lüsternen Vornehmen nachgaben. Ninurtu blickte voll grimmiger Missbilligung auf die ungebräuchlichen Vergnügungen. Schamasch, Adad, Belit-Nina, ja Marduk selbst – sie alle waren stumme Beobachter der Geschmacklosigkeit des Kronprinzen.

Der oberste Priester hörte das Echo der Orgie und verzog empört seine Lippen. Obwohl er auf die Seite des Tempelkomplexes gegangen war, die am weitesten von der abstoßenden Szenerie im Hof entfernt lag, drang der Lärm des verhassten Festes auch hier noch an seine Ohren. In der Dunkelheit schritt er an der Flussmauer entlang; unter ihm lag der Euphrat.

Ein übler Geruch stieg ihm aus der Dunkelheit am Fuß der Mauer in die Nase. Verdutzt blieb er stehen und schaute hinunter. Es war Vollmond, so dass er ausreichend Licht hatte, um sehen zu können – und er hielt den Atem an.

Der Fluss schwand dahin! Der Geruch, der seine Aufmerksamkeit auf sich gezogen hatte, wurde durch hunderte von toten oder sterbenden Fischen erzeugt, die durch das zurückgehende Wasser gestrandet waren und an der Luft erstickten. Der langsame, breite Strom des Euphrat war nun nicht mehr breiter als ein Steinwurf!

Sein Gesicht erstarrte vor Besorgnis. Das war der Ärger der Götter, die greifbare Konsequenz der Verrücktheit Belsazars! Er fühlte, wie sein Herz in seiner Brust zu klopfen begann und lief zurück zum Tempel. Wenn der Zorn Marduks auf Belsazar niederregnete, konnten sie alle in seinem Zorn umkommen. Er musste die Priester und Sänger versammeln. Es war Zeit zum Beten.

Kurasch nickte zufrieden. Das Unternehmen hatte genauso funktioniert, wie er es sich vorgestellt hatte. Drei Tage zuvor war der

Kanal, der den Euphrat mit der Senke von Eschunna verband, fertiggestellt worden. Er hatte den Arbeitern das Signal gegeben, das Schott herunterzuschlagen, das die Wasser des Flusses von dem neugebauten Graben zurückhielt. Der braune Euphrat schob sich bereitwillig auf seinen neuen Weg und schlängelte sich zum Grund des alten trockenen Seebetts.

Mit der Herabsetzung des Flussniveaus wurde eine ganze Anzahl von Toren nach Babylon hinein geschaffen. Seine Männer außerhalb der Stadt, die ihre Stellungen auf beiden Seiten der Kanäle und an den Ufern des Euphrat in der Dunkelheit bezogen hatten, würden also mit Leichtigkeit nach Babylon einmarschieren können. Der Fluss, der diese Stadt über so viele Generationen hin ernährt hatte, würde zugleich auch das Mittel sein, mit dem sie zu Fall gebracht wurde, der Zugang für ihren Eroberer.

„Gobhruz", murmelte er zu dem bewaffneten und berittenen Meder, dessen Ross ruhig neben dem seinem stand, „ich werde dir erlauben, der Erste zu sein, der die Stadt betritt. Weil du die Auswirkungen zu großer Zivilisation verachtest, sollst du die Gelegenheit haben zu entscheiden, welches ihrer Bauwerke stehen bleiben und welches fallen soll."

Der alte Mann knurrte und schaute zur Seite. „Dummes Zeug", murrte er. „Ich werde nichts tun, was mein König nicht befiehlt. Das ist deine Stadt, nicht meine."

Kurasch grinste in die Dunkelheit.

„Mehr Wein!", brüllte Belsazar, der seinen Arm um die Hüfte einer dunkeläugigen Tempelkurtisane geschlungen hatte. Er amüsierte sich köstlich. Dieses Fest, das er sich ursprünglich hatte einfallen lassen, um seinen schwächlichen Vater zu verletzen, hatte für ihn den Beigeschmack einer vorweggenommenen Siegesfeier angenommen. Hockte Kyrus nicht gerade in diesem Augenblick in Eschunna, ohne zu begreifen, wie absurd seine Lage war? *Alles ist möglich,* dachte Belsazar, während er noch einen Becher von dem seltenen syrischen Wein schlürfte, den er für den Abend bestellt hatte. In seiner Einbildung, die vom vielen Essen und vom Wein benebelt war, hatte er sich selbst davon überzeugt, dass es noch Hoffnung gab. Und keine von den mit ihm feiernden Personen, die im Hof des Esagila von einem Tisch zum andern taumelten, unternahm irgendetwas, um seine Ansicht zu berichtigen.

Er stellte sich etwas unsicher auf seine Füße und gab den Befehl, dass einige in der Nähe stehende Trompeter eine Fanfare erklingen lassen sollten. Der metallene Klang bewirkte eine Pause in dem lärmenden Treiben um die Tische. Trübe übersättigte Gesichter richteten sich erwartungsvoll zum Podium. Eingerahmt von den beiden gewaltigen Drachen auf glasierten Ziegelsteinen an der Wand hinter ihm, erhob Belsazar seine Arme und bat um Ruhe.

„Meine Herren, die ihr euch an diesem meinem Festtag hier versammelt habt", rief er, „schaut euch um! Begrüßt die Götter, die euch in dieser Nacht mit so reichlichem Segen überschütten!"

Ein betrunkenes Beifallsgebrüll wogte über den Hof, während Belsazar sich unsicher hinsetzte. Die laute Feier begann von neuem.

Der Prinz schaute verwirrt umher und fragte dann einen Diener: „Wo ist der Gott der westlichen Provinz – Juda, richtig? Welches Bildnis zeigt seine Gegenwart?"

Der Diener schüttelte bestürzt den Kopf.

„Hast du etwa meine Befehle nicht richtig ausgeführt, du Halunke?", brüllte der Prinz. Die Kurtisane in Belsazars Arm kicherte vor Vergnügen. „Finde mir den Gott Judas", fuhr der Prinz, „oder ich werde dir auf diesem Tisch hier die Eingeweide herausreißen!" Eine seiner Frauen in der Nähe erbleichte, als sie diese Drohung hörte. Der Sklave machte sich aus dem Staub, während das heisere Lachen des Prinzen ihn aus dem Hof jagte.

Bald kam der Junge zurückgelaufen, seine Arme beladen mit Kelchen und Pokalen aus Gold, die mit wertvollen Edelsteinen verziert waren. Er schüttete sie auf den Tisch, bevor er sich selbst zu den Füßen des Prinzen niederwarf und keuchte: „Mein Herr, das ist alles, was ich finden konnte, das Juda einst gehörte. Ein Schreiber im Kellergewölbe der Zitadelle teilte mir mit, dass diese Geräte dem Gott jenes Ortes geweiht waren. Mehr weiß ich nicht!"

„Geweiht, hm?", grübelte Belsazar benommen, während er einen der goldenen Kelche emporhob. „Nun, dann müssen diese wohl herhalten ..."

Vorsichtig schaute sich der Mann um, damit er sicher war, dass er nicht verfolgt wurde. Zufrieden schlich er an der Mauer des Hauses in der Adad-Straße entlang und verschwand wie ein Schatten im Eingang. Der Türhüter sah ihn genau an, nickte dann und ließ ihn in den Innenhof passieren.

Zwischen dem Eingang und dem Hauptraum schien nur das flackernde Licht eines einzigen Talglichts. Der Mann folgte dem Licht über den festgestampften Boden des Hofs und schaute um die Ecke des Portals.

Um den niedrigen Tisch in der Mitte des Raums saßen Esra, Scheschbazar, Serubbabel, Jozadak und einige andere Führer der hebräischen Gemeinde. Jede Stirn lag vor Sorge in Falten, und die Männer kauerten auf dem Boden, während sie ihre Versammlung im Flüsterton abhielten. Die Witwe Asarjas schaute aus einer Ecke zu. Jetzt hoben sich ihre Gesichter, um den zu erkennen, der zu spät kam. Esra erhob sich von seinem Platz am Kopf der Tafel und öffnete seine Arme, um den Ankömmling zu begrüßen.

„Daniel! Schön, dass du kommst! Du weißt, warum wir uns hier versammeln?"

Der alte Mann nickte, während seine Augen stumm jeden von ihnen grüssten und einen Moment länger auf dem Gesicht der Witwe seines Freundes ruhten. Dann eilte er an den Tisch, und die anderen rückten etwas zusammen, um ihm Platz zu machen.

„Meine Brüder", sagte Daniel mit gesenkter Stimme, „die Lage im Palast ist erschreckend ernst geworden. Der Herrscher verlässt seine Kammer nicht. Niemand, nicht einmal seine Leibsklaven, haben ihn in den vergangenen zwei Tagen gesehen. Der Kronprinz ist für vernünftige Menschen nicht mehr zu erreichen. Er verfolgt irgendeinen Weg, den er sich selber ausgesucht hat, indem er nur das hört, was er hören will und nur solche Dinge sieht, die sein vom Trinken benebelter Blick zulässt. Niemand im Palast oder in der Zitadelle sucht irgendetwas anderes als seinen eigenen Weg. Es gibt keine Autorität mehr. Belsazar kontrolliert noch die Palastwache, aber viele der obersten Heerführer, obwohl sie das natürlich öffentlich bestreiten würden, haben insgeheim schon Frieden mit den Persern geschlossen." Daniel schaute jeden von ihnen der Reihe nach bedeutungsvoll an und fuhr dann fort: „Die Tage des Königshauses von Chaldäa neigen sich dem Ende zu, meine Brüder. Wir gehen einer Zeit großer Veränderungen entgegen."

„Hast du den Fluss bemerkt, als du hierher kamst?", fragte Scheschbazar.

Daniel nickte. „Der Perser ist schlau. Lasst uns beten, dass er auch wohlwollend ist."

„Dieser König oder jener, das macht kaum einen Unterschied", stellte Jozadak düster fest. „Gleichgültig wie schlau Kyrus sein mag, er ist ein Heide, ein Ungläubiger. Wie kann seine Ankunft unser Los verbessern?"

„Der Herr sagt: ‚Ich werde Juda und Isarael aus ihrer Gefangenschaft zurückbringen'", zitierte Serubbabel sanft und schaute dabei konzentriert auf Jozadaks missmutiges Gesicht. , „und ich werde sie wiederaufbauen, wie sie zuvor waren ...'" Seinen Blick auf Scheschbazar richtend, sagte er weiter: , „David soll es niemals an einem Mann mangeln, der vor mir steht ...'"

Scheschbazar, der seine Abstammung auf das Königshaus von Juda zurückführen konnte, zog seinen Kopf ein. Ein Aufwallen von Gefühlen trieb ihm die Tränen in die Augen.

„Der Prophet Jeremia sagte Folgendes", erklärte Daniel nach einer Weile grübelnd:

„Babylon wird gefangen genommen werden;
Bel wird zuschanden werden,
Marduk mit Schrecken erfüllt werden ...
Eine Nation aus dem Norden wird es angreifen
und sein Land verwüsten.

*Niemand wird mehr darin leben;
sowohl Menschen als auch Tiere werden fliehen ..."*

Die Männer verfielen in Schweigen, während jeder von ihnen über die Ereignisse nachdachte, die um sie her geschahen, und sich fragte, ob der nächste Tag Befreiung bringen würde oder eine Katastrophe.

Eine Gruppe von Jongleuren zog die Menge auf dem Esagila-Platz in ihren Bann. Die Tuniken der Künstler schimmerten im Fackellicht in leuchtenden Farben, während sie bemalte Stöcke, Fackeln, scharf glitzernde Messer und sogar – zur überschäumenden Freude aller, außer den unglücklichen Opfern – Trinkbecher warfen, die sie den Feiernden vor dem Mund wegschnappten. Mit vollendeter Geschicklichkeit ließen sie die Objekte von Hand zu Hand durch die Luft sausen.

Als die Jongleure unter dem enthusiastischen Beifall der Festteilnehmer hinausgingen, sprang ein Zauberer auf die Bühne und begann, Federn aus den Ärmeln seines Gewandes und wunderbar gefärbte seidene Halstücher hinter den Ohren der überraschten und erfreuten Frauen Belsazars hervorzuziehen. Als geschickter Illusionist brachte er die Menge mit seiner Fertigkeit zum Staunen. Dann warf er Hände voll mit Pulver auf ein nahegelegenes Kohlebecken und brachte Salven aus gefärbtem Rauch und Flammen hervor, so dass der Prinz und seine Höflinge anerkennend applaudierten. Zur lärmenden Begleitung der Musiker am Fuß der Bühne setzte der Künstler die versammelten Menschen mit großem Können in Verzückung, indem er rasend schnell zu immer blendenderen Nummern überging, zu größeren und spannenderen Kunststücken mit dem Feuer.

Als die Vorführung des Zauberers auf ihren rasenden Höhepunkt zusteuerte, schoss ein feuriger Finger wie aus dem Nichts auf die Wand über Belsazars Kopf und hinterließ ein brennendes und rauchendes Muster buchstabenähnlicher Zeichen auf den glasierten Ziegeln. Die ergriffene Menge brach in wilden Applaus aus, völlig erstaunt, obwohl man dem Wein schon so stark zugesprochen hatte, von der faszinierenden Kunstfertigkeit, mit der diese letzte atemberaubende Illusion vollführt worden war.

Belsazar, der mit dem Rest Beifall brüllte, schaute in das Gesicht des Zauberers – und erstarrte. Der Magier, der mit bleichem Gesicht auf die mit Feuer gemeißelten Zeichen an der Wand über ihm starrte, bebte vor Furcht. Selbst auf den betrunkenen Prinzen machte der Kerl nicht den Eindruck eines Menschen, der gerade einen phantastischen Trick mit Erfolg vorgeführt hatte. Er sah vielmehr aus wie einer, der in die schimmernde furchterregende Welt des Unbekannten hineinsah. Als der Magier die Flucht ergriff und wie ein geprügelter Hund von der Bühne rannte, fühlte Belsazar, dass ihn urplötzlich ein Schrecken befiel.

Langsam machte sich eine ernüchternde Feststellung an den Banketttischen breit. Die glühenden Buchstaben auf der Wand des Esagilahofs waren nicht von dem Zauberer hervorgebracht worden. Als sie sahen, dass Belsazar taumelnd von seinem Platz aufstand und in hilfloser Panik herumschrie, ging ein Raunen durch die Menge. Ein Trupp bewaffneter Wachen raste in heillosem Durcheinander von der Bühne zu den Wohnräumen der Priester. Die still gewordene Menge starrte in abergläubischer Furcht auf die Götterfiguren, von denen sie umgeben waren, und grübelte über das mit Flammen in die Wand gegrabene Rätsel nach. Und Furcht erfasste die Kehlen der Feiernden in Babylon wie eine kalte feuchte Hand, die langsam zudrückte.

„Lasst uns also abwarten, meine Brüder", sagte Esra. „Vielleicht kommt der Wind, den die Perser in ihrem Rücken spüren, von dem Ewigen. Es ist möglich, dass Kyrus gerade jetzt kommt, um die Absichten Adonais auszuführen ..."

Daniel, der der Rede des Priesters genau zuhörte, erinnerte sich plötzlich an ein Sabbat-Treffen in einem Palmenhain, und wie das Gold des Sonnenuntergangs sich über das Gewand dieses Mannes ergossen hatte, als er aus der Schriftrolle Jesajas las. Mit atemberaubender Klarheit durchlebte er die Szenerie erneut, hörte noch einmal, wie Esra vorlas:

*Ich bin der Herr, der alle Dinge gemacht hat ...
der zu Jerusalem sagt: „Es soll bewohnt sein",
der von Kyrus sagt: „Er ist mein Hirte ..."*

Kyrus!

Daniel fühlte, wie sein Herz in seinem Innersten heftig pochte. Er kannte den Ruf der Fanfare El Schaddais, die trotz ihrer Vertrautheit nicht weniger ehrfurchteinflößend war. Noch einmal war der Ruf erschallt. Als er erstarrte und mit innerem Ohr auf die sintflutartig herabströmende Rede des Allmächtigen hörte, entwich ein schwacher Seufzer seinen Lippen. Die anderen starrten ihn mit besorgten Blicken an.

In diesem Augenblick stürzte ein Läufer atemlos in den Raum, gefolgt von dem protestierenden Türhüter. Ephrata sprang auf ihre Füße und schaute den Eindringling fragend an.

„Ich habe versucht, ihn aufzuhalten, Herrin", entschuldigte sich der glücklose Wächter, „aber er hat mich zur Seite gestoßen. Er sagt, er sei gekommen, um –"

„Edler Belsazar!", keuchte der Bote, indem er sich neben den immer noch sitzenden Daniel fallen ließ und dessen Gewand umklammerte. „Ihr müsst sofort zum Esagila kommen! Der Kronprinz hat Euch rufen lassen. Seine Frau hat gesagt, Ihr wärt der Einzige, der helfen kann!"

Die anderen schauten mit offener Verwunderung auf den Boten und dann auf Daniel. Nach einem kurzen Moment erhob sich Daniel. Sein zerfurchtes kantiges Gesicht spiegelte die Dringlichkeit der Sache wider.

Seine Augen strahlten hell und ruhig, als er dem Läufer zunickte. „Bring mich zum Prinzen, Junge. Es gibt Dinge, die gesagt werden müssen."

24

Als Daniel und der Bote beim Esagila ankamen, waren die meisten Plätze an den Festtischen bereits leer. Eine bedrückte Stimmung hing über dem Platz wie das Echo des Wehklagens eines Trauernden. Mit bedächtigen Schritten näherte Daniel sich dem Podium, auf dem Belsazar niedergeschlagen und verwirrt kauerte. Eine kleine Gruppe von Priestern und Astrologen hatte sich um ihn versammelt.

Wärend Daniel auf die Plattform zuschritt, glitt sein Blick über die Inschrift, die unauslöschlich in die Wand gebrannt war. Vier Wörter. Ein vom Himmel gesandter Spruch, dessen Bedeutung sogar jetzt noch in seinem Verstand widerhallte wie ein Vorbote des Schicksals.

Er trat auf das Podium, während seine Augen die Szenerie einfingen. Das völlige Durcheinander, das die Zecher bei ihrem Aufbruch zurückgelassen hatten; die düsteren bewegungslosen Bildnisse der Götter aus den anderen Städten; der nervöse hoffnungslose Ausdruck auf den Gesichtern der Magier und Seher. Auch Adad-ibni war hier; wie Daniel hatte der von Panik erfasste Belsazar ihn in aller Eile rufen lassen. Als seine Augen über das Gesicht des obersten Magiers glitten, bemerkte Daniel den mürrischen Ärger, der in den Augen Adad-ibnis wie eine alte Wunde schwärte.

Dann fiel sein Blick auf den umgestürzten Kelch, der in einer Pfütze von verschüttetem Wein auf dem Tisch lag, an dem Belsazar und seine Frauen gesessen hatten. Eine Woge von Ärger entsprang seinem fassungslosen Innern und trieb ihm die Zornesröte auf die Wangen. Obwohl er ihn während seiner Kindheit in Jerusalem nie gesehen hatte, kannte er das Aussehen und die Form des juwelenbesetzten goldenen Kelchs. Wie die anderen Hebräer in Babylon hatte er über die Berichte von der Plünderung des Tempels und der heiligen Geräte aus dem Heiligtum durch Nebukadnezzar getrauert. Und jetzt hatte Belsazar den Kelch und die anderen Geräte an diesen abscheulichen Platz gebracht, um damit, was der Heiligkeit Israels geweiht war, auf die Bildnisse von Marduk, Ischtar und Nergal in perverser Art und Weise anzustoßen!

Daniel bemerkte plötzlich, dass der Kronprinz zu ihm sprach. Es war ihm, als hätte er ihn aus weiter Ferne gehört. Daniel bemühte sich, den gerechten Zorn in seinen Augen zu verbergen und schob seine Vision von den verdorbenen Tempelgeräten widerwillig fort. Er grüßte Belsazar unwirsch.

„Ich habe gehört", sagte der Prinz mit nervöser Stimme, „dass der Geist der heiligen Götter in dir ist, Beltschazar, dass du Einsicht und Weisheit besitzt. Diese da", er machte eine unbestimmte Geste zu den Magiern und Astrologen, „konnten die Schrift nicht lesen, die an der Wand erschien. Kannst du es?"

Adad-ibni biss in ohnmächtiger Wut die Zähne aufeinander. Schon wieder! Aufs Neue musste er untätig danebenstehen, während dieser Ausländer den Ruhm einheimste! Die schwelenden Feuer des Zorns, den er schon sein Leben lang gefühlt hatte, brannten beißend in seinen alten gebeugten Knochen.

Daniel hatte auf die ängstliche Frage des Prinzen keine Antwort gegeben. Er stand immer noch an seinem Platz und blickte von den Worten auf der Wand zu dem Kelch auf dem Tisch. Seine Kinnlade spannte sich, als ob er Belsazar nicht freiwillig antworten wollte.

Der Prinz, dem Beltschazars Zurückhaltung Unbehagen bereitete, trat einen halben Schritt näher an den alten Hebräer heran und erhob seine Stimme im Tonfall der Verzweiflung, so dass sie fast schrill klang: „Wenn du diese Schrift lesen kannst, Hebräer, werde ich dich reich belohnen! Ich gebe dir ..." – er suchte in seinem Innern nach einem passenden Lockmittel – „eine goldene Kette! Und ... und eine Purpurrobe!"

Daniel antwortete immer noch nicht.

„Ich werde dich zum dritten Herrscher im Königreich

machen!", schrie Belsazar verzweifelt. „Ich muss wissen, was diese Botschaft bedeutet!"

Adad-ibni traute seinen Ohren nicht. Dritter Herrscher im Königreich! War der Prinz verrückt?

Daniels Finger streckten sich aus, als wollten sie den umgestürzten Kelch liebkosen. Er richtete sich der Länge nach auf und blickte Belsazar fest ins Gesicht. Eine Kraft strömte wie Feuer aus ihm heraus, eine schimmernde Ausstrahlung heiliger Macht, die ihm in diesem Augenblick absolute Befehlsgewalt über jedes Ohr und jedes Auge im Raum gab.

„Ihr könnt Eure Geschenke behalten", sagte er mit ziemlicher Heftigkeit, „und einen anderen belohnen. Aber ich werde die Schrift für Euch lesen, Prinz Belsazar, und Euch die Bedeutung geben.

El Elion, der Höchste, gab Nebukadnezzar, Eurem Herrn, Macht, Größe und Glanz. Wegen der Herrschaftsgewalt, die ihm gegeben war, lernten Völker aus jedem Land und jeder Sprache, ihn zu fürchten. Er hatte die Macht des Lebens und des Todes über sie, die Macht, Menschen zu erheben und die Macht, sie zu erniedrigen."

Daniel beugte sich nun so nah zu Belsazar hinüber, dass niemand ihn daran hätte hindern können, dem Erben Nabu-Naids einen Dolch in die Brust zu stoßen. Aber die Kraft, die von ihm ausging, war so stark, dass selbst die Leibwächter des Prinzen nichts anderes tun konnten, als mit offenem Mund den harten Worten des alten Ratgebers zuzuhören.

„Aber als Nebukadnezzar hochmütig wurde", erklärte Daniel, wobei er die letzten Worte wie Peitschenhiebe aussprach, „wurde er von seinem Thron gestoßen. Der große und mächtige Nebukadnezzar", Daniels Tonfall machte deutlich, dass der, zu dem er jetzt sprach, niemals davon träumen konnte, mit dem lang verstorbenen Eroberer verglichen werden zu können, „hockte im Gras wie ein Tier. Er fraß Futter wie ein Esel, und der Tau des Himmels durchnässte seinen Bart, bis er lernte den Höchsten zu fürchten, der über die Königreiche der Menschen allmächtig ist, und der Könige einsetzt und absetzt, wie es ihm gefällt."

Die nächsten Worte ertönten fast im Flüsterton, der durch den ganzen Hof des Esagila zu knistern schien. „Und du, Belsazar, hast nichts gelernt vom Beispiel derer, die dir vorausgegangen sind! Du hast dein Angesicht gegen den Herrn des Himmels gewandt!"

Daniel ergriff einen der entweihten Pokale vom Tisch und schüttelte ihn in seiner Faust, während er fortfuhr: „Du hast diese Gefäße, die für den Dienst des Höchsten geweiht waren, genommen und Wein daraus getrunken zur Ehre dieser tauben, stummen und toten Bildnisse aus Silber, Gold und Bronze!"

Die Priester erhoben erschrocken den Kopf, waren jedoch genauso machtlos wie die anderen, den kühnen alten Mann zu unterbrechen.

„Du hast zugelassen, dass deine Frauen und Konkubinen das beschmutzen, was dem Herrn heilig ist", fügte Daniel hinzu, „und du hast den nicht erkannt, der die Fäden deines Lebens selbst in seiner Hand hält. Das ist der Grund, warum er diese Inschrift gemacht hat – für dich."

Als der Kronprinz an Daniels Worten erkannte, dass sein Leben so offenbar war, wich er erschrocken zurück. Daniel schaute ihn zwei Atemzüge lang an und richtete dann sein Gesicht nach oben auf die riesigen Buchstaben über ihren Köpfen.

„Die ersten beiden Worte lauten folgendermaßen", verkündete er mit einer Stimme, die sich ausbreitete wie der Schlachtruf eines Kriegers. „Mene, mene." Er warf einen harten Blick auf den zitternden Prinzen und sagte: „Das bedeutet, dass Gott die Tage deiner Herrschaft wie Minas von Silber in der Hand eines Geldverleihers abgezählt hat, und er hat erklärt, dass deine Schuld fällig ist und gezahlt werden muss.

„Tekel", fuhr Daniel fort, „bedeutet, dass du auf der Waage der Gerechtigkeit Gottes gewogen wurdest – und dein Maß ist zu leicht und zu falsch.

„Parsin heißt", vollendete Daniel, während Belsazar wie ein Verwundeter nach Luft schnappte und sich matt nach den Schultern seiner Leibwächter ausstreckte, „dass das Königreich nicht mehr länger dir gehört, sondern den Persern übergeben ist. Deine Zeit ist zu Ende – ihre Zeit hat begonnen."

Gobhruz ritt schnell die Straße des Nabu entlang nach Norden. Mit jedem Schritt seines Reittiers fielen Klumpen von feuchtem Flussschlamm von dessen Fesseln, um von der Abteilung Fußsoldaten zertreten zu werden, die eilig ihrem Befehlshaber folgten. Sie hatten den schlammigen Kanal durchwatet und waren durch das Flussbett gegangen, indem sie die Stadt neben dem Borsip-Tor betreten hatten. Bis jetzt war ihnen noch niemand entgegengetreten.

Der Befehlshaber schaute auf seiner rechten Seite nach oben. Über seinem Kopf konnte er die Umrisse seiner Männer gegen den Sternenhimmel erkennen, die schnell auf der Mauerkrone entlangmarschierten. Ihre Aufgabe war es, die Kommandoposten und Befestigungen, die in Abständen an dem breiten Schutzwall lagen, so effektiv und still wie möglich zu sichern.

Er wandte sich nach Westen auf eine breite Durchgangsstraße, dann wieder nordwärts zwischen die auf beiden Seiten liegenden Mauern der Aibur Schabu. Anders als in den Tagen Nebukadnezzars war der Prozessionsweg nun dunkel, seine Fackeln wurden zu Beginn der zweiten Nachtwache gelöscht. Nur die dünne Sichel des Mondes und ein leuchtendes Sternenmeer erhellten die breite Straße, an der entlang er und seine handverlesene Truppe entlang patrouillierten, alle Sinne in Bereitschaft.

Seine Aufgabe war es, die Zitadelle zu sichern. Sie hatten die Mitte der zweiten Nachtwache abgewartet, bevor sie die Stadt durch die neu geöffneten Pfade betraten, die durch das Ablaufen des Flusses geschaffen wurden. Babylon würde mit der Morgendämmerung erwachen, um seine neuen Herren über jeder Befestigung, jeder Straße, jedem Häuserdach vorzufinden, so jedenfalls sah es der Plan vor. So viele babylonische Befehlshaber wie möglich hatte man bestochen oder auf andere Weise neutralisiert, aber eine Eroberung war von Natur aus eine ungenaue Wissenschaft. Bis jetzt war man noch nicht auf Widerstand gestoßen, aber Gobhruz konnte sich nicht vorstellen, dass es so bleiben würde.

Sie gelangten an die Seite des gewaltigen Esagilakomplexes. Als sie sich dem stillen Eingangstor des Tempels näherten, sichtete Gobhruz' Vorhut eine bewaffnete Gruppe, die auf der kreuzenden Straße von Marduk auf sie zueilte. Gobhruz' Faust griff zu seinem Schwert, entspannte sich aber wieder, als die Männer ihre Parole gaben; die Patrouille gehörte zu ihnen und hatte die Stadt durch das Marduk-Tor betreten.

Die vereinte Truppe fegte nun über die breite Straße. Als sie die Zababa-Brücke vor den Toren des Palastes kreuzten, zählte Gobhruz nur eine Handvoll Soldaten, die dort Wache standen. Diese wenigen erkannten die Vergeblichkeit ihrer Lage nur zu deutlich, streckten ihre Waffen und warfen sich vor der bewaffneten Horde nieder, die in den Hof strömte, der vor dem Tor lag.

Während seine Bogenschützen mit Pfeilen bereitstanden, um sie vor einem Hinterhalt von hinten oder oben zu schützen, beobachtete Gobhruz ungeduldig, wie seine Truppen sich an dem verschlossenen Tor des Palasts zu schaffen machten. Unter Anspannung aller Kräfte trieben die Männer Keile in die Ritze zwischen den eisenbeschlagenen Türhälften. Das Holz splitterte und machte großen Lärm, während sie mit der Arbeit vorankamen, aber immer noch wurde keine Wache gerufen, behinderte kein Verteidiger ihre Anstrengungen. Allem äußeren Anschein nach hätten sie ihren Weg genauso gut in ein Haus voll Gräber nehmen können, das nur von den ruhelosen Geistern der Toten bewacht wurde. Als die Soldaten schließlich den letzten Widerstand überwunden hatten, öffneten sich die gewaltigen Türflügel und gaben den Blick auf den riesigen, beeindruckenden, aber leeren Innenhof frei.

Gobhruz zeigte auf drei seiner Hauptleute. „Jeder von euch nimmt hundert Mann. Durchsucht den Palast und die Zitadelle nach –" Das Geräusch von Schritten auf dem Pflaster war zu hören. Der Befehlshaber schaute nach oben. Er konnte die schattenhaften Gestalten von Männern sehen, die sich auf den Befestigungen entlangbewegten. Leise rief einer von ihnen etwas in Parsi. Verwundert öffnete Gobhruz den Mund. War es möglich, dass seine Männer die Mauern der Stadt schon in ihrer ganzen Länge eingenommen hatten? Hatte es keine chaldäischen Wachen gegeben? Er sandte einen Läufer los, um einen der Männer zu sich zu rufen.

„Nein, mein Herr", keuchte der Fußsoldat leise, nachdem er in den Hof hinuntergeklettert war. „Wir haben niemand gesehen und nichts gehört. Es war ..." Der Mann verzog nachdenklich seine Stirn, während er nach Worten suchte. „Es war, als ob die Hand eines Gottes vor uns hergegangen wäre. Immer wieder kamen wir zu einer Wachstation auf der Mauer, nur um sie verlassen, mit auf dem Boden liegenden Waffen und Rüstungen vorzufinden. Irgendetwas ist mit ihnen geschehen – mit ihnen allen."

Die Männer, die in der Nähe standen, machten große Augen und schauten in abergläubischer Furcht auf den weiten leeren Hof.

„Nur die Ruhe, Leute", brummte ein ergrauter alter Anführer in ihrer Mitte. „Wenn die Götter ein paar Chaldäer für uns auslöschen wollen, warum lassen wir sie nicht?"

Nervöses Lachen drang nach und nach aus den Kehlen der Männer, während Gobhruz widerwillig über den Witz zur rechten Zeit lachte. Er wandte sich den Hauptmännern zu, die er vorher ausgewählt hatte. „Los jetzt! Schaut genau nach!"

Die drei Abteilungen verschwanden in unterschiedliche Richtungen, jede in einen anderen Korridor des Palastes. Während Gobhruz sie beobachtete, strich er sich in misstrauischer Verwunderung über den Bart. Konnte es wirklich so einfach sein?

Daniel schritt in seiner Kammer auf und ab, so schlaflos, als wäre es Mittag. Sein Blick fiel erneut auf das Gewand aus purpurfarbenem Leinen und die darauf liegende Goldkette.

Er schnaubte vor Empörung. Nachdem er vom Esagila in seine Wohnung zurückgekehrt war, hatte es an seiner Tür ängstlich geklopft. Ein Bote Belsazars hatte unterwürfig das Bestechungsgeschenk des Prinzen gebracht. Als ob man das Wort des Allmächtigen durch schäbige Geschenke abwenden könnte! Der betagte Wesir schüttelte seinen Kopf und nahm sein nachdenkliches Umhergehen wieder auf.

Als er das Geräusch von gestiefelten Füßen vor seiner Tür bemerkte, ging er leise zum Portal und legte sein Ohr an das

Holz, um genau hinzuhören. Eine scheinbar endlose Folge von Fußtritten rannte draußen auf dem Korridor entlang. Er hörte flüsternde Stimmen, die in der exotischen Sprache der westlichen Berge sprachen. Das war es also! Die Perser waren mitten im Palast! Sein Herz schlug wie wild, als er es erkannte. Wieder hallte der geheimnisvolle Klang der Wörter auf der Wand im Esagila in seinen Gedanken nach. Nur vier Wörter – und die Welt wurde verändert.

An den reichen Einrichtungsgegenständen, den großzügigen Wandgemälden und der dekorativen Form der Wandlampen erkannte der Hauptmann des Soldatentrupps, dass seine Patrouille in dem Flügel des Palasts war, in dem die herrscherliche Familie residierte. Nervös lockerte er das Schwert in seiner Scheide, denn er erwartete jederzeit, an der nächsten Ecke einer Gruppe von Leibwächtern gegenüberzustehen. Die Fackeln, die von den Männern hinter ihm getragen wurden, warfen tanzende schwarze Schatten vor seine Füße, während sie sich durch die dunklen Korridore bewegten.

Vor ihnen war ein großes Portal, dessen Tür mit gehämmerter Bronze verkleidet war. Die Wände ringsum waren mit auffällig bunten, glasierten Ziegeln bedeckt. Der Bogen zur Tür war mit Göttern und Cherubim geschmückt, die anscheinend dem Bewohner dieses Raums göttlichen Schutz bieten sollten. Der Hauptmann folgerte aus alledem, dass dieses die Privatgemächer des Herrschers sein mussten. Sein Mund war vor Spannung trocken, während er den Korridor in beide Richtungen entlangblickte, der sich über das Licht der Fackeln hinaus wie ein Labyrinth in die Dunkelheit erstreckte. Nichts. Nur dieselbe unheimliche Leere und Stille, durch die sie sich schon bewegt hatten, seit sie diese riesige verwirrende Stadt betraten.

Er tat einen tiefen Atemzug und trat zur Seite, während er den vier kräftigen Männern zunickte, die den Rammbock trugen.

Die vier stürzten nach vorn, und der Rammbock traf die Tür mit einem fürchterlichen Knall. Mehrmals schleuderten sie den dicken Pfahl gegen die Tür, bis die Scharniere zuletzt knirschend nachgaben, als die Schläge des Rammbocks sie aus ihren Angeln in der Wand trieben. Die Tür stürzte nach innen und fiel mit schallendem Krachen in den Raum.

Die Soldaten stürzten mit gezogenen Schwertern in die Kammer. Sie durchsuchten die Seidenvorhänge und stachen hinter die Wandbehänge, um irgendeinen Feind zu finden, der aber nicht auftauchte.

„Mein Herr!", rief einer der Männer. „Kommt hierher!"

Der Hauptmann fand den Soldaten neben einem goldüberzogenen Mahagonilager.

Darauf lag ein alter Mann – oder die ausgetrocknete Hülle dessen, was einmal ein alter Mann gewesen war. Seine Augen starrten glasig und leblos, während seine totenbleichen Hände ein goldenes Zepter umklammerten. Es war, als wollte Nabu-Naid selbst im Sterben nicht freiwillig das ausliefern, was er einmal an sich gerissen hatte.

Belsazar hörte die Schritte vieler Füße vor seiner Tür. *Wo sind meine Wachen? Diese Schurken sind geflüchtet – alle sind geflüchtet!*

Ächzend vor Furcht nahm er ein Schwert in seine feuchten gefühllosen Finger. Er hörte die fremden Stimmen, das erschreckende Gebrabbel persischer Worte, die nun sein bevorstehendes Verhängnis ankündigten. Er wollte nicht sterben! Warum hatten sich die Götter gegen ihn gewandt?

„Vater!", schrie er, als der Rammbock gegen seine Tür dröhnte. „Das ist deine Schuld! Deine Torheit hat das über mich gebracht!"

Der Rammbock brach in das Zimmer, und die Tür fiel mit mit einem Knall nach innen, der eine Wolke von Staub aus dem Mauerwerk aufwühlte. Mit einem wahnsinnigen Schrei stürzte der Prinz in das schwarze Loch, das sich zum Korridor geöffnet hatte. Er sah die dunklen, im Schatten liegenden Gesichter der Eindringlinge und die Spitzen der Pfeile, die auf ihn gerichtet waren. Es gab einen Schmerzensschrei, Blut spritzte auf. Dann nichts mehr.

25

Das kriegerische Signal der Trompeten verlor sich in dem gewaltigen Beifallsgeschrei, als käme es aus einer einzigen Kehle, das sich von den riesigen Menschenmassen erhob, die die Mauern der Aibur Schabu bevölkerten. Zwischen den mit Drachen verzierten Säulen des Ischtar-Tors ritt Kyrus, der Eroberer, auf einem pechschwarzen nisäischen Ross. Es sah aus, als hätte die Stärke Babylons selbst ihn irgendwie neu geboren. Von allen Seiten war er von dem bewaffneten Schutz der Lanzen seiner Leibwächter umgeben.

Als er durch die ohrenbetäubende Mauer des Jubels ritt, hatte Kyrus das Gefühl, dass die überschwengliche Freude der Menge nicht einfach nur vorgetäuscht war. Er hatte die Strömungen des Misstrauens und der Feindschaft, die durch Nabu-Naids törichte Politik und die grobe Härte seines Sohnes erzeugt worden waren, richtig eingeschätzt. Wie in Ekbatana wurde er als ein Befreier angesehen, ein König des Volkes, ein Heilmittel gegen die erdrückende Hand eines Tyrannen. Und er wusste mit dem Instinkt eines Schauspielers, wie er von ihnen bei dieser seiner letzten Eroberung sogar noch mehr bewundert werden konnte. Bevor dieser Tag vorüber war, würde er nicht nur in der Großen Halle Babylons auf den Thron gehoben werden, sondern auch im Herzen und im Verstand seiner Bewohner.

Der Zug bewegte sich langsam den Prozessionsweg entlang, wobei er von dem Beifall Babylons überschüttet wurde. Als er sich dem breiten Torbogen des Esagila näherte, brachte Kyrus sein Pferd zum Stehen und stieg ab. Die Menge wurde still und beobachtete aufmerksam, wie ihr neuer Monarch, der nun die Phalanx seiner Leibwächter hinter sich ließ, den gewaltigen Platz des Hauses Marduks betrat.

In der Mitte des Hofs erwartete eine Gruppe von Priestern das

Kommen von Kyrus. In der vordersten Reihe stand der oberste Priester von Marduk, der ängstlich zusah, wie die einzelne Gestalt zielstrebig auf ihn zuschritt.

Kyrus erreichte die Priester und nahm ihre Huldigung entgegen. Mit lauter Stimme sagte er: „Ich grüße Marduk, den großen Herrn, der mich sicher und in Frieden in diese befestigte Stadt gebracht hat. Es ist mein Wunsch, dass alle Menschen von meiner Ehrfurcht gegen die Götter wissen. Ich ordne hiermit die sofortige Rückkehr der Heiligen in die Städte und Tempel an, die ihre rechtmäßigen Aufenthaltsorte sind. So soll es geschehen!"

Er machte auf dem Absatz kehrt und schritt den Weg zurück, den er gekommen war. Dabei hörte er die erleichterten Seufzer der Priester in seinem Rücken. Er gestattete sich ein leichtes Lächeln, während er weiter auf seine Leibwache zuging.

Später am Tag betrat Kyrus den Thronsaal, und die wartenden Höflinge fielen auf ihr Angesicht. Gemessenen Schrittes ging er zum Drachenthron und warf zugleich einen genauen Blick auf die Fassade hinter dem Podium. Sein Sinn für Proportionen erfreute sich an den vier stilisierten Palmbäumen und dem auffälligen Kontrast zwischen dem tiefen Blau des Hintergrunds aus glasierten Ziegeln und dem leuchtenden Rot und Gelb der Bäume selbst. Er setzte sich auf den Thron und ließ seine Handflächen auf dem kühlen Gold der geschnitzten Drachenköpfe ruhen. Seine bernsteinfarbenen Augen wanderten gebieterisch durch den weiten Raum, während seine Untertanen sich von ihrer Verbeugung erhoben.

Einzeln und zu zweit erschienen die Vornehmen und führenden Männer der babylonischen Gesellschaft. Händler, militärische Befehlshaber, Eigentümer von Ländereien, Vertreter der Gotteshäuser mit kahlgeschorenen Köpfen – sie alle traten ihre stille Pilgerschaft der Ehrerbietung zu ihrem neuen Herrn an. Leise flüsterten sie ihre Verehrungsformeln, während sie vor dem Drachenthron knieten. Kyrus empfing sie ernst und nickte jedem Einzelnen mit stillem Wohlwollen zu.

Adad-ibni war als oberster Seher dafür verantwortlich, die

Chronik der Eroberung durch Kyrus in Übereinstimmung mit den gebilligten Zeichen und Omen herzustellen. Er war sich der Wichtigkeit dieses ersten Gesprächs mit dem neuen Herrscher schmerzlich bewusst und er fühlte, dass seine Hände schwitzten, als er sich dem Podium mit respektvoll gebeugtem Kopf näherte. Beim Erreichen der Plattform kniete er nieder und streckte eine Tontafel vor, die mit Schriftzeichen der alten babylonischen Sprache bedeckt war. Diese Sprache wurde am Hof seit den Tagen Nebukadnezzars benutzt.

„Mein Herr, bitte nehmt die demütige Arbeit Eures Dieners Adad-ibni, des Obersten der Seher, Wahrsager und Magier Seiner Majestät an", erklang die altersschwache Stimme des Greises in der schwarzen Robe. „Wie mein Herr weiß, war sein Kommen von den mächtigen Göttern selbst vorhergesagt und stand für alle sichtbar in den Himmeln geschrieben. Eurer unterwürfiger Diener hat eine Geschichte dieser Zeichen und Andeutungen erstellt und bietet sie nun dem mächtigen Kyrus zur Lektüre, Billigung oder Verbesserung an."

Kyrus starrte auf die rasierte pergamentähnliche Kopfhaut des ehrwürdigen Magiers. *Ist das eine verhüllte Beleidigung?*, fragte er sich. Versuchten die Chaldäer ihn aus Stolz über ihr althergebrachtes Wissen auf raffinierte Weise wegen der mangelhaften Bildung seines persischen Erbes an der Nase herumzuführen? Er schaute Gobhruz an, der an seiner rechten Seite stand. Der Befehlshaber erwiderte seinen Blick mit stoischer Ruhe, als ob er sagen wollte: „Du hast die Königsherrschaft an diesem Ort gesucht. Was antwortest du jetzt?" Der graue Bart seines Lehrers zuckte, aber er sagte kein Wort, gab keinen Wink.

„Bring mir die Tafel", befahl Kyrus, und ein Gehilfe sprang vor, um das überbrachte Dokument in die ausgestreckte Hand des Königs zu legen.

Kyrus tat, als würde er die Tafel überfliegen, während sich sein Verstand wie wild drehte, um einen Weg aus dieser Zwickmühle zu finden. Die Anfrage war von dem alten Mann sehr beredt formuliert worden; er hatte bisher noch keinen Hinweis darauf gefunden, dass die chaldäischen Vornehmen oder die

Priesterschaft ihm etwas anderes als den äußersten Respekt entgegengebracht hätten. Doch sein Stolz wehrte sich dagegen, die Nachteile seines halbnomadischen Erbes offen zu zeigen. Er war der Herrscher des größten Imperiums, das die Welt je gekannt hatte! Wie konnte er an diesem berühmten Ort jahrhundertealten Wissens zugeben, dass er nicht einmal das Aramäisch lesen konnte, das von all seinen Vasallenländern gesprochen wurde, und noch viel weniger die archaische Sprache toter chaldäischer Könige?

Die Vorstellung einer solchen Demütigung war ihm so zuwider, dass er sich in seiner Verzweiflung für einen dreisten Bluff entschied. Er reichte die Tafel dem Gehilfen zurück und deutete an, dass sie Adad-ibni wiedergegeben werden sollte. Der oberste Seher nahm die Tafel, ohne aufzuschauen und zog sich unter Verbeugungen vom Podium zu den ehrerbietig schweigenden Rängen der Höflinge zurück.

Mit schallender Stimme erklärte der neue Herrscher Babylons: „Dieses Schreiben gefällt uns. Es sei allen bekannt, dass ich, Kyrus, der große König, der König der Länder, Herrscher Sumers und Akkads, der Eine, der den Namen Darius, König der Meder und Perser führt, Folgendes verkünde. Das Wort der Meder und Perser, das ab jetzt an diesem Ort und allen Orten, die unserer wohlwollenden Herrschaft unterliegen, regiert, darf weder gebrochen noch darf es verändert werden. Einmal geschrieben, soll das Wort der Meder und Perser für immer Bestand haben. So soll es geschehen."

Kyrus beobachtete das Verhalten und Auftreten der chaldäischen Höflinge genau. Sie hatten, was er so kühn verkündet hatte, in ehrfurchtsvoller Stille entgegengenommen; in ihrer Haltung und in ihren Gesichtern war nichts anderes zu sehen als unterwürfige Anerkennung. *Gut,* dachte er. *Sie sollen sehen, dass ich das geschriebene Wort genauso achte, wie jeder gebildete Gelehrte.* Ein Ausdruck von ruhiger Zufriedenheit legte sich auf seine Züge – bis seine Augen auf das Gesicht von Gobhruz fielen.

Der alte Meder schaute ihn nicht an. Er hatte seine Augen abgewandt und seine Miene war ein stummer Vorwurf gegen die

Unverschämtheit und Heuchelei des Königs. Die Spur der Zufriedenheit wich aus Kyrus' Gesicht, von niemand als nur von ihm selbst und Gobhruz bemerkt. Nachdenklich gestimmt wandte Kyrus seine Aufmerksamkeit einem anderen Vornehmen zu, der sich nun, eine Litanei der Unterwürfigkeit auf den großen König Kyrus murmelnd, dem Podium näherte, wie seine vielen Vorgänger.

„Und es wird geschehen, wenn siebzig Jahre voll sind, suche ich am König von Babel und an diesem Volk ihre Schuld heim, spricht der Herr, und am Land der Chaldäer; und ich mache es zu ewigen Einöden. Und ich lasse über dieses Land alle meine Worte kommen, die ich über es geredet habe: Alles, was in diesem Buch geschrieben steht, was Jeremia über alle Nationen geweissagt hat. Denn viele Nationen und große Könige werden auch sie dienstbar machen. So vergelte ich ihnen nach ihrem Tun und nach dem Werk ihrer Hände ..."

Daniel legte die Schriftrolle fort, während ein tiefer Seufzer aus seiner beunruhigten Seele emporstieg. Zum ersten Mal seit vielen Jahren stieg das edle Angesicht Jeremias vor ihm auf. Es war erstaunlich, darüber nachzudenken. Obwohl sein Körper jahrzehntelang in einem unbekannten Grab in Ägypten gelegen hatte, sprach dieser großartige und doch so bekümmerte Mann Gottes immer noch zu Daniels Geist, und zwar genauso sicher, wie er in jener Nacht in Syrien vor langer Zeit zu ihm gesprochen hatte! Daniel strich sanft über die Rolle der Worte des Propheten, als würde er auf diese Weise über den Bart des lang verschiedenen Mannes streichen, der sich bemüht hatte, einem ängstlichen Jungen Trost zu spenden.

Und mit welcher Sicherheit brachte die daherfegende Sense Gottes genau die Ernte ein, die Jeremia in Daniels Jugendtagen vorausgesagt hatte! Der Zusammenbruch der Nationen, die sich Nebukadnezzar entgegenstellten, der Untergang Zions ... Dann der Fall der Nachkommen Nebukadnezzars, ja, der gesamten semitischen Hierarchie! Der Aufstieg der persischen Nation und ihres großen Königs Kyrus. Alles das wurde Jeremia schon vor so langer Zeit gezeigt.

Aber die Worte, die Daniel nicht losließen, die ihm in seinem Herzen Leid verursachten und Stürme in seiner Seele, waren die Worte, die er zuletzt gelesen hatte:

So vergelte ich ihnen nach ihrem Tun und nach dem Werk ihrer Hände ...

Wer konnte vor der Gerechtigkeit des Allmächtigen bestehen? Mit trauriger Gewissheit wusste Daniel um die Unreinheit seines eigenen Herzens, sein feiger Selbsterhaltungstrieb, die Worte, die er zurückgehalten hatte, die eigentlich hätten ausgesprochen werden sollen, die Passivität, wo eigentlich aktives Handeln gefragt gewesen wäre, die geheime Freude an der Macht und dem Ansehen seines Rangs.

Und er wusste, dass seine Erfahrung nicht einzigartig war. Esra, Schemaja und andere Älteste und Lehrer der Hebräer hatten dieses leidvolle Thema lang und breit mit ihm diskutiert. Sie alle fühlten die Unruhe – manchmal mehr unbestimmt, manchmal so deutlich wie einen glühend heißen Dolch –, die jene nicht zu ermessende Kluft zwischen dem unbeständigen Aufflackern in der Seele eines Menschen – selbst eines guten Menschen – und der verzehrenden unnahbaren Reinheit Adonai Elohims in ihnen hervorrief.

Wie war es möglich, dass dieser Gott, dieser allgegenwärtige sündlose Gott, die erwiesene Untreue, den so ermüdenden, immer wiederkehrenden Ungehorsam seines Volkes Israel ertragen konnte? Warum sollte er Jerusalem wieder aufbauen, und sie aus den Tausenden von Orten zurückbringen, wohin er sie zerstreut hatte, wenn sie so kraftlos waren, seine Maßstäbe aufrechtzuerhalten? Warum sollte es diesmal anders sein als sonst?

Ein tiefer herzzerreißender Seufzer stieg in seinem Geist auf. Daniel fiel mit seinem Gesicht flach auf den Boden seines Raums. Er streckte seinen Arm flehentlich in Richtung Fenster, durch das die untergehende Sonne ihre letzten verblassenden

Strahlen sandte, in Richtung Westen, nach Jerusalem. Die Worte strömten in einer Woge von Scham über seine Lippen, und er stöhnte laut.

„Ach Herr, du großer und furchtbarer Gott, der Bund und Güte denen bewahrt, die ihn lieben und seine Gebote halten! Wir haben gesündigt und haben uns vergangen und haben gottlos gehandelt. Wir haben uns aufgelehnt und sind von deinem Gesetz und deinen Geboten abgewichen. Und wir haben nicht auf deine Knechte, die Propheten, gehört, die in deinem Namen zu unseren Königen, unseren Obersten und unseren Vätern und zum ganzen Volk des Landes geredet haben.

Bei dir, o Herr, ist die Gerechtigkeit, bei uns aber ist die Beschämung des Angesichts, wie es an diesem Tage ist: Bei den Männern von Juda und den Bewohnern von Jerusalem und dem ganzen Israel, den Nahen und den Fernen, in allen Ländern, wohin du uns vertrieben hast wegen unserer Untreue ..."

Die Sonne versank golden und purpurrot im Westen, und immer noch schüttete Daniel die Seufzer seiner Seele vor dem Herrn aus. Gegen jede Hoffnung, gegen jedes Gefühl von Unwürdigkeit, das ihm wie eine Flut entgegenströmte, rang Daniel flehentlich mit dem Gott seines Volkes und bat ernsthaft um ein Schicksal, das, wie er genau wusste, besser war, als sie oder er es verdient hatten.

„Und nun, unser Gott, höre auf das Gebet deines Knechtes und auf sein Flehen! Und lass dein Angesicht leuchten über dein verwüstetes Heiligtum ..."

Er dachte daran, dass die Tempel Uruks, Nippurs und Opis' geräumt worden waren, dachte an den tiefen Hass, den die törichte Bekanntmachung Nabu-Naids hervorgerufen hatte. Wie viel schrecklicher, wie viel größer das Leid, das durch die Verwüstung Zions erzeugt worden war! Und das war nicht durch den Befehl eines alten Königs geschehen, der nicht mehr ganz bei Sinnen war, sondern durch die zornentbrannte Hand des wahren Gottes selbst, als wäre der Gestank, der von seinem Volk ausging, so groß, dass er jedes Anzeichen seiner Wohnstätte bei ihnen unerbittlich auslöschen musste, ja sogar das Haus, das nach seinem eigenen Namen genannt war!

Das Klagen über das Elend sprudelte über Daniels Lippen, während er weiter betete. „Neige, mein Gott, dein Ohr und höre! Tu deine Augen auf und sieh unsere Verwüstungen und die Stadt, über der dein Name genannt ist! Denn nicht aufgrund unserer Gerechtigkeiten legen wir unser Flehen vor dich hin, sondern aufgrund deiner vielen Erbarmungen."

Die Worte entschwanden ihm, er fühlte sich beinah aller Gedanken beraubt. So schloss er mit einer Bitte, die wegen ihrer Direktheit umso leidenschaftlicher war.

„Herr, höre! Herr, vergib! Herr, merke auf und handle! Zögere nicht, um deiner selbst willen, mein Gott! Denn dein Name ist über deiner Stadt und deinem Volk genannt worden."

Fast bewusstlos vor Trauer und Erschöpfung vergrub er sein Gesicht in den Armen, während er immer noch ausgestreckt auf dem Boden seiner Wohnung lag. Die Bewusstlosigkeit öffnete sich vor ihm wie ein dunkler Abgrund, auf den er zutrieb, als plötzlich ein harter Lichtkegel in seine schmerzenden Gedanken brach. Zum dritten Mal fühlte er den erschreckenden vorwärtsstürmenden Vorboten der Gegenwart Gottes in seinem Innern.

Wieder rief die rauschende Donnerstimme des Engels seinen Namen in einem Ton, der so gewaltig und furchterregend wie die Ewigkeit war. Er sprach zu Daniel über den Wiederaufbau der Stadt, über Jahre und Jahreszeiten, die vorübergehen müssten, über die Gottlosigkeit von Königen und das Kommen eines Gesalbten. Die strahlenden Farben dieses riesigen Gemäldes des Allmächtigen nahmen ihn völlig in Anspruch, zogen ihn hilflos in ihren blendenden Strudel. Es wirbelte um ihn herum von Wundern, die seinen Verstand überstiegen, Visionen, die nicht wiederzugeben waren. Schließlich verebbte das Ganze, und er kam langsam wieder zu Bewusstsein, wie ein Schwimmer, der wieder festen Boden unter sich spürt.

Und Daniel schlief ein.

Mit dem ersten Licht der Morgendämmerung, das die Mauern des Palasts rötlich färbte, erwachte er. Als er an sich hinabschaute, bemerkte er, das er völlig bekleidet eingeschlafen war. Er lag halb auf seinem Lager, halb auf dem Teppich des Bodens. Er erhob sich und zuckte gleichzeitig zusammen, da seine alten Knochen sich doch etwas steif anfühlten, besonders durch die ungünstige Lage, in der er geruht hatte. Als er sich schläfrig den Nacken rieb, klopfte es an der Tür.

Ein junger Diener trat mit einem Tonzylinder ein, der eine Botschaft mit dem geflügelten Kreisabdruck des königlichen Siegels von Kyrus enthielt. Daniel nahm den Zylinder und überflog den aramäischen Text. Während er las, war es ihm, als könne er das geheimnisvolle Raunen des Schicksals innerlich hören. Der Herrscher wünschte ihn zu sehen. Heute. Allein.

Kyrus schaute in den hoch polierten Messingspiegel an der Wand seiner Kammer. Obwohl seine vollen Locken immer noch viel von der kräftigen sandbraunen Farbe seiner Jugend besaßen, vermehrten sich doch die weißen Strähnen des Alters. Aber das war zu erwarten, bemerkte er, bei einem Mann, der die Sechzig überschritten hatte.

Und seine Kraft war noch unvermindert. Er fühlte sich immer noch genauso gut in der Lage, zu reiten und die Lanze und das Krummschwert zu schwingen wie eh und je. Warum sollte er nicht weiterhin für viele Jahre sein weites Königreich regieren, das er aufgebaut hatte?

Er hörte hinter sich das Geräusch schleppender Füße und eines Stocks. Er drehte sich um und sah einen gebeugten alten Mann mit weißem Bart, der eintrat und sich verbeugte, so gut seine schwachen Knie es ihm erlaubten.

„Mein König, ich bin Daniel, der Beltschazar genannt wird", sprach der Alte. „Ich bin dem Ruf des Königs gefolgt."

„Ah, ja", antwortete Kyrus, indem er auf einem Kissen Platz nahm. „Bitte erhebe dich, Wesir Beltschazar oder ziehst du deinen Geburtsnamen vor?"

Der alte Mann, dem es sichtbar zu gefallen schien, danach

gefragt zu werden, erwiderte: „Ich bevorzuge Daniel, mein König. Es ist der Name, den mir mein Vater gab, und es freut mich sehr, ihn laut ausgesprochen zu hören."

Kyrus lächelte in offener jungenhafter Weise. „Sehr gut also, Daniel. Du musst sehr neugierig darauf sein, warum ich dich allein gerufen habe."

Die dunklen wässrigen Augen des alten Mannes blinzelten, aber er gab keine Antwort.

„Ein König ist auch nur ein Mensch, Daniel", begann Kyrus. „Er sieht nur das, was einem Menschen sichtbar ist. Und doch muss er seine Augen und Ohren überall haben. Er muss in der Lage sein, die Worte seines Volkes zu hören, selbst solche Worte, die unausgesprochen bleiben. Und er muss sehen, was in der Zukunft geschehen wird, genauso wie das, was gerade in der Gegenwart geschieht." Kyrus erinnerte sich an die Worte, die vor so langer Zeit von einem anderen Ratgeber ausgesprochen wurden und sagte grüblerisch: „Ein König muss den Menschen, die er regiert, Beachtung schenken, wenn er König bleiben will. Wenn er damit aufhört, hört er auf, ein König zu sein. Es mag sein, dass er an der Macht bleibt, es mag sein, dass er weiterhin Macht mit Waffengewalt ausübt, aber es ist kein König mehr."

Daniel fühlte sich an irgendetwas erinnert und nickte innerlich.

„Ein König muss jemand sein, der Menschen beobachtet, Daniel. Ich habe viele Menschen unter den verschiedensten Umständen geprüft. Sogar an diesem Hof in Babylon habe ich die Ausdrucksformen beobachtet, die raffinierten äußerlichen Andeutungen dessen, was manche vielleicht lieber verheimlichen wollen. Ich weiß, dass es in diesen alten Mauern viele gibt, Daniel, deren Worte und Bekenntnisse der Treue nur Motive verdecken, die sehr wenig mit Treue zu tun haben."

Daniel starrte direkt in die prüfenden Augen des scharfsinnigen Eroberers.

„Ich habe Menschen über dich sprechen hören, Daniel", erklärte der König. „Es heißt, du habest Weisheit, die über die

Weisheit normaler Sterblicher hinausgeht. Wenn es wahr ist, werde ich deinen Rat benötigen."

Daniel neigte respektvoll seinen Kopf. „Mein König hat nur zu befehlen, und sein demütiger Diener gehorcht."

Kyrus betrachtete das gesenkte Gesicht Daniels zehn Atemzüge lang. In mancher Hinsicht erinnerte ihn dieser Alte an Gobhruz, seinen lebenslangen Diener, Freund und Lehrer. Er merkte, dass er bei diesem bewundernswerten Veteran am babylonischen Hof eine Saite tieferen Vertrauens anschlagen wollte. „Mein Vater gab mir auch einen Namen, Daniel", meinte der König mit einem Lächeln, indem er seiner Stimme einen leichteren vertrauteren Klang gab, in dem Versuch, eine Verbindung zu Daniel aufzubauen, die über König und Höfling hinausging. „Willst du wissen, wie er lautet?"

Daniel hatte ein Gefühl der Vorahnung. Es schien unvermeidbar, dass eine neue Seite im Buch seines Lebens aufgeschlagen wurde. Er spürte etwas von dem Wohlgeruch, der die Dinge Gottes umgab. Schweigend nickte er.

„Hier in dieser Gegend nennt man mich Kyrus, aber in Arisch lautet mein Name Kurasch", erklärte der König. „In der Sprache der Perser bedeutet es Hirte. Das ist es, was ein König sein sollte. Kein Schlächter, der seine Herde in Angst und Schrecken versetzt, sondern ein Hirte, der sie –" Er machte eine Pause, mitten in seinen Gedanken wie erstarrt durch den verzückten Gesichtsausdruck auf dem Gesicht Daniels, der seinen Mund öffnete und sagte:

... der von Jerusalem sagt: „Es soll bewohnt sein ..."

Der alte Mann redete leise Worte in irgendeiner fremden Sprache vor sich hin und stimmte ehrfürchtig einen Gesang an, den eine Erinnerung in ihm hervorrief, die zu mächtig war, um unterdrückt zu werden. Während Kyrus in faszinierter Verwirrung zuhörte, fuhr Daniel fort:

... der von Kurus sagt: „Er ist mein Hirte, und wird alles ausführen, was mir gefällt ..."

Jetzt starrte Daniel ihn mit glänzenden Augen an, als würde er eine bedeutungsvolle Absicht vermuten oder sogar erkennen. Aus irgendeinem Grund, der jenseits einer bewussten Entscheidung lag, fragte Kyrus: „Diese Worte, die du gerade ausgesprochen hast, weder Aramäisch noch Chaldäisch, was für eine Sprache war das?"

„Ich habe Hebräisch gesprochen, mein König, die Sprache meines Volkes."

„Du bist kein Chaldäer? Deine äußere Erscheinung ist genauso wie die der anderen -"

Daniel schüttelte den Kopf. Seine weißen buschigen Augenbrauen schienen etwas hervorzutreten, sein intensiver Blick verlieh seinen Worten eine Schärfe, dass sie wie sorgfältig ausgewählte Waffen wirkten. „Nein, mein König. Ich bin ein Hebräer. Wie die Menschen in Chaldäa sind wir Kinder Sems, aber vor vielen hundert Jahren trennten sich unsere Stämme. Unser Stammvater Abraham wurde aus diesem Land herausgerufen, um in das Land zu gehen, das ihm von dem Höchsten verheißen worden war."

Auf unerklärliche Weise fühlte sich Kyrus plötzlich weniger wie ein König, der einen Wesir einer Prüfung unterzog, als vielmehr wie ein Fußsoldat, der versuchte, durch eine ihm bis dahin unbekannte Musterung hindurchzukommen. Als er eine weitere Frage stellte, hatte er das beunruhigende Gefühl, dass seine nächsten Worte schon erwartet, vielleicht sogar vorherbestimmt waren.

„Warum ist dein Volk dann hier, Daniel? Und wie kommst du, ein Fremder, in den Hohen Rat der Könige Babylons?"

Daniel lächelte. Er legte seinen Kopf auf die Seite, als ob er einer anderen Stimme zuhören würde, und wartete lange, bevor er eine Antwort gab. Schließlich sagte er: „Der Allmächtige, der Gott des Himmels, hat wegen unseres Ungehorsams veranlasst, dass wir aus unserem eigenen Land hierher gebracht wurden. Er ist es, der mich in die Hallen der Könige dieses Ortes gestellt hat." Seine Augen bohrten sich in das innerste Wesen von Kyrus, als er fortfuhr: „Und er ist es auch, der dich hierher gebracht hat, o mein König, um seinen Willen weiter auszuführen."

Für eine Zeit von zehn Herzschlägen, dann zwanzig, blickten der König und der alte Mann einander starr in die Augen. Ihr Blick war so unerbittlich wie das Vergehen der Zeit. Kyrus fand sich in der Erinnerung an das Gesicht des heiligen Mannes bei dem Bergheiligtum wieder, er erinnerte sich an seine Worte über einen Ruf und eine Absicht, und an seinen rastlosen, nach dem Jenseits schauenden Blick. Die Augen, die ihn nun erfassten, waren wie die des Priesters von Ahura Mazda, nur machtvoller, als wäre, was Diravarnya so unnachgiebig gesucht hatte, zuletzt von diesem Mann gefunden worden, der nun zu ihm sprach ...

Erschrocken entzog Kyrus seinen Blick und bemühte sich, die Kontrolle über seine Gefühle und die Unterhaltung wiederzugewinnen. „Viele Götter haben mich bis hierher zu diesem Tag geführt, Daniel", sagte er, obwohl er das Gefühl hatte, die Worte waren falsch, selbst für seine eigenen Ohren. „Die Priester des Marduk haben schon eine Steintafel in Auftrag gegeben, auf der sie die Unterstützung des Herrn der Sonne für meinen Sieg feiern." Er fügte hinzu: „Und in jedem Tempel in Chaldäa wird mein Name mit den Triumphen der örtlichen Gottheit verbunden." Weil er wollte, dass sein Gesichtsausdruck gelassen bleiben sollte, schaute er den alten Mann kühl an. „Jetzt erzählst du mir, dass dein Gott der Nächste in dieser langen Reihe ist."

Daniel schüttelte den Kopf, während er immer noch sein rätselhaftes Lächeln zeigte. Geduldig, als würde er ein Kind unterrichten, sprach der Wesir: „Mein König versteht nicht. Die Astrologen und Seher kommen mit Zeichen und Omen zu ihm, die im Licht dessen, was schon bekannt ist, also im Nachhinein, gedeutet sind." Während er sich auf seinen Stock gestützt nach vorn beugte, sprach Daniel die nächsten Worte leise und doch zielgenau und treffsicher. „Die Worte, die ich zitiert habe, wurden von einem Propheten meines Volkes niedergeschrieben – vor fast einhundert Jahren."

Dem König drehte es sich im Kopf. Einhundert Jahre! War das möglich? Wie konnte ein schon lange verstorbener Mann, der in einem Land lebte, das weder Kyrus noch seine Väter je gesehen hatten, ihm den Dienst an einem Gott zuschreiben, dessen Namen er selbst jetzt noch nicht kannte? Der Ausdruck auf Daniels Gesicht, die unbestreitbare Ausstrahlung von Heiligkeit, die von jedem seiner Züge ausging, verrieten Kyrus mit größerer Gewissheit als die Bestätigung von hundert Zeugen, dass die Worte, die der betagte Wesir gesprochen hatte, zuverlässig waren.

Das Nächste, was Kyrus sagte, sprach er leise, ohne seine Stimme zu heben, als hätten er und sein Diener bei diesem vertrauten Umgang mit Visionen die Plätze gewechselt oder die Rollen vertauscht, so dass nicht mehr Daniel, sondern er selbst nun auf den Befehl des Königs warten musste.

„Was nun genau verlangt dein Gott von mir?"

26

Die schrillen Klänge der Trompeten beendeten das Stimmengewirr in dem belebten Hof. Egibis ältester Sohn lehnte sich gegen den Eingang des Kontors und unterbrach die Unterhaltung, die er mit Jozadak, dem Hauptaufseher seines Vaters, geführt hatte. Wie die anderen Leute in der bevölkerten Straße auch, reckten der Geschäftsmann und sein graubärtiger Angestellter ihre Hälse, um den königlichen Herold zu sehen, während dieser irgendeine Bekanntmachung ausrief, die Kyrus ihm aufgetragen hatte.

„Kyrus, der große König, der König der Länder, hat diese Bekanntmachung verfasst und niederschreiben lassen, so dass sie nicht geändert werden kann!" Der Mann rief seine Botschaft laut hinaus, während er über seinen Kopf einen Tonzylinder hielt, der mit dem geflügelten Kreis des persischen Monarchen versehen war. „Dieses Wort wird im ganzen Herrschaftsgebiet des Kyrus verkündet, allen Ländern und allen Nationen, die seine gerechte und gnädige Herrschaft kennen!

Das ist es, was Kyrus, König von Persien, Medien, Lydien und Babylon, verkündet:

Der Herr, der Gott des Himmels, hat mir alle Königreiche der Erde gegeben und mich dazu bestimmt, ihm einen Tempel in Jerusalem, das in Juda liegt, zu bauen. Wenn es unter euch Menschen aus seinem Volk gibt, möge ihr Gott mit ihnen sein. Lasst sie nach Jerusalem in Juda ziehen und den Tempel des Herrn, des Gottes Israels, des Gottes, der in Jerusalem ist, aufbauen.

Und die Menschen an jedem Ort, an dem hebräische Überlebende jetzt leben mögen, sollen diese mit Silber und Gold versorgen, mit allen möglichen Gütern und Vieh und mit freiwilligen Gaben für den Tempel Gottes in Jerusalem."

Langsam kehrte der Lärm auf den Marktplatz zurück, weil

die meisten Käufer und Verkäufer Fragen und Bemerkungen über den Ort austauschten, auf den sich das Edikt des Herrschers bezog. Nur wenige von ihnen hatten jemals von Jerusalem oder Juda gehört. Innerhalb weniger Augenblicke war die seltsame Bekanntmachung inmitten von Schulterzucken und Kopfschütteln vergessen. Dringende Handelsangelegenheiten lösten die nutzlosen Spekulationen über die Absicht des Königs für diesen unbekannten Ort ab.

Bel-Adan, der Sohn Egibis, wandte sich mit der Frage an Jozadak, was er von diesen merkwürdigen Vorkommnissen wisse, hielt aber überrascht, mit weit aufgerissenen Augen inne, bevor er überhaupt reden konnte. Tränen rannen dem älteren Mann über das Gesicht, während er immer und immer wieder mit vor Freude fast erstickter Stimme einen hebräischen Ausruf flüsterte.

„Hallelu-Jah!"

Bevor die Sonne an jenem Tag unterging, erreichte die atemlose Kunde von der wunderbaren Bekanntmachung des Kyrus die Leiter der hebräischen Gemeinde in Babylon. Noch vor dem nächsten Sabbat war die Botschaft schon zu den Juden in Opis, Sippar und Nippur gelangt. Seit den legendären Tagen des Auszugs aus Ägypten war ein solches reges und freudiges Treiben nicht mehr gesehen worden. In jedem hebräischen Haushalt brach die Diskussion aus, welche Familien die Heimreise nach Juda antreten würden und welche nicht, was man mitnehmen müsse, wie man die Dinge loswerden könne, die man nicht mitnehmen konnte und all die tausend Kleinigkeiten, die die Massenumsiedlung einer ausgedehnten Bevölkerung begleiteten.

In dem Haus an der Adad-Straße war die Zeit süß und bitter zugleich. Joel, der älteste Sohn Asarjas und Ephratas, hatte sich entschieden, in Babylon zurückzubleiben, um für die kränkelnde Ephrata zu sorgen. Seine Schwester Milka und ihr Mann, ein gutaussehender, kräftiger Hebräer aus dem Stamm Benjamin, wollten sich zu den nach Juda Heimkehrenden gesellen, genauso wie ihr jüngerer Bruder, der noch unverheiratet war. Es gab viele leise

Gespräche, viele Erinnerungen an vergangene Dinge und Vermutungen über zukünftige. Eine Fülle von Plänen, Hoffnungen und Träumen lag in der Luft, aber auch der wehmütige Trennungsschmerz. Ihre Tage waren ein flüchtiges Gemisch aus Freude, Trauer und Besorgnis.

Der Tag kam, an dem Esra, Jozadak, sein Sohn Jeschua und eine große Gruppe von Leviten und Priestern sich im Hof des herrscherlichen Palasts versammelten. Ihre Gesichter waren die von Männern, die kurz davor standen zu erleben, wie ein lange gehegter Traum Wirklichkeit wurde. Eine Reihe von Trägern wurde sichtbar, angeführt von Mithredath, dem obersten Verwalter der königlichen Schatzkammer in Babylon. Jeder von ihnen trug ein oder mehrere robuste Holzfässer. Unter den wachsamen Augen von Mithredath stellten die Diener die Fässer vorsichtig auf den Boden zu Füßen der gespannt wartenden Hebräer.

Langsam, voller Ehrfurcht, hob Jozadak den Deckel des nächstgelegenen Fasses. Darin befanden sich zehn sanft schimmernde Schalen aus Gold, die in den Tagen Salomos für den Gebrauch im Tempel des Herrn geweiht gegossen wurden. Ein Laut des Erstaunens entwich seinen Lippen, als er sie betrachtete, waren es doch einige der ältesten heiligen Kunstwerke seines Volkes.

Die anderen Behälter enthielten weiteres Silber- und Goldgeschirr, Zangen und andere Gebrauchsgegenstände des Tempels, die beim Fall Jerusalems geraubt worden waren. Eine Generation später wurden sie nun endlich wieder in die Hände derer gegeben, die ihren genauen Zweck kannten. Die Leviten schauten einander an und waren nicht in der Lage, ihre Gefühle in Worte zu fassen.

Jozadak und sein Sohn kehrten zum Haus Egibis zurück. Ihre Herzen barsten vor Freude. Als sie den Hauptraum betraten, war Jozadak bestürzt, den alten Egibi selbst zu sehen, der, gebrechlich und dem Tode nah, auf seinem Lager direkt vor der Tür seines Privatgemachs lag. Jeder im Kontor, ja, jeder Händler im ganzen Geschäftsviertel wusste, dass diese Krankheit seine letzte sein würde. Seit dem Ausbruch der Krankheit hatte man Egibi kaum noch außerhalb der Zuflucht seiner eigenen Räume gesehen. Es war auch besser so, denn bei den seltenen Gelegenheiten in jüngster Zeit, bei denen er in die Räume gekommen war, wo Geschäfte abgeschlossen wurden, war der ganze Laden von dem Gefühl des sich abzeichnenden Todes beeinträchtigt worden. Selbst jetzt war der normalerweise mit regem Treiben erfüllte Hauptraum von Egibi und Söhne so trist und ruhig wie eine Grabversammlung. Jeder Schreiber und Laufbursche legte eine Pause in seiner Tätigkeit wie gefangen von der kalten Atmosphäre der Endgültigkeit ein, die von dem Bett des Hausherrn ausging.

Egibi gab Jozadak einen schwachen Wink und rief ihn zu sich. Jozadak flüsterte zu seinem Sohn: „Geh schon mal weiter, Jeschua. Ich werde einmal unseren Herrn besuchen." Jeschua musste nicht weiter gedrängt werden, sondern eilte davon, ängstlich bemüht, diese vom bevorstehenden Tod so überschattete Umgebung zu verlassen. Jozadak, der nicht ganz wusste, was ihn erwartete, näherte sich dem Bett, auf dem Egibi lag.

Als er seinen Arbeitgeber erreichte, gab Egibi den vier Dienern, die sich um seine Trage kümmerten, matt ein Zeichen. Vorsichtig hoben sie die Trage an und bewegten den kranken Mann in seine Räume. Weil er nicht wusste, was er sonst tun sollte, folgte Jozadak ihnen.

Als die Diener die Trage Egibis sanft auf den Boden in seiner Kammer gestellt hatten, entließ sie der kranke Mann mit einer leichten Geste. An Jozadak gewandt flüsterte er heiser: „Schließ die Tür!"

Lange Zeit sagte Egibi nichts, während er in das Gesicht seines ältesten Angestellten schaute, dem er am meisten vertraute. Jozadak konnte das rasselnde Geräusch der Atemluft hören, die in Egibis Lunge hinein- und hinausströmte. Die Gesichtshaut des sterbenden Mannes, die einst so straff gewesen war, lag nun in bleichen Falten auf seinen Wangen neben dunklen tiefen Augenhöhlen. Diese Augen, die immer noch scharf blickten, obwohl das Licht in ihnen langsam verblasste, erfassten Jozadaks Gesicht mit einem spürbaren Druck. Schließlich holte Egibi mit einer schmerzlichen Kraftanstrengung Atem.

„Du gehst mit den anderen zurück", keuchte er.

Jozadak bestätigte das Gesagte mit einem stummen Nicken.

„Warum?" Es war nur ein Wort, aber der beredte Ausdruck auf Egibis Gesicht zeigte eine vielschichtige Bedeutung. *Bin ich nicht gut zu dir gewesen?*, schien das Gesicht zu fragen. *Was kann es in Juda schon geben für jemand, der sein ganzes Leben in Babylon verbracht hat? Wer wird meinen Söhnen helfen, dieses Geschäft hier aufrechtzuerhalten, mit dessen Aufbau ich mein Leben zugebracht habe?* Und vielleicht, so dachte Jozadak, gab es auch eine Spur von Verwunderung in dem bleichen Antlitz Egibis, ein gequältes Grübeln: *Gibt es einen Gott, der alle diese Sorge, alle diese Umwälzungen wert ist?* Konnte es sein, dass Egibi jetzt, wo die Schatten des Todes in seinem Leben bedrohlich näher rückten, irgendeinem schwachen Echo aus der verschütteten Vergangenheit seiner israelischen Vorfahren zuhörte?

Jozadak versuchte, seine Haltung so freundlich wie möglich klarzustellen. „Verehrter Herr, obwohl mein Leib in diesem Land zwischen den beiden Flüssen zur Welt kam, wurde meine Seele in Juda geboren, auf dem Berg Zion. Ich kann Jerusalem, obwohl ich es niemals gesehen habe, genauso wenig vergessen, wie ich den Namen meines Vaters vergessen könnte. Ich stamme aus der Linie Aarons, mein Herr. Weißt du, was das bedeutet?"

Der verwirrte Blick Egibis zeigte, dass er es nicht wusste. Jozadak seufzte innerlich darüber, wie verkümmert das Erbe dieses Mannes war. Als Sargon von Ninive seine Vorfahren an diesen Platz brachte, hatte er Egibi einer Sache beraubt, so vollständig beraubt, dass er ihr Fehlen nie bemerkte.

Jozadak erklärte ruhig: „Ich bin aus dem priesterlichen Stamm Israels. Es ist meine Aufgabe, und die meines Sohnes Jeschua nach mir, im Haus Adonais zu dienen – in Jerusalem." Obwohl er die Worte lediglich aussprach, fühlte Jozadak, wie ihn eine Welle der Begeisterung erfasste. Vor Verwunderung bekam er sehnsüchtige Augen. *Bald!*, dachte er.

Egibi zoh ihn am Ärmel. „Einmal", ächzte der sterbende Mann, „hast du in eben diesem Raum zu mir über den Gott Israels gesprochen."

Jozadak zuckte zusammen, als er sich an die Verlegenheit jenes Abends vor so vielen Jahren erinnerte.

„Ich habe das Gespräch in Erinnerung behalten", keuchte Egibi, „und die Hitze deiner Worte."

Viele Herzschläge lang war das angestrengte Atmen Egibis das einzige Geräusch im Raum. Schließlich sammelte er sich, um erneut zu sprechen. Mit zitterndem Finger wies er schwach auf eine messingbeschlagene Kiste in der Ecke des Raums und hauchte: „Öffne sie."

Verwirrt ging Jozadak zu der Kiste und hob ihren Deckel hoch. Stapel mit Silberstücken waren zu erkennen. Jozadak schätzte mit geübtem Auge, dass es sich um ungefähr vierzig Mana handelte, wenn nicht sogar um ein ganzes Talent. Er schloss den Deckel und kehrte wieder ans Bett seines Herrn zurück, während sich seine Stirn vor Verblüffung in Falten legte.

„Neben dem Talent Silber", sagte Egibi, dessen Stimme so dünn und trocken klang wie altes Pergament, „gibt es ein weiteres – aus Gold."

Jozadak nickte, verstand ihn aber immer noch nicht.

„Nimm es", seufzte Egibi in atemlosem Flüsterton, „und gebrauche es ... wie es dir geeignet scheint." Erschöpft fiel er auf sein Lager zurück und rang nach Luft.

Jozadak fühlte, wie sein Gesicht starr wurde, so erschrocken war er. Ein Talent Gold und ein Talent Silber! Ein größerer Reichtum als er sich vorstellen konnte – lag nun in seiner Hand!

„Mein Herr!", flüsterte er mit einer Stimme, die voller Erstaunen war. „Bist ... bist du sicher? Was werden deine Söhne -"

Mit einer knappen Handbewegung schnitt Egibi die Frage seines Aufsehers ab. Nachdem er Atem geholt hatte, sagte er: „Meine Söhne brauchen sich darum keine Sorgen zu machen. Ich habe nur noch wenige Tage zu leben, aber was mir bleibt, werde ich benutzen, wie es mir gefällt." Er schaute Jozadak gebieterisch an, dann vollendete er seine Rede, nachdem er noch einmal müde Luft geholt hatte: „Das hier ist immer noch das Haus Egibis!"

Beschämt und überwältigt neigte Jozadak seinen Kopf, während in seiner Brust ein Sturm von Gefühlen wogte, der sich so schnell drehte, dass er nicht wusste, was er sagen sollte. Als er seine Stimme schließlich wiedergefunden hatte, sagte er: „Also gut, mein Herr. Ich werde tun, was du sagst. Und ..." Einige Augenblicke suchte er nach einem Weg, die Worte in seinen Gedanken auszudrücken, auch wenn er das Gefühl hatte, einen Kloß im Hals zu haben. „Und, verehrter Herr, ich verspreche dir ...", wieder kämpfte er mit den Gefühlen, die in ihm losbrachen und ihm die Tränen in die Augen trieben, „ich verspreche dir, dass ich ein Kaddisch für dich auf dem heiligen Berg Zion sprechen werde." Jozadak ergriff, zuletzt völlig überwältigt, die schlaffe kalte Hand seines Herrn und küsste sie dankbar.

Etwas wie ein Lächeln huschte schwach über die ausgetrockneten Wangen Jakob-Egibis, des sterbenden Kaufmanns von Babylon.

Daniel hörte die schleppenden Schritte hinter sich und drehte sich um. Es war Hananja. Sobald er seinen alten Freund sah, wusste er, was dieser sagen würde.

„Willst du nicht kommen?", fragte der betagte Musiker, während seine dunklen Augen Betroffenheit ausdrückten.

Daniel seufzte und schaute weg. Langsam schüttelte er den Kopf. „Ich kann nicht, mein alter Freund."

Die Stille war so lang und so bedeutsam wie die Lebenszeit, die die beiden miteinander verbracht hatten.

„Warum?", fragte Hananja schließlich.

Daniel schaute den anderen Mann an und humpelte dann zu einem Stuhl. Er stöhnte, als er langsam Platz nahm. „Komm, setz dich!", sagte er und machte eine Geste zu einem Sitz neben sich. „Meine alten Knie sind zu steif, um das Aufstehen und Niedersetzen auf die Kissen zu ertragen, Hananja. Wie du siehst, bevorzuge ich nun höhere Sitzgelegenheiten. Weniger elegant vielleicht, aber für alte Männer wie uns einfacher, nicht wahr?"

Hananja setzte sich langsam. Seine Augen wichen nicht von dem Gesicht seines alten Freundes. Daniel schluckte und schaute dann in das vertraute, von der Zeit ausgezehrte Gesicht seines Gegenübers. „Ich bin zu alt und müde –"

„Wir sind im selben Alter", unterbrach ihn Hananja knapp. „Seit wir Mischael vor zwei Jahren begraben haben, sind wir die einzig Übriggebliebenen, die die weite Reise in die Verbannung angetreten haben. Willst du den Kreis nicht mit mir vollenden, zurück nach Jerusalem?"

Das war die längste Rede, die Daniel in den vielen Jahren von Hananja je gehört hatte. Es lag daran, dass sich die beiden Männer gefühlsmäßig sehr nah standen, dass er auf einmal so redselig war. Daniel fühlte, wie sich die Verwirrung und Besorgnis in Hananjas Seele wie Ranken nach seiner Seele ausstreckten, wie sie Verständnis und Bestätigung suchten. Er spürte, wie sie sich fest um sein Herz schlangen und dadurch seinen tiefen Trennungsschmerz nur umso größer machten, der in diesen Tagen des Abschiednehmens sein ständiger Begleiter war.

Während die Trauer ihm die Kehle zuschnürte, sagte er: „Ich kann nicht, Hananja. Ich bin zu sehr mit diesem Ort verwurzelt." Er lachte gequält. „Es sieht so aus, dass ich schließlich doch ein Geschöpf Babylons geworden bin."

Der verletzte und etwas verblüffte Gesichtsausdruck Hananjas erfüllte das Herz seines Freundes mit Trauer. „Ach, mein Bruder", weinte Daniel mit vor Trauer gebrochener Stimme. „Wie oft habe ich aus dem Fenster nach Westen dort drüben hinausgeschaut und mich nach Juda gesehnt, wie ein verlorenes Kind sich nach seiner Mutter sehnt! Jeden Tag war Jerusalem ein Gebet auf meinen Lippen, ein Schmerz in meiner Brust! Und jetzt, jetzt, da unser Gott Jakob auf seine Handfläche genommen hat, um ihn in das verheißene Land zurückzubringen, hat er mir gezeigt, dass ich zurückbleiben muss."

Eine Kluft, ein leerer Raum, still und dunkel, tat sich zwischen ihnen auf, während die beiden alten Freunde hilflos über die rätselhafte Tragödie nachdachten, die in den festlichen Vorbereitungen für die Heimkehr Israels beinah unterging.

Ausgerechnet der Mann, der so gerne abreisen wollte, musste zurückbleiben ...

Der stille Musiker gab nur ein Wort von sich: „Warum?"

Daniel rieb sich die Augen. Dann schüttelte er den Kopf und schaute zur Seite. „Ich kann es nicht sagen, alter Freund. Er möchte etwas von mir, irgendeine Aufgabe, die noch aussteht ..." Er suchte nach weiteren Worten, einer passenderen Erklärung, aber seine Hände gestikulierten stumm in der Luft.

Die beiden alten Männer saßen da und starrten ins Leere. Bald würden sie auch gedanklich getrennt sein; der bevorstehende Abschied – ihr letzter Abschied. Es gab so vieles, das sie miteinander verband. So viele Jahre hatten sie miteinander verbracht ...

„Daniel, ich muss gehen. Ich habe auf diesen Tag gewartet –"

„Natürlich musst du!", versicherte Daniel. „Von allen Personen benötige ich von dir am wenigsten eine Erklärung, warum du gehst. Du musst heimkehren.

Und ich möchte dich um etwas bitten, Hananja", sagte Daniel nach einer weiteren Pause. „Wenn du in Zion ankommst ... wenn du siehst, wie die Sonne über den Hügeln Benjamins aufgeht ... wirst du an mich denken? Wirst du meinen Namen dort aussprechen, oben auf dem Berg des Herrn? Wirst du den Namen Daniels dort vor den Herrn bringen, an dem Ort, wo sein Name wohnt? Wirst du das für mich tun?"

Die beiden alten Männer tauschten einen langen tränenreichen Blick aus, in dem ihr ganzer Schmerz, ihre Freude, ihre Trauer, ihre Furcht und das stille Verstehen des Lebens lag, eines Lebens in brüderlicher Liebe. Eine Träne löste sich im Auge Hananjas und rollte seine Wange hinab, wo sie sich im Labyrinth der Falten seines Gesichts verlor. Seine Finger bebten, und es war, als würde er die unsichtbaren Saiten einer nicht vorhandenen Harfe zupfen, als würde er auf den Saiten ihrer Herzen eine wehmütige Melodie, voll unergründlichen Leids, spielen. Er nickte Daniel zu. Mehr musste nicht gesagt werden.

27

Aus allen weitverstreuten Gebieten, von den vier Enden der Erde, kamen sie, bewaffnete Karawanen und Reihen von Dienern in ihren Gewändern, Soldaten auf Pferden mit prachtvollen Umhängen und reich verzierten Wagen. Sie kamen in seidenbehangenen Sänften und unter Baldachinen mit goldenen Quasten, die hohen und mächtigen Herren, Beamten und Berater des Kyrus, die dem Ruf folgten, sich zu versammeln. Mit jeder möglichen Pracht, die sie auftreiben konnten, kamen sie in die Ebene am Ulai-Fluss, zu den stufenförmig angelegten Zinnen und Zitadellen von Susa mit seinen hohen Mauern, die diese Hauptstadt des Persischen Reichs umgaben.

Unter den Reisenden waren gebildete Chaldäer, vornehme Meder aus den höchsten Familien, mit Gold geschmückte Lydier, dunkelhäutige Skythen, in Felle gekleidete Baktrer, hellhäutige Ionier und die dunklen stillen Bewohner der Länder am Indus. Tausende verschiedener Sprachen und Stämme des Reichs waren vertreten. Sie alle gehorchten dem Ruf des Eroberers, des Volkskönigs aus den Bergen von Persien, der sie zum größten Regierungsgebiet zusammengebunden hatte, das die Welt bis dahin kannte. Sie versammelten sich in Susa, der Stadt in Elam, um das Wort Kyrus' des Persers zu hören, des Erben von Achämenes, des großen Königs, des Königs der Länder, des Herrschers der Welt von den schneebedeckten Pässen des Hindukusch bis zu den warmen glitzernden Wellen des Großen Meers im Westen.

Daniel, der in seiner Sänfte hin und her schwankte, betrachtete interessiert die Steinplatten auf der Straße, die zu den Toren Susas führte. *So,* dachte er, *das ist also die königliche Straße, die Kyrus begonnen hat.* Wenn sie fertiggestellt war, sollte sie die zentralen Gebiete des Reichs mit seinem westlichen Ende in Sardis verbinden. Die Landstraße würde einige hundert Wegstunden überbrücken und dabei die heißen Ebenen Mediens und die zerklüfteten Berge Kappadoziens und Anatoliens durchqueren. Ein ehrgeiziges Projekt, dachte Daniel. Und doch hatte er in dem Jahr seiner Verbundenheit mit dem König gelernt, seine Pläne nicht zu verachten, wie unwahrscheinlich sie auch im Augenblick zu sein schienen. Die Gesandten aus jeder Nation unter der Sonne, die nun im Gehorsam gegen ihren König den Weg nach Susa nahmen, waren ein beredtes Zeugnis der Gefahr, Kyrus' Kraft und Entschlossenheit zu unterschätzen.

In dem riesigen zentralen Hof des Herrscherpalasts in Susa waren nun einhundertzwanzig Satrapen und Wesire, zusammen mit all ihren Hauptberatern, Ratgebern und Amtspersonen, versammelt und erwarteten die Ankunft ihres Monarchen. In einer Kammer, die nicht weit vom Hof entfernt war, schritt Kyrus auf und ab und hielt sich noch einmal seine Absichten für diese entscheidende Audienz vor Augen. Die dort versammelten Männer würden die Stütze seiner Herrschaft über die gewaltigen, manchmal entmutigenden Unterschiede in seinem Reich sein.

In all seinen Provinzen wandte er die gleiche Organisationsmethode an: Der Satrap war der Verwalter, der Statthalter der Provinz; er war dem Herrscher direkt verantwortlich. Außerdem wurden die Schatzmeister und Befehlshaber der Garnison in jeder Hauptstadt von Kyrus selbst nach ihrer unbestrittenen Treue ausgesucht. Auch diese waren ihm direkt verantwortlich, nicht den Satrapen. Auf diese Weise blieben die Regierung, die Finanzstränge und die militärische Gewalt jeder Provinz direkt in seiner Hand. Dadurch wurde ein möglicherweise zu ehrgeiziger Satrap davon abgebracht, in seiner Verwaltung des Landes zu unabhängig zu werden.

Darüber hinaus plante Kyrus jedoch noch eine weitere Organisationsebene. Er wollte an diesem Tag drei Männer ernennen, die zwischen dem Herrscher und den Provinzen stehen würden; die „Augen des Königs" nannte er sie. Diese obersten Verwalter sollten besondere Machtbefugnisse erhalten und ihre eigenen

Gesandten, Informanten und Netzwerke von Boten besitzen. Sie würden die Satrapen, die Befehlshaber der Garnisonen und die Schatzmeister beaufsichtigen, um Kyrus zu gewährleisten, dass seinen Wünschen und höchsten Interessen im ganzen Reich gedient wurde. Ihr Wort und Urteil würde in jeder Hinsicht gewichtiger sein und weiter reichen als das der Provinzverwalter und Satrapen und nur wenig unter dem des Königs selbst stehen.

Aus diesem Grund hatte er die Versammlung an den Hof rufen lassen. Er würde vor ihnen allen die drei Männer ernennen, die in seinem ganzen Herrschaftsgebiet seine Augen und Ohren sein sollten. Niemand konnte daran zweifeln, dass die drei, die er berufen hatte, die absolute Unterstützung des Königs der Länder besitzen würden, und dass sie, was die Aufsicht über die Provinzen der Satrapen anbelangte, alle Autorität besaßen, die er selbst innehatte. Nachdem er sich selbst noch einmal die Weisheit dieses Plans bestätigt hatte, wandte er sich an seinen Kammerherrn.

„Lass die Herolde mein Auftreten ankündigen!"

Auf dem gesamten Platz fielen die Vornehmen des Reichs auf ihr Angesicht, als die Trompeten das Erscheinen von Kyrus signalisierten. Er schritt langsam unter dem Baldachin dahin, der von vier prachtvoll gekleideten Sklaven getragen wurde, und näherte sich dem zeremoniellen Sitz, dessen hohe Rückenlehne mit dem königlichen Siegel des Achämenes verziert war: Ein Mensch, der den König symbolisierte und auf dem Erdkreis saß. Auf jeder Seite wurde er von einem geflügelten Cherubim mit Löwenleib bewacht. Über der Dreiergruppe schwebte die Verkörperung von Ahura Mazda auf einem geflügelten Thron.

Bedächtig, wie es sich für einen König geziemte, setzte sich Kyrus auf den Thron, während der Kammerherr ausrief: „Seht euren König: Kyrus, Erbe des Achämenes, König der Länder. Er möge ewig leben!"

Auf dieses Signal erhoben sich die Vornehmen langsam, klopften ihre Gewänder ab und brachten ihre Kleider wieder in Ordnung. Als alles im Hof wieder still war, verkündete Kyrus mit einer Stimme, die leicht bis zu jedem Ohr drang: „Ich, Kyrus, der König, habe jeden von euch hierher gerufen und bestellt. Ich habe euch in meinen Dienst berufen, damit den Völkern und Ländern unter meinem Schutz wirklich gedient werde ..."

Adad-ibni hörte auf seinem Platz in der chaldäischen Gesandtschaft den Worten seines Herrn nur flüchtig zu. Der Großteil seiner Aufmerksamkeit richtete sich nach vorn auf die Stelle, wo der verhasste Beltschazar in seiner Sänfte in der ersten Reihe der Vornehmen Babylons saß. Wie es ihn wurmte, diesen Juden, den Fluch seines Lebens, in dieser herausragenden Position zu sehen! *Wie machte er das nur?*, fragte sich der Magier. Dieser Halunke schlich sich unter die engsten Vertrauten jedes Königs, jedes an der Macht befindlichen Herrschers. Es erregte seinen Zorn umso mehr, weil es so unerklärlich war. Wenn es ihn nicht sein Leben gekostet hätte, dann würde er sich vielleicht sogar geweigert haben, an dieser Zusammenkunft teilzunehmen, um auf diese Weise den verhassten Anblick dieses Hebräers zu vermeiden, der zum Verrücktwerden nicht kleinzukriegen war. Der Anblick dieses Mannes war für ihn eine beständige Erinnerung daran, dass er Adad-ibnis Vorgesetzter war, und das regte ihn auf.

„Deshalb hat es mir gefallen", verkündete Kyrus, „drei Männer zu berufen und einzusetzen, die in ihrer Weisheit überlegen sind und deren Treue erwiesen ist, damit sie meine außerordentlichen Botschafter des ganzen Reiches sind. Sie sollen alles beobachten und in jeder Hinsicht mit meiner ausdrücklichen Autorität zum größeren Wohl des Reichs handeln. Sie sind nur dem König verantwortlich und werden die Macht haben, in jeder Provinz, in jedem Gebiet und in jedem Bezirk unseres weiten Imperiums an meiner Stelle zu handeln."

Eine noch größere Stille senkte sich auf die Menge im Hof. Die drei vom König ernannten Personen würden in der Tat einen Machtfaktor bilden, mit dem man rechnen musste. Verstohlen begannen die Vornehmen untereinander umherzuschauen. Wer ließ einen Hinweis erkennen, einen Schimmer von Selbstzufriedenheit? Wer gab irgendeinen Anhaltspunkt dafür, dass er wusste, sein Name würde gleich auf den Lippen seines Herrn genannt werden? Wer würde im nächsten Moment über alle im Reich außer dem König selbst erhoben werden? Welche Veränderungen würde es in den Treueverhältnissen geben? Wer würde sich in engerer Verbundenheit mit dem Herrscher wiederfinden, vielleicht durch den Vorteil, dass er das Wohlwollen eines der drei genießen würde, dessen Name nun verkündet werden sollte? Im Stillen wurden schnelle Einschätzungen getroffen, die in den Köpfen der Zuhörer des Herrschers herumschwirrten, während jeder seine Chancen beurteilte oder die eines Freundes oder Feindes.

„In den westlichen Gebieten des Königreichs", erschallte nun die Stimme des Königs, „ernenne ich Lysidias aus Sardis in Lydien ..."

Der in Purpur gekleidete Lydier zeigte ein regungsloses Gesicht, womit er äußerste Selbstkontrolle bewies. Aber innerlich bewirkte die Freisetzung der aufgestauten Spannung, dass sein Herz in seiner Brust wie ein Tier schrie.

„Im Osten berufe ich Huschtaspa aus Kermani ..."

Der Perser, der aus einem mit Kyrus verwandten Stamm kam, schien von der Ankündigung weder überrascht noch allzu erfreut zu sein. Die weiten und öden Länder des Ostens, die die trockenen Plateaus des arischen Heimatlands, die trostlosen Gebiete der Baktrer und die Grenze der Hindi umfassten, wurden allgemein nicht als ein besonders dankbarer Posten angesehen. Dort gab es immer wieder Einfälle der Steppenvölker aus dem Norden und kaum reiche Länder, um einen prunkvollen Lebensstil zu gewährleisten. Es war eine Stelle, die notwendig war, aber kaum mehr als das.

„Und im Zentrum, im Herzen des Reichs, ernenne ich Daniel-Beltschazar aus Babylon ..."

Daniel, der in seinem Stuhl saß, fiel der Stock aus den plötzlich taub gewordenen Fingern. Er beugte sein Haupt. „Herr, mein Gott", betete er im Stillen, „bitte ... ich will nicht – ich bin zu alt." Aber noch während er die Worte in seinen Gedanken formte, hatte er einen anderen Eindruck: Dazu war er berufen. Er durfte die Aufforderung nicht zurückweisen, denn ein Größerer als Kyrus hatte es so bestimmt. Mit einem Seufzer lehnte er sich nach vorn und nahm seinen Stab wieder auf.

Adad-ibnis Gesicht geriet vor Schreck außer Kontrolle. Bestimmt hatten seine Ohren ihn nur getäuscht! Bestimmt war der Name, den der König ausgesprochen hatte, nicht der dieses verfluchten Juden! Aber nein – die Personen um die Sänfte zeigten nun eine Haltung größeren Respekts, eine tiefere Achtung vor diesem knorrigen alten Narren! Der Seher wollte seine Robe zerreißen, seine Wangen zerschneiden und laut aufschreien, aber stattdessen blieb er ruhig, in ohnmächtigem Zorn, während er innerlich vor Wut kochte. Der Hass war in seinem Alter wie ein Krebsgeschwür immer weiter gewachsen, nach den langen Jahren, in denen er seinen Neid vergeblich geschärft hatte wie die Klinge eines Messers.

Die Versammlung kam auf der Kuppe des Hügels zusammen, umgeben von den Trümmern einer zerstörten Stadt. Obwohl auf vielen Gesichtern die Tränen ungehindert flossen, waren es nicht alles Tränen der Traurigkeit oder der Verzweiflung. Es waren Freudentränen, die da so manche Wange hinabströmten, bei einigen, vielleicht bei den meisten, mit denen der Trauer vermischt. Sie freuten sich über die Heimkehr an einen Ort, den die meisten von ihnen nie gesehen hatten, und weinten über die Abwesenheit vieler, die hätten kommen sollen. Sie sangen festliche Lieder über die Rückkehr in ihr angestammtes heiliges Vaterland und stimmten Klagegesänge an, die den Schmerz über den heruntergekommenen Zustand der heiligen Stadt ausdrückten. Man kannte das Durcheinander der Gefühle derer, die die lange Reise hinter sich gebracht hatten. Jene nach Babylon Verbannten kamen nun zurück zu dem verwüsteten, verbrannten und mit Unkraut überwucherten Ort, der immer Gegenstand ihrer Sehnsucht gewesen war – zum Berg Zion in Juda.

Früher an diesem Tag hatte sich eine Gruppe von Ältesten und Stammeshäuptern auf dem Berg Morija versammelt. Zu Füßen Jozadaks und der anderen Priester hatten sie Silber, Gold und Ballen aus reinstem weißen Leinen aufgehäuft. Jozadak, der einen Teil des Goldes und Silbers hinzutat, das ihm von dem sterbenden Egibi gegeben wurde, fühlte, wie ihm Tränen der Dankbarkeit in die Augen stiegen. Während er beobachtete, wie die

Geschenke, die für den Bau des Tempels bestimmt waren, herbeigebracht wurden, erinnerte er sich an den Schwur, den er seinem Arbeitgeber geleistet hatte, und zitierte leise für sich selbst:

Herr, Gott meines Heils!
Des Tages habe ich geschrien und des Nachts vor dir.
Es komme vor dich mein Gebet!
Neige dein Ohr zu meinem Schreien!
Denn satt ist meine Seele vom Leiden,
und mein Leben ist nahe dem Scheol ...

Der Abend ging seinem Ende entgegen. Als die Heimkehrer sich zu ihren Zelten und behelfsmäßigen Hütten aufmachten, die sie gegen die Kühle der Nacht errichtet hatten, blieb ein alter Mann in der zerstörten Stadt zurück. Es trieb ihn wie einen Verlorenen zwischen den zerbrochenen Mauern und den mit Unkraut überwucherten Plätzen hin und her, die einst Höfe und Marktplätze voller Leben waren. Als ob er unter den Bruchstücken der zerstörten Stadt etwas suchte, das ihm abhanden gekommen war, so wanderte Hananja die aufgerissenen staubbedeckten Straßen entlang. Eine ganze Generation waren die einzigen Geräusche, die diese Alleen und Straßen gehört hatten, das gelegentliche Meckern von Ziegen, die sich verirrten, und das Geheul jagender Schakale.

Der Älteste summte leise vor sich hin, während er ziellos die Wege seiner Jugend entlangschlenderte, an die er sich nur undeutlich erinnern konnte. Ab und zu kam ihm ein Wort oder ein halber Satz über die Lippen, das einzige äußerliche Anzeichen der Musik, die in seinen Gedanken in großer begeisternder Fülle floss:

An den Wassern Babylons, da saßen wir und weinten,
wenn wir an Zion dachten ...

„Mischael, erinnerst du dich noch, dass wir hier immer gespielt haben, als wir noch Kinder waren?", fragte er laut, obwohl niemand da war. Er hatte seine Wanderung unterbrochen und betrachtete einen Hof, der mit rissigen, durcheinanderliegenden Steinen gepflastert und von einer eingestürzten Wand umgeben war. In seinen Gedanken rannten zwei lachende Jungen über den Platz. Er blinzelte, und das Bild war verschwunden. Er wandte sich zum Gehen.

Seine Gründung ist auf den heiligen Bergen.
Der Herr liebt die Tore des Zion
mehr als alle Wohnungen Jakobs.
Herrliches ist über dich geredet,
du Stadt Gottes ...

Während er sich gegen die steinernen Überreste einer Stelle lehnte, an der früher das Ephraim-Tor gewesen war, erinnerte er sich an einen Tag, an dem Asarja und er oben auf der Mauer, die sich einst hier erhob, gestanden hatten. Sie hatten damals vor Kummer große glänzende Augen gehabt, als sie beobachteten, wie das Gefolge des Gesandten Nebukadnezzars in die Stadt einritt. Wenige Tage später befanden sie sich selbst auf einem Marsch fort in eine Zukunft, die sich so bedrohlich und unversöhnlich vor ihnen auftürmte wie die dunklen Tore des Scheol. Von Angst erfasst, hatten die Jungen in ihrem Kummer über ihre Schultern geschaut und sich mit tränenerfüllten Augen bemüht, einen letzten Blick ihrer Mütter und Väter zu erhaschen, um in ihren Gedanken, die voller Furcht waren, eine letzte Erinnerung an die gesegneten Tore der ruhmreichen und doch so verhängnisvollen Stadt festzumachen.

Er taumelte hinweg von den zerbrochenen machtlosen Säulen des Tors und aufs Neue rollten ihm die Tränen seine Wangen hinunter.

Gott, du hast uns verworfen, hast uns zerstreut;
du bist zornig gewesen – stelle uns wieder her!
Du hast das Land erschüttert, hast es zerrissen;
heile seine Risse, denn es wankt!

Die Straßen, die zum Tempelberg führten, waren vollgestopft mit zerfallenem Schutt. Als Hananja die zerstreuten Überbleibsel dessen erreichte, was einst das Neue Tor gewesen war, hatte der Mond schon die Hälfte seiner Bahn am sternenübersäten Nachthimmel durchlaufen. Hananja dachte an die Festtage, die hohen Feste des Herrn, jene Tage, an denen die Feiernden mit Liedern der Freude auf den Gipfel des Morija hinaufkamen:

Ich hebe meine Augen auf zu den Bergen.
Woher wird meine Hilfe kommen?
Meine Hilfe kommt vom Herrn,
der Himmel und Erde gemacht hat ...
Der Herr wird deinen Ausgang und deinen Eingang behüten
von nun an bis in Ewigkeit ...

Wie lange?, fragte er sich. Wie lange würde es dauern, bis die Menge der Anbeter wieder fröhlich zu den schönen Toren am Haus des Herrn würde hinaufgehen können? Würde er lange genug leben, um die Rauchwolken zu sehen und den vollen, die Seele labenden Duft der freiwilligen Opfer zu riechen, die auf dem Altar dargebracht wurden?

Einst hatten Daniel und er hier gestanden, ihre kleinen Hände in die ihrer Väter gelegt. Zusammen mit den Vornehmen Judas hatten sie die Priester beobachtet, die, in ihre strahlend weißen Kleider gehüllt, das Symbol der Reinheit und Majestät El Elions, mit heiliger Freude ihre Aufgaben ausgeführt hatten. Diese Freude pulsierte damals wie ein Herzschlag durch den großen Innenhof des Tempels.

„Daniel, mein Freund, mein Bruder ... Ich bin wieder hier, zu guter Letzt", murmelte er laut vor sich hin. „Ich bin zum Herzen all dessen vorgedrungen, was wir waren, auch wenn es jetzt zerstört ist. Und ich habe die Erinnerung an dich mit mir hierher gebracht ..." Er schlug sich mit der Faust an die Brust, als wollte er sich versichern, wo sein eigentlicher Reichtum im Verborgenen lag.

Er dachte an das durchdringende Gefühl der Freude dieser

Heimkehr, an die Wonne, wieder auf dem Boden Zions stehen zu können – eine Wonne, die mit stechendem Schmerz vermischt war, Schmerz um der Menschen willen, die zurückgelassen wurden, Schmerz wegen der vielen, die gestorben waren, bevor sie diesen Tag sehen konnten, Schmerz der furchtbaren Wirklichkeit wegen, deren Schrecken auch nicht eine Spur dadurch verblasst war, dass der bedrohliche heilige Zorn, der gegen diese Stadt entbrannte, nun seit siebzig Jahren vergangen war.

Dieser Zwiespalt, das notwendige Verschmelzen tiefen Schmerzes und tiefer Freude, bewegte Hananjas Herz in diesem Moment in so mächtiger Weise, als würde der schlafende Geist Mischaels ihn innerlich aufwühlen, als würde er sich bemühen, das durch seine lebendigen Hände und Lippen zu äußern, was jene im Scheol leugneten; als würde Daniel, der immer noch weit entfernt im Zweistromland war, sich nun ausstrecken, um sich mit seiner Seele zu verbinden; als würde Asarja sich aus seinem Schlummer inmitten der Gräber Babylons erheben, um in die letzte Hymne der Heimkehr einzustimmen.

Ein Lied entstand in seinen Gedanken, ein Lied gewoben aus allem, was er war und allem, was er wusste, aus allem, was er behalten und allem, was er verloren hatte, die Summe des Verlorenen und des ihm Gebliebenen, das ihn mit Sicherheit zu diesem geschichtlichen Ereignis gebracht hatte. Die unauflösbare Einheit von Gewinn und Verlust, des Verlierens, um zu gewinnen, nahm in seinem staunenden Geist Gestalt an, umkleidete sich mit Haut und Knochen. Wie von seiner eigenen Not gerufen, von der gähnenden Leere und den beinah erstickten Leidenschaften in seinem Herzen, vereinten sich Melodie und Worte in seinem Verstand.

Als der Herr die Gefangenen Zions zurückführte,
waren wir wie Träumende.
Da wurde unser Mund voll Lachen
und unsere Zunge voll Jubel.
Da sagte man unter den Nationen:
„Der Herr hat Großes an ihnen getan!"

Der Herr hat Großes an uns getan:
Wir waren fröhlich!
Bringe zurück, Herr, unsere Gefangenen,
gleich den Bächen im Südland.
Die mit Tränen säen,
werden mit Jubel ernten.
Er geht weinend hin
und trägt den Samen zum Säen.
Er kommt heim mit Jubel
und trägt seine Garben ...

Ein Anflug von Entzücken hielt ihn in atemlosem Erstaunen. Er setzte sich auf einen zerbrochenen Mauerstein. Morgen, so wusste er, würde es immer noch früh genug sein, nach Pergament und Stift zu suchen, er würde diese Worte nicht so leicht vergessen, die im Grund seiner Seele wie eingebrannt waren. Er sang erneut mit ehrfürchtiger Stimme: „Der Herr hat Großes an uns getan ..."

„Ich sage euch, er hat den König verzaubert!" Adad-ibnis Augen waren gelb vor Wut und Geifer spritzte von seinen zitternden Lippen, die vor Alter und Zorn dünn geworden waren. „Wenn wir nicht handeln, wird Beltschazar die absolute Macht über unser Schicksal haben! Freut euch so eine Aussicht?"

Sein verwirrter starrer Blick ließ es nicht zu, dass sie es wagten, anderer Meinung zu sein. Die anderen Magier und Berater, die in der dunklen Kammer saßen, schüttelten ihre Köpfe. Einer von ihnen öffnete zögernd den Mund um zu sagen: „Ehrenwerter Adad-ibni ... ich habe mein Leben lang in Babylon am herrscherlichen Hof gelebt. Und ich habe nie erlebt, dass der edle Beltschazar versucht hat, an irgendjemand Rache zu nehmen. Ja, ich habe kaum jemand gekannt, der etwas Schlechtes über ihn gesagt hat. Wie könnt Ihr dann sagen –"

„Aber seht ihr es denn nicht?", warf der altgewordene Magier ein, wobei jedes seiner mit Nachdruck gesprochenen Worte ein zischendes Geräusch verursachte, weil ihm einige Zähne fehlten.

„Gerade die Tatsache, dass die Dinge fehlen, die du erwähnst, ist das Zeichen seiner Schlauheit und List!" Mehrere Männer legten vor Verwirrung die Stirn in Falten. Der Magier schlug voller Ungeduld auf den Tisch und zeigte mit krummem Finger auf den einen, der gerade gesprochen hatte. „Du – Schatak! Du bist Untersatrap in Babylon, richtig?"

Der vornehme Mann, von der Heftigkeit des Magiers überrascht, blinzelte und nickte dann.

„Und wie lange bist du am Hof von Babylon?"

Schatak rechnete schweigend. „Fast fünfzig Jahre. Aber was –"

„Und in der ganzen Zeit", drängte Adad-ibni weiter, „hat Beltschazar wie vielen Königen gedient?"

„Kyrus", grübelte der Satrap, „und vor ihm Nabu-Naid; dann Nergal-Scharezer und vor ihm Awil-Marduk, und der erste, Nebukadnezzar."

„Vergiss nicht Labaschi-Marduk", warf einer der anderen ein.

„Ach ja", verbesserte Schatak, „ich vergesse ihn immer, es war ja eine so kurze Zeit ..."

„Sechs!", rief Adad-ibni, während sich ein verzerrtes Grinsen über sein zahnloses Gesicht zog. „Sechs Könige. Alle bis auf einen tot! Erkennt ihr nicht die Bedeutung?"

Die anderen starrten stumm auf das lebhafte Gesicht des alten Sehers.

„Ihr Narren!", stieß er aus. „Seid ihr alles unterwürfige und vertrauensvolle Kinder? Beltschazar hat sechs Könige und die Ankunft von Kyrus unangetastet überlebt, weil er sehr schlau ist und so hinterhältig vorgeht, dass ihn niemand entlarven kann!"

„Alter Mann, du bist verrückt!", lachte Schatak. „Nur weil Beltschazar deine Boshaftigkeit in diesen vielen Jahren überlebt hat, heißt das noch lange nicht, dass er irgendetwas anderes ist, als er zu sein scheint: Ein ehrlicher, intelligenter, fleißiger Mann. Du hast zu viele Jahre murmelnd über deinen Sternkarten zugebracht. Deine Augen sehen Zeichen, die nicht existieren."

Spöttisch lachend erhob sich Schatak vom Tisch und ging zur Tür. Am Ausgang drehte er sich noch einmal um. „Es ist schon spät, und ich habe in dieser Nacht bessere Dinge zu tun, als mir das hasserfüllte Geschwafel eines kahlgeschorenen alten Sterndeuters anzuhören." Er warf noch einen letzten Blick in den Raum und ging davon.

Adad-ibni stand wie vom Donner gerührt. Während er vor Wut zitterte, starrte er mit tödlichem Blick hinter dem Mann her, der gerade gegangen war. Er schüttelte seine knorrige Faust zur geschlossenen Tür. „Ich bin immer noch oberster Magier Babylons", zischte er. „Ich kenne die Wege der Mächtigen und der Dämonen in ihren Lagern. Wer meinem Wort keine Beachtung schenkt, ist ein Esel." Er wandte seinen wütenden Blick nun denen zu, die mit ihm in der Kammer geblieben waren. „Ich sage euch, Beltschazar wird bald der mächtigste Mann im Reich sein. Gibt es noch andere hier, die die Vision des obersten Sehers Babylons in Frage stellen?"

Die Vornehmen schauten einander an. Niemand hatte Lust, dem rasenden Magier zu widersprechen, der allem Anschein nach völlig sicher war, dass seine Behauptungen der Wahrheit entsprachen. Und in der Tat, er war ein sehr gelehrter Mann, dessen Aufgabe darin bestand, die Zeichen und Omen zu lesen, die normalen Menschen nicht sichtbar waren. Nacheinander schüttelten sie langsam den Kopf. Sie würden Adad-ibni an seinen dunklen Machenschaften nicht hindern.

„Also gut", krächzte der Magier. „Folgendes muss getan werden ..."

Im Geheimen machte einer der Zuhörer das Zeichen gegen den bösen Blick.

28

Kyrus strich sich über den Bart und schaute Daniel nachdenklich an. „Hm ... du sagst also, ich soll die Satrapen Armeniens und Kappadoziens hierher nach Susa bringen und sie zwingen, in meiner Gegenwart so lange miteinander zu sprechen, bis sie ihren Streit über ihre gemeinsame Grenze beigelegt haben?"

Der alte Hebräer nickte. „Vor vielen Generationen sagte ein König meines Volkes: ‚Einen Streit vom Zaun zu brechen ist genauso, als wenn man einen Damm einreißt; lass die Sache also fallen, bevor eine Auseinandersetzung daraus wird!' Es scheint, als wäre es fast schon zu spät, um einen Streit zu verhindern. Es ist besser, es kommt hier vor deinen Augen und unter deiner Kontrolle zu einer Auseinandersetzung als draußen in den Provinzen, wo die Sache vielleicht auf weniger konstruktive Art und Weise weitergeht."

Kyrus sah zur Seite und nickte nachdenklich. Dann schaute er Daniel wieder an und lächelte. „Dieser weise König von euch – gibt es noch mehr von ihm geäußerte Sprüche?" Daniel lächelte zurück. „Ja, mein König. Sein Name war Salomo, und es wird erzählt, dass die Königin des Südens ihn einmal besuchen kam und sich zu seinen Füßen setzte, um zu hören, was er sagte." Daniels faltiges Gesicht verdunkelte sich, als er wegschaute und murmelte: „Schade, dass er nicht lernte, seine eigenen Ratschläge zu befolgen ..."

„Was meinst du?", fragte Kyrus.

Daniel seufzte. „Die ersten Tage Salomos waren besser als seine letzten. Gegen Ende seines Lebens vergaß er die Furcht des Herrn und versäumte es, seine Söhne zu unterweisen. Damals begann der Untergang unseres Volkes ..." Daniels Stimme wanderte wie eine Kerzenflamme auf einer dunklen Straße zurück in die Vergangenheit. Kyrus erinnerte sich an die Worte Gobhruz, der nun schon seit drei Monden tot war, über die Anfänge von Königreichen und die kurzlebige Natur von Dynastien. Er vermisste den Rat des schweigsamen Meders schmerzlich. Es schien so, als habe der alte Reiter selbst über den Zeitpunkt seines Todes entschieden, als hätte Gobhruz jetzt, wo die kultivierten und uralten Städte auf den Ebenen erobert waren, den Eindruck gehabt, man brauche ihn nicht länger. Kyrus hatte bei der Beerdigung seines ältesten und vertrauenswürdigsten Freundes in aller Öffentlichkeit geweint.

Vielleicht war das der Grund dafür, dass der König den vom Alter gezeichneten Hebräer sofort gemocht hatte. Er merkte, dass Daniel dieselbe beständige Weisheit besaß und die Fassade höfischer Konventionen genauso untrüglich und objektiv einschätzte, wie er das bei Gobhruz bewundernd festgestellt hatte.

„Ich wünschte, mein Sohn Kanbujiya könnte zu deinen Füßen sitzen, Daniel", sagte Kyrus schließlich. „Ich habe die weisesten Lehrer des ganzen Königreichs an seinen Hof in Parsagard geschickt, aber ich fürchte, die Weisheit, die sich in deinem alten grauen Kopf befindet, fehlt ihnen."

Daniel zuckte mit den Schultern, ein wenig peinlich berührt von diesem überschwenglichen Lob. „Salomo sagte auch: ‚Auch ein Narr, wenn er schweigt, kann als weise gelten, wenn er seine Lippen verschließt, als verständig.'"

Kyrus warf seinen Kopf in den Nacken und lachte. Er lachte immer noch, als ein Sklave mit einer Schale Leckereien und getrockneter Früchte eintrat.

Daniel erhob sich, um zu gehen. „Nein! Bleib doch!", sagte Kyrus, indem er dem Satrapen bedeutete, sitzen zu bleiben. „Iss mit mir. Ich möchte dir noch einige Fragen über diesen Salomo stellen."

Daniel verbeugte sich ergeben und ließ sich auf seinen Sitz nieder. Der Sklave reichte ihm die bemalte Keramikschale und Daniel nahm sich eine Handvoll Rosinen und einige getrocknete Feigen. Er dachte reuevoll daran, dass sich sein Körper gegenwärtig mehr nach Früchten als nach allem anderen sehnte.

„Erzähle mir also, mein guter Freund", begann Kyrus, während er sich auf seinen Ellbogen stützte und Mandeln in seinen Mund fallen ließ, „was für eine Sünde beging dieser weise König Salomo, dass euer Gott sich so große Mühe gab, seine Nachkommen zu bestrafen?"

Daniel schwieg lange, bevor er antwortete. „Er vergaß die Wege des Herrn, mein König", antwortete er schließlich. „Sein Herz wandte sich anderen Göttern zu, fort von der Anbetung des höchsten Gottes."

„Ich verstehe", sagte der König nachdenklich, während er mit dem Kern einer Dattel spielte. „Dieser höchste Gott, von dem du sprichst – er scheint so zu sein wie Ahura Mazda, der oberste Gott Persiens. Sind sie identisch?"

Wieder dachte Daniel lange und vorsichtig nach, bevor er antwortete. „Er ist der alleinige Herr, der Höchste, der König des Himmels."

Kyrus sah das Unbehagen in Daniels Gesicht und hörte das Zögern in seiner Stimme, als er seine rätselhafte und indirekte Antwort formulierte. Der König rutschte auf seinem Kissen hin und her und dachte darüber nach, wie er den Ton der Unterhaltung wechseln könnte.

„Zarathustra, ein Prophet von Ahura Mazda, der schon lange tot ist, sprach von einem Tag der Abrechnung", meinte er leichthin, „an dem alle Menschen, die dann leben oder bereits im Grab sind, vor dem Weisen Herrn stehen werden, um Belohnung oder Strafe zu empfangen. Sagt euer hebräischer Gott hierüber etwas?"

Er bemerkte, dass er unabsichtlich wiederum ein Thema angeschnitten hatte, das Daniel nicht leicht erwidern konnte. Der ältere Mann schien sich innerlich zusammenzukauern, als wäre er mit seiner eigenen Meinung nicht einverstanden. Nach endlosem Grübeln sagte er ruhig: „Ein anderer König unseres Volkes, Salomos Vater übrigens, sang einmal: ‚Darum freut sich mein Herz und frohlockt meine Seele. Auch mein Fleisch wird in Sicherheit ruhen. Denn meine Seele wirst du dem Scheol nicht lassen, wirst nicht zugeben, dass dein Frommer die Grube sehe ...'"

Nach einer weiteren Pause fuhr Daniel fort: „Dieser König sagte auch: ‚Hilf mir zum Recht, Herr! Denn in meiner Lauterkeit bin ich gewandelt; und auf den Herrn habe ich vertraut, ich werde nicht wanken ...'" Daniel hielt inne, und seine Augen begegneten den Augen von Kyrus. „Und doch starb der König, der diese Worte sprach, und wurde begraben. Sein Grab liegt unter den Ruinen Jerusalems." Die Worte dieses Satrapen beinhalteten eine Bitte, ein klagendes Rätsel ohne Lösung, als könnte nicht einmal Daniel diesen Widerspruch erklären, der in dem ungerechtfertigten Vertrauen des toten Königs lag.

Dann sah er auf, über Kyrus' Kopf hinweg an einen Ort, der anderen Augen verborgen war. „Einmal dachte ich, es könnte vielleicht ... noch etwas anderes geben", hauchte er und sein Blick war von Sehnsucht getrübt.

„Aber", sagte er schließlich, während sich seine Gesichtszüge entspannten und er sich mit den Fingerspitzen die Augen rieb, „ich habe es nicht gesehen. Ich weiß nicht ..."

Kyrus war seltsam bewegt von dem tastenden Schmerz in Daniels Blick und dem Stocken in seiner Stimme, als er davon sprach, was er andeutungsweise gesehen hatte. „Möge dein Gott dir die Dinge offenbaren, die du gern sehen würdest, Daniel", flüsterte er.

Daniel lächelte reumütig. „Vielleicht möchte ich, was der Herr gern offenbaren würde, gar nicht empfangen. Ein anderer Spruch Salomos lautet: ‚Jeder Weg eines Mannes ist gerade in seinen Augen, aber der die Herzen prüft, ist der Herr ...'"

Adad-ibni lachte in sich hinein, als er im Vorraum des königlichen Sitzungssaals wartete. Der Plan würde funktionieren, er spürte es in seinem Innern. Und dieses Mal würde es keine zweite Gelegenheit geben, keine Möglichkeit für Beltschazar, der Falle, die für ihn ausgelegt war, zu entkommen.

Die Tür zum Saal flog auf, der Magier und seine Begleiter traten ein und verbeugten sich vor Kyrus.

Der König entließ die Ratgeber, mit denen er sich besprochen hatte und schaute neugierig auf die Delegation, die nun vor ihm kniete. An ihrer Spitze stand ein sehr alter, runzeliger Mann, bekleidet mit einem langen Gewand und dem für babylonische Astrologen typischen rasierten Kopf. Wie üblich warf Kyrus einen Blick auf seine Leibwache, um sicherzugehen, dass sie die Bewegungen dieser unerwarteten Gruppe von Bittstellern genau beobachtete. Man konnte nicht vorsichtig genug sein.

„O König, mögest du ewig leben", zischte der Seher mit trockener, ausgezehrter Stimme. „Ich bin Adad-ibni, treuer oberster Magier der Königsstadt Babylon. Ich habe mein Leben lang die Zeichen des Himmels, der Erde, des Feuers und des Wassers studiert. Diese Diener des Königs hier", der alte Mann zeigte auf die eingeschüchterten Männer, die mit ihm zusammen erschienen waren, „und ich sind gekommen, um dem König von einem schrecklichen Zeichen zu berichten, das dein demütiger Diener im Lauf der Gestirne entdeckt hat." Der Magier verschränkte seine Hände auf der Brust und neigte seinen Kopf in Kyrus' Richtung.

„Hm ... was für ein Zeichen?", fragte der König ungeduldig. Etwas an der Art und dem Tonfall dieses Zauberers ging ihm auf die Nerven. Er konnte nicht genau sagen, was ihn verärgerte, aber eine Stimme in seinem Hinterkopf mahnte zur Vorsicht.

Adad-ibni lächelte verklärt. „Mein König muss wissen, dass die Verbindung von Marduk und Ischtar, die normalerweise sehr günstig ist, sich dieses Mal in dem von Nergal beherrschten Gebiet gezeigt hat." Er hielt bedeutungsvoll inne, um dieser gewaltigen Tatsache zu erlauben, auf sein Publikum zu wirken. Leider war seinen Zuhörern ihre Bedeutung völlig unklar.

„Was soll das heißen?", schnaubte Kyrus, der diesen wehleidigen und mit Falten übersäten Zauberer nicht länger hören mochte.

„Es bedeutet Folgendes, mein König", beeilte sich Adad-ibni zu sagen und schluckte seinen Ärger über die Begriffsstutzigkeit des Königs hinunter: „Der nächste Mondzyklus ist für Euch als Herrscher gefährlich. Man sollte Vorsichtsmaßnahmen treffen."

Kyrus' Nasenflügel zitterten vor Ärger. „Die Treue meines Volkes und die Wachsamkeit meiner Leibwache sind meine Vorsichtsmaßnahmen, oberster Magier. Ich glaube nicht, dass es nötig ist, die Beschwörungen von Zauberern in Anspruch zu nehmen, um mich zu schützen."

„Ohne Zweifel steht die Treue vom Großteil des königlichen Volks außer Frage", ließ Adad-ibni einfließen, „aber ich habe diese Dinge mein Leben lang studiert und die Zeichen sind eindeutig. In diesem Mondzyklus lauert Gefahr. Wir alle hier stimmen in unseren Schlussfolgerungen genauso wie in unserer Besorgnis um das Wohlergehen des Königreichs überein. Mein König ist sicherlich nicht ärgerlich darüber, dass seine Diener sich um sein Wohlbefinden sorgen?" Wieder die verschränkten Hände, die unterwürfige Verbeugung, die einen zur Raserei bringen konnten.

Kyrus erhob sich vom Beratungstisch und ging zum nächstliegenden Fenster. Seufzend erinnerte er sich an die Worte Gobhruz: Der Meder hatte sich geweigert, in die Angelegenheiten der Götter verwickelt zu werden. *Bei weitem das Beste, das man tun kann,* dachte Kyrus. Manchmal war er so verwirrt von den Tausenden von Sitten und Gebräuchen der vielen Götter, die von den verschiedenen Mitgliedern seines Volkes verehrt wurden, dass er kaum mehr wusste, in welcher Richtung er sich in welcher Stadt verbeugen musste oder was für Dinge wen an welchen Tagen beleidigen konnten. Es war eine wahre Plage, dieses ganze Theater um Götter und Dämonen, und er war zu dem Schluss gekommen, dass es zu wenig anderem gut war, als leidigen Pedanten wie diesem Adad-ibni Arbeit zu verschaffen. Unter all den praktizierenden Gläubigen, denen er auf seinen Reisen begegnet war, schien ihm nur der Glaube von zwei Personen sinnvoll zu sein: Der des Wächters der Fackeln am Bergschrein von Ahura Mazda ... und der Daniels. Erneut sah er in Daniels ruhelosen Augen die herzzerreißende Sehnsucht nach seinem geheimnisvollen, namenlosen Gott ...

Hm, gut, dachte er. *Ich habe immer darauf bestanden, dass die religiösen Neigungen meines Volkes geschützt werden. Vielleicht ist es am besten, diese unbedarften Zauberer aus Babylon tun zu lassen, was sie für richtig halten. Was kann schon Schlim-*

mes dabei geschehen? Er drehte sich um. „Also gut, Adad-ibni. Was sagen dir deine Zeichen, das du tun sollst?"

Der Magier atmete erleichtert auf und lispelte durch seine fehlenden Zähne: „Mein König ist wahrhaft weise in seinen Urteilen! Nun denn, möge der König folgendes Dekret erlassen: Während des nächsten Mondzyklus soll sich niemand vor irgendeinem anderen Gott oder anderen Menschen beugen als vor Kyrus allein. Das wird die absolute Sicherheit meines Herrn Kyrus als Regent der Götter auf Erden und die Ordnung in seinem Königreich gewährleisten. Jeder Mensch, der sich dem Inhalt dieses Dekrets widersetzt, soll für seine Untreue bestraft werden, indem er den Löwen vorgeworfen wird."

Kyrus erstarrte. War das wirklich nötig?

„Ferner, mein Herr", fuhr Adad-ibni fort, „sollte das Dekret schriftlich erlassen und in allen Provinzen von Medien und Persien verlesen werden ...", die Augen des Sehers funkelten verstohlen, „und auf jeden Fall hier in Susa." *Schließlich,* dachte der Magier mit hämischem Blick, *ist das nicht genau dort, wo der verhasste Beltschazar wohnt – hier, im Hause des Königs?*

„Ja, schriftlich, o König, den Vorschriften des Königreichs entsprechend, so dass sein Wortlaut durch niemand verändert werden kann." Verschränkte Hände und das fromme Neigen seines Kopfes deuteten an, dass Adad-ibni die Vorstellung seines seltsamen Rezepts zur Sicherung des Königreichs beendet hatte.

Kyrus schüttelte seinen Kopf und starrte den Obersten seiner Leibwache ungläubig an. Dieser zuckte leicht mit den Schultern. Kyrus, der den lästigen, reptilienähnlichen Sterndeuter so schnell wie möglich loswerden wollte, sagte mit etwas verzweifelter Stimme: „Gut. Schickt einen Schreiber." Ein Leibwächter verließ hastig den Raum, um dem Befehl nachzukommen.

Adad-ibni, dessen Herz triumphierend schlug, erlaubte sich ein verstohlenes spöttisches Lächeln.

„O Herr, Gott, segne die Menschen in Juda", betete Daniel, während der neben seinem nach Westen liegenden Fenster kniete und sein Gesicht auf seinen Händen ruhte. „Und beschleunige den Bau deines Tempels, damit dein Name in Jerusalem wieder angebetet wird. Beschütze dein Volk und erhalte sie am Leben, nach deiner treuen Liebe und deinen überfließenden Verheißungen ..."

Er ächzte wegen der Steifheit seiner Knie, erhob sich von der Strohmatte am Fenster und ordnete sein Gewand. Einen Augenblick schaute er aus seinem Fenster nach Westen, dann wandte er sich um, seinen Aufgaben nachzugehen.

Als er durch den Flur zu seinem Besucherzimmer schritt, hörte er den Ausruf des Boten. „Hört zu! Hört zu! Eine Bekanntmachung von unserem Herrn, dem König Kyrus, dem Achämenäer, dem Herrscher aller Länder! Hört zu! Hört zu!" Daniel eilte in die Große Halle, aus der der Ruf ertönte, und kam dort gleichzeitig mit anderen an, die sich genauso wie er beeilten, um den neuesten Erlass des Königs zu hören.

Der Bote stand mitten in der riesigen Halle, neben ihm zwei Offiziere der königlichen Wache, und hielt ein Pergament in den Händen, aus dem er vorlas. Daniel konnte das runde, mit Flügeln und Kyrus' Unterschrift versehene Siegel erkennen, das vom Ende des Schreibens herabhing.

„König Kyrus, der Achämenäer, der große Herrscher, hat heute veranlasst, eine Bekanntmachung für das gesamte Gebiet der Meder und Perser herauszugeben. Diese Worte stehen fest und dürfen nach den Verordnungen des Königs Kyrus nicht verändert werden – möge er ewig leben!

Während des nächsten Mondzyklus darf kein Mensch in Medien oder Persien zu irgendeinem anderen Gott oder anderen Menschen beten noch seine Knie vor ihnen beugen, außer vor Kyrus selbst, dem großzügigen Regenten der Götter auf Erden. Niemand soll ein Gesuch an einen anderen als an Kyrus richten, auch sollen keinem anderen Götzen oder irgendeiner anderen Gottheit Opfer oder Anbetung dargebracht werden, als allein Kyrus, dem großen König. Jeder, der dieser gnädigen Anordnung des Königs Kyrus nicht nachkommt, wird wegen seiner Untreue den Löwen vorgeworfen. Mögen alle seine treuen und ergebenen Untertanen dieses Dekret hören und befolgen."

Daniel blieb das Herz stehen. Konnte das möglich sein?

Warum sollte der König, der es, wie Daniel tief in seinem Herzen wusste, nicht nötig hatte, so eitel und stolz zu sein, einen so sinnlosen und leichtfertigen Gebrauch von der Autorität machen, die der Herr des Himmels ihm gewährt hatte? Daniel gab sich seinen Erinnerungen hin und dachte an einen langen zurückliegenden Tag, an dem er allein und in panischer Angst in seinem Zimmer in der Adad-Straße gestanden hatte und verzweifelt einen Ausweg aus dem Dilemma suchte, in das er durch einen ähnlichen Erlass eines nun toten Königs geraten war.

Er riss sich von der bedrückenden Erinnerung an diese Zeit los und ließ seine Augen über die murmelnden Ränge der Vornehmen und Höflinge schweifen, die sich gerade im Aufbruch befanden.

Adad-ibni!

Der Magier stand im Schatten gegenüber und grinste Daniel mit einem hämischen und wissenden Blick an. Daniel erinnerte sich erneut an die Vergangenheit, dieses Mal an eine Beratungskammer in Babylon und an das heimtückische, berechnende Gesicht eines viel jüngeren, aber nicht weniger hasserfüllten Adadibni, der grinste, als er seine „Vision" der Notwendigkeit eines Treueeids an Nebukadnezzar weitergab, eines goldenen Standbilds auf der Ebene von Dura und eines Feuerofens ...

Mit zunehmender Sicherheit wurde sich Daniel darüber klar, dass der Seher, sein uralter, unfreiwilliger Feind, diese katastrophale Bekanntmachung genauso wie damals die Zeremonie auf der Duraebene ausgetüftelt hatte, um sich an Daniel für irgendein vermeintliches Unrecht, das am Anfang dieser hinterhältigen Bosheit stand, zu rächen.

Daniel wandte sich zum Gehen. Durch den riesigen Saal konnte er das teuflisch-meckernde Lachen des Magiers hören.

Für den Rest des Tages waren die Zahlen und Nummern in den vor Daniel liegenden Schriftstücken nur noch eine verschwommene Serie bedeutungsloser Striche. Immer wieder kehrte sein Verstand mit fürchterlicher Beharrlichkeit zu seinem tödlichen Dilemma zurück.

Zum dritten Mal in seinem Leben waren seine Füße in einer

Falle gefangen, die er sich nicht selbst gestellt hatte. Beim ersten Mal hatte er erbärmlich vor der Stimme der Panik kapituliert. Er hatte gelogen, um sein Leben zu retten und zugelassen, dass sich seine Freunde allein der Gefahr stellen mussten. Beim zweiten Mal, als Nebukadnezzar verwirrt wurde, hatte er die Worte Gottes ausgesprochen. Aber Angst drückte ihm die Kehle zu. Heraus kam lediglich ein plumpes, erniedrigendes und hysterisches Gemurmel.

Wie würde er dieses Mal reagieren? Er hatte sein Leben jetzt zu Ende gelebt, das stimmte; oft war es so ermüdend, seinen erschöpften Körper durch die Gegend zu schleppen, dass er es kaum noch ertragen konnte. Und doch ... es war schrecklich, über die dunkle gähnende Leere des Scheol nachzudenken. Und wenn er fortgegangen war, was würde dann auf der Erde zurückbleiben, um an seine Existenz zu erinnern? Er hatte keine Nachkommen, keine Söhne, die ein Kaddisch über seinen Überresten aussprechen konnten. Und dann die fürchterliche Art und Weise seines Todes: Der heiße, übelriechende Atem der Löwen, die schreckliche Schärfe ihrer Zähne, der stechende Schmerz ihrer Klauen! Glied für Glied auseinandergerissen zu werden, in Qualen zu schreien, mit schreckerfüllten Augen mitanzusehen, wie die knurrenden Bestien am eigenen Fleisch rissen ...

Am Ende des Tages wusste er, was zu tun war. Die verabredete Zeit kam. Er stand von seinem Platz auf und entließ seine Gehilfen. Er keuchte vor Angst, lehnte sich hier und da an die Wände der Gänge und erreichte schließlich seine Gemächer.

Als er eintrat, ging er direkt zu der gewebten Fußmatte vor seinem nach Westen liegenden Fenster. Er fiel auf die Knie und drückte seine Hände so fest zusammen, dass seine Knöchel weiß wurden. Mit der Stirn auf den Händen betete er:

Sei mir gnädig, o Gott, sei mir gnädig!
Denn bei dir birgt sich meine Seele.
Im Schatten deiner Flügel berge ich mich,
bis vorübergezogen das Verderben ...
Mitten unter Löwen liege ich, die Menschen verschlingen.

Ihre Zähne sind Speer und Pfeile,
und ihre Zunge ist ein scharfes Schwert.
Erhebe dich über die Himmel, o Gott ...

Daniel hörte, wie sich die Tür seines Zimmers knarrend öffnete. Ohne hinzuschauen wusste er, wer in sein Zimmer hineinschlich, und warum sie gekommen waren. Er blickte lediglich kurz von seiner Matte auf und fuhr dann mit lauter Stimme fort, das alte Miktam Davids zu zitieren:

Ein Netz haben sie meinen Schritten gestellt,
er hat meine Seele gebeugt.
Sie haben vor mir eine Grube gegraben,
sie sind mitten hineingefallen ...
Ich will dich preisen unter den Völkern, Herr,
will dich besingen unter den Völkerschaften.
Denn groß bis zu den Himmeln ist deine Gnade,
und bis zu den Wolken deine Wahrheit.
Erhebe dich über die Himmel, o Gott,
über der ganzen Erde sei deine Herrlichkeit!

29

Adad-ibni konnte das erste Morgenlicht kaum erwarten. Sobald es die höfischen Regeln zuließen, eilte er zum Besuchszimmer des Königs und bat den Kammerherrn um Einlass.

Als Kyrus das weinerliche Gesicht des Magiers sah, über das ein hässliches Grinsen huschte, fühlte er eine dunkle Vorahnung in seiner Brust. „Was ist es, oberster Magier, das dich mit solcher Eile in mein Gemach führt?", fragte er und wusste nicht, warum er sich vor der Antwort fürchtete.

Eine Welle von Heiterkeit stieg in Adad-ibnis Kehle auf, aber er unterdrückte sie entschlossen. Indem er ein möglichst ernstes Gesicht aufsetzte, sagte er: „O König, mögen alle deine Feinde untergehen! Hast du nicht gestern erst ein Dekret erlassen, nachdem kein anderer Gott oder Mensch außer dir selbst, o König, angebetet werden darf?"

Der Knoten von Angst im Bauch des Königs zog sich zusammen. „Ja – und was ist damit?"

„Und hat mein König dieses Dekret nicht schriftlich erlassen, so dass es nicht geändert oder zurückgenommen werden kann?"

Trotz seiner schwachen Versuche, diese Tatsache zu verheimlichen, genoss der gerissene alte Hexenmeister dieses kleine Fragespiel ganz offensichtlich. Kyrus hasste den Klang seiner eigenen Stimme als er mit Ja antwortete.

„Dann muss der Herr, mein König, Folgendes wissen: Beltschazar, von seinem eigenen Volk Daniel genannt, einer der drei engsten Berater des Königs wurde genau an dem Abend zu seinem hebräischen Gott betend in seinem Zimmer aufgefunden, an dem das Dekret meines Herrn, des Königs, bekannt gemacht wurde. Eine direkte und offenkundige Missachtung des Befehls, den mein Herr, der König, gegeben hat." Adad-ibni verschränkte die Hände vor seiner Brust und neigte den Kopf, weniger aus

Ehrerbietung als um das triumphierende Grinsen zu verbergen, das um seine Lippen spielte und das er nicht verhindern konnte.

Kyrus war entsetzt. Er sprang von seinem Sitz auf, stürzte sich auf den knienden Magier, packte das alte Bündel Knochen vorne am Gewand und zog ihn mit Gewalt auf die Füße.

„Schurke!", schrie der König. „Du hast meine Worte zu einem Fallstrick für meinen vertrauenswürdigsten Berater verdreht! Ich sollte dich den wilden Tieren vorwerfen, weil du dir eine so verräterische Falle erdacht hast!" Während er sprach, schüttelte Kyrus den Seher hin und her, so dass die wenigen Zähne, die Adad-ibni noch geblieben waren, heftig aufeinanderschlugen.

Dann ließ der König den Magier wie einen Sack Brennholz auf den Boden fallen. Mit dröhnendem Kopf und schwerem Atem brabbelte Adad-ibni: „Mein Herr ... der König ... muss sich darüber im Klaren sein ... dass das Königreich ... bei einem unbeständigen König nicht lange Bestand haben kann. Die Gesetze ... müssen aufrechterhalten werden ..."

Kyrus erkannte trotz seiner ungestümen Wut den wahren Kern in den Worten des Schurken. Adad-ibni, sich selbst und die von ihm geäußerten Worte verfluchend, die unbeabsichtigterweise seinen am meisten geschätzten Amtsträger verdammten, wandte der König sich ab. „Du hast erledigt, wozu du gekommen bist", knirschte er. „Verschwinde jetzt aus meiner Nähe." Er drehte sich erst um, als er hörte, wie der Seher aus der Tür kroch und sie hinter sich schloss.

Kyrus fand Daniel in seinen Gemächern, der mit dem Gesicht nach unten auf einer gewebten Strohmatte neben einem nach Westen zeigenden Fenster lag. Er bemerkte, dass sein geliebter Ratgeber betete und setzte sich still hin, bis der alte Mann mit seiner Andacht fertig war und sich erhob. Als Daniel sich umdrehte und den König sah, setzte er zu einer Verbeugung an.

„Nein!", rief Kyrus, ging zu Daniel und zog ihn an den Armen nach oben. „Du darfst dich nicht vor mir verbeugen – nicht nach allem, was ich dir angetan habe."

Daniel starrte einige tiefe Atemzüge in das angsterfüllte

Gesicht des Königs. Ein wehmütiger, abwesender Blick schlich sich auf seine verwitterten Gesichtszüge, und er lächelte beinah.

„Mein Herr", sagte der alte Mann, „Ihr müsst keine Angst um mich haben. Mein Gott kann mich retten, falls er es möchte. Und falls nicht ..." Er schlug die Augen nieder und konnte nichts mehr sagen.

„Er hat mich getäuscht, Daniel!", brüllte Kyrus mit vor Verzweiflung belegter Stimme. „Ich dachte, es wäre nur irgendeine dumme Zeremonie, eine bedeutungslose Beschwichtigung von ein paar kahlrasierten Sterndeutern aus Babylon. Ich hatte keine Ahnung ..." In der Trostlosigkeit seiner Seele suchte der König nach Worten und schwieg dann. Schließlich murmelte er: „Ich werde dieses böse Dekret aufheben."

Daniel legte eine Hand auf Kyrus' Arm und schaute fest in seine Augen, während er langsam den Kopf schüttelte. „Mein Herr, ein anderer Spruch Salomos lautet: ‚Orakelspruch ist auf den Lippen des Königs; beim Rechtsspruch redet sein Mund nicht treulos.' Ihr könnt nicht zurücknehmen, was Ihr gesagt habt. Für jemand in Eurer Stellung ist das unmöglich."

„Aber, wo ist die Gerechtigkeit in dieser – dieser Katastrophe?", rief Kyrus.

„Ein Königreich muss vom Gesetz regiert werden, mein Herr. Die Gesetze müssen vom König in Ehren gehalten werden."

Kyrus schauderte, als er das Echo der Worte des verhassten Adad-ibni hörte. „Ich werde den Tag mit meinen Ratgebern verbringen", erklärte er. „Falls es irgendeinen Weg gibt, aus diesem Sumpf herauszukommen, werde ich ihn finden." Eine Träne entwischte Kyrus' Auge und rollte über seine Wange in seinen Bart. „Daniel, mein ... mein Freund. Ich hatte niemals die Absicht -"

„Ich weiß", versicherte ihm Daniel. „Ihr solltet jetzt gehen. Die Angelegenheit liegt in Gottes Händen."

Kyrus schaute Daniel lange in die Augen, drehte sich schließlich um und entfernte sich.

Als die Farbe des Sonnenballs gegen Abend von gelb zu orange wechselte, beriet sich Kyrus immer noch mit seinen verschiedenen

Ratgebern. Den ganzen Tag hatten sie das Problem erörtert und waren immer wieder gegen die taube Mauer des schriftlichen Dekrets gestoßen. Einmal niedergeschrieben, konnte der Wortlaut nicht verändert werden. Kyrus schämte sich innerlich für den billigen Stolz, der ihn dazu veranlasst hatte, einen derart törichten Befehl zu erlassen.

Ein leises Klopfen ertönte an der Tür des Beratungszimmers. Alle schauten auf und dort stand Daniel. Mit bleichem, angsterfülltem Gesicht sagte er: „Mein König ... es ist Zeit."

Kyrus schaute hilflos in die Runde und brachte kaum ein Wort aus seiner vor Kummer zugeschnürten Kehle hervor. „Also gut", stieß er schließlich heraus. „Ruft die Wachen. Lasst uns gehen."

Die Kunde hatte sich wie ein Lauffeuer im Palast und der Zitadelle von Susa verbreitet. Der weiseste und vertrauenswürdigste Ratgeber des Königs hatte das Edikt nicht befolgt. Der König wollte das Gesetz trotz seines Widerwillens tatsächlich gegen jemand vollstrecken, den er angeblich sehr gern hatte. Als die Wachen, der Verurteilte und der König selbst durch den bogenförmigen Eingang der Zitadelle schritten, der zu den Käfigen der Tiere führte, wartete dort bereits eine große schweigende Menge. Sie standen rechts und links auf der Mauer, genauso wie Zuschauer bei einer Beerdigungsprozession.

Es war ein seltsames, mitleiderregendes Gefolge. Der altersschwache Satrap Daniel schleppte sich zwischen den Zuschauern hindurch. Mit einer Hand lehnte er sich schwer auf seinen abgenutzten Stock, mit der anderen griff er nach Kyrus' Schulter. Sein Gesicht war aschfahl vor Angst. Das Gesicht des Königs war kaum weniger blass als das von Daniel, wie das eines Mannes, der im Begriff steht, sich die eigene Hand mit einem stumpfen Messer abzuhacken. Sie schritten inmitten der Wache, die Hoffnungslosigkeit in Person.

Die dabeistehenden Menschen waren traurig über das seltsame Schicksal, das den widerwilligen König und seinen Vertrauten verband. Ihr Anblick erfüllte alle mit Mitleid. Alle, außer Adad-ibni. Der alte Seher frohlockte, als er Beltschazars verhärteten und verzweifelten Gesichtsausdruck sah, und gratulierte sich selbst zu seinem raffinierten Plan. Endlich würde der verhasste Jude völlig vernichtet, sein Fleisch und seine Knochen zerrissen, sein Name blamiert und ganz und gar vergessen werden. Während Adad-ibni hinten in der Menge stand, konnte er ein zufriedenes Lachen nicht zurückhalten, ein Geräusch, das in der schweigenden Menge so fehl am Platz war wie der Geburtsschrei in einem Grab. Sogar die ihn begleitenden Chaldäer schauten ihn entsetzt an und wünschten, er könnte sich besser beherrschen.

Die untergehende Sonne verschwand hinter einer tiefgelegenen Wolkenbank am Horizont, als die Gruppe das verriegelte Tor erreichte, das zum Gehege der wilden Tiere führte. Kyrus hatte die Holzumzäunung als Gehege für seine Menagerie angelegt, für Tiere, die er von seinen Eroberungsreisen mitgebracht und für solche, die man ihm als Geschenk von tributpflichtigen Gesandtschaften überreicht hatte. Vertreten war die Tierwelt der medo-persischen Ebene: Strauße, wilde Büffel und Esel, die überall auf den trockenen Ebenen der kermanischen und parthischen Provinzen umherstreiften, Elefanten aus der Flussebene des Indus, Dromedare, baktrische Kamele, Gazellen und Federvieh – eine überwältigende Menge von Tieren, die hier zur Ehre von Kyrus, dem großen König, versammelt waren.

Und Löwen. Die hageren gelbbraunen Tiere waren in ein sicheres Gehege aus Stein und Eisen eingeschlossen. Sie wurden mit riesigen tropfenden Fleischkeulen gefüttert, die ihnen auf langen spitzen Stangen durch die verriegelten Mauern ihres Käfigs hereingereicht wurden. Als sich die Gruppe in dem immer schwächer werdenden Licht dem Gehege näherte, konnte man das tiefe Knurren der großen Katzen hören, die an den Knochen und Überresten der letzten Fütterung nagten.

Der königliche Tierpfleger fingerte an den Schlüsseln seines Gürtels herum und suchte den Schlüssel, der zum Schloss des Geheges passte. Der König ergriff Daniels Schulter und starrte mit wunden Augen in das entgeisterte Gesicht des alten Mannes. „Möge dein Gott dich retten, mein Freund", flüsterte er. Daniel, stumm vor Angst, nickte nur. Dann wurde das Tor aufgeschlossen.

Nachdem der alte Mann sich in den dunklen Eingang geschleppt hatte, wurde das Tor hinter ihm geschlossen. „Bringt einen Stein und legt ihn vor das Tor", befahl Kyrus. „Und postiert eine Wache außerhalb des Geheges, so dass niemand, nicht einmal Euer König, während der Nacht eindringen und Daniel befreien kann." Der Stein wurde an seinen Platz gerollt, heißer Wachs auf die Ecke geträufelt, mit der er die Wand berührte und das königliche Siegel darauf befestigt. Als Kyrus seinen Ring in den weichen Talg drückte, hatte er das Gefühl, einen Dolch in das Herz des unschuldigen Mannes im Gehege zu treiben.

Nachdem er alle offiziellen Vorschriften erfüllt hatte, drehte Kyrus sich voll Reue und Empörung um. Seine Leibwache hatte Mühe, Schritt mit ihm zu halten, weil er fast davonrannte.

Während er sich mit großen Schritten seinem Palast näherte, dachte Kyrus über den wahren Grund für den Stein vor dem Tor nach: Er sollte keine Befreiung verhindern, sondern ihn selbst davor bewahren, Daniels gequälte Schreie zu hören. Sich selbst bei jedem Schritt mehr hassend, floh er in sein Privatgemach. „Ich empfange heute Nacht niemand", befahl er dem Kammerherrn. „Kein Fleisch, keine Getränke, keine Frauen – niemand. Ich will allein sein. Sorge dafür." Der Kammerherr nickte, schloss die Tür hinter sich und stellte Wachen auf, um sicherzugehen, dass die Wünsche des Königs erfüllt wurden.

Kyrus ging nach innen und blieb einen Moment in der dunklen Einsamkeit seiner Kammer stehen. Nachdem er kurz überlegt hatte, ging er zu einem Fenster – einem nach Westen liegenden Fenster. Kniend starrte er in den immer dunkler werdenden Horizont und suchte nach einer Möglichkeit zu beginnen. Welchen Namen benutzte Daniel? „Höchster Gott", brachte er schließlich hervor, „ich, Kyrus der König ... ich – ich bitte dich ... rette Daniels Leben ..."

Daniel hörte, wie der Riegel hinter ihm vorgeschoben wurde und die Kieselsteine knirschten, als der Stein vor den Eingang gerollt wurde. Als er in die Dunkelheit starrte, sah er, wie die bösartigen gelben Augen der Löwen das schwache Licht reflektierten, das durch den Lufttunnel am anderen Ende ihres Käfigs eintrat. In einem Anflug von panischer Angst zerschmolz sein Inneres wie Wachs. Er konnte den stinkenden, beißenden Atem der wilden Tiere riechen und hörte ihre schweren, heiseren Atemzüge. Nachdem sich seine Augen an das Halbdunkel gewöhnt hatten, konnte er acht oder zehn zottelige Gestalten erkennen, die in verschiedenen Stellungen auf das ganze Gehege verteilt waren, einige liegend, andere stehend, andere saßen auf ihren Hinterbeinen. Alle starrten ihn mit dem gleichen brutalen Interesse an, mit demselben abschätzenden Blick.

Ihre Nasenlöcher blähten sich, als sie seinen Geruch prüften. Er wusste, dass sie seine Angst riechen konnten, er konnte sie selbst riechen. Er konnte hören, wie sein Atem nur stoßweise ging, und fühlen, wie sein rasendes Herz in seiner Brust hämmerte wie ein verängstigter Vogel in einem Käfig. Als seine Augen sich vor Angst weiteten, erhob sich träge ein großes männliches Tier und schlich auf ihn zu, während es sich mit seiner Zunge das Maul leckte. Daniel taumelte rückwärts gegen die Gitterstäbe des Tors und schloss die Augen. Sein Nacken bebte. Angstvoll erwartete er den Angriff. Schon spürte er den heißen Atem, den schnellen Würgegriff und das Zubeißen der Zähne ...

Ein plötzlich aufstrahlendes Licht in seinem Innern kündigte die Ankunft eines Wesens an, dessen Gegenwart furchterregender, unmittelbarer und gebieterischer war, als die von zehntausend Löwen. Das Strahlen in seinem Innern zwang ihn, seine widerstrebenden Augen zu öffnen und die ehrfürchtige Herrlichkeit der Gestalt anzuschauen, die nun zwischen ihm und dem Löwen stand. Der Löwe selbst lag jetzt unterwürfig wie ein Jungtier auf seinem Bauch, die Ohren angelegt, die Augen von der Lichtgestalt abgewandt.

Ähnlich wie die Löwen, fiel Daniel, von Ehrfurcht überwältigt zu Boden. „Mein Herr!", flüsterte er.

„Nein!", entgegnete der Engel mit einer Stimme, die so hell war wie das Licht der Sonne und so kraftvoll, wie der Zusammenstoß zweier Armeen. „Bete mich nicht an! Ich bin der Diener von El Schaddai, wie ihr ihn nennt, der mich ausgesandt hat, um dich heute Nacht zu bewachen und vor dem Maul der wilden Tiere zu retten."

Der Bote! Es war dieselbe Stimme wie die Stimme, die ihn in den Visionen gerufen hatte. *War das möglich –? Aber nein!* Er konnte den Sand des Geheges unter seinen Händen spüren und roch den sauren moschusartigen Gestank der Löwen. Es war kein Traum.

Und dann sprach der Bote weiter.

„Daniel, deine Gebete sind erhört worden. Adonai ...", die glänzende Gestalt neigte den Kopf, als sie das Wort aussprach, „hat deinen vielen Bitten und deiner Treue Beachtung geschenkt. Weil du treu warst, werden alle von Kyrus beherrschten Völker und Länder den Namen dessen hören, der da ist." Wiederum neigte er den Kopf und deutete damit Ehrfurcht vor Adonai an. Daniel stellte sich vor, dass Anbetung im Himmel üblich sein und große Freude bereiten müsse.

Er wunderte sich. Konnte das die Berufung sein, der Grund, warum er noch nicht nach Juda zurückgeführt worden war? Sollte er, ein so unwürdiges Gefäß, das Mittel sein, die Ehre des Allerhöchsten zu vermehren? Das war zu wunderbar, um darüber nachzudenken!

Fast gleichzeitig mit der Verwunderung kam die alte Scham, das nagende Gefühl von Unwürdigkeit. Er durchlebte noch einmal die anklagende Erinnerung an eine egoistische Lüge, die Schande, feige zurückzuweichen, wo vertrauensvolle Kühnheit besser am Platz gewesen wäre. Er schauderte in dem heiligen Licht des Botschafters, dessen Strahlen aus einer anderen Welt herrührten und fühlte sich nackt, verachtenswert und unrein.

„Daniel!", sagte der Bote mit einer Stimme wie Samt und Donner, „erinnerst du dich nicht an deine eigenen Worte?"

Daniel versuchte, in das Gesicht des Engels zu schauen, aber es gelang ihm nicht wegen der Helligkeit. Mit niedergeschlagenen Augen fragte er: „Welche Worte, mein Bote?"

„Die Worte, die du an den Allerhöchsten gerichtet hast, als du auf deiner Schlafstelle in Babylon lagst: ‚Nicht wegen unserer Gerechtigkeit kommen wir mit unseren Bitten zu dir, sondern wegen deiner vielen Erbarmungen ...'"

Daniel keuchte, als er die Worte seiner Bitte aus dem Mund des himmlischen Botschafters hörte.

„Nicht wegen deiner Gerechtigkeit hat er dich erhört, Sohn Jakobs", fuhr der Engel fort, „sondern wegen der unendlichen Größe seiner Gnade, und weil es ihm so gefiel. Genauso hat er mich damals zu deinen Freunden in den Feuerofen Nebukadnezzars geschickt, nicht um ihretwillen, sondern weil er es so beschlossen hatte. Es hat nichts mit deiner Unwürdigkeit zu tun, sondern mit seinem allerhöchsten Wert. Du bist ein Instrument seines Willens, Daniel, nicht dessen Ursache. Er allein ist würdig, in allem gepriesen zu werden."

Daniel spürte, wie heiße Tränen, ähnlich dem Öl Aarons seine Wangen herunterliefen. Er atmete in tiefen, erleichterten und ehrfurchtsvollen Zügen und flüsterte: „Gelobt sei Adonai!"

„Ihm sei Herrlichkeit und Ehre", fiel der Engel ein und neigte seinen Kopf.

„Und nun, Daniel, musst du dich ausruhen. Du wirst Kraft benötigen für den Augenblick deines Zeugnisses."

Eine überwältigend angenehme Schläfrigkeit befiel ihn wie ein alter bequemer Umhang in einer kalten Nacht. Er sank an der Mauer des Löwengeheges nieder und fühlte sich so wohl wie auf seiner eigenen Schlafstätte. Während er langsam einschlief, war sein letzter Gedanke: *Ich ... sogar so jemand wie ich ...* Dann hüllte die Dunkelheit ihn ein.

Kyrus, der sich müde gegen die Fensterbank lehnte, erhob den Kopf von seinem Unterarm. Die anbrechende Morgendämmerung war lediglich als graue Andeutung in dem sternklaren Himmel zu erkennen. Wo vorher seine Augen gewesen waren, befanden sich nun zwei brennende, aufgescheuerte, schlaflose, wunde Stellen als wäre er nachts durch einen der heulenden Sandstürme der persischen Steppen gewandert.

Er hatte tatsächlich einen Sturm erlebt während der dunklen stillen Nachtstunden, einen Sturm in seiner Seele. Ähnlich einem Blinden, der einen verborgenen Weg in einem dichten Wald finden möchte, hatte er versucht, Daniels Gott zu finden. Viele Versprechungen hatte er gemacht, einem unbekannten Wesen viele Schwüre gelobt und auf diese Weise versucht, das Leben seines geliebten Ratgebers zu gewährleisten. Und trotz seiner frommen Versuche, trotz des beharrlichen Ernstes, mit dem er sich der unbekannten Gottheit genähert hatte, bekam er immer wieder denselben Eindruck: Seine Bemühungen reichten nicht aus. Zum ersten Mal in seinem von Ehrgeiz und Eroberungen geprägten Leben erlebte Kyrus die mitternächtliche Abgeschiedenheit und Hilflosigkeit. Die Antwort, das Heilmittel, lag völlig außerhalb seiner Möglichkeiten – so weit entfernt wie die verschwommenen Sterne von den Tiefen des Meeres. Es war eine niederschmetternde Tortur für den Pferdekönig, dieser brutale Zusammenstoß mit den Grenzen seiner Fähigkeiten. Wie demütigend war es, in einer Situation, in der er so gerne etwas unternommen hätte, so völlig machtlos zu sein. Als sich der Tag mit einem blassen, rosafarbenen Schimmer ankündigte, erhob er sich von seiner Nachtwache. Ohne sich das Gesicht zu waschen oder die zerknitterten, unordentlichen Kleider seiner Nachtwache zu wechseln, schritt er auf die Tür seines Gemachs zu.

„Wir gehen zum Löwenkäfig", erklärte er kurz, während er mit schnellen Schritten durch die Halle eilte. Die Wachen beeilten sich, an seine Seite zu kommen und rieben sich die müden Augen im verschwommenen Licht des anbrechenden Morgens.

„Bote", rief der König einem Jungen zu, der an der Wand vor sich hindöste. „Geh zum königlichen Tierpfleger und bring ihn so schnell wie möglich zum Löwenkäfig." Der Junge rappelte sich schnell auf und stürzte los.

Ein schwerfälliges, kratzendes Geräusch unterbrach Daniels Schlummer. Er erwachte und setzte sich aufrecht, wobei die letzten Worte des Engels immer noch schwach in den Kammern seiner Seele widerhallten: *Ihm sei Herrlichkeit und Ehre ... Kraft für den Augenblick deines Zeugnisses ...*

Während er sich streckte fiel sein Blick auf die immer noch schlafenden Löwen, die ihre gefährlichen Mäuler noch geöffnet hatten und aus deren Brust tiefe langsame Atemzüge entwichen.

In einem merkwürdigen Gefühlsumschwung fühlte er sich irgendwie verwandt mit den wilden Tieren, die eigentlich seine Zerstörer hätten sein sollen. Hatten sie sich nicht in Ehrfurcht gemeinsam mit ihm vor einem Wesen verbeugt, das ihnen überlegen war?

Dann klapperte der Schlüssel im Schloss des Tors und eine Stimme rief seinen Namen.

„Daniel! Daniel! Hat dein Gott, dem du treu dienst, dich vor den Mäulern der wilden Tiere retten können?"

Der König.

„O mein König, mögest du ewig leben!", rief Daniel und warf einen kurzen Blick zurück auf die Löwen. Merkwürdigerweise hatten sich die Löwen in ihrer schläfrigen Trägheit trotz des Lärms am Tor noch nicht gerührt. „Mein Gott sandte seinen Engel, und der verschloss die Mäuler der Löwen ..."

Als das Schloss aufsprang, ergriff Kyrus das Gitter des Tors und öffnete es weit, ohne auf die Löwen im Innern des Käfigs zu achten. Seine Begleiter schnappten nach Luft und zuckten vor der dunklen Öffnung zurück, aus der jeden Moment zornige wilde Bestien herausstürmen konnten. Aber das einzige Geschöpf, das aus der Höhle herauskam, war die wackelige alte Gestalt Daniels. Mit faltiger Hand schirmte er seine Augen ab, als er in das Morgenlicht trat.

„Sie haben mich nicht getötet", sagte der Satrap, „weil ich in seinen Augen unschuldig bin ..."

Als Daniel aus dem Eingangstor heraustrat, verschloss und verriegelte der nervöse Tierpfleger das Tor.

„Und auch vor dir, mein König, habe ich kein Verbrechen begangen", beendete Daniel ruhig seinen Satz.

Kyrus ergriff Daniel und umarmte ihn dankbar und erleichtert. Dann wandte er sich an einen Mann, der hinter seiner linken Schulter stand und in dem Daniel den königlichen Leibarzt erkannte. „Untersuche ihn", befahl Kyrus. „Für jede Wunde, die dieser treue Mann hat, werde ich von seinen Verfolgern dreifache Vergeltung fordern." Trotz Daniels Protest wurde er sorgfältig untersucht. Als der Arzt sich von Daniels Zustand überzeugt hatte, drehte er sich zum König um. „Er ist völlig unverletzt", stellte er mit der ruhigen Stimme eines Fachmanns fest. „Er hat keinen einzigen Kratzer."

„Sehr gut", sagte Kyrus und seine bernsteinfarbenen Augen blitzten gefährlich. Seine bisherige Besorgnis schlug in überschäumenden Zorn um. „Wachen, findet die Männer, die Daniel angeklagt haben. Besonders ihren Anführer, den chaldäischen Magier Adad-ibni." Und mit drohend-grollender Stimme fügte er hinzu: „Fesselt sie und bringt sie zu mir in den Thronsaal. Ich werde dem Kammerherrn befehlen, das Gericht einzuberufen ..."

30

„Von mir ergeht der Befehl, dass man in der ganzen Herrschaft meines Königreichs vor dem Gott Daniels zittere und sich fürchte!

Denn er ist der lebendige Gott und bleibt in Ewigkeit;
und sein Königreich wird nicht zerstört werden,
und seine Herrschaft währt bis ans Ende.
Er, der rettet und befreit
und Zeichen und Wunder im Himmel und auf der Erde tut,
er hat Daniel aus der Gewalt der Löwen errettet."

Die Stimme des Boten hallte von den glasierten Ziegeln an der hohen Decke des Thronsaals in Babylon wider und erfüllte die Stille. Daniel beobachtete von seinem Sitz neben dem leeren Thron, wie die vorsichtigen Blicke der Vornehmen still sein Gesicht befragten, die Antwort fanden und sich zur Seite drehten.

Daniel machte sich nichts vor: Der Höchste würde Marduk nicht von heute auf morgen ersetzen, weder im chaldäischen Pantheon noch in den Herzen und im Verstand dieser Zuhörer; das war auch nicht die Absicht von Kyrus' Dekret. Dennoch war die Bekanntmachung keineswegs unbedeutend. Zumindest zu Lebzeiten und in der Erinnerung persischer Könige konnte die Anbetung Adonais nicht verfolgt oder verhindert werden, ohne eine Bestrafung durch den König zu riskieren. Der Ernst von Kyrus' geschriebenem Wort würde nicht in Frage gestellt werden, trotz seiner etwas unbequemen Auswirkungen auf die Mitarbeiter des Esagila. Selbst, wenn Adonai weiterhin von der Mehrheit der Bewohner Babylons nicht beachtet wurde, konnte doch wenigstens seinen treuen Anhängern kein Schaden mehr zugefügt werden.

Daniel dankte dem Heiligen erneut still für seine gnädige Versorgung. Durch seinen Aufenthalt in der Löwengrube war er ein Segnungskanal für alle Kinder Jakobs.

Er ließ einige Augenblicke verstreichen, um es den Zuhörern zu gestatten, die Bedeutung der Botschaft auf sich wirken zu lassen. Dann sagte er mit einer Stimme, die trotz seines Alters nicht weniger fest war: „Ihr habt den Erlass von Kyrus, dem großen König, dem König der Länder, in dessen Namen ich dieses Land Chaldäa und alle Länder zwischen den beiden Flüssen verwalte, gehört." Er machte eine Geste in Richtung auf den zeremoniell unbesetzten Thron von Kyrus, der in Susa geblieben war. „Möge sein Wort befolgt werden." Er blieb noch einen Moment sitzen und hielt sie durch die Autorität der Bekanntmachung, die Kraft seines königlichen und göttlichen Schutzes und das Gewicht seiner ehrwürdigen Weisheit zurück. Dann erhob er sich und entließ sie, damit sie zu ihren Pflichten zurückkehren konnten.

Als er, sich schwer auf seinen Stock stützend, in seine Gemächer zurückging, dachte er an die Nachwirkungen seiner Befreiung. War schon Kyrus' Erleichterung groß, so war sein Zorn noch viel größer und ebenso seine Entschlossenheit, den Anklägern ihr gerechtes Urteil widerfahren zu lassen. Mit einem Schaudern hörte Daniel erneut das erwartungsvolle Knurren der Löwen, die Schreie der Frauen und Kinder von Adad-ibnis Komplizen ... und dann – das fürchterliche Schweigen. Daniel hatte wenig Trost in dem gräßlichen Tod seines lebenslangen Feindes gefunden. Auch wenn es einen elenden Schurken wie Adad-ibni getroffen hatte, Daniel konnte sich über eine so schreckliche Rache nicht freuen.

Als er die Tür zu seinem Gemach erreicht hatte, machte er Halt und gab so einem seiner Leibwächter Gelegenheit, ihm die Tür zu öffnen und die Räume zu durchsuchen, um die Sicherheit der Gemächer zu gewährleisten. Anschließend trat Daniel ein. Er stöhnte wegen des Gewichts seines Alters, als er langsam in den mit Kissen ausgelegten Sessel neben seinem Tisch sank. Dann begann er die Schriftstücke durchzusehen, die ihm zur Prüfung überbracht waren.

Als er von Susa zurückgekommen war, hatte er einen Botschafter aus Juda vorgefunden, der ihn bereits erwartete. Hananja war tot. Seine letzten Worte waren, dass Daniel benachrichtigt werden sollte. Es war eine düstere Zeit für den letzten Überlebenden der vier jungen Männer, die vor so langer Zeit nach Babylon gekommen waren. Er allein war noch übrig, und der plötzliche Anfall von Einsamkeit warf ihn für drei Wochen auf sein Lager. Er nahm nur gerade genug Nahrung zu sich, um am Leben zu bleiben und gestattete seinen Kammerdienern nicht, ihm mit Salben oder Bädern oder irgendetwas anderem, das ihn vielleicht getröstet hätte, Linderung zu verschaffen. Denn er beklagte mehr als nur das Ableben Hananjas. Eine Zeitepoche, ein Leben, eine Vergangenheit war ihm plötzlich durch den Tod seines letzten Jugend- und Altersfreundes geraubt worden. Wiederum flüsterte die Dunkelheit des Scheol ihre Botschaft von Unvermeidlichkeit in seine bekümmerten Ohren.

Erst vor zwei Tagen, mit der Ankunft von Kyrus schriftlichem Erlass, war er wieder zu seinen höfischen Pflichten zurückgekehrt. In seiner Genesungszeit hatten sich die staatlichen Angelegenheiten angesammelt und darauf gewartet, dass er sich ihnen widmete.

Daniels Sekretär, ein junger Mann von vielleicht zwanzig Jahren, trat ein. „Mein Herr", begann der junge Mann und neigte seinen Kopf respektvoll, „die Aufseher der Stadt Opis haben darum gebeten, dass du kommst und die Reparaturen der Festungen, die kürzlich beendet wurden, überprüfst. Wann wird es dir belieben, ihrer Bitte nachzukommen?"

Der alte Mann seufzte. *Es nimmt kein Ende,* dachte er, die Reisen, Prüfungen, Auftritte, doch, andererseits wichtig und Teil der Verantwortung, die ihm vom König auferlegt war. Den Ellbogen auf dem Tisch, vergrub er die Stirn in seiner Hand und dachte über den günstigsten Zeitpunkt für einen Ausflug in die Stadt zwischen Tigris und Diala nach.

Sie schrieben den Monat Nisan. Kurz nach Jahreswechsel hatte die Sonne noch nicht ihre volle Kraft erreicht, die Frühlingstage waren noch nicht so unerträglich heiß, dass das Reisen für seine alten Knochen ein Qual war. „Warum kann ich nicht heute noch abfahren, sobald die Sonne ihren Zenit überschritten hat?", fragte er. „Die Stadt ist ruhig, die Menschen zufrieden, gibt es irgendeinen Grund, warum Babylon in der Zeit meiner Überlandreise nach Opis nicht ohne mich auskommen könnte?" Er betrachtete seinen jungen Assistenten und wartete auf eine Antwort.

Der Sekretär rieb sich nachdenklich das Kinn und starrte vor sich hin. „Mir fällt kein Grund ein", meinte er schließlich. „Wünscht mein Herr, dass ich die notwendigen Vorkehrungen treffe?"

Daniel nickte. „Kümmere dich darum." Leise verließ der Junge den Raum.

Die Mauern von Opis türmten sich vor ihm auf. Daniel, der in seiner seidenbehangenen Sänfte hin und her schwankte, betrachtete durch die geöffneten Vorhänge die herannahende Stadt. Dann ließ er die Vorhänge wieder an ihren Platz zurückfallen, lehnte sich in die Kissen zurück und seufzte tief. Die Reise von Babylon nach Opis dauerte zu Fuß gut zwei Tage und trotz der relativ bequemen Sänfte protestierte sein Alter gegen einen derartigen Ortswechsel.

Seit sie sich Opis und dem Tigris näherten, hatte Daniel vage eine bevorstehende Überraschung gespürt, als würde der Schatten eines Wunders andeutungsweise über seinem Verstand schweben. Daniel war keineswegs beunruhigt von dieser Vorahnung, eher merkwürdig verärgert. Schließlich war er zu alt für solch ein schreckliches Unternehmen, oder nicht? Warum, dachte er, kann ein Mann kurz vor Ende seines Lebens nicht ruhig und friedlich in das Nichts entschwinden, ohne noch von der unsichtbaren Welt belästigt zu werden? Entschlossen dämpfte er diese Gefühle und setzte alles daran, das undeutliche Gemurmel am Rande seines Bewusstseins nicht zu beachten.

Als sie sich dem Fluss näherten, konnte er Wasser an den Rumpf eines Schiffes schlagen hören und Ruder, die in ihren Scharnieren knarrten. Dann betraten seine Begleiter die Barkasse, um den Fluss nach Opis zu überqueren.

Die Überprüfung der Festungen verlief reibungslos, mit den üblichen Bankettrunden und Empfängen zu Ehren des obersten königlichen Satrapen. Daniel ließ solche Feierlichkeiten über sich ergehen und aß so wenig von den großartigen Speisen, wie es der Anstand ihm erlaubte. Er lächelte bei den richtigen Gelegenheiten und nickte, wenn es erwartet wurde. Opis wurde von seinen Aufsehern auf ordentliche und geruhsame Weise regiert, und Kyrus' Anordnungen wurden korrekt gewahrt.

Daniel stellte mit leichtem Unbehagen fest, dass die Tempel ihre Herrschaft über den Geldverleih und einen Großteil des städtischen Handels immer noch aufrechterhielten – was für weite Teile Chaldäas und Akkads ebenso galt. Er wusste, dass die Gotteshäuser eines Tages nicht mehr in der Lage sein würden, ihren stets wachsenden Appetit auf verpfändete Ländereien und Herden zu stillen oder ihre steigenden Wucherzinsen zu rechtfertigen. Sobald man die Menschen über ihre Verhältnisse belastete, würden sie Wiedergutmachung fordern – entweder, indem sie wie die nördlichen Königreiche zur Zeit Salomos selbst einen Aufstand machten oder durch ein Bündnis mit einem neuen König, von dessen Herrschaft man sich Erleichterung erhoffte. Aber solche Probleme würde er nicht mehr erleben, dachte Daniel. Es würde Sache seiner Nachfolger sein, eine Lösung für derartige Schwierigkeiten zu finden.

Am zweiten Tag nach seiner Ankunft machte er einen Ausflug durch die Kanäle, die die Stadtmauern umgaben. Diese waren kürzlich trockengelegt worden und die mit Pech verkleideten Ziegel wurden geflickt und dort, wo es nötig war, ersetzt. Eine Gruppe von Baumeistern durchstreifte die Gegend, während Daniels Begleiter seine Sänfte trugen, und wies auf die eine oder andere Besonderheit des ausgeklügelten Systems hin, das die Stadt mit Wasser versorgte, das Abwasser entsorgte und gleichzeitig der Verteidigung diente.

Plötzlich fiel ein Schweigen wie eine unsichtbare, ehrfurchtsvolle Wolke auf die Gruppe. Die Ingenieure und Amtsträger starrten sich mit schreckgeweiteten Augen an. Ein unwiderstehliches, sinnloses Zittern erfasste sie; ihr Herz schlug heftig und ohne zu wissen warum, flohen sie panisch vor der unsichtbaren und unhörbaren Quelle ihrer unerklärlichen Angst.

Daniel bemerkte die aufgeregte Flucht der anderen kaum. Seine Augen schauten begeistert auf das durchdringende ernste Gesicht des Engels, der vor ihm stand. Die Kraft seiner Erscheinung nagelte Daniels Körper und Seele an den Ort, an dem er sich gerade befand.

Der helle Glanz, den der göttliche Bote im Löwengehege ausgestrahlt hatte, war nur ein Schatten, verglichen mit dem entsetzlich schönen und furchterregenden Strahlen, in dem sich der Engel nun zeigte. Es war, als hätte er in der Löwengrube einen Schleier getragen, jetzt aber unverhüllt vor Daniel stand und so dem vollen und mächtigen Schein der himmlischen Majestät erlaubt, in einer stummen Triumphrede aus ihm herauszufließen. Er war wie ein levitischer Priester gekleidet. Die überfließende Reinheit seines weißen Leinengewands und das atemberaubende Strahlen seines goldenen Gürtels war eine bewegende Realität, die durch die Kleidung der jüdischen Priester nur schwach symbolisiert wurde.

Sein Körper glühte durch seine Kleidung hindurch, oder vielleicht, dachte Daniel, als er genauer hinschaute, seine Kleidung und sein Körper waren gleichsam eins. Es sah so aus, als seien das Gewand und der Gürtel in Wirklichkeit die sichtbare Darstellung seines lebendigen heiligen Wesens. Das Schimmern glich dem glühenden Leuchten eines polierten Edelsteins. Aus seinen Augen brannte die weiße heiße Flamme der Gerechtigkeit, und seine Arme und Beine hatten das glänzende feste Aussehen von geschmiedeter Bronze. Seine Stimme glich dem Kriegsgeschrei eines Schlachtheers.

„Daniel! Du Vielgeliebter – höre dem, was ich dir heute sage, genau zu! Steh auf! Ich bin zu dir gesandt worden!"

Die Worte des Engels trafen Daniel wie Hammerschläge und er bemerkte, dass er mit dem Gesicht nach unten zu Boden gefallen war. Er spürte, wie ihn etwas wie eine riesige Hand um die Hüfte fasste und ihm mit einer Berührung, die so sanft war wie das Lächeln einer Mutter und so stark wie die Strahlen der Sommersonne, auf die Knie half.

Daniel stützte sich auf seinen Stock, zog sich daran auf die Füße hoch und schwankte vor Ehrfurcht. Sein Gesicht war bleich, seine Augen weit geöffnet und starr, als er der dröhnenden Stimme des Engels zuhörte, der Worte des Trostes und der Erklärung von sich gab – Worte der Offenbarung. Dann schwieg er, und Daniel begriff, dass eine Antwort von ihm erwartet wurde. Leider! Seine Zunge bahnte sich einen Weg durch seinen trockenen Mund, und seiner ausgedörrten Kehle gelang es nicht, Worte zu formen. Man hätte genauso gut von ihm verlangen können, über die Mauern von Opis zu springen, wie mit diesem majestätischen Boten zu verhandeln. Dann erfolgte eine Berührung – eine beruhigende, heilende Berührung, die das Angstschloss öffnete, das seine Lippen versiegelte.

„Ich bin angesichts dieser Vision von Schmerz überwältigt", stammelte Daniel, „und ich bin hilflos. Wie kann dein Knecht mit dir sprechen? Meine Kraft ist dahin und ich kann kaum atmen!"

Wieder die belebende, beruhigende Berührung. Daniel fühlte, wie Lebenskraft und Gelassenheit durch sein Inneres strömten, eine warme Flut von Trost gab ihm neuen Auftrieb und richtete ihn auf.

„Hab keine Furcht, du Vielgeliebter! Friede!", befahl er. Und so war es. „Sei jetzt stark; sei stark!" Kaum hatten die Worte die Lippen des Engels verlassen, hörte Daniel auf zu zittern und seine Glieder wurden ruhig. Noch völlig verwundert über seine wiedergefundene Selbstbeherrschung, sagte Daniel dankbar: „Sprich mein Herr, jetzt, wo du mich gestärkt hast."

Und der Engel sprach.

Er kündigte das Kommen dreier Könige an, und eines vierten, der die anderen an Größe übertreffen würde. Er berichtete von einem König der Griechen, dessen Macht unwiderstehlich sein würde und dessen Königreich trotz seiner Herrlichkeit und Weitläufigkeit die Lebensdauer des Königs nicht überdauerte. Er erzählte von vier Königen, die dieses Königreich zwischen sich aufteilen würden, von den Kriegen und Konflikten zwischen ihnen und ihren Nachkommen – ein schwindelerregendes, blutiges Hin und Her von Invasionen und Schlachten, von Bündnissen, die eingegangen und gebrochen wurden. Er sprach von Bedrohung und Gefahr für das Gelobte Land und einer Zeit der Verwüstung.

Und dann sprach der Bote von einer endgültigen, unvorstellbaren Befreiung. Daniel blieb der Atem in der Kehle stecken, als der Engel von dem Erwachen von Heerscharen sprach, die im Staub der Erde schliefen, von einer großen Auferstehung, einer Trennung, die stattfinden würde vor dem Richter der ganzen Erde.

Er fühlte salzige Tränen der Freude in seine Augen schießen. Endlich! Die Worte, deren Echo er vor so langer Zeit nur schwach gehört hatte! Es war keine Phantasie gewesen, kein Wunschtraum. Es war Wirklichkeit! Die Dunkelheit des Scheol war nicht das letzte Los der Getreuen des Herrn! *O Mischael!*, dachte er. *Wenn du nur auch diesen Tag hättest sehen können – und Asarja, und der alte Kaleb und ...*

Er unterbrach sich. Worüber dachte er nach? Natürlich würden sie diesen Tag sehen! Hatte der Engel nicht gerade gesagt, dass jene, die schliefen, eines Tages auferweckt werden würden? Könnte es nicht sein, dass sie sogar in diesem Augenblick auf den Ruf warteten, den fröhlichen beschleunigenden Ansturm, der sie der Umarmung der Erde entziehen würde, so dass sie wie erneuert leuchteten wie die himmlischen Heerscharen selbst?

Ein spontaner Freudenschrei entwich seinen Lippen; er fühlte, wie sein Herz vor Freude hüpfte.

Und dann standen dort zwei andere strahlende Wesen und umgaben den Tigris mit dem Leuchten ihrer Gegenwart. Mit gewaltigen, ehrfurchteinflößenden Stimmen fragten sie: „Wie lange wird es dauern, bis diese Dinge geschehen?"

Daniels Engel schien über dem Wasser des Flusses zu schweben, als er die Frage beantwortete. Er schwor einen so mächtigen Eid, mit dem er den Namen des Lebendigen anrief, dass Daniels Ohren zitterten, als er ihn hörte. „Es wird eine Zeit dauern, Zeiten und eine halbe Zeit. Wenn die Zerschlagung der Kraft des heiligen Volkes endgültig abgeschlossen ist, werden diese Dinge vollendet werden."

Das alles überforderte Daniel weit. So viel zu sehen, so viel in Erinnerung zu behalten, sein Verstand war überwältigt von dem Glanz des ungeheuren und entsetzlichen Ganzen. Die einzigen Worte, die sein Verstand zuwege brachte, waren: „Mein Herr, was ... was wird das ... Ergebnis dieser Vorgänge sein?"

Die Augen des Engels ruhten auf Daniel und die Flamme in ihnen erlosch zu dem sanften, tröstenden Glühen einer Kaminglut. „Gehe hin, Daniel", sagte er mit tröstender Stimme, „die Worte, die du gehört hast, sind geheimgehalten und versiegelt bis zum Ende der Zeiten. Viele werden ehrlich werden, aber die meisten werden böse bleiben. Den Gottlosen wird das Verständnis verborgen bleiben, aber die Weisen werden Verständnis erlangen.

Was dich betrifft, Daniel: Halte aus bis zum Ende. Du wirst ruhen und dann, am Ende der Tage wirst du auferstehen und das für dich vorgesehene Erbe in Empfang nehmen."

Als sie ihn neben dem Kanal fanden, war er ein zerknitterter Haufen. Schnell brachten sie ihn in eine Kammer der Zitadelle. Die Ärzte wurden herbeigerufen, Weihrauch und Salben angewandt. Wer bei ihm gewesen war, als das Furchterregende geschah, erzählte von der schrecklichen Bestürzung, die von einer nicht zu ermittelnden Quelle ausging.

Am dritten Tag öffneten sich zur Erleichterung aller die pergamentartigen Augenlider des obersten Satrapen. Seine Augen zeigten an, dass er die Personen wiedererkannte, als er sie von seinem Krankenbett aus anschaute. Ein leichtes Lächeln umspielte seine Wangen, und er öffnete seine alten trockenen Lippen um zu sprechen.

„Wo ist mein Sekretär?", flüsterte Daniel.

„Hier, Herr", antwortete der junge Mann und kam herbei, um neben seinem Bett niederzuknien.

„Hast du dein Schreibzeug dabei?", fragte Daniel mit einer Stimme, die einem kaum hörbaren Seufzer glich.

Verwirrt antwortete der Assistent: „Ja, Herr, aber ... warum fragst du?"

Während er seinen Kopf mit einem sanften Lächeln schüttelte, sagte er: „Keine Fragen. Dafür reicht die Zeit nicht." Er schaute noch einmal in die beunruhigten Gesichter, die ihn umgaben und sagte heiser: „Lasst uns allein."

Mit besorgtem Blick verließen alle außer dem jungen Mann den Raum. Als sich die Tür schloss, wandte Daniel sich an den Jungen. „Schreibe auf, was ich dir sage", murmelte er. Der Sekretär wandte sich seiner Ausrüstung zu.

Während er seine Tafel holte, gelangte ein Geräusch von außen an Daniels Ohr. *Tapp-tapp. Tapp-tapp.* Der Stock des Bettlers! War das wieder derselbe Mann, der ihn schon einmal gerufen hatte? Kam er dieses Mal, um ihn endlich mit nach Hause zu nehmen? Daniel hob seinen Kopf etwas, um besser hören zu können.

„Was ist das für ein Geräusch?", fragte er seinen Gehilfen.

Der Junge drehte sich mit verwundertem Gesichtsausdruck um. „Was für ein Geräusch, Herr?"

„Ach, lass gut sein", flüsterte Daniel. „Lass uns beginnen." Er ließ seinen Kopf auf das Kissen zurückfallen.

Vier Visionen, überlegte Daniel. Das passte zusammen. Es passte auch, dass diese vierte die Letzte sein sollte, der Abschluss. Er wusste, dass die Aufgabe, für die Adonai ihn auf diese Erde gestellt hatte, beendet sein würde, sobald seine Botschaft niedergeschrieben war.

Als er sich an die Worte des Engels erinnerte, blühte die herrliche Hoffnung wieder in Daniels schwindendem Bewusstsein auf. Anders als das kurze vergängliche Flüstern am Grabe Kalebs, anders als die schwachen vorsichtigen Andeutungen, hatte der Engel diese letzte Botschaft mit überwältigendem Jubel ausgerufen: El Schaddai, der Allgewaltige, der vor Flammen, vor dem Schwert, vor wilden Tieren und aus den Händen von Königen und Menschen erretten konnte, war sogar fähig, jemand aus den kalten Klauen des Grabs zu befreien. Adonai wollte, dass alle Menschen es wussten: Es gab eine Hoffnung darüber hinaus.

Der junge Mann kehrte an Daniels Bett zurück. „Herr", fragte der Sekretär mit dunklen, vor Besorgnis geweiteten Augen, „warum diese Dringlichkeit?" Das Gesicht des Jungen wurde plötzlich von Panik überschattet. „Wirst du ... wirst du sterben? ... Wir ... wir sollten sofort den König benachrichtigen!"

Erneut das Lächeln, das ruhige Kopfschütteln. „Sage Kyrus Folgendes: Endlich habe ich es gesehen. Ich werde ruhen ... und dann werde ich auferstehen."

ONE WAY VERLAG
WUPPERTAL UND LÜTHERSTADT WITTENBERG

Weitere Titel:

Jack Cavanaugh
Die Puritaner
Amerika Chronik Buch 1
Best.-Nr. 2507, 606 Seiten, Pb

David Aikman
Und dann blüht der Mandelbaum
Best.-Nr. 2801, 462 Seiten, Hc

Sigmund Brouwer
Doppelhelix
Best.-Nr. 2802, 356 Seiten, Hc

Roger Elwood
Die große Täuschung
Best.-Nr. 2803, 284 Seiten, Pb

Bill Myers
Blood of Heaven
Himmelsblut
Best.-Nr. 2804, 400 Seiten, Pb

**ONE WAY VERLAG
WUPPERTAL UND LUTHERSTADT WITTENBERG**

Weitere Titel in dieser Reihe:

Ilse Ammann-Gebhardt
Jesus von Nazareth — Messias oder Rebell?
Best.-Nr. 2001, 312 Seiten, Pb

Thom Lemmons
Jeremia — der Mann, der weinte
Best.-Nr. 2002, 340 Seiten, Pb

Evelyn Minshull
Eva — die Männin
Best.-Nr. 2003, 192 Seiten, Pb

Margaret Phillips
Rebekka — die Ausgewählte
Best.-Nr. 2004, 240 Seiten, Pb

Gloria Howe Bremkamp
Martha und Maria von Bethanien
Best.-Nr. 2005, 250 Seiten, Pb

**ONE WAY VERLAG
WUPPERTAL UND LUTHERSTADT WITTENBERG**